UN MONDE IMPITOYABLE

DU MÊME AUTEUR
CHEZ LE MÊME ÉDITEUR

L'Enigme de Rackmoor
Le Crime de Mayfair
Le Vilain Petit Canard
L'Auberge de Jérusalem
Le Fantôme de la lande
Les Cloches de Whitechapel
La Jetée sous la lune
Le Mystère de Tarn House
Les mots qui tuent
La Nuit des chasseurs
L'Affaire de Salisbury
Le Meurtre du lac
L'Enigme du parc
Une haine aveugle
L'Inconnue de la crique
Le Crime de Ben Queen
Le Jeu de la vérité
Disparition

Martha Grimes

UN MONDE IMPITOYABLE

Roman

Traduit de l'anglais (Etats-Unis)
par Philippe Safavi

Titre original : *Foul Matter*

Le Code de la propriété intellectuelle n'autorisant, aux termes de l'article L. 122-5, 2ᵉ et 3ᵉ a), d'une part, que les « copies ou reproductions strictement réservées à l'usage privé du copiste et non destinées à une utilisation collective » et, d'autre part, que les analyses et les courtes citations dans un but d'exemple et d'illustration, « toute représentation ou reproduction intégrale ou partielle faite sans le consentement de l'auteur ou de ses ayants droit ou ayants cause est illicite » (art L. 122-4).
Cette représentation ou reproduction, par quelque procédé que ce soit, constituerait donc une contrefaçon, sanctionnée par les articles L. 335-2 et suivants du Code de la propriété intellectuelle.

© Martha Grimes, 2003
© Presses de la Cité, un département de place des éditeurs, 2006, pour la traduction française
ISBN 2-258-06583-6

*A Kent,
qui est passé par là,
sans en arriver là.
(Le brave homme !)*

« Aucune histoire sombre, maléfique et mortelle,
Ne t'aurait laissée moins pernicieuse ni moins belle –
Pas même Lilith, aux longs cheveux noirs,
Or, Lilith était le diable, je l'ai lu quelque part.

Je ne peux te haïr, car je t'aimais autrefois.
Les bois étaient dorés, alors. Il y avait une route
Entre les hêtres ; et j'ai dit que leurs pieds lisses et doux
Me rappelaient les tiens. La vérité dut m'entendre de loin,
Car je n'aurai plus jamais besoin d'apprendre
Que les tiens sont fourchus, ceux des hêtres pas. »

Edwin Arlington Robinson, *Another Dark Lady*

« Quand je vois des bouleaux se balancer d'un côté, de l'autre,
Parmi la ligne des arbres plus sombres et plus droits,
J'aime à penser qu'un jeune garçon les agite. »

Robert Frost, *Birches*

« N'aie aucune attache. Ne laisse rien dans ta vie que tu ne pourrais plaquer en moins de trente secondes chrono dès que tu sentiras que ça chauffe au coin de ta rue. »

Robert De Niro, *Heat*

Un ami de longue date

1

Paul Giverney lança son avion en papier en visant la fenêtre de son bureau (le « bur » du « 3 chb + bur » de l'annonce de location) et le regarda piquer du nez vers le plancher. L'appartement était situé dans l'East Village, un quartier moins à la mode que le Village lui-même. Le loyer était délirant, l'agent immobilier un arnaqueur de haut vol, mais l'endroit les avait complètement séduits, surtout le bureau (pour lui), qui avait la taille idéale pour accueillir ses bibliothèques, une table, un ordinateur et quelques chaises, et offrait une fenêtre donnant sur des branchages feuillus. Hannah, sept ans, adorait le parc ; Molly, trente-six, le traiteur chic et branché Dean & DeLuca juste en face. Paul, lui, ne se lassait pas de l'allure tape-à-l'œil, légèrement hagarde, des fantassins de l'East Village, qui avaient toujours une tête de lendemain de fête, ni des bribes métalliques de leurs conversations dans l'air froid quand ils passaient sous sa fenêtre. Tout le monde se demandait ce que les Giverney faisaient là. Ils étaient extrêmement riches. Pourquoi choisir d'habiter dans un appartement de location dans l'East Village ? Comment résistaient-ils à l'attrait de Central Park West ? Pourquoi ne succombaient-ils pas au chant des sirènes de Sutton Place ou du Dakota ? Pourquoi ? Parce que. Paul reversait une bonne partie de ses revenus aux bonnes œuvres, plus d'un tiers. Il en claquait un autre tiers chez Dean & DeLuca. Heureusement, ils parvenaient encore à joindre les deux bouts avec le million de dollars, ou deux, qui restait.

L'avion en papier avait été confectionné avec une de ses listes, la plus longue, sur laquelle il avait rayé plusieurs noms. Les éditeurs dans la colonne de gauche, les auteurs dans celle de droite. L'autre liste sous ses yeux était plus courte : cinq auteurs, quatre éditeurs. Il biffa une des maisons d'édition, puis deux auteurs. Il restait trois éditeurs et trois auteurs. Allez, encore un effort et…

— Tu es encore avec cette liste ?

Molly se tenait sur le seuil, portant un tablier. Elle devait être la seule épouse à Manhattan à cuisiner en tablier.

— Le dîner est prêt. Et puis c'est quoi ton problème ? Tu sais très bien que tu n'aimes aucune de ces maisons d'édition, à part FSG, et tu répètes sans arrêt qu'aucune d'elles ne te publiera. Alors tu ferais aussi bien de rester dans la tienne.

Elle se tenait là avec sa spatule en bois, l'image parfaite de la cuisinière. Il avait toujours aimé ses accessoires et ses préparatifs, tout ça pour réchauffer les plats précuits du traiteur.

— Je procède par élimination, expliqua-t-il.

— Pour aboutir à quoi ?

Elle ne pouvait pourtant pas deviner ce qu'il faisait vraiment. Elle le croyait simplement en train de choisir sa prochaine maison d'édition. Si elle avait su ce qu'il en était, elle lui aurait adressé un de ses regards « Et moi qui croyais te connaître ! ». Il haussa les épaules, ne sachant pas trop comment lui répondre.

— Tu dis toujours qu'elles reviennent toutes au même, reprit-elle. Qu'elles ne te fournissent pas assez d'espace pour faire tournoyer un chat par le bout de la queue…

— « Pour faire tournoyer un chat par le bout de la queue » ?… Je n'ai jamais utilisé cette métaphore. D'ailleurs, ça ne veut strictement rien dire dans ce contexte. Peut-être « pour agiter un bâton », mais un chat, ça, sûrement pas.

Elle pointa sa spatule vers la liste.

— Tu n'as qu'à la punaiser au mur et y lancer tes fléchettes. Allez, viens, Hannah meurt de faim.

Hannah mourait toujours de faim. C'était sa dernière expression favorite.
— Encore dix minutes.
— Le plat sera fichu.
— Pas grave, je redescendrai chez Dean & DeLuca nous acheter un autre plat fichu.
— Soit, mais je dois nourrir Hannah.
Hannah se tenait juste derrière elle. Elle implora :
— Encore une minute, s'te plaît...
Elle imitait si bien son père qu'il fut pris d'une envie de rire.
— Quoi, tu t'y mets aussi ?
Molly poussa un gros soupir et tourna les talons.
Hannah était venue montrer à son père un nouveau chapitre de son livre. Elle voulait son avis avant de l'inclure officiellement dans son roman.
— Tu veux bien lire ça ?
Le ton était solennel, la question, d'importance.
— Bien sûr.
En prenant la feuille qu'elle lui tendait, Paul fronça les sourcils d'un air aussi concentré que celui de sa fille. C'était le chapitre 99. Hannah travaillait sur son roman depuis un an, depuis le jour où, âgée de six ans, elle avait entendu parler du succès phénoménal de son père. Elle en avait à présent sept et était plus que jamais déterminée à recevoir un prix littéraire. (« Soit le Concours national du livre, soit un des autres, je m'en fiche. »)
Son roman s'intitulait *Les Jardins chantés*. Au début, Paul avait pensé que c'était une simple erreur et qu'elle avait voulu dire « hantés » ou « enchantés ». Mais elle persistait à affirmer que ses jardins étaient chantés, sans qu'il comprenne ce qu'elle voulait dire. Il lui avait également fait observer que ses jardins étaient étrangement dépourvus de fleurs. Où étaient-elles passées ? Elle avait réfléchi un long moment avant de répondre habilement : « C'est l'hiver. »
Depuis peu, il y avait une surabondance de dragons dans son histoire, chassés par un étrange personnage, le Dragonnier. A présent, elle était tracassée par toutes les tueries à venir.

Mais ce qui l'angoissait le plus, c'était la possibilité que « quelqu'un » lui vole son idée. Elle avait interrogé plusieurs fois son père à ce sujet, cherchant à savoir s'il avait jamais envisagé d'écrire un livre sur les dragons.

Hannah attendit gravement que Paul ait fini sa lecture. Tous ses chapitres étaient courts. Même si celui-ci était le quatre-vingt-dix-neuvième, son roman ne faisait guère plus de quatre-vingts pages. Paul lut que le Dragonnier avait donné au dragon une « bonne raclée ». Il déclara que c'était très bon mais lui suggéra d'ajouter quelques détails sur la « raclée ». Comment le Dragonnier s'y était-il pris, par exemple. Ne voulait-elle pas que le lecteur visualise dans sa tête ce qui s'était passé ?

Hannah posa une main sur son front, réfléchit un moment, puis déclara :

— Je sais ! Je vais écrire : « Il a fichu au dragon une bonne raclée d'un côté puis de l'autre. »

Satisfaite, elle pivota sur ses talons et s'éloigna.

Elle se volatilisa sur le seuil. Du calme, tout dans la vie n'était pas forcément une question de vie ou de mort. Il poussa un soupir et caressa du bout du doigt un livre posé sur la table. C'était son petit dernier ; celui dont la couverture agrandie occupait toute une vitrine des librairies Barnes & Noble. Encore un best-seller, encore un tirage à deux millions d'exemplaires et des poussières. *Attention, danger,* c'était son titre. En dépit du fait que son personnage principal n'était pas l'inspecteur charmant et brillant qu'il avait déjà utilisé par le passé, qu'il n'y avait pas le moindre meurtre, pas même un coup de feu, le roman serait quand même classé parmi les polars et les thrillers. Il contempla la jaquette. Il avait réussi à l'imposer malgré le raz-de-marée d'objections du département artistique, la principale étant que son illustration sombre — des nuances de gris virant au noir, une silhouette grise disparaissant au loin — ne se distinguait pas suffisamment au fond d'une salle. Les grandes chaînes de librairies n'étaient guère convaincues non plus. Barnes & Noble avait tout tenté pour lui faire changer d'avis, et y serait parvenu si ses ventes précédentes n'avaient pas été aussi astronomiques.

La maison d'édition actuelle (plus pour longtemps) de Paul, Queeg & Hyde, ne figurait pas sur sa liste parce qu'elle ne publiait aucun des auteurs entrant dans le cas de figure que Paul avait imaginé. Il examina à nouveau la liste qui restait. L'éditeur qu'il mourait d'envie de choisir était Mackenzie-Haack, en raison de son image snob (injustifiée) et de son président vénal et fourbe, Bobby Mackenzie. Ce que Paul recherchait chez un éditeur, c'était le côté requin-qui-ne-recule-devant-rien. Or, s'il y avait bien dans les parages un éditeur prêt à tout pour arriver à ses fins, c'était assurément Bobby Mackenzie.

Deux des auteurs sélectionnés étaient publiés par Mackenzie-Haack : Barbara Breedlove et Ned Isaly. Il raya le dernier auteur, Saul Prouil, qui n'était plus sous contrat avec personne et ne pouvait donc entrer dans son plan. De toute façon, Saul Prouil était riche ; une fortune de famille, certainement pas amassée grâce à ses droits d'auteur. C'était simplement un excellent écrivain, qui avait remporté le National Book Award, le PEN/Faulkner et le Critics' Circle, ainsi que plusieurs autres prix moins importants.

Il revint aux deux autres auteurs : Breedlove et Isaly. Paul les avait tous deux revus récemment, dans les locaux de Mackenzie-Haack, lors du cocktail de lancement du premier roman (un « ouvrage prometteur », expression toute faite qui lui soulevait le cœur) d'un jeune homme de vingt et un ans nommé Mory ou Murray quelque chose. Paul ne se rendait jamais à ce genre de soirée promotionnelle mais, ce soir-là, il s'était forcé, pour se conformer à son petit plan naissant. Barbara Breedlove était une bonne romancière, quoique pas aussi bonne qu'elle le croyait. Elle était trop imbue d'elle-même, avait trop d'entregent. Elle était du genre à traîner dans les universités d'été, à participer aux conférences de la société littéraire du Bread Loaf, et le reste à l'avenant. En outre, elle était trop intrigante et beaucoup trop méprisante envers la littérature de genre. Discuter avec elle avait été comme d'être assis sur un tapecul pour enfants, elle se trouvant en l'air.

Il lui fallait un certain type d'auteur, de l'espèce qui ne s'intéressait pas trop au monde de l'édition. Pas quelqu'un qui refusait d'être publié, non, mais qui n'y pensait pas. Ned Isaly avait été sélectionné pour le prix PEN/Faulkner pour son dernier roman et, de ce fait, jouissait d'un certain prestige. Cela lui donnait un début de pouvoir. Mais pas grand-chose, à côté de Paul Giverney. Paul savait Isaly bien meilleur écrivain que lui, mais la qualité de l'écriture n'avait pas grand-chose à voir avec son projet.

Ce que recherchait Paul était difficile à trouver : un pur écrivain.

— Vous êtes chez Mackenzie-Haack depuis longtemps ?

Cette conversation avait eu lieu lors du cocktail donné en l'honneur de Mory ou Murray Machinchose. Ned Isaly et lui s'étaient isolés comme deux crapauds sur une feuille de nénuphar (une métaphore de Ned), pendant que les conversations mondaines flottaient autour d'eux.

Ned plissa le front d'un air concentré comme s'il devait fouiller jusqu'au plus profond de sa mémoire.

— Ça fait deux livres, donc environ sept, huit ans, je crois.

Il portait un petit cartable en cuir marron qu'il passait d'une aisselle à l'autre en cherchant autour de lui un endroit où poser son verre vide.

— Un livre tous les trois ou quatre ans ?
— Oui, plus ou moins. Je suis assez lent.
— Lent ? Flaubert était lent… si ce mot a un sens.
— Comparativement…
— Si j'étais vous, je ne me lancerais pas dans ce genre de comparaison.

Ned sourit.

— Alors, que pensez-vous de Mackenzie-Haack ? reprit Paul.
— Je suppose qu'ils ne sont pas mal…

— Vous trouvez qu'ils s'occupent bien de vos livres ?

Ned fronça encore les sourcils, sondant son âme en quête de réponses.

— A dire vrai, je ne me suis jamais beaucoup préoccupé de ces aspects techniques.

— C'est votre agent qui s'en charge ?

Ned fit non de la tête.

— Je n'en ai pas. Je n'aime pas trop les agents.

— Je suis complètement d'accord avec vous. Mais vous avez bien quelqu'un qui intervient pour vous, qui fait des esclandres quand ils veulent publier votre livre à l'envers ou en faire un album animé pour enfants... Ce genre de choses.

Ned se mit à rire.

— Eh bien, il y a mon directeur littéraire.

Paul feignit la stupéfaction.

— Vous voulez dire que vous avez un directeur qui suit votre travail et vous défend ?

— Tom Kidd.

Paul sentit une pointe de jalousie comme il n'en avait pas ressenti depuis quinze ans, quand un ami avait été remarqué par un éditeur alors que des exemplaires de son premier roman à lui jaunissaient dans les placards des maisons d'édition, le terminus des manuscrits refusés. Oui... eh bien, aujourd'hui, il fallait les voir ramper devant lui !

— Le fameux Tom Kidd !

Un des rares, très rares, directeurs littéraires à relire scrupuleusement les textes, à ne les confier aux réviseurs qu'après avoir décidé avec leurs auteurs qu'ils étaient prêts.

— La bête noire des correcteurs ! J'ai même entendu dire qu'il préparait lui-même les copies...

— C'est vrai.

Un serveur passa avec une nouvelle cargaison de flûtes de champagne. Ils échangèrent leurs verres vides contre des pleins.

— Vous pensez que Mackenzie-Haack est meilleur que, disons, Delacroix ?

Une petite maison connue pour sa littérature de grande qualité mais sur le point d'être avalée par un grand groupe néerlandais.

— Je ne sais pas, répondit Ned. Je n'ai pas beaucoup d'expérience dans ce domaine. Mon premier livre a été publié par Downtown, puis je suis tout de suite passé chez Mackenzie.

Se voulant résolument élitiste, Downtown avait dû fermer un an après son ouverture. Ils avaient tout juste eu le temps de sortir le roman de Ned Isaly, mais celui-ci avait été très favorablement accueilli par la critique, ce qui lui avait ouvert en grand les portes de plusieurs autres maisons d'édition.

— Ça fait douze ans maintenant, ajouta Ned.

Il balança son cartable d'un côté et de l'autre puis le coinça à nouveau sous un bras.

— Vous savez, fit Paul, il y a douze ans, il était encore possible d'envoyer spontanément son manuscrit aux éditeurs. Essayez donc aujourd'hui ! Autant chercher à faire passer un cochon dans une chatière. Qu'est-ce que vous avez donc de si précieux dans ce cartable ?

— Oh, ça ? Un fragment de manuscrit.

— Vous l'avez apporté pour essayer de le vendre ? C'est sûr que c'est l'endroit idéal, toute l'édition semble s'être déplacée, ce soir.

Ned sourit.

— Non, ce n'est pas vraiment mon but.

Sans autre explication, il poursuivit :

— Le seul moment où je pense au monde de l'édition, c'est pour me demander à quoi il ressemblait il y a cinquante, soixante ans. Mais, d'un autre côté, j'aime bien imaginer ce à quoi *tout* ressemblait il y a une soixantaine d'années.

— Ça ne vous...

— Ça ne me quoi ?

Paul hésita. Il avait été sur le point de dire « préoccupe pas plus que ça ». Mais ce n'était pas la bonne expression.

— J'allais dire : si vous vous retrouviez sans éditeur, cela affecterait votre travail ?

Ned fronça les sourcils.
— Ça devrait ?
Si ça devrait ? Incroyable, voilà qui donnait à réfléchir. Paul inclina son verre vers le cartable.
— Si ce roman n'était pas publié, qu'est-ce que vous ressentiriez ?
— Ce roman-ci ?
— Oui. Vous continueriez à travailler dessus ?
Ned parut sincèrement perplexe. Paul réprima un sourire. Ned le dévisageait comme s'il avait affaire à un homme aux capacités intellectuelles limitées et à l'imagination atrophiée.
— Bien sûr, répondit-il. Pourquoi, pas vous ? Les éditeurs, vous savez, ça va, ça vient...
Apparemment, Isaly s'en fichait pas mal. On aurait dit qu'il ne faisait que quelques apparitions occasionnelles dans la vraie vie, comme ce cocktail, où il n'était venu que par politesse.

Assis dans son bureau, fixant sa liste, Paul se remémorait cette conversation. Il biffa deux maisons d'édition et un auteur. Il ne restait plus que *Ned Isaly* et *Mackenzie-Haack*.
Pendant le dîner, Molly lui demanda, entre deux sushis :
— Alors, tu as fini par choisir ton éditeur ?
— Oui. Mackenzie-Haack.
— C'est le meilleur ?
— Non, le pire.
Paul sourit sournoisement avant d'engloutir un sushi.

2

Il y avait un square à deux pas de chez Saul, presque toujours désert à l'exception d'un clochard et de son chien, un couple attendrissant auquel il donnait toujours quelque chose (un étonnamment gros quelque chose), ce qui expliquait probablement pourquoi ils ne se donnaient pas la peine d'aller voir ailleurs. Quand il le voyait approcher, le chien (un vieux golden retriever apparemment pure race) se redressait en battant l'herbe de sa queue.

Saul aimait ce jardin, son vide. C'était comme si lui et ses amis (plus le clochard et son chien) étaient les seuls à en connaître l'existence. C'était incompréhensible car, à Manhattan, le moindre espace vert était immédiatement pris d'assaut par les New-Yorkais. Pourtant, les seules autres âmes qu'il y croisait étaient Ned et Sally. L'immeuble et l'appartement de Ned donnaient sur le square et, parfois, assis sur son banc, Saul levait les yeux et l'apercevait lui faisant signe depuis sa fenêtre. Tous les trois — tous les cinq, en comptant le clochard et son chien — utilisaient cet espace comme lieu de rendez-vous.

Le clochard n'avait pas grand-chose à dire, mais il le disait avec conviction. « Je suis un "vagabond", pas un de vos SDF. » Il semblait presque fier de cette façon d'appeler un chat un chat, tout comme il l'était d'appartenir à une espèce en voie d'extinction et non à cette catégorie inventée par les yuppies. Toutefois, d'ordinaire, le vagabond se taisait, se contentant de remercier Saul d'un signe de tête. Le chien était plus loquace avec sa queue que son maître avec sa bouche.

Quand ils étaient tous les trois réunis dans le jardin — Saul, Ned et Sally —, le vagabond se rapprochait, écoutant sans jamais intervenir, sans jamais les interrompre. Il conservait une « distance respectueuse », la tête baissée, tripotant un morceau de corde, suivant la conversation. Le chien écoutait, lui aussi. Couché, la tête sur ses pattes, il les surveillait attentivement, au cas où ils se mettraient à parler de lui. Du moins, c'était ce que Saul aimait imaginer.

Il s'arrêta dans l'une des allées en gravier qui traversaient le square et posa sa main sur l'écorce d'un chêne. De temps à autre, il était pris d'une envie irrésistible de graver ses initiales sur les troncs d'arbres. Il ne comprenait pas d'où cela lui venait. Il y avait de minuscules *SP* partout dans Chelsea. Il tourna autour du tronc à la recherche d'autres initiales, ne voulant pas le surcharger.

Chaque année, il envoyait une contribution anonyme au service d'entretien du jardin public, deux ou trois mille dollars pour soigner les arbres. Il espérait que ces derniers tiendraient le coup. S'ils étaient aussi coriaces que les écrivains, ils s'en sortiraient.

Après tout, ce n'était pas comme s'il les éreintait avec une mauvaise critique.

3

Clive Esterhaus glissa une extrémité de sa cravate dans la boucle, la tira vers le bas, remonta le nœud puis le mit d'aplomb. Il s'examina dans le miroir, la tête légèrement penchée en arrière et tournée de trois quarts vers la droite afin de vérifier que la peau de son cou n'était pas trop distendue. Il donna quelques petites tapes sur la chair flasque sous son menton. Il fit une dernière inspection : cravate en soie grise ton sur ton, costume prince-de-galles (qui lui avait coûté mille cinq cents dollars), chemise blanche (toujours le choix le plus sûr). Le tout discret, digne d'un directeur éditorial adjoint qui savait tirer les ficelles en douceur depuis les coulisses.

Il serait bientôt promu directeur adjoint ou vice-président, c'était sûr. Bobby Mackenzie le lui avait dit. Certes, ce jour-là, il en était à son troisième whisky, mais Bobby n'oubliait pas. Bobby n'oubliait *jamais*. Sa mémoire des conversations, des incidents, des noms, des lieux, de tout, était légendaire. Ce qui inquiétait Clive, c'était plutôt de savoir si Bobby tiendrait parole. Cela lui arrivait parfois, mais pas toujours. Regardant droit dans les yeux la personne à qui il avait fait des promesses, il lui déclarait sans sourciller : « Oui, j'ai changé d'avis, et alors ? » Ou, pire encore, il lui adressait un de ses regards glaçants, propres à vous congeler sur place.

Cependant, cette fois, Clive pensait que Bobby tiendrait parole parce qu'il n'avait aucune raison de ne pas le faire.

Les titres ne voulaient pas dire grand-chose, mais ils faisaient de l'effet. En outre, l'augmentation de salaire compensait la vacuité du nouveau titre. Non pas que Clive souffrît d'un sentiment de vacuité, en tout cas pas ce jour-là. Certainement pas ce jour-là. Il avait invité deux personnes à déjeuner, deux homologues de boîtes concurrentes. Il leur avait dit que Mackenzie-Haack (s'effaçant modestement devant sa maison d'édition alors qu'il avait tout fait tout seul) fêtait l'entrée dans son écurie d'un nouvel auteur. Sans citer de nom. Ils se douteraient bien qu'il s'agissait de Paul Giverney, puisqu'ils essayaient tous de le prendre dans leur filet. Clive imagina avec délice leur faux sourire se figer puis se durcir en une expression très différente.

Mais... n'allait-il pas un peu vite en besogne ? Avant que Giverney ne signe, il fallait encore satisfaire à sa mystérieuse « condition ». Clive n'avait pas la moindre idée de ce en quoi elle consistait. Ce ne pouvait pas être plus d'argent, ils lui offraient déjà une avance — un à-valoir garanti, dans le jargon de l'édition — de sept millions et demi de dollars pour deux livres ! C'était au moins autant que ce qu'ils avaient versé à Dwight Staines (l'exécrable auteur d'épouvante le plus lu du pays). Mackenzie-Haack ne récupérerait pas sa mise, mais la maison achetait surtout le prestige de publier Giverney. C'était un placement rentable. Giverney était l'un des rares auteurs de best-sellers à savoir écrire (Tom Kidd appelait ça un oxymoron).

Paul Giverney venait de se libérer de chez Queeg & Hyde et se retrouvait donc « sur le marché ». Toutes les maisons d'édition de New York tentaient de lui faire signer un contrat, mais l'agent de l'écrivain était un fin manœuvrier. Il avait répandu le bruit que Paul « faisait une pause » et n'était pas prêt à discuter affaires...

Mon œil ! Giverney poussait simplement les enchères. La maison qu'il choisirait serait celle qui lui proposerait le contrat le plus juteux, assaisonné du plus gros dessous-de-table. Mais Clive était trop malin pour se contenter d'attendre en se tournant les pouces derrière son bureau. Il avait commencé par se montrer dans les lieux que Giverney fréquentait habituellement. Il n'y en avait pas beaucoup. Il semblait toujours fourré chez Dean & DeLuca et dans un magasin de jouets, à deux pas de la Cinquième Avenue. Cela avait marché, ou du moins la sauce semblait avoir pris. Pratiquement du jour au lendemain. Mortimer Durban (l'agent) avait appelé Bobby Mackenzie pour l'informer que Paul était prêt à s'engager pour deux livres auprès de Mackenzie-Haack.

Clive supposait qu'il serait chargé de suivre Giverney. Une mission simple, puisque ses textes n'avaient jamais besoin de beaucoup de révisions. Ce qui était une chance, dans la mesure où Clive avait oublié comment on s'y prenait.

L'interphone émit son insupportable bruit de mouche attaquant en piqué et Amy, son assistante, annonça :

— M. Giverney est là.

Clive se leva et tendit la main vers Paul Giverney. Il lui adressa un sourire chaleureux, sachant qu'il venait de passer devant les portes ouvertes des bureaux et de traverser l'espace ouvert rempli de box des assistants. Il devait déjà avoir provoqué son petit effet. Ceux qui savaient qui il était ne tarderaient pas à répandre la rumeur alentour. A moins qu'ils ne l'aient *tous* reconnu pour l'avoir déjà vu sur les jaquettes de ses livres, dans les pages culturelles du *Times* ou même à la télévision. Les départements de publicité et de promotion l'adoraient. Cela voulait dire qu'ils allaient pouvoir dépenser de l'argent sans compter parce que Bobby Mackenzie le leur demanderait. C'était là un des mystères de l'édition : les auteurs qui n'avaient pas besoin de publicité ni de promotion en avaient des tonnes ; les pauvres ouvrages isolés qui avaient peu de chances de survivre devaient s'en passer.

Giverney serra sa main avec une fermeté qui surprit un peu Clive, comme s'il se retenait de justesse de lui broyer les os. Il fut également étonné par son costume — pas du sur-mesure mais du prêt-à-porter, et même pas haut de gamme genre Façonnable ou Ferragamo.

— Ravi de vous voir, Paul.
Il lui indiqua un fauteuil.
— Il n'y a pas de quoi être ravi.
Le sourire n'avait pas quitté ses lèvres, mais une note nettement hostile s'était immiscée dans sa voix.
Clive redressa son nœud de cravate, se maudissant intérieurement. Il abaissa sa main, déclarant :
— Je ne vois vraiment pas quelle condition vous pourriez demander que nous ne soyons pas prêts à satisfaire. Plus d'argent ? Un échelonnement des avances différent ? Les *deux* vitrines de Barnes & Noble ?
Il s'enfonça dans son fauteuil pivotant tandis que Giverney continuait de sourire, pas à lui mais dans le vide. Les auteurs comme lui recevaient des avances colossales et jouissaient d'un pouvoir considérable. C'était là le genre d'écrivains comme les conglomérats étrangers les comprenaient. Ces hommes n'y connaissaient rien en littérature mais ils s'y connaissaient en argent, or l'argent gouvernait le monde de l'édition comme il dirigeait tout le reste. La qualité littéraire n'avait pas grand-chose à voir là-dedans.
— Je ne me préoccupe pas des vitrines ni de la mise en valeur des livres en librairie, je suis sûr que vos types de la pub s'en chargeront.
Clive se demanda s'il devait y voir une pointe d'ironie. Giverney était-il sarcastique ? Les « types de la pub » de Mackenzie-Haack étaient connus pour leurs bourdes, comme de mettre les auteurs dans les mauvais trains, de se tromper d'adresses lors des tournées de promotion, ce genre de choses.
— J'aurais voulu qu'Anne Law soit là aujourd'hui. C'est elle qui dirige le département de la publicité, vous savez…
— Oh, s'il vous plaît !
Clive haussa les sourcils.
— Pardon ?
— Je connais Anne Law. Elle ne pourrait même pas vendre une caisse de Macallan à Bobby Mackenzie !

Clive ne trouva rien à redire, vu qu'il considérait lui aussi qu'Anne Law était incompétente. Mais pourquoi Giverney le fixait-il aussi durement ?

— Vous voulez connaître la condition ?
— Oui, bien sûr, nous...
— Vous éditez bien Ned Isaly, n'est-ce pas ?

Clive fut pris de court. Qu'est-ce que Ned Isaly venait faire là-dedans ? Il posa la question à voix haute, ou du moins commença :

— Qu'est-ce que Ned Isaly vient faire...
— Tout. Vous croyiez peut-être que j'avais choisi Mackenzie-Haack parce que c'était la meilleure « maison » pour mes livres ? Vous rêvez. Tout ce que je peux dire, c'est qu'on est aussi arrogants l'un que l'autre, si bien qu'on a une chance de s'entendre.

Son sourire disait clairement que seul un idiot pouvait considérer Mackenzie-Haack comme un bon éditeur. Puis il ajouta :

— Je vous ai choisis parce que vous publiez Ned Isaly. Ce n'est pas Tom Kidd qui s'occupe de lui ?

Clive était extrêmement perplexe. Pourquoi Giverney, un des auteurs les plus commerciaux du moment, chercherait-il à s'aligner sur Ned Isaly, un des meilleurs écrivains, certes, mais parmi les moins commerciaux, sans parler de Tom Kidd, dont les poulains étaient on ne peut plus littéraires ?

— Je ne vois vraiment pas...
— Où je veux en venir ? C'est normal. Ma condition, c'est que vous vous débarrassiez de Ned Isaly.

Giverney se pencha en avant, s'efforçant de continuer à paraître sûr de lui.

— Si vous acceptez, je signe pour trois livres au lieu de deux. Allez, ne prenez pas cet air estomaqué.

Clive avait ouvert puis refermé la bouche plusieurs fois de suite. Il tenta d'émettre un petit rire et secoua la tête, cherchant à gagner du temps. Giverney plaisantait-il ? Etait-il fou ? Pourtant, assis en face de lui de l'autre côté du bureau, il avait l'air tout à fait sain d'esprit.

— Paul, vous m'excuserez mais je ne comprends vraiment pas...

— Il n'y a rien à comprendre. Laissez-le tomber, bazardez-le, faites comme vous voudrez. Ça vous ennuie si je fume ?

Il avait déjà sorti son paquet de cigarettes, des Marlboro Light, qu'il tendit vers Clive.

Celui-ci faillit en prendre une. Il ne fumait même pas.

— Vous êtes sérieux ?

Giverney sembla considérer que cette question ne méritait même pas une réponse. Il alluma une cigarette et se mit à fumer en silence.

— En imaginant, je dis bien *en imaginant,* que nous acceptions l'idée, je ne vois pas comment ce serait possible. Il a un contrat avec nous pour son prochain livre. On ne peut pas tout simplement le déchirer.

— Pourquoi vous cacher derrière la légalité d'un contrat ? Parce que ça vous arrange. Pour le moment. Ça vous arrangera moins quand je passerai cette porte. Il y a des manières et des moyens. On n'est pas chez Chrysler ni chez Microsoft. Il s'agit d'édition. Vous pouvez toujours trouver une solution.

— Comme quoi ?

— Eh bien, je ne sais pas, moi... essayez de ne pas vous montrer complètement idiots. Bobby et vous inventerez bien quelque chose. Dénoncez une faille dans son contrat. Ils sont toujours rédigés en faveur de l'éditeur et non de l'auteur. En plus, j'ai entendu dire que Ned Isaly n'avait même pas d'agent.

— C'est vrai. Il affirme qu'il n'en a pas besoin.

Giverney se mit à rire.

— Personne n'en a vraiment besoin. C'est comme d'être racketté par la mafia, on paie pour être protégé.

Giverney se pencha en avant.

— Ecoutez-moi bien : si Mackenzie-Haack veut se débarrasser d'un auteur, il trouvera le moyen.

— Je peux savoir pourquoi vous voulez qu'on vire Ned ?

— Non.

Comme il l'avait déjà fait à plusieurs reprises depuis le début de l'entretien, Clive se passa une main dans les cheveux puis secoua la tête.

— Sincèrement, Paul, je ne crois pas que ce soit possible...

Paul Giverney leva les deux mains, paumes vers le ciel.

— D'accord, dans ce cas je confierai mes livres à une autre maison.

Il se leva et sourit.

— Mais je trouve que vous avez tort de refuser de but en blanc sans même y réfléchir un peu. Vous savez à combien d'exemplaires se vend chaque roman de Ned Isaly ?

Clive sentait le visage lui brûler.

— Naturellement.

— Et les miens, vous savez à combien ils se vendent ? Oui, bien sûr que vous le savez. Et je ne parle pas de l'effet sur votre carrière. Me faire signer chez Mackenzie-Haack ne peut certainement pas lui nuire...

Clive hocha la tête, stupidement. Il ne pouvait pas se permettre de laisser Giverney lui filer entre les pattes. Le faire entrer chez Mackenzie-Haack était trop important pour son ascension professionnelle. Comme si cela pouvait le sauver, ou du moins lui faire gagner du temps, il déclara :

— Tom Kidd ne l'acceptera jamais. C'est lui le directeur littéraire de Ned. Il démissionnera probablement.

Probablement ? Non, c'était une certitude. Clive le connaissait.

Paul plissa les lèvres, réfléchissant.

— Oui, ce serait dommage en effet. C'est l'un des trois directeurs littéraires en ville qui sachent ce que signifie réviser un texte...

Clive se demanda aussitôt qui étaient les deux autres.

— ... et je veux qu'il s'occupe de mes livres.

— Des vôtres ?

Cela allait de mal en pis. En outre, il ne fallait pas qu'il ait l'air trop surpris par l'idée que Tom Kidd révise les romans de Giverney.

— Je pensais m'en charger moi-même...

Paul émit un petit rire.

— Vous, Clive ? Allons donc ! Vous, votre truc, ce sont les acquisitions. Je parie que vous n'avez pas corrigé un texte depuis des années.

— Vous n'avez pas vraiment besoin d'un directeur littéraire, Paul.

Ces flatteries ne l'avanceraient à rien. Même s'ils parvenaient à se débarrasser de Ned Isaly, Tom Kidd ferait un scandale. Il adorait le travail d'Isaly. Tentant de regagner un peu de terrain, Clive se pencha en avant et adressa à Paul son meilleur sourire.

— Ecoutez, Paul, il n'y a aucune clause dans son contrat qui nous permette de le dénoncer. Mais, d'un autre côté, Ned ne nous doit qu'un seul livre...

Cette fois, Clive ne doutait plus d'être sur la bonne voie.

— ... après quoi, naturellement, rien ne nous oblige à lui proposer un nouveau contrat. Ça ne plaira pas à Tom Kidd, c'est sûr, mais nous pourrons trouver des dizaines de bonnes raisons pour refuser de signer à nouveau avec lui. Je sais que ça ne posera pas de problème à Bobby et...

— Vous ne m'avez pas compris, Clive. Je ne vous demande pas si ça plaira ou non à Bobby. Je ne suis pas en train de négocier.

Merde. Clive attaqua sous un autre angle :

— Ned trouvera sans problème une autre maison...

Paul haussa les épaules.

— Pas si vous faites ce qu'il faut.

— Pardon ? Que voulez-vous dire ? On est aussi censés le griller auprès de toutes les maisons d'édition de New York ? !

Clive se laissa tomber en arrière dans son fauteuil.

Paul haussa à nouveau les épaules sans se départir de son sourire.

— Pour cette partie, on verra en temps voulu.

Il se leva et regarda sa montre.

— Je dois déjeuner avec mon agent. Il est tout à fait pour mon transfert chez vous. Il pense qu'il va encore s'en mettre plein les poches. Sincèrement, l'argent ne m'intéresse pas tant que ça. Je suis sûr qu'on s'entendra sur ce point, même si je ne doute pas que Mort tentera de vous faire mettre le Chrysler Building dans le panier. Informez-moi de votre décision, mais ne mettez pas un an à la prendre. Je ne signe pas de contrat tant que vous n'aurez pas lâché Ned Isaly. C'est tout. Mais je suis raisonnable. Je vous donne le temps d'y réfléchir, puisque vous êtes éditeurs et que les éditeurs ont une notion du temps qui n'appartient qu'à eux.

Giverney esquissa un salut militaire et tourna les talons.

Clive se leva d'un bond.

— Paul...

Paul était déjà parti.

4

Ned posa son café sur le rebord de sa table à dessin et alluma une nouvelle cigarette. Il examina un moment le bout incandescent. N'avait-il pas arrêté de fumer ? Alors, que faisait cette cigarette allumée dans sa main ? Il l'écrasa dans la petite soucoupe en métal qu'il utilisait pour les trombones. Il avait jeté tous ses cendriers. Une bouteille d'encre, deux crayons taillés, deux stylos à plume, un calepin. Tous les matins il disposait ses outils à sa convenance, tous les après-midi il remplissait ses stylos et taillait ses crayons. Il écrivait d'abord au stylo ; à l'encre, les faiblesses vous sautent aux yeux, alors qu'un curseur ne fait que les effleurer.

Paris. Le Jardin des Plantes. Nathalie y passait le plus clair de son temps quand elle n'était pas au Luxembourg. Elle aimait les espaces verts. Elle avait beaucoup de temps libre et semblait le consacrer principalement à attendre. Depuis la fontaine au centre du jardin, un groupe d'oiseaux s'envola, emporté par la brise matinale.

Nathalie...

Comme les oiseaux en fuite, l'esprit de Ned prit son envol et voleta un peu partout sauf dans le Jardin des Plantes : vers Sally et le plongeon acrobatique qu'elle avait effectué un jour pour rattraper une page de son manuscrit ; vers Tom Kidd — que faisait-il en ce moment ? Etait-il assis à son bureau, derrière ses montagnes de livres, à réviser un manuscrit ?

Il pouvait se rendre dans la cuisine, qui n'était qu'à quelques mètres, après tout, et se préparer une tasse de café. Non. Il ne se ferait un café qu'après avoir décidé de ce qu'il arriverait à Nathalie à ce moment précis, assise seule sur un banc dans les jardins poussiéreux et plutôt délabrés (il y avait aussi là un petit zoo miteux, rien de particulièrement palpitant, plutôt une vague évocation de zoo ; elle s'y était promenée parfois).

Non, pas de café. Ses grandes plages de travail — ce qu'il devait écrire avant le déjeuner ou avant l'heure du dîner — étaient divisées en segments plus petits, nommés « encore vingt minutes », ou « après la scène dans le Jardin des Plantes ». Il n'y avait que comme ça qu'il parvenait à accomplir le travail d'une journée, en concluant des petits marchés avec lui-même. Etonnamment, le fait qu'il soit au début ou à la fin d'un livre ne faisait pas grande différence. Chaque jour d'écriture ressemblait à un début, c'était comme s'il n'avait encore jamais écrit un seul mot de sa vie et ignorait par où commencer.

Dans le Jardin des Plantes, Nathalie

Elle pourrait errer un moment dans le zoo, mais cela ne semblait pas cadrer avec son humeur. Humeur ? Nathalie était toujours victime de ses humeurs, du temps, du lieu. Ned examina ses deux crayons pour s'assurer que la mine était assez pointue. Il les utilisait pour les changements, pour ajouter des mots entre les lignes ou dans les marges. Son stylo était-il à court d'encre ? Il avait à peine écrit une douzaine de mots, comment pouvait-il être déjà vide ?

Dans le Jardin des Plantes, le visage de Nathalie

Non.

Le visage pâle de Nathalie se leva vers les oiseaux

Oui, il était content de celle-là ; elle le satisfaisait. Jusqu'à ce qu'il se rende compte qu'elle était de W. H. Auden : « Ses mains pâles... » Non : « Ses mains enfantines se levèrent vers les oiseaux. » Il avait toujours aimé ce poème, sa tristesse, « ... des mains posées sur la nappe ». Certains vers l'atteignaient droit au cœur. Le poème d'Auden était tellement chargé de nostalgie.

Nathalie.

Il se prit la tête entre les mains. Comment avait-il écrit ses deux autres romans ? Il avait rempli quatre cent deux feuillets de celui-ci et se trouvait toujours dans le même état de suspens fébrile qu'au moment de le commencer. Quel homme sain d'esprit se lancerait dans une telle entreprise en sachant qu'il en existait des centaines d'autres plus doués que lui ? Comme Saul, pour n'en citer qu'un. Certes, il y en avait des milliers bien pires, mais ce n'était pas une consolation.

Nathalie restait assise sur son petit banc du Jardin des Plantes. S'il y en avait. Le Jardin des Plantes était-il aménagé avec de petits bancs en fonte ? Ce genre de détail figurerait-il dans un guide ? Peu probable. Voilà qu'il écrivait sur Nathalie au Jardin des Plantes comme si cela coulait de source, alors qu'il n'en était rien. Allait-il devoir se rendre à Paris ? Il détestait voyager.

Il contempla la pile ordonnée des pages achevées. Elles lui faisaient des reproches. Chacune était comme un œil torve devant lequel, misérable individu sans talent, il se ratatinait en un cloaque d'incertitudes. Aucune d'elles ne lèverait le petit doigt pour l'aider. Aucune.

Pas une seule. Ça leur ressemble bien, se dit-il. Ce n'est rien qu'une bande de feuillets déjà noircis, s'imaginant qu'ils n'ont plus qu'à attendre en se la coulant douce. Après tout le mal que je me suis donné, tout le soin...

Depuis son banc en fonte noire, Nathalie observa les roitelets qui tournoyaient au-dessus de la fontaine, réfléchissant. Impossible de dire. Tout à fait impossible.

Ned se leva et descendit les quatre marches vers le plan de travail de la cuisine. Tout en dosant le café dans le filtre, il pensa à Hemingway, à la brasserie Lipp sur le boulevard Saint-Germain, qui n'était pas loin du Luxembourg. Nathalie traînait parfois dans ce coin. Il devait cesser de traiter le triste sort de son héroïne avec une telle désinvolture. Elle l'inquiétait. Ça allait mal finir, vu la direction qu'elle prenait. Ce genre d'histoire finissait généralement mal. Il médita sur cette question tout en versant l'eau dans la cafetière.

Nathalie tourna son regard de l'autre côté de la large allée en gravier, là où, autour de petites tables métalliques, des vieillards s'asseyaient parfois pour jouer aux échecs. Ce jour-là, il n'y avait qu'un seul homme. Elle se demanda ce qu'il pouvait bien écrire, un coude sur le genou, la tête calée sur une main, une pipe aux lèvres. Une lettre ? Un roman ?

Ned regarda par la fenêtre au-dessus du petit comptoir de la cuisine, se rendant vaguement compte que la nuit tombait et que la magnifique couronne du Chrysler Building était en train de s'illuminer. De minces couches de rose et de bleu sur un fond d'or en fusion. En fait, il créait sa mise en scène à partir du petit square en bas de chez lui, le transformant en Jardin des Plantes ou en Luxembourg (suivant l'endroit où Nathalie avait choisi de venir s'asseoir). Il s'en souvenait pour les avoir visités une vingtaine d'années plus tôt, les couleurs des massifs de fleurs se mélangeant les unes avec les autres, se fondant dans la pelouse et les allées. Il y avait de cela soixante ans, Hemingway s'y était promené lui aussi, tout comme Joyce et Gertrude Stein, des vies que celle de Nathalie ne toucherait jamais alors que la sienne le serait par les leurs, comme si l'air qu'elle respirait était encore habité par ces merveilleux écrivains. Il vit Nathalie en bas dans le square. Elle était assise, aussi immobile qu'une statue, plongée dans ses pensées. De l'autre côté de l'allée, un homme, réel ou imaginaire, se leva de l'un des bancs.

L'autre vie de Patric. Ils n'en parlaient jamais. Elle avait peur de savoir, mais aussi de ne pas savoir. Ne pas savoir effaçait cette autre partie de sa vie. En connaissant son monde à lui, elle serait en mesure de l'imaginer : sa femme, ses enfants, à quoi ils ressemblaient. Cela exposerait cet aspect de son existence qui, jusqu'à présent, restait sagement dans le noir, telle une de ces lampes pour chambre d'enfant constituées d'un cylindre rotatif dont l'abat-jour projette des silhouettes découpées à mesure qu'il tourne sur lui-même. Pour le moment, le cylindre ne bougeait pas et l'autre face restait cachée.

Naturellement, cela représentait beaucoup plus que la moitié de sa vie, car elle ne le voyait que les jeudis après-midi et, parfois, le mardi. D'un côté, la régularité de leurs rencontres avait quelque chose de réconfortant. Elle pouvait compter sur le jeudi. Mais, ensuite, venait le week-end… Après tout, cela aurait pu être pire. Ils auraient pu ne connaître que des allées et venues furtives, des changements constants de dates et d'heures, la privant de l'excitation qu'elle ressentait un jour, voire deux, avant ses retrouvailles avec Patric dans les jardins, celui des Plantes ou du Luxembourg, des lieux où elle passait tant de temps même sans lui parce qu'elle pouvait l'imaginer plus facilement assis ou marchant à ses côtés.

Et puis il y avait les cafés…

Ned cessa d'écrire. Ah, les cafés ! Il reprit son stylo.

Leurs préférés se trouvaient pour la plupart sur le boulevard Saint-Germain (la brasserie Lipp, le Flore…), mais il leur arrivait d'aller dans ceux de la rive droite après une promenade dans les Tuileries. Ils remontaient la rue de la Paix vers le café du même nom pour observer les touristes américains venus là à cause de cette vieille chanson datant de la guerre où il était question d'une Mimi, « Mimi dans la rue de la Paix ». Patric préférait les Américains aux autres étrangers parce qu'ils étaient tellement plus colorés, plus enthousiastes, plus ingénus, avec, selon sa propre expression, « les yeux pleins d'étoiles ».

Ned écouta l'eau hoqueter, siffler, puis roter à travers les tubes de sa cafetière électrique. « Les yeux pleins d'étoiles »... Ça ne faisait pas trop cliché, même pour Patric ? Non, il était comme ça.

Paris, soixante ans plus tôt.

Le revoilà, ce revenant, ce déferlement d'ombres, le passé, s'illuminant comme le sommet des gratte-ciel de Manhattan, cascades de couleurs et de lumières, aussi trompeur qu'une foire de bonimenteurs. Le passé... tout et n'importe quoi. Tantôt il allait droit au but, tantôt il zigzaguait tel un poivrot, batifolait, finassait, dupait, enjôlait. Tous les moyens lui étaient bons pour s'immiscer. Il pouvait débouler n'importe quand, car Ned était toujours en train de penser à ne pas y penser.

L'homme de l'autre côté de l'allée avait disparu. Le ciel glissa de la pénombre au noir. L'énorme masse du passé s'éloigna d'un pas lourd.

Nathalie était assise, seule, dans le Jardin des Plantes.

Il la laissa là, se disant qu'il risquait gros.

5

— C'est sa condition, annonça Clive. Ça ou rien.
Il semblait chercher à s'en convaincre encore plus qu'il ne tentait d'en persuader Bobby Mackenzie.
Le bureau de Bobby ne lui ressemblait en rien. Il avait un petit côté rustique et douillet, notamment grâce au grand canapé mou poussé contre un des murs, aux fauteuils tapissés, aux deux peintures d'oiseaux en vol à la manière d'Audubon, à la moquette d'excellente qualité mais élimée jusqu'à la trame et aux milliards de livres. Mais ce qui distinguait le bureau d'un président-directeur d'une maison d'édition de celui de ses collaborateurs subalternes, c'était la vue imprenable sur Central Park. Seuls ces oiseaux en vol en avaient une meilleure.
Bobby émit un grognement.
— C'est dingue.
Clive acquiesça. Il acquiesçait toujours quand Bobby émettait un avis. Comme tout le monde, d'ailleurs.
— C'est ce que je lui ai dit.
Bobby haussa les sourcils.
— Vous avez dit à Giverney qu'il était dingue ? Bravo ! Si c'est comme ça que vous comptez faire carrière !
Bobby fit pivoter son fauteuil vers le bar, à portée de main. Il saisit la bouteille de bourbon et deux verres, puis tourna à nouveau.
Ce fut au tour de Clive de grogner :

— Je ne le lui ai pas dit comme ça, naturellement.

Il aurait aimé que Bobby cesse de relier tout ce qu'il disait à la progression ou au recul de sa « carrière ». C'était une forme de chantage. Mais cela n'avait rien de surprenant de sa part.

— Je lui ai simplement laissé entrevoir les conséquences.

Bobby déboucha la bouteille avec une dextérité de prestidigitateur (ce qu'il était à plus d'un titre), lança un regard interrogateur vers Clive (qui hocha la tête), puis versa deux doigts de bourbon dans chaque verre. Il se cala dans son fauteuil, fit rouler son verre entre sa paume et sa poitrine comme pour réchauffer son cœur glacé et déclara :

— Bien sûr, Tom nous quitterait. Bien sûr, Ned trouverait une autre maison. Voici ce qui se passerait : on dégage Ned, Tom démissionne, Ned attend de voir quelle maison recrute Tom, puis l'y rejoint. Giverney n'y gagne rien, du moins pour autant qu'on sache, mais cela confirme qu'il est dingue et qu'il a un ego monumental…

Bobby but une gorgée puis haussa les épaules.

— Au moins, on l'aurait chez nous, dit Clive.

— Croyez-moi, j'ai bien l'intention de l'avoir. Mais on ne perdrait pas seulement Isaly et Kidd. Tom Kidd s'occupe des quatre meilleurs auteurs de cette maison. Vous savez ce qui arrivera ? Ils le suivront tous. Partout où il ira, Tom emmènera avec lui son écurie, ça va de soi. Or, celle-ci comprend quatre de la dizaine d'auteurs vraiment valables du moment…

Clive poussa un soupir. Il n'avait pas pensé à ça. Bobby avait raison. Comme toujours. Clive avala une gorgée du bourbon velouté et se souvint qu'il avait un rendez-vous pour le déjeuner. Il regarda sa montre. Il pouvait encore arriver à temps, mais à quoi bon maintenant ?

— Sans parler du fait qu'il n'y a rien dans ce contrat qui nous permette de nous débarrasser de lui en douceur.

Méditatif, Bobby fixait un point par-dessus l'épaule de Clive. Puis il se secoua et lança :

— Mais ça, c'est encore le moindre de nos soucis.

Le moindre ?

— La date butoir de la remise de son prochain bouquin n'arrive pas bientôt ? Si je me rappelle bien, il ne lui reste que quelques semaines.

Comment faisait-il pour se souvenir de tous ces détails ?

— Je crois bien que vous avez raison. Cela dit, on n'a jamais viré un auteur aussi important que Ned pour un simple retard...

— Non, mais on pourrait. Ou bien exiger de voir une partie de son manuscrit et le rejeter. Quoique Tom ne le prendrait pas très bien non plus. Il existe de nombreux moyens de se sortir d'un contrat, mais aucun n'est discret et sans casse.

Clive réfléchit un moment, puis :

— Et pensons à la hargne que ça suscitera dans la profession.

— De la hargne ? Ça m'étonnerait. Plutôt des ricanements. On dira que Mackenzie s'est fourvoyé, ce qui est pire. On est renommés pour publier de bons livres, des œuvres littéraires, pas des nanars façon Giverney. En le prenant chez nous, ce n'est pas un mais quatre auteurs qu'on perdrait...

Il leva quatre doigts, comme si Clive ne savait pas compter.

— Sans parler du meilleur directeur littéraire sur le marché.

Bobby secoua la tête, tendit les paumes comme pour repousser une image incroyablement maléfique, soupirant :

— Non, non.

— Dans ce cas, je vais lui répondre qu'on ne marche pas. Après tout, on vient juste de signer avec Dwight Staines...

— Ne m'en parlez pas !

Bobby finit son verre d'une traite.

Il détestait la science-fiction et l'épouvante, excepté chez Stephen King. Pourtant, ce n'était pas un snob en matière de romans : il lisait tout. En outre, Dwight Staines, invraisemblablement populaire, faisait un chiffre d'affaires qui prenait largement le pas sur un détail aussi trivial que le talent littéraire.

Clive était très contrarié à l'idée de renoncer au contrat de Giverney. Il aurait voulu être celui qui l'avait fait entrer dans la maison. Qu'allait-il raconter à ses compagnons de déjeuner, à présent ?

— Je vais prévenir Paul que c'est non...

— Non ? J'ai dit ça, moi ?

Bobby dévissa à nouveau le bouchon de la bouteille.

— C'est ce que j'ai cru comprendre, s'étonna Clive. Signer avec Giverney n'en vaut pas la peine si c'est pour perdre Kidd, Isaly, Eric Gruber...

Il s'interrompit.

Bobby fermait les yeux, secouant la tête.

— Non, Clive, ce que j'ai dit, c'est que rompre le contrat n'est pas la solution.

— Dans ce cas, je ne comprends vraiment pas.

Bobby bascula en arrière dans son fauteuil ergonomique.

— Réfléchissez un peu, Clive.

Ce dernier fronça les sourcils, sentant monter un début de migraine.

— Je ne vois...

Bobby poussa un soupir.

— Vous vous souvenez du gars qui a balancé les Bransoni ? Il y a quelques années, on a publié son bouquin — qu'il avait probablement fait écrire par son chien.

— Oui, bien sûr. Danny Zito. En fait, il l'avait écrit lui-même.

Bobby vida son verre cul sec.

— Ouais ? Si vous avalez ça, vous êtes prêt à gober n'importe quoi !

Clive sourit.

— Non, je vous assure. *Le Bouc émissaire*. Il s'est beaucoup mieux vendu qu'on ne l'avait prévu. Pourquoi ?

— Vous devriez vous mettre à sa recherche.

— Me mettre à sa recherche ?

Clive laissa échapper un rire qui s'étrangla, se reprit :

— Depuis le procès, Zito a été intégré dans le programme de protection des témoins. Vous savez comment ils procèdent. Ils lui font changer de nom, d'adresse, de tout. Il est enterré si profondément qu'il ne trouverait même pas son propre cul.

Pourquoi Bobby s'intéressait-il tout à coup à Danny Zito ?

— Allez, tout ce que vous avez à faire, c'est répandre le bruit qu'on veut lui faire écrire un autre livre. Rien de tel pour retrouver n'importe qui. Si vous êtes perdu dans la jungle africaine et que vous lancez « J'ai sur moi un contrat pour un bouquin ! », vous verrez aussitôt rappliquer une demi-douzaine de gugusses surgis de nulle part pour le signer. Simon Wiesenthal aurait dû s'adresser à nous pour retrouver Himmler. Faites savoir qu'un éditeur veut un livre d'untel ou untel et soudain...

Il imita un roulement de tambour en tapant des doigts sur son bureau.

— ... ils se matérialisent sur le pas de la porte ou au téléphone. C'est magique.

Clive se leva et contourna le bureau pour s'approcher de la fenêtre. En bas, dans Central Park, les taxis jaunes avançaient si lentement qu'il avait du mal à reconnaître les engins de mort dans lesquels il montait chaque matin et chaque soir. Il se tourna, le front soucieux. De la magie, peut-être, mais pour quoi faire ?

— Etes-vous en train de suggérer ce que je crois que vous êtes en train de suggérer ?

— C'est-à-dire ?

Clive fixa le plafond, esquissant un petit pas de danse comme s'il cherchait à s'extirper de ce qui ne pouvait être qu'un mauvais rêve.

6

Pour le déjeuner, le mieux que Clive pouvait faire était de jouer le mystérieux. Dans un élan imprudent, il avait déclaré que c'était lui qui offrait le repas, qui plus est dans l'un des restaurants les plus chers de Manhattan. Il aurait tant voulu pouvoir s'abandonner au plaisir pur de la frime. A présent, naturellement, il n'avait plus de quoi jubiler. Ce déjeuner allait être un calvaire.

Ses deux invités étaient des responsables d'édition bien établis dans deux autres maisons. Nancy Otis travaillait chez Grunge. Elle ne se trompait pratiquement jamais dans les projets qu'elle acceptait, le plus souvent en se basant sur un simple canevas, voire une unique « idée » joliment présentée (« Enfin quoi, quand on vous propose Tom Cruise sauvant la totalité des habitants d'un village népalais, vous allez attendre qu'on vous présente un manuscrit fini ? »). Exceptionnellement, très exceptionnellement, il lui arrivait de se planter. De rarissimes gamelles, que Clive avait savourées à leur juste valeur.

Bill Mnemic, lui, devait sa réussite à son don pour mettre son nez dans les affaires des autres maisons d'édition et « filer à l'anglaise » (selon sa propre expression) avec leur meilleur poulain. Bill était britannique. Il était chez DreckSneed (Sneed avait autrefois été une vénérable maison d'édition anglaise, aujourd'hui rachetée par l'américain Dreck, Inc.).

Tous deux (surtout Bill, puisque faire des razzias dans les écuries des concurrents était sa spécialité) avaient mis tous leurs projets en suspens en entendant dire que Paul Giverney voulait quitter Queeg & Hyde, son éditeur depuis dix ans. Cela avait commencé par une rumeur impossible à vérifier, comme c'était généralement le cas dans l'édition. Elle le resterait probablement tant qu'un accord ne serait pas conclu. Dans ce milieu, on préférait cette manière de procéder, cela rendait les déjeuners entre confrères nettement plus intéressants. Tous avaient, d'une certaine manière, « grandi ensemble » dans l'édition. Nancy avait travaillé dans le service de la publicité de Hathaway & Walker, une maison embaumée depuis longtemps puis ramenée à la vie par le Dracula des groupes étrangers, Bludenraven ; Bill, lui, avait commencé au marketing, domaine dans lequel il excellait ; Clive avait toujours été dans la partie éditoriale, d'abord comme assistant de secrétaire d'édition. Cela faisait maintenant vingt-cinq ans et ils avaient tous les trois gravi les échelons presque au coude-à-coude. Il était donc difficile d'éviter qu'un esprit de compétition ne s'immisce dans leurs rapports. Les premiers temps, celui-ci avait été amical, mais, à mesure que les enjeux avaient grimpé et que les éditeurs s'étaient mis à verser des avances toujours plus hautes à des auteurs de moins en moins méritants (des non-écrivains, pour la plupart), le ton avait changé. Lentement, mais sûrement. Ils avaient plus de mal à cacher (alors qu'il le fallait absolument) leurs dépits, leurs rancœurs, leurs inimitiés. Heureusement, tous trois étaient des as de la dissimulation.

Parfois, Clive se souvenait de leurs déjeuners, vingt ans plus tôt, généralement dans un bistrot bon marché du quartier, et sentait une vague de tristesse menacer de l'envahir, une vague immense qu'il devait fuir à toutes jambes pour ne pas se laisser emporter. Ce genre de sentimentalisme était gênant et le dépassait un peu.

Le serveur vint noter leurs commandes. Nancy défendit bec et ongles l'espadon grillé. Après avoir hésité entre la lotte au gingembre et le steak accompagné de champignons *shiitake*,

Clive et Bill optèrent à leur tour pour l'espadon. Ils agissaient toujours ainsi non pas parce qu'ils étaient étroitement liés par un tempérament semblable, mais parce que chacun craignait qu'on n'amène un plat qui soit visiblement supérieur à ceux des deux autres. Il était plus simple que tous prennent la même chose.

Nancy se pencha vers Clive, sa poitrine se répandant sur le bord de la table.

— Alors, Clive. Quoi ?

Au fil des ans, ils étaient devenus aussi méfiants et laconiques que des immigrés clandestins.

Bill afficha un sourire carnassier et renchérit :

— Oui, alors ? Qu'est-ce que tu as pour nous ?

Le problème, c'était justement que Clive n'avait rien.

Bill et Nancy avaient tous les deux une vue propre à transpercer les murs et des yeux réfléchissants dignes d'un remake du *Village des damnés*. De ce fait, Clive aurait craint qu'ils ne lisent dans ses pensées s'il ne les connaissait pas assez pour savoir que leur vision était brouillée par leur propre prédilection pour le bluff et le subterfuge. Aussi, n'ayant rien à leur offrir, il roula de grands yeux innocents afin de piquer encore plus leur curiosité.

Il agrémenta sa mimique d'un haussement d'épaules élaboré.

— Je n'ai rien.

Nancy fit une moue sceptique, tourna la tête de trois quarts puis l'agita devant cette vaine tentative de duperie.

— Tiens donc ! dit Bill.

Ils n'avaient jamais vraiment discuté ensemble de Paul Giverney. Ils n'y avaient même jamais fait allusion au cours de leurs conversations téléphoniques, chacun voulant faire croire aux deux autres qu'il ou elle tirait des ficelles depuis les coulisses poussiéreuses de son théâtre de boniments, essayant de capter l'attention de l'agent de Giverney, lançant des offres de plus en plus mirobolantes. Clive devinait qu'ils avaient fait des propositions enivrantes. Mais Bobby Mackenzie était allé si loin que l'agent de Giverney pourrait prendre sa retraite rien qu'avec sa commission. Il n'aurait plus jamais besoin de répondre au téléphone de sa vie. C'était le genre de somme qui finirait un jour par entraîner toute l'édition par le fond. Le genre d'avance monstrueuse qu'on ne récupérait jamais.

Ça aussi, c'était triste, pensa Clive. D'un autre côté, ce n'étaient pas les vertueux principes éditoriaux de Tom Kidd qui lui offriraient des costumes en soie à mille cinq cents dollars.

Il émit un rire suffisamment forcé pour laisser entendre le contraire de ce qu'il venait de dire.

— Comme ça me fait plaisir de vous retrouver ! Ça fait combien de temps qu'on n'avait pas déjeuné tous les trois ?

— Depuis que j'ai tenté la chance en signant un à-valoir d'un million de dollars à Tasha Gorky, lâcha Nancy.

Cela revenait à se jeter dans la gueule du loup. Elle devait vraiment être aux abois. Clive sourit.

— Si je me souviens bien, Nancy, la chance n'était pas au rendez-vous. Le projet semble s'être évanoui, le nègre qui devait l'écrire pour elle, également.

Tasha n'avait pas l'ombre d'une idée et encore moins de talent pour écrire. Son seul savoir-faire dans ce domaine se limitait à signer son nom sur des balles de tennis.

Une des qualités de Nancy était sa capacité à faire dévier les flèches qu'on lui décochait.

— Oui, ça te surprend ? Il était évident que je prenais un gros risque. Mais, comme je dis toujours, qui ne tente rien n'a rien.

Le seul bienfait qu'elle retirait de ses séances occasionnelles chez les Alcooliques Anonymes était son stock d'aphorismes, constamment renouvelé.

Naturellement, elle savait à la perfection faire passer ses erreurs pour des actes de bravoure. Pour l'heure, ils s'écartaient du sujet qui avait motivé le déjeuner. Cependant, Clive ne s'illusionnait pas, il ne perdait rien pour attendre. Ils étaient trop malins pour se laisser berner par son numéro façon « ça fait si longtemps qu'on ne s'était pas vus ». Trop malins et trop jaloux. Autrement dit, trop comme lui.

Oh, après tout... Il découpa un morceau d'espadon avec une précision chirurgicale. Compte tenu de la détermination de Bobby Mackenzie à attirer Giverney dans sa bergerie, n'était-il pas déjà acquis qu'ils finiraient par l'avoir ? Si, pour une raison ou une autre, ils échouaient, il serait sûrement capable de se couvrir. Aussi laissa-t-il tomber, tout à trac :

— On a signé avec Giverney pour deux livres. Voilà ce qu'on est en train de fêter aujourd'hui.

Ils se pétrifièrent littéralement sous ses yeux. Il songea à la femme de Loth... mais elle, ce n'était pas en statue de sel ? Leurs bouches ressemblaient à deux fissures dans un bloc de pierre. Il se retint de glousser. Il les avait battus, il avait décroché le pompon, marqué le but en or, il avait joué son va-tout et empoché le jackpot.

Pourtant, la récompense était ténue. Ils se ressaisirent, la pierre redevenant chair, et le félicitèrent, s'efforçant aussitôt de faire comme s'ils n'avaient pas eux aussi rêvé de mettre la main sur ce même gars.

— Naturellement, dit Bill, nous avions nous aussi songé un instant à Giverney...

Clive eut envie de lui rire au nez. Naturellement !

— ... mais son agent... comment s'appelle-t-il, déjà ?

Comme s'il n'avait pas son nom gravé sur les murs de sa chambre en lettres de sang !

— Mort Durban.

Mortimer, l'apoplectique, l'agent des agents.

— Ah oui... En tout cas, il réclamait tellement qu'on a tout de suite compris qu'on ne rentrerait jamais dans nos frais. C'est jeter de l'argent par les fenêtres. Bobby Mackenzie, lui, peut sûrement se permettre d'assumer un tel gouffre. Il ne sait plus quoi faire de ses millions.

Il adressa un grand sourire à Clive. Comme si, naturellement, Bobby n'était qu'un enfant gâté qui n'avait aucune idée de la manière dont on gérait une maison d'édition. Fulminant intérieurement, Clive s'accrocha à son sourire.

— Un gouffre ? Apparemment, vos comptables et les nôtres n'utilisent pas le même système. On prévoit un premier tirage d'un million.

Bill s'esclaffa.

— Quoi ? Avec un taux de retour entre cinquante et soixante pour cent ?

— Les livres de Giverney n'ont jamais ce genre de taux. Vingt-cinq pour cent, au maximum.

— Allez, Clive ! La moitié de ces bouquins finissent au pilon. C'est toujours comme ça. Chaque année, ça empire. Les éditeurs ne peuvent plus se permettre de verser des avances aussi colossales !

Mince, Bill était en train de reprendre le dessus. Bill, pontifiant au sujet des excès de l'édition ? Celui-là même qui avait tenté de débaucher Rita Aristedes de chez Mackenzie-Haack en négociant pour elle une villa en Toscane ? (Rita raffolait de tout ce qui était italien, hormis l'amour que vouent les Italiens à la terre et aux autres Italiens). Son espadon oublié, Clive resta les bras croisés, un tout petit sourire au coin des lèvres. Puis ce fut au tour de Nancy :

— Le problème, c'est que Mackenzie-Haack a toujours eu cette écurie absolument fabuleuse... Je peux bien le dire, je t'envie...

Petit sourire dédaigneux pour bien montrer qu'il n'en était rien.

— ... je t'enviais, plus exactement.

Clive ne put s'empêcher de réagir :

— Comment ça ? Mackenzie a toujours un meilleur catalogue d'auteurs que n'importe qui en ville...

— Meilleur que celui de Fritz Pearls ?

Fritz Pearls était le plus littéraire d'entre eux.

— Bien sûr que non.

Il grimaça. Il était évident que F. P. les dépassait tous en qualité littéraire.

— Je voulais dire pour une maison de cette taille.

— Vous venez juste de signer Dwight Staines, n'est-ce pas ? Si bien que vous avez Staines, Rita Aristedes et à présent Paul Giverney... Dis donc !

Elle avala une grande gorgée de vin.

— Vous êtes en train de devenir plus commerciaux que Disney.

Clive parvint à lâcher un rire sonore faussement bon enfant.

— Ça m'étonnerait, ma petite Nancy. Pas avec des auteurs comme Eric Gruber ou Ned Isaly. Sans compter une dizaine d'autres.

Bill revint à la charge :

— Oui, mais ce ne sont pas des auteurs qui se vendent beaucoup, sauf peut-être Isaly, mais il ne sort un bouquin que tous les quatre ou cinq ans. Ce qu'il vous manque, c'est un Mailer ou un John Updike. Vous n'avez pas de gros poids lourds littéraires.

— Si, Saul Prouil.

C'était un mensonge, mais Clive commençait à s'y habituer.

— Quoi ? Allez ! Vous n'avez pas Prouil sous contrat ! Saul Prouil n'a pas sorti un livre depuis dix ans !

— Non, mais ce sur quoi il travaille en ce moment est génial.

— Et c'est quoi, « ce sur quoi il travaille » ?

Clive rit.

— Vous connaissez Saul. Il n'aime pas qu'on parle de ses projets en cours.

Mais pourquoi était-il allé invoquer Saul ? Cela faisait neuf ans qu'il ne lui avait même pas adressé la parole. En outre, il n'avait jamais été son directeur.

— Ah oui ? C'est peut-être parce qu'il n'avance pas.

Nancy était en train de se siffler toute la bouteille.

Le déjeuner ne se déroulait pas du tout comme il l'avait prévu. Ils étaient censés s'ouvrir les veines pour déverser tout le sang de leur jalousie sur la nappe blanc gardénia. Ils étaient censés être humiliés, et comprendre qu'au bout du compte Clive était celui des trois qui avait le mieux réussi, qui était le meilleur, le plus fort.

Bill se redressa sur sa chaise et souffla de côté la fumée de la cigarette qu'il n'était pas supposé fumer dans ce restaurant.

— Merde, tu sais ce que nous sommes, au fond ? Des maquereaux, voilà ce que nous sommes.

Il tira une nouvelle taffe, les sourcils froncés, l'air contrarié.

Un second couteau aurait peut-être gobé ce simulacre d'autodénigrement, mais pas Clive. En outre, il s'agissait avant tout de le dénigrer, lui, Clive, afin de l'enfermer dans la catégorie des proxénètes. Bill pouvait difficilement le faire sans s'inclure lui-même, mine de rien, dans le lot. Clive voûta le dos. Il s'était mis en danger pour rien. Ne savait-il pas qu'ils connaissaient aussi bien que lui mille techniques pour sauver la face ? Il n'arriverait pas à les impressionner. Ils étaient totalement insensibles. Ce constat l'ébranla.

Sans compter que Giverney n'avait toujours pas signé le contrat. Quelle tasse…

Sans la moindre pensée pour la note de frais (surtout qu'elle n'était pas pour eux), Nancy et Bill se commandèrent un cognac.

— Apportez-nous plutôt des doubles, rectifia Bill en rappelant le serveur.

Puis, se tournant à nouveau vers Clive :

— En tout cas, félicitations, Clive. Bon travail. Mais je ne voudrais pas être à ta place quand Giverney vous plantera.

Clive marmonna une réponse, du genre inaudible.

— Parce que tu sais ce qu'il va exiger, n'est-ce pas ? Il va vouloir que Tom Kidd soit son directeur littéraire. Tu en es bien conscient, non ?

Clive le dévisagea. Comment pouvait-il le savoir ? Il n'était pas question de lui confirmer qu'il avait raison. Il demanda :

— Qu'est-ce qui te fait penser ça ?

Bill haussa les épaules.

— Ça tombe sous le sens. Giverney veut être le meilleur. Il est tellement arrogant, ce connard !

Il affichait de nouveau ce sourire niais.

— Je suis bien content de ne pas être celui qui devra l'annoncer à Tom Kidd !

Il se tapa sur le genou en s'esclaffant.

— Pour ça, non, je ne voudrais vraiment pas être à ta place !

Nancy, le visage impavide, du moins en commençant sa phrase, déclara :

— Tom va sortir un flingue de son tiroir et t'abattre. C'est aussi simple que ça. Mon pauvre petit Clive.

En rentrant à son bureau après le déjeuner, totalement déprimé, Clive trouva un livre posé au milieu de son sous-main. Mackenzie-Haack l'avait publié deux ans plus tôt : *Le Bouc émissaire*. Celui auquel Bobby avait fait allusion, le bouquin de Danny Zito. Il avait été sérieusement éreinté à sa sortie, mais l'aurait été encore plus si son auteur n'avait pas été placé dans le programme de protection des témoins avant sa publication.

Zito avait été l'un des auteurs dont s'était occupé Clive, même si celui-ci avait dit à Bobby Mackenzie qu'un autre que lui, quelqu'un comme Peter Genero, aurait mieux convenu (en d'autres termes, il estimait que le livre n'était pas digne de lui) et que Peter s'entendrait beaucoup mieux avec Danny Zito.

« Pourquoi ? Parce qu'il est italien ? Vous voulez dire qu'il faut être rital pour traiter avec un autre Rital ? »

Bobby n'avait rien voulu entendre. Le livre avait besoin d'être remanié, qu'on lui apporte un peu de classe, ne serait-ce qu'en surface, et Clive était l'homme tout indiqué pour ça.

En fait, Danny Zito s'était avéré un type plutôt drôle et assez terre à terre. Lors de leurs déjeuners dans des restaurants chers, il avait fait preuve d'un sens affûté de la conversation (même si Clive ne pouvait s'empêcher de jeter des coups d'œil derrière lui toutes les dix secondes), et le livre avait plutôt mieux marché que prévu.

Clive s'assit, le volume entre les mains.

Pourquoi ?

Il se leva et se dirigea vers la porte. Son assistante, Amy Waters, relisait des épreuves.

— Amy, d'où vient ce bouquin ?

Il lui montra le livre, qui avait une belle jaquette noir et blanc, avec un titre en relief en lettres argentées.

Amy plissa les yeux comme si elle n'arrivait pas à lire les caractères de dix centimètres de haut à quelques mètres d'elle.

— C'est peut-être Bobby qui l'a laissé ?

Elle se replongea dans son travail.

— Amy, je vous pose une question et vous me répondez par une autre...

Pourquoi se donnait-il la peine de lui dire ça ? Elle terminait toujours ses phrases sur un point d'interrogation.

— Oh. Je voulais dire par là que Bobby est passé dans votre bureau tout à l'heure.

— Qu'est-ce qu'il a dit ?

— Rien. Il est entré et sorti. Il a dit « Bonjour Amy », mais je n'ai pas fait très attention. Je dois finir de revoir ces épreuves pour le catalogue...

Clive maugréa et regagna son bureau. Il se rassit, posa le livre devant lui, le fixa.

Danny Zito ?

7

Clive contemplait *Le Bouc émissaire* posé sur son bureau depuis un bon moment déjà. Il fut sur le point de décrocher son téléphone puis se ravisa. Non, il valait mieux aller trouver directement Bobby dans son bureau et lui demander pourquoi il lui avait apporté le livre. Il était encore en train d'y réfléchir quand Tom Kidd se matérialisa sur le seuil de la porte. « Se matérialiser » était vraiment le mot approprié car il se tenait dans l'ombre. On ne distinguait pas ses traits, rien que la frêle couronne de cheveux pâles qui, illuminée par-derrière, semblait écumer sur sa tête.

Tom n'était pas du genre à bavarder au téléphone ni à aborder les gens par un « Hé, vous avez une minute ? ». Clive le voyait rarement et, le cas échéant, c'était toujours lors d'une apparition soudaine comme celle-ci. Il avait peu d'occasions de discuter avec lui et n'en cherchait pas. Tom n'était pas de ceux qui passaient vous voir pour parler boutique. Il habitait pratiquement dans son bureau, qui était petit mais jouissait d'une vue magnifique. Elle était censée entretenir son moral, sauf que c'était du gâchis : il lançait rarement un regard par la fenêtre dans la mesure où, disait-il, Manhattan ne changeait pas beaucoup d'un jour sur l'autre. Pour lui, New York n'offrait qu'une bonne toile de fond pour ses piles et ses piles de bouquins.

Clive imaginait que, quand il relevait la tête de l'un de ses manuscrits, il ne voyait pas vraiment, les nuits d'hiver par exemple, les illuminations sur la Cinquième Avenue, les réverbères du Plaza perçant la brume ambrée, pas plus que le rideau sombre des arbres de ce côté de Central Park. Il ne voyait que des mots. Il continuait à lire des lignes de manuscrit dans sa tête — une phrase, une métaphore, la page translucide se superposant au Plaza et au parc, cette phrase ou métaphore (de qui ? Isaly ? Gruber ? Grace Packard ?) décrivant la scène en contrebas avec une telle précision que les mots finissaient par se fondre dans la brume, les arbres, la neige, devenant le paysage.

C'était, selon Clive, ce que les directeurs littéraires comme Kidd voyaient. Il n'y en avait pas beaucoup comme lui. Dieu merci ! Face à Kidd, il était toujours mal à l'aise. L'autre le faisait se sentir déplacé sans même y penser, il lui suffisait d'apparaître devant cette foutue porte.

Clive se leva de sa chaise avec un air enjoué.

— Tom !
— Clive.

Tom était en train d'allumer un de ses gros cigares infects. A croire que tous les discours sur le tabagisme lui étaient passés au-dessus de la tête.

— Je viens de croiser Tootsie Malone.

L'agent du seul bon écrivain de Clive, Jennifer Schiffler.

— Elle venait me voir ? Qu'est-ce qu'elle a dit ?
— Je n'en sais rien. Je n'ai pas pu décrypter la bulle qui sortait de ses lèvres.

Tom détestait en bloc les agents, à l'exception de Jimmy McKinney, un des hommes de Mort Durban.

— J'ai cru comprendre que vous alliez signer avec Paul Giverney ?

Clive tenta un éclat de rire qui se voulait d'autodénigrement, puis répondit :

— En tout cas, on fait tout pour !
— Pourquoi ?

Tom avait fait un pas dans la pièce, laissant derrière lui un nuage de fumée.

— Pourquoi ? répéta innocemment Clive.

Tom hocha la tête.

— Quel besoin y a-t-il d'un autre auteur commercial ? Il en sort un nouveau tous les jours. A présent, c'est au tour de Giverney ?

— Allons, allons, Tom. Vous savez bien que toutes les maisons d'édition de Manhattan se l'arrachent.

Tom haussa les épaules.

— Ça ne répond pas à ma question : pourquoi ?

— Vous ne voulez pas vous asseoir ?

— Non, il faut que je finisse de revoir le contrat de Mary.

Il voulait parler de Mary Mackey. Clive sauta sur cette excellente occasion de changer de sujet :

— Ah ! Mackey a tellement de talent ! Je suis content que vous ayez pu lui obtenir vingt mille de plus.

Il se mordit la langue. Aborder la question des avances sur recettes n'était pas une bonne idée. Mary Mackey s'était d'abord vu offrir cinquante mille dollars, mais Tom était parvenu à lui obtenir soixante-dix mille. Néanmoins, c'était encore de la menue monnaie, comparé à ce que touchaient des auteurs comme Dwight Staines ou Paul Givorney. Avec seulement quinze à vingt pour cent des sommes que Mackenzie-Haack payait à Staines ou Rita Aristedes, on aurait pu faire vivre de vrais auteurs pendant des années. Naturellement, Clive n'allait pas le lui dire, autrement Tom se lancerait dans un de ses discours sur « le monde disparu ». Jadis, dans les brumes du monde oublié de l'édition, l'argent servait à entretenir de nouveaux écrivains, même si leurs livres ne rapportaient pas un sou pendant plusieurs années. « Le monde oublié de l'édition ». Le bon vieux temps, l'ère des dinosaures.

Cela rappela à Clive une récente réunion de vente au cours de laquelle Tom avait présenté le dernier roman d'Eric Gruber. Il avait insisté sur le fait qu'un des personnages était un dinosaure :

« N'oubliez pas, quand vous irez au-devant des libraires, qu'Eric Gruber est un fabuliste, qu'il ne s'agit ni de Stephen King ni de Michael Crichton. S'il vous faut vraiment une expression à la mode, dites qu'il fait du réalisme magique, c'est une appellation qui en vaut une autre... hélas. »

Tom haïssait les expressions à la mode.

Leo Brand, qui dirigeait le service des ventes, lui avait rétorqué qu'il parlait toujours comme si toute la machinerie de l'édition — y compris les ventes de leurs livres — n'était qu'une épine dans le pied des auteurs, un parcours d'obstacles. Il tenait néanmoins à lui rappeler que, sans Mackenzie-Haack, ses foutus écrivains ne seraient jamais imprimés.

Sans se démonter, Tom avait répliqué :

« Qu'y a-t-il de si formidable à être imprimé quand on sait se servir d'un stylo et d'une feuille de papier ? »

A ses côtés, les autres directeurs éditoriaux, et notamment Clive, avaient l'impression d'avoir raté un train. Il fallait reconnaître que ses auteurs raflaient tous les prix littéraires : il comptait à son actif une dizaine de National Book Awards, plusieurs Pulitzer, d'innombrables citations littéraires, quelques trophées du New York Literary Circle et autant de prix étrangers. Certes, le tout s'étalait sur plusieurs décennies, mais aucun autre directeur ne pouvait égaler Tom. A dire vrai, il en avait plus à lui seul que tous les autres réunis.

Naturellement, toutes les maisons d'édition de New York avaient tôt ou tard essayé de le débaucher. Celle qui avait lancé le plus gros appât était Queeg & Hyde, lui proposant sa propre marque d'éditeur. Tout cela s'était déroulé dans la plus grande discrétion, bien sûr, mais, en politique comme en édition, le secret n'existant pas, le bruit était parvenu jusqu'à Bobby Mackenzie, qui avait, sans grande originalité, offert la même chose à Tom. Cela signifiait qu'il disposerait d'un petit segment de la maison rien que pour lui. Son nom apparaîtrait juste sous celui de Mackenzie-Haack sur le plat inférieur du livre et sur la page de titre. Avoir sa marque d'éditeur était le summum du prestige. Clive essayait d'obtenir cet honneur depuis des années. « Un livre de Clive Esterhaus »... Il aimait l'allure que cela avait quand il l'affichait sur son écran d'ordinateur. Mais cela ne s'était pas encore concrétisé.

Tom Kidd avait refusé l'offre de Queeg & Hyde, sans que cela surprenne quiconque.

« Pourquoi ? » avait demandé Bobby, après lui avoir proposé la même promotion — et avoir obtenu la même réponse. « Pour quoi faire ? » avait répondu Tom.

« Pourquoi ? » était généralement la réponse de Tom à toutes les manœuvres sournoises, médisantes et envieuses qui avaient cours chez Mackenzie-Haack. Quand Bobby lui avait offert le poste de directeur éditorial en chef, lui assurant qu'il n'en ferait pas plus que ce qu'il faisait déjà, cela avait été la réponse de Tom. « Pourquoi ? »

A présent, c'était à Clive de répondre. Pourquoi chercher à avoir Paul Giverney dans leur écurie ?

— Parce que c'est l'auteur le plus demandé ces jours-ci. Parce qu'on le veut à bord. Bien sûr.

Tom ne se laissa pas impressionner par le « bien sûr » (qui impliquait qu'il fallait être sot pour ne pas en convenir). Il se contenta de tirer sur son cigare. Il regarda le bout incandescent pour s'assurer qu'il était bien allumé et déclara :

— Et alors ? Vous ne rentrerez jamais dans vos frais. Il faudrait vendre des millions d'exemplaires pour amortir une telle avance sur recettes. Vous perdrez de l'argent.

Clive se mit à rire.

— Tom, où est passé votre idéalisme ?

— On parle d'argent, non ? Vous parviendrez peut-être à l'attirer « à bord », comme vous dites, mais si le bateau coule vous pouvez être sûrs que Giverney vous tapera sur la tête à coups de batte pour être le premier dans le canot de sauvetage, si généreux que vous soyez.

Clive fronça les sourcils.

— Vous voulez parler des écrivains en général ou de Paul Giverney en particulier ?

Tom vérifia à nouveau le bout de son cigare. Il ignora la question, déclarant plutôt :

— Bah, peu importe ! Tant que c'est vous qui vous occupez de lui et pas moi...

Clive sentit un petit frisson lui parcourir l'échine. Sur ces mots, Tom ressortit, dissipant les ombres sur le seuil.

Clive reprit le livre de Danny Zito, l'ouvrit là où se trouvait le signet (Bobby l'avait sans doute placé sciemment) et lut :

Ce n'était pas un contrat habituel. On n'imagine pas combien tuer est fastoche. Je veux dire, plus on a de l'entraînement, plus ça vous vient naturellement. Comme le patin à roulettes ou le piano. C'est que je sais y faire, vous savez...
Mais en ce moment j'écris.

Oui, enfin, si on veut, mon cher Danny. La prose était tortueuse mais Danny avait absolument tenu à rédiger ses mémoires lui-même. Il ne voulait pas de nègre, ni « se raconter » devant un écrivaillon anonyme. Clive avait tenté de l'en dissuader, lui disant qu'écrire un livre n'avait rien d'une partie de plaisir.

Danny avait indiqué les étagères remplies des auteurs que Clive suivait.

« Alors pourquoi ils le font, tous ces gars-là ? »

C'était une bonne question. Clive soupira et reprit sa lecture :

Ecrire. C'est bien la dernière chose à quoi j'aurais jamais pensé avant. J'espère vivre assez longtemps pour en faire un deuxième. Ça vous remue les tripes. Je veux dire, de lire votre nom sur une couverture, vos mots imprimés sur la page. Qui pourrait résister, hein ?

Clive referma le livre et contempla le vide un moment en se demandant si c'était là ce que Bobby avait voulu suggérer, que Danny écrive un autre livre. Le fait était que le premier avait dépassé leurs attentes en termes de ventes. Et il semblait en passe de devenir une sorte de livre culte. Mais...

Il décrocha le téléphone, le reposa, saisit à nouveau le livre. En repassant devant Amy, il lui annonça qu'il serait dans le bureau de Bobby.

— J'ai fini avec ça ?

Elle lui montrait des feuillets d'épreuves pour le catalogue. Clive lui adressa un petit sourire pincé.

— Je n'en sais rien, mon cœur. A votre avis ?

A l'une des assistantes de Bobby, occupée à papoter au téléphone, il demanda :

— Il est chez lui ?

Comment se prénommait-elle, déjà ? Polly ? Dolly ? Pourquoi ces filles ne s'appelaient-elles pas des secrétaires puisque c'était plus ou moins ce qu'elles faisaient ? Probablement parce que les maisons d'édition devaient payer aux secrétaires un salaire correspondant à leur fonction alors que les « assistantes d'édition » travaillaient pour des clopinettes et le prestige (vous parlez d'un prestige !). Et dans l'espoir de devenir un jour directrices éditoriales elles-mêmes (elles pouvaient toujours s'accrocher !). Elles adoraient parler boutique. Il y avait suffisamment de bruits de couloir chez Mackenzie-Haack pour les occuper toute la journée. C'était sûrement ce pour quoi Polly était en ce moment même au téléphone. Elle raccrocha et le regarda de façon hautaine.

— Je vous ai demandé s'il était dans son bureau. Polly ?

— Dolly. Et non.

Elle écarta une grande mèche de cheveux qui semblait avoir été défrisée au rouleau compresseur. Puis elle pointa un ongle orné de paillettes dans une direction.

— Il est plus loin dans le couloir. Chez Peter.

— Peter Genero ?

Le sourire de Dolly était à deux doigts d'être méprisant.

— C'est le seul Peter de la maison, non ?

Toutes les assistantes de Bobby se donnaient des airs, comme Bobby lui-même. Elles travaillaient pour le grand patron, et vous, vous étiez qui ?

Clive entra dans le bureau de Bobby. Il aimait ces bibliothèques, qui tapissaient trois murs du sol au plafond (le quatrième mur étant la baie vitrée donnant sur la fameuse vue). Les étagères étaient pleines, les livres les plus récents, rangés debout, de face. Comme d'habitude, les vraiment bons (les bien écrits) étaient tous ceux des auteurs de Tom Kidd. Il y avait là un Grace Packard, un Eric Gruber. Les autres directeurs (lui y compris) avaient généralement un auteur littéraire dans leur panier, mais rarement plus d'un, et personne (là encore Clive s'incluait dans le lot) n'aurait osé se mêler de revoir leur texte.

La perle de Clive était Jennifer Schiffler. Elle n'était pas loin d'égaler Gruber, Packard et Isaly. Clive la voyait rarement, et quand cela arrivait, il n'était pas sûr de vraiment la « voir ». C'était l'une de ces créatures spectrales qui donnent l'impression de n'avoir emprunté un corps que pour une visitation susceptible de s'achever d'un instant à l'autre. Il l'avait une fois invitée à déjeuner, s'attendant qu'elle se contente de triturer sa nourriture. Il avait fini par se demander comment elle était parvenue à ingurgiter sa pile de blinis sans qu'il la voie un seul instant mâcher ou même déglutir.

En contemplant tous ces livres, Clive soupira, sentant un petit pincement de culpabilité envers Jennifer et d'autres auteurs comme elle, conscient qu'il les avait négligés au profit d'autres, et pas les meilleurs.

— Clive !

Il sursauta en entendant la voix de Bobby. Ce dernier entra et contourna d'un pas léger son bureau gigantesque avant de s'asseoir dans son fauteuil pivotant et de poser les pieds sur la table comme s'il portait un jean et un tee-shirt. Ce qui n'était pas le cas. Son tailleur lui avait confectionné une dizaine de costumes (à deux ou trois mille dollars pièce), tous suivant le même patron mais dans des laines et des soies différentes. Toutefois, les tons étaient si neutres qu'il semblait porter toujours le même.

— Qu'est-ce que vous m'amenez ?

— Ça ?

Clive se demanda s'il n'était pas à son tour en train de tout mettre à la forme interrogative, à l'instar d'Amy.

Bobby s'enfonça dans son fauteuil avec un sourire qui se voulait mystérieux mais qui n'en était que plus fat. Il croisa les doigts derrière sa nuque puis se balança en arrière vers la grande fenêtre et, derrière elle, le vide.

— Vous l'avez trouvé.

— Pourquoi, vous vouliez le cacher ? En le posant au milieu de mon bureau ?

— Qu'est-ce que vous en pensez ?

— De quoi ?

Il décida que si Bobby voulait un autre exposé sur la mafia, il n'aurait qu'à aller se le chercher tout seul. Il n'avait pas l'intention de l'aider.

— Vous n'avez pas lu la page que j'avais marquée ?

— Si, celle dans laquelle Danny s'épanche sur sa vie d'écrivain. Il faut dire qu'il sait de quoi il parle...

Faisant tourner son fauteuil d'un côté et de l'autre comme un enfant, Bobby sourit.

— Ça... et l'autre truc.

Clive fronça les sourcils.

— Quel autre truc ?

Bobby arrêta de se balancer et se pencha en avant, baissant la voix :

— Vous avez déjà oublié ce dont on a parlé ce matin ?

— Bien sûr que non. Mais on a surtout discuté de Paul Giverney.

— Vous n'avez pas adoré ce passage où il écrit que tuer devient de plus en plus facile avec la pratique, comme le patin à roulettes ?

Il fit une grimace.

— Je pense que vous devriez recontacter Danny Zito.

Clive émit un rire étranglé.

— Zito a disparu dans les limbes insondables du programme de protection des témoins. Vous l'avez dit vous-même. Cet homme ne veut surtout pas être retrouvé.

Bobby attira son fichier rotatif, ses doigts courant entre les cartes comme ceux d'un joueur professionnel. Il extirpa une petite fiche perforée et la fit glisser sur le bureau vers Clive.

— Voici son numéro.

Il pianota sur la table.

— Il ne veut pas être retrouvé par ses vieux potes, sa femme ou sa maîtresse. On le comprend. Mais par son éditeur ? Allons donc !

Il fit un bruit mou avec ses lèvres.

— On peut perdre le contact avec son bookmaker ou son receleur, mais son éditeur, jamais.

Clive se leva et s'approcha de la baie vitrée, observant Madison Avenue à ses pieds. Il se tourna, les sourcils froncés.

— Bobby, qu'est-ce que vous voulez qu'on fasse d'un autre bouquin de Danny Zito ?

— Rien. Mais lui a probablement envie d'en pondre un.

— Et alors ?

— Alors il connaît un tas de monde.

Bobby croisa les bras sur son torse et attendit.

— Un tas de monde ?

Clive essayait de refouler la désagréable impression qu'il avait déjà tenté de repousser le matin même. Il déglutit, sentit son cœur se contracter. Il n'était plus tout jeune, l'infarctus le guettait.

— Vous voulez que j'obtienne de Danny des informations afin de régler ce petit problème soulevé par Paul Giverney ?

Bobby lui lança un regard exagérément surpris, genre « J'aurais dit ça, moi ? ».

— Et puis comment pourriez-vous faire confiance à Danny Zito ? reprit Clive. C'est manifestement la plus grosse balance de la ville. Il a vendu toute la tribu Bransoni. Vous vous imaginez qu'il gardera le secret s'il conclut une affaire avec nous ?

Bobby secoua lentement la tête.

— Bransoni ne lui avait pas promis un contrat pour un livre. Il ne faisait appel à lui que pour l'autre type de contrat.

Il trouva apparemment le parallèle hilarant. Quand il eut fini de rire, il conclut :

— Allez, mon petit Clive, faites-le, c'est tout.

Clive sortit du bureau en fulminant. Il en avait assez que tout le monde l'appelle « mon petit Clive ».

8

Clive était de retour dans son bureau, le livre de Zito de nouveau entre les mains. *Le Bouc émissaire.* Il se souvenait du projet initial. Il tenait en une page, sous forme de plan.

Selon Danny, la meilleure manière de présenter au lecteur la vie d'un homme de main de la mafia était d'utiliser le format programme en dix leçons.

Admets que tu es impuissant face à la famille Bransoni.

Bobby, qui avait pensé que Danny Zito plaisantait (on le comprend), l'avait parcouru d'un bout à l'autre en gloussant. Au point qu'il en avait eu le hoquet.

Pas Clive. Avec son visage impénétrable de joueur de poker, Danny Zito aurait pu plumer le Caesars Palace. Il lui avait expliqué qu'il ne savait pas trop quelle approche utiliser : un programme en dix leçons illustré par les mœurs sanglantes de la famille Bransoni ? Ou la famille Bransoni mise à nu en dix chapitres ?

Bobby et Danny s'étaient enfermés pendant deux heures dans le bureau de Bobby pour en discuter.

Le livre était parfaitement délirant, mais aucun critique n'avait été capable de deviner si ce qui y était raconté était vrai ou s'il s'agissait d'une super mise en boîte d'un clan mafieux et de tous les programmes en dix étapes sur tous les aspects de la vie que tout le monde semblait suivre. Autrement dit, ils l'avaient pris pour une satire. Personnellement, Clive pensait que c'était surtout une manifestation de l'ego de Danny, de son absence totale de talent et de son ignorance de tout ce qui sortait de sa sphère de compétence : tuer des gens.

On aurait pu en dire autant de tous les livres de célébrités, les pires devenant souvent des best-sellers instantanés. Bobby avait donné son feu vert à certains de ces récits de réussites sociales et professionnelles. Dont quelques-uns qui, à première vue, semblaient des coups sûrs et s'étaient révélés des pétards mouillés.

Clive fixait toujours la jaquette. En toute logique, c'était Peter Genero qui aurait dû se charger de ce livre. Genero était le franc-tireur spécialiste des célébrités, le terme « célébrité » incluant ici les tueurs à gages, les assassins politiques, les joueurs de tennis, les violeurs en série, n'importe qui ayant vécu à L.A., les instigateurs de coup d'Etat, les experts en évasion fiscale, tous ceux qui avaient une arnaque ou une histoire bien crade à raconter. Ces auteurs manqués s'estimaient généralement si merveilleux qu'ils considéraient ne pas avoir besoin d'écrire eux-mêmes leur livre.

Celui-là tombait pile dans le créneau de Peter Genero. Sauf que ce dernier était probablement trop occupé à engraisser à grand renfort de déjeuners ses « projets », des personnalités qui, ayant accédé récemment à la notoriété, présumaient qu'elles se devaient d'écrire un livre sur le sujet. Celui de leur nouvelle célébrité.

Clive haïssait Genero. Pas de la manière dont il haïssait Tom Kidd. Même s'il aurait aimé que Tom Kidd s'évanouisse dans la nature, il avait du respect pour lui, l'enviait pour la façon dont il maintenait en vie le vieux feu sacré de l'édition. Kidd était enfermé dans son bureau, croulant sous les livres du matin au soir, parfois les week-ends, arrivant tôt et repartant après la tombée de la nuit. Peter, lui, était rarement là. Il conduisait ses affaires depuis un appartement de l'Upper East Side ou depuis son ranch à Great Neck, sur Long Island. Il s'estimait sans doute trop dans le coup pour être attaché à un bureau, ou pour honorer de sa présence tout ce qui pouvait rappeler le monde prosaïque du travail.

Il partageait ses biens fonciers avec deux chiens-loups qu'il aimait particulièrement exhiber dans Central Park et qu'il amenait parfois dans son bureau quand il daignait s'y rendre, à moins qu'il ne les emmène chez Petrossian, où il se plaisait à déjeuner quand il avait un « projet » à embobiner.

Clive s'était longtemps demandé comment Genero parvenait à manipuler Bobby. Puis, un jour, il s'était rendu compte que c'était tout le contraire. Bobby lui faisait accomplir exactement ce qu'il savait faire de mieux, et il était fabuleusement doué pour cela (Clive devait bien l'admettre). Genero savait enjôler et dorloter ces célébrités instantanées jusqu'à ce qu'elles se gonflent comme des ballons de baudruche flottant au-dessus de Central Park. Elles étaient alors prêtes à faire tout ce qu'il leur demanderait : ne pas arriver complètement saoules sur les plateaux de télévision ; ne pas engager d'équipe de relations publiques pour annoncer leur livre avant que Mackenzie-Haack ait lancé sa propre campagne de pub ; et, le plus important, ne pas tenter d'écrire elles-mêmes leur livre.

Il n'y en avait pas une seule parmi elles qui ne fût persuadée d'être capable d'écrire *Guerre et Paix* en un week-end. Quand Peter travaillait un « people », lui répétant combien Mackenzie-Haack l'estimait, combien on le trouvait génial, il prenait grand soin de ne jamais laisser entendre que ce génie s'étendait au talent pour l'écriture. « Ce qu'on attend de vous, c'est votre histoire. Vous l'avez vécue, pourquoi devriez-vous en plus l'écrire ? Laissez ça aux nègres ! (C'est ça, siffle donc ce troisième martini, mon chou.) Ils sont là pour ça ! »

Cela marchait presque à chaque fois. Quand ce n'était pas le cas, Genero avait une autre ruse qui consistait à laisser faire ces Thomas Mann en herbe qu'il n'avait pas réussi à arrêter dans leur élan avant le dessert : « Mais absolument ! Si vous tenez à l'écrire vous-même, c'est formidable ! Apportez-moi un chapitre lundi parce que, comme vous le savez, on est toujours tenus par ces échéanciers ridicules... » Le lundi, le Thomas

Mann appelait pour lui dire qu'il avait raison et qu'il valait mieux engager un nègre pour faire le sale boulot ; il avait des chats autrement plus importants à fouetter.

Parce que cela ne faisait aucun doute. Ecrire était un sale boulot.

Oui, Peter Genero excellait dans son créneau.

Clive avait contemplé la jaquette suffisamment longtemps pour en avoir mémorisé les moindres détails jusqu'à la fin des temps. Ce qu'il aurait dû faire, c'était retourner droit dans le bureau de Bobby et lui tendre sa lettre de démission.

Il prit la fiche cartonnée et décrocha le téléphone.

9

Swill's était un bar ordinaire qui s'était hissé au statut de café (si on pouvait considérer cela comme une promotion) en plaçant sur le trottoir trois ou quatre tables en métal qui, l'été, étaient parfois occupées par des touristes se croyant dans le Village. Les habitués de Swill's les dédaignaient, s'en plaignant même, trouvant qu'elles juraient avec l'atmosphère qui régnait à l'intérieur. Ils détestaient particulièrement la machine à expressos, installée principalement pour les clients assis au-dehors. Quant à la fameuse atmosphère, le patron (un dénommé Jimmy Longjeans) rétorquait qu'il avait baissé les bras depuis longtemps, depuis toutes ces années qu'il supportait la clique de ses habitués toujours fauchés.

Swill's était un troquet ouvrier dont la décoration dépouillée se limitait à une série d'affiches publicitaires colorées pour des marques de bière, alignées le long du grand miroir derrière le bar. Ce dernier, avec son plateau en cuivre, était à la fois beau et inhabituel. Rien d'autre dans la salle ne suscitait le commentaire : elle ne comportait que des box et des tables ordinaires en bois, entourées de chaises dépareillées et donc considérées comme le summum du chic.

Il était situé dans Chelsea, pas dans le Village. Mais, pour Ned, même ce bon vieux Greenwich Village n'était plus ce qu'il avait été. Il y avait encore trente, quarante ans, on pouvait s'y noyer dans un océan de discussions littéraires. MacDougal

Street, Greene, Houston. Swill's était fréquenté par bon nombre de romanciers et poètes, quelques peintres et l'inconnu de service qui sélectionnait toujours le standard *A Garden in the Rain* dans le vieux juke-box. Celui-ci proposait un véritable arsenal de chanteurs des années quarante et cinquante. Johnnie Ray y régnait en maître, du moins pour l'écrivain qui écoutait *Cry* en boucle.

Swill's avait ses piliers, mais ni plus ni moins que n'importe quel autre bar ouvert plus de cinq minutes par jour. Cela n'avait rien à voir avec la loyauté, juste avec la routine. Néanmoins, ceux qui venaient là depuis des années aimaient se plaindre de ceux dont ce n'était pas le cas. Récemment, ou plutôt depuis un an ou deux, des hommes en costume portant des attachés-cases s'étaient mis à venir après cinq heures du soir, parfois accompagnés de femmes en tailleur et également équipées d'attachés-cases. Les habitués se demandaient qui ils étaient et ce qu'ils faisaient là. C'était à croire que, pour fréquenter les lieux, il fallait avoir reçu une invitation personnelle de Jimmy Longjeans, qui se fichait pas mal de qui vous étiez tant que vous payiez comptant.

Le bruit s'était répandu que Saul Prouil avait reçu tous ses prix littéraires pour un unique roman et qu'il était peut-être le seul écrivain vivant ayant accompli cette prouesse. C'était la raison pour laquelle la table près de la fenêtre était connue comme celle de Saul et, parce qu'il était à la fois son ami et écrivain lui aussi, celle de Ned, puis, par extension, celle de Sally. Cette dernière travaillait chez Mackenzie-Haack, où elle était l'assistante du directeur littéraire de Ned. Toutefois, ce n'était pas là qu'ils s'étaient rencontrés. Saul, Ned et Sally avaient fait connaissance dans le petit square un jour qu'une page du manuscrit de Ned avait été emportée par une rafale soudaine et que Sally, avançant vers eux, avait fait pour la rattraper le bond le plus acrobatique qu'ils avaient jamais vu.

De temps en temps, quelqu'un s'approchait de leur table d'un pas traînant avec un exemplaire du roman paru neuf ans plus tôt et demandait à Saul de le lui dédicacer. La plupart des gars présents n'avaient jamais terminé un livre de leur vie et, en règle générale, considéraient une démarche aussi intellectuelle avec la plus grande suspicion. Mais le fait d'avoir cet écrivain primé dans leur bar, comme s'il faisait partie des meubles, lui conférait un intérêt particulier. Saul avait ainsi atteint une sorte de célébrité « swillienne ».

Il y avait bien d'autres écrivains, mais aucun de connu et la plupart encore non publiés, du moins sous forme de livre. Trois d'entre eux étaient poètes : b. w. brill (qui dédaignait les majuscules, à la manière de e. e. cummings, auquel il ne ressemblait en rien), Alison Andersen et John Laughlin. A dire vrai, b. w. brill avait déjà fait paraître un recueil et reçu un prix, quoique peu prestigieux. Avant cela, il fumait un paquet de Camel par jour. A présent, il arborait la pipe et des vestes en velours côtelé avec des pièces en cuir aux coudes. Les deux autres, Andersen et Laughlin, n'avaient jusqu'ici été publiés que dans de petits magazines et des anthologies. Il incombait donc à b. w. brill de guider la table des poètes dans la bonne voie. Ils se regroupaient comme des pigeons à l'arrière de la salle pour mieux s'agacer les uns les autres. Là, ils discutaient en long et en large des bourses et des prix littéraires des universités de Stanford et de l'Iowa, du Bread Loaf et de Yaddo.

Ned y pensait justement quand il vit b. w. agiter sa pipe dans l'air, sans savoir avec certitude s'il le saluait simplement ou s'il lui faisait signe de se joindre à eux. Ned opta pour la première interprétation et secoua la main à son tour. Se tournant vers ses compagnons, il leur demanda :

— Vous êtes déjà allés à Yaddo ?

— Moi ? Non, répondit Saul.

Ned haussa les épaules.

— Moi non plus. Comment s'appelle l'autre endroit, déjà ?

— Tu veux parler de Bread Loaf ? demanda Sally. Je crois que c'est dans le Vermont, non ?

— Non, pas Bread Loaf. Ça, c'est un de ces ateliers d'écriture. Il suffit de payer pour y être admis. Je te parle de ces lieux de retraite où il faut être invité. Il faut s'inscrire et présenter un

dossier. En fonction des circonstances, tu peux être accepté pour un mois ou six. Yaddo en est un.
— La colonie MacDowell, dit Saul.
— Oui, c'est ça.
— Je déteste ces endroits.
— Pourquoi ? demanda Sally.
— Parce qu'on adore se plaindre qu'on manque de temps ou d'un environnement propice à l'écriture. Mais si on veut être honnête, le temps n'a rien à voir là-dedans et n'importe quel environnement peut faire l'affaire. C'est juste qu'écrire est terriblement difficile. Ça peut être un calvaire. Je n'ai pas envie de me torturer plus que le strict nécessaire. En outre, tu t'imagines dînant tous les soirs avec trente ou quarante autres écrivains ?
— C'est ça qu'ils font ? demanda Sally.
— Tu restes enfermé dans ta chambre toute la journée jusqu'à l'heure du dîner, expliqua Ned. On t'apporte le déjeuner. C'est très alléchant quand on est fauché : logé, nourri et au calme.
— Jusqu'à l'heure du dîner, ajouta Saul.
— Mais vous êtes toujours en train de geindre, tous les deux, que vous n'avez pas assez de temps et qu'on vous distrait sans arrêt ! fit Sally.
— On ment. C'est justement ce que je viens de dire. Les écrivains mentent toujours à ce sujet. Tu n'as qu'à voir comment je vis. Je suis célibataire, j'ai plein de temps, j'habite dans un six-pièces et personne ne me dit ce que j'ai à faire...
— Un six-pièces ? dit Ned. Tu devrais ouvrir une colonie, toi aussi.
— J'ai probablement l'environnement idéal, tout comme toi. C'est pourquoi, quand on parle de distractions et de manque de temps, ce sont des histoires. Quoi qu'il en soit, pour ce qui est de ces... « retraites », si l'on peut dire, je ne vois pas ce qu'un écrivain peut y trouver. Ecrire est un acte asocial. Quant aux dîners de trente personnes, je n'en vois pas l'intérêt.
— Tu n'es probablement pas obligé d'y aller...

— Si tu veux manger, si. Je laisse ces endroits à notre ami brill, là-bas.

A cet instant Jamie Flynn, le dernier membre de leur quatuor, refit surface, échevelée et les yeux écarquillés, comme si elle venait de se réveiller en sursaut en se demandant où elle était. Jamie gagnait plus d'argent qu'eux trois réunis, ce qui n'était sans doute pas une bonne comparaison dans la mesure où, toujours à eux trois, ils étaient encore à mille lieues de ses royalties. Elle écrivait de la littérature de genre, ou plutôt en tout genre — policier, science-fiction, épouvante –, mais, naturellement, sous des noms d'emprunt qu'elle puisait dans sa malle aux trésors remplie de pseudonymes. Elle sortait deux ou trois romans par an. Une année, elle en avait même publié quatre.

Elle ne comprenait pas que Saul puisse écrire jour après jour et fourrer tous ses manuscrits dans un tiroir plutôt que sous le nez d'un éditeur. N'importe lequel d'entre eux sauterait sur un nouveau roman de Saul Prouil. Au lieu de cela, il se contentait de vivoter avec les maigres droits d'auteur qu'il touchait, une dizaine d'années après, sur *Le Dor des dors.*

Il le lui avait expliqué :

« Je n'ai encore fini aucun de ces romans, Jamie.

— Mets un point final », avait-elle rétorqué.

Il avait éclaté de rire et répondu que c'était le meilleur conseil qu'on lui avait jamais donné. Mais il était malade, névrosé, décati, et ne pouvait tout simplement pas s'y résoudre.

Cela dépassait Jamie.

« Tu t'imagines vraiment qu'un éditeur s'en rendrait compte ? Sans parler du fait qu'aucun d'entre eux n'aura l'effronterie de réviser un seul de tes textes. Quoi, tu crois qu'un critique s'apercevra que tu ne l'as pas fini ? Ne me fais pas rire ! »

Jamie avait une vision de l'écriture entièrement tournée vers l'extérieur, vers le lecteur. Elle n'établissait aucun lien entre l'écriture et l'argent. Quand Ned lui en avait parlé, un jour, elle l'avait dévisagé, éberluée. Comment pouvait-il faire un tel rapprochement ? Il était cinglé ou quoi ?

« Regarde Saul.
— Saul a une fortune personnelle.
— Qu'il en ait ou pas, tu crois que l'argent le motiverait ? Saul ? Et que dis-tu de b. w. brill et des autres ?
— Mais enfin, ce sont des poètes ! Tout le monde sait bien qu'on ne gagne pas d'argent en écrivant des poèmes. A moins d'être célèbre pour autre chose, d'être une personnalité qui s'adonne à la poésie, mais tu en connais beaucoup, toi ? Un poète célèbre est un poète mort.
— On ne parle pas de célébrité, on parle d'argent.
— C'est drôle comme on associe toujours les deux. Comme dans "riche et célèbre"... »

Ces temps-ci, Jamie buvait des « boilermakers ». C'était son dernier truc : elle avalait une bonne rasade de whisky puis l'arrosait d'un longue gorgée de bière.

Ned se demanda quand il avait entendu parler pour la dernière fois d'un « boilermaker ». Avait-il jamais vu quelqu'un d'autre que Jamie en boire ? Selon lui, en dépit de ses discours sur l'argent, de son dédain affiché du passé, elle y était engluée jusqu'au cou. Dans le passé. Il soupçonnait que sa production frénétique cachait un grand chagrin, auquel elle ne pouvait plus faire face. Il se demandait souvent ce que c'était. La mort d'un être cher, bien entendu. Son père ? Sa mère ? Il était difficile de faire parler Jamie de son histoire personnelle.

Pourtant le passé était toujours après vous, vous forçant à emprunter des chemins que, sans lui, vous n'auriez jamais suivis.

Jamie reprit sa place dans la conversation :
— Bon, qu'est-ce que c'était que toutes ces âneries sur le « calvaire de l'écriture » ? Franchement, Saul, je n'aurais jamais cru que tu tomberais aussi bas.

Saul leva son verre de bière dans sa direction.
— Jamie, j'aimerais avoir la moitié de ton assurance.

Elle se prit la tête dans les mains.
— Mon Dieu ! Entendre ça de la part d'un homme qui a reçu le prix PEN/Faulkner, le National Book Award, le New York Critics' Award et j'en passe...

Elle releva la tête et le dévisagea.

— Tu crois vraiment que je vais gober un instant que tu as besoin d'être rassuré ?

— Non.

Ned intervint :

— Tu n'as jamais connu le syndrome de la page blanche ? Surtout à tes débuts ?

— Pourquoi ? Etre bloqué par quoi ? On ne peut pas être bloqué puisqu'il ne s'agit que de coucher des mots sur une page. N'importe quels mots. Les gens qui sont en panne d'inspiration sont ceux qui commettent l'erreur de croire qu'ils doivent écrire de *bons* mots... « Ecris et ils viendront. »

— A t'entendre, on croirait que rien n'est plus facile, s'étonna Ned. Tu ne rencontres donc aucune difficulté quand tu écris ?

Jamie triturait l'étiquette de sa bouteille de bière.

— Oh que si ! répondit-elle. La numérotation des pages, c'est ça qui me tue. Numéroter ces putains de pages. Dans le livre que j'écris en ce moment, je me suis retrouvée avec deux pages 198. Heureusement, la première 198 se trouve à la fin d'un chapitre et elle ne comporte que deux lignes. J'ai juste à les sucrer.

Saul éclata de rire.

— Mais enfin, Jamie, j'imagine que si tu as écrit ces deux lignes, c'est qu'elles t'ont semblé nécessaires...

— Oh, je t'en prie. Ne me joue pas ce numéro prétentieux à la « je pèse soigneusement chacun de mes mots ». Si tu veux mon avis, les deux seules lignes indispensables sont les deux premières phrases de *Cry*.

Là-dessus, elle trotta vers le juke-box de Swill's pour remettre la chanson.

10

Ce matin-là, Ned était assis sur le banc vert à la peinture écaillée, toujours le même, dans le petit square, et contemplait les gens qui partaient travailler dans d'autres quartiers de la ville, dévalant quatre à quatre les escaliers du métro, courant pour rattraper le bus qui venait de leur passer sous le nez, s'arrêtant devant les kiosques à journaux, hélant des taxis, sortant des épiceries et des boulangeries avec des gobelets de café en carton et des sacs en papier. Il aimait observer ce remue-ménage. Ces actes n'avaient rien à voir avec le travail en soi, mais ils étaient destinés à donner à chacun la force d'affronter le bureau, à lui donner une consistance — avec de la presse ou des beignets. S'extirper de l'oubli fécond du sommeil, se plier au rituel scrupuleux de la douche, du rasage, de l'habillage, juste avant de tenter une percée vers la lumière crue du lieu de travail, c'était trop brutal. Il fallait quelque chose pour amortir le choc.

Surtout un lundi, et tout particulièrement un lundi qui promettait d'être oppressant, avec un ciel froid et gris. Ned était content d'être là, à regarder le va-et-vient dans son coin (se demandant souvent pourquoi si peu de gens passaient par le square). Il s'estimait heureux de ne pas en faire partie. Toutefois, il comprenait le besoin de ce tampon entre le réveil et le travail. Il avait lui aussi son gobelet de café, qui refroidissait près de lui sur le banc. Contempler cette frénésie matinale constituait son propre tampon entre lui-même et son écriture.

Ned prit la partie du manuscrit qu'il transportait avec lui, sortit son stylo, fit apparaître la mine de graphite. Il aimait ce petit *clic* de la mine qui sort. Le son avait quelque chose de docile, de rassurant. Comme si tout était sous contrôle.

Sauf que non. La sensation s'arrêtait au *clic*.

Au lieu de Paris et du dilemme de Nathalie, il pensait à Pittsburgh. C'était sa ville natale. Il ne s'en souvenait pratiquement pas et cela le hantait. Comment peut-on oublier un lieu où l'on a vécu dix-sept ans ?

Après une demi-heure de tergiversations, rêvassant à Pittsburgh au lieu de corriger son manuscrit, il décida de passer voir Saul.

Quand Saul vint ouvrir, il portait des pantoufles (en cuir), un cardigan (en cachemire), et fumait un cigare (cubain). Quelle que soit l'heure de la journée à laquelle Ned le rencontrait, il était toujours sur son trente et un, comme s'il s'apprêtait à se rendre dans quelque lieu secret et cher dont personne n'aurait encore entendu parler. A croire que son esprit était configuré comme celui d'un gentleman anglais. Mais Ned savait qu'il ne cherchait pas à en imposer. Il avait simplement été éduqué comme ça.

— Un café ? demanda Saul. Va au salon, je te l'apporte.

Son arrière-grand-père avait été riche ; son grand-père avait pris la fortune familiale en main et l'avait quasiment décuplée ; son père avait remanié les biens de la famille et était devenu le plus riche d'entre eux tous. Ned ignorait quelle était la fortune personnelle de Saul, mais elle était forcément considérable. Des avocats, des comptables, des gestionnaires s'occupaient de tout. Ned se demandait si Saul lui-même savait ce qu'il possédait. Quoi qu'il en soit, le sens des affaires familial s'était éteint avec lui. Il se désignait lui-même comme « le der des ders ». Il en parlait sans cesse, au point d'en avoir fait le titre de son livre.

Ned ne s'était pas encore assis. Il aimait déambuler dans la pièce, regardant autour de lui. La maison était si belle, les pièces si tactiles, avec leurs velours brun mousse et leurs soies délavées ; l'endroit était tellement chargé d'histoire qu'il pouvait la toucher, la goûter, comme ce fruit lisse et mûr dans la coupe en porcelaine sur le marbre de la commode. Il se planta face aux portraits suspendus au-dessus de la cheminée et à la droite du secrétaire en acajou devant lequel son ami s'asseyait parfois pour écrire. Saul aimait cet emplacement près de la longue fenêtre donnant sur la rue et dont les fins rideaux étaient agités par les vents d'été. Il disait qu'il pouvait rester assis là des heures, à regarder au-dehors.

Les portraits représentaient son grand-père et son arrière-grand-père. Entre les fenêtres, il y en avait un autre de son père, celui-ci affichant un soupçon de sourire particulièrement glaçant. Tous ces hommes paraissaient éminemment sérieux, comme si une mine renfrognée était la condition sine qua non pour commander.

De l'autre côté de la fenêtre étaient accrochés deux petits cadres ovales dans un bois précieux d'apparence souple. L'un renfermait une photo jaunie et l'autre, un portrait au fusain, tous deux de la même femme, la grand-mère de Saul. Sa beauté était presque troublante, et on se demandait par quel miracle elle avait pu cohabiter avec cette austère maisonnée d'hommes à l'air si dur. Même si aucune des deux images n'était en couleurs, Ned les voyait à travers la description faite par Saul : une chevelure roux doré et des yeux lapis-lazuli.

Le grand-père et l'arrière-grand-père paraissaient tellement sinistres qu'ils résumaient à eux deux toutes les homélies sur les vertus de l'économie et les pouvoirs curatifs du travail. Ils auraient sans doute été scandalisés de se savoir ainsi figés pour l'éternité dans ces luxueux cadres dorés, condamnés à regarder leur descendant traînasser en... *écrivant*.

Mais il s'agissait également de peintures puissantes, où l'artiste semblait avoir dénudé l'âme de ses sujets pour la recomposer sur la toile. Ils paraissaient vivants.

— Ne les regarde pas trop longtemps, ils vont te brûler la cornée.

Saul venait d'entrer dans le salon avec tout un service à café sur un lourd plateau en argent. Il versa le café dans deux tasses d'une porcelaine si fine qu'elle paraissait transparente. Il en tendit une à Ned puis récupéra son cigare dans un cendrier en épais cristal que le soleil, l'illuminant soudain, transforma en tourbillon bleu. Saul dut rallumer le cigare.

Les deux hommes restèrent debout, contemplant le trio hostile sur le mur. Puis Saul déclara :

— L'ironie, bien sûr, c'est que je mène une vie bien plus austère et rigoureuse que tout ce qu'ils auraient pu inventer, bien plus que la leur. Je ne fais rien. Leurs fantômes sont probablement plus actifs, à m'épier dans l'acte palpitant de tenir un stylo. Mon grand-père était un coureur de jupons notoire, quant au vieux Noah, là…

Il indiqua d'un signe de tête le portrait au-dessus de la crédence.

— … il était accro au jeu et à la bibine. Comparativement, je dois paraître bien ennuyeux. Non, ils ne m'auraient jamais supporté. Trop terne, menant une vie trop monotone, où je ne fais rien qu'écrire et lire. Eux étaient des hommes d'action, toute leur énergie était concentrée sur l'argent. C'était sans doute aussi leur principale distraction, ça et se glisser chez leur maîtresse du moment par la porte de service. Comment puis-je descendre de ces gens-là ? Je ne suis peut-être pas le vrai fils de mon père.

Saul souleva la cafetière en argent et Ned lui tendit sa tasse.

— Ça, c'est du côté de ton père, mais du côté de ta mère ?

— Tout ce dont je me souviens, au sujet de ma mère, c'est d'une femme effacée, silencieuse, mais jamais immobile, toujours en mouvement, une ombre fuyante. En revanche, je me revois toujours comme étant… à l'arrêt. Cette banquette, devant la fenêtre, c'est là que j'ai passé toute mon enfance, à lire. Ce cordon doré qui retient le rideau ? J'étais toujours en train de le tripoter, de triturer ses fils. Je me demande comment il tient encore. Ma passion pour la lecture les rendait tous fous. Je ne crois pas qu'aucun d'eux ait jamais lu un livre du début à la fin, en dépit de la bibliothèque, là-bas.

Il indiqua une pièce derrière lui.

— La lecture, c'était mon truc. C'est drôle, mais je pense que c'était ma manière de me rebeller, plutôt que de prendre de la drogue, de conduire des bolides ou de sauter des filles. Lire. De là à l'écriture, il n'y avait qu'un petit pas à franchir. Mon passé semble se résumer à une série d'images tremblotantes, comme un vieux film muet.

Il éclata de rire.

— Je n'ai jamais rien foutu de ma vie, sauf dans ma tête. Tu imagines comme ça leur plairait !

Il se versa du café et s'assit sur le canapé brun mousse.

Ned prit place dans la grande bergère en cuir qu'il affectionnait tant, notamment parce qu'elle lui permettait de voir presque toute la pièce. Dans la lumière du feu qui brûlait dans la cheminée et des lampes, les objets qu'il voyait partout autour de lui semblaient avoir été scellés dans le sol pour lutter contre la mise à sac du temps.

— Tu en sais plus sur le passé que moi, déclara Saul. Tu as déchiffré son code. Parfois, je ne reconnais même pas ces gens.

Il fendit l'air avec son cigare.

— « Déchiffré son code » ? fit Ned. Si seulement ! Hier, je ne suis pas parvenu à écrire un seul mot. Littéralement. Je suis resté trois heures à fixer ma page. Mon histoire se situe à Paris, et tout ce à quoi je pouvais penser, c'était Pittsburgh !

— Pittsburgh... j'ai toujours trouvé cette ville mystérieuse.

Ned éclata de rire.

— Ah oui ? C'est vraiment la dernière chose qui me serait venue à l'esprit ! Explique-moi ça.

— Parce qu'elle se réinvente. Elle devient belle après avoir été si laide. Enfin, c'est ce que j'ai lu.

— Peut-être. En tout cas, elle m'a bien bloqué. Qu'est-ce que tu fais quand tu n'arrives pas à écrire ? Moi, je taille mes crayons. Quand j'en ai fini avec eux, ce sont des armes mortelles.

— Selon Jamie, le syndrome de la page blanche n'existe pas. Comment elle fait pour écrire tous ces bouquins en sautant d'un genre à l'autre ? Ça me dépasse. Pour ma part, je traîne dans la maison, je saisis des objets — des coupes en argent, de la vaisselle en porcelaine — et je les retourne pour voir le sceau et vérifier qu'ils sont authentiques…

Il souffla un nuage de fumée et le perça avec l'index.

Ned se leva pour retourner voir les deux petits portraits de la grand-mère. Saul, comme son aïeule, était une version plus douce de ces impérieux ancêtres masculins au regard d'aigle. Saul l'avait connue toute son enfance. Il s'en trouvait chanceux. Quand elle était morte, encore jeune puisqu'elle n'avait pas atteint la soixantaine, il avait quinze ans. Elle avait eu la mère de Saul — la femme discrète — très jeune. Sa mort, d'après son petit-fils, avait terrassé la maison et tous ses occupants.

Jusqu'à ce jour, il n'était pas encore venu à l'esprit de Ned que « tous ses occupants » n'étaient pas le grand-père et le père mais Saul lui-même. Cela le déconcerta, parce qu'il avait toujours imaginé Saul comme ayant été le même genre d'adolescent que lui, quoique dans un autre univers : distant, déjà un écrivain dans l'âme n'ayant confiance en rien ni personne qui ne soit sorti de sa propre tête. Parce que son père et sa mère avaient plus ou moins laissé Saul livré à lui-même, Ned avait supposé que tous les autres aussi. Ou du moins que Saul l'avait vécu ainsi. Mais ce n'était pas le cas.

Il s'écarta des deux cadres ovales et demanda

— Tu penses souvent à elle, à ta grand-mère ?

Saul sortit le cigare de sa bouche et en examina le bout incandescent à la manière dont ces étranges papillons de nuit battent lentement des ailes devant le feu, tenaillés par cet inextinguible besoin de lumière.

— Tout le temps.

Ned le dévisagea, surpris une fois de plus. Il n'aurait jamais pensé que Saul soit lui aussi englué dans son passé. Puis il se demanda comment il ne s'en était pas rendu compte plus tôt. *Le Der des ders* traitait précisément de la douleur écrasante de son narrateur austère et exigeant. De fait, qui aurait pu écrire un tel livre, sinon un homme qui ne s'était jamais remis de la perte de quelqu'un (ou même de quelque chose) et ne s'en remettrait jamais ? *Le Der des ders*... N'y avait-il pas là une clef qui expliquait pourquoi Saul ne parvenait pas à finir son roman en cours ?

— Ils l'appelaient Ossie. Son vrai prénom était Oceana. Elle était la dose de bonne humeur que les autres devaient prendre quotidiennement. Même si, comme tu peux le voir à leur tronche, ils avaient du mal à l'avaler.

Saul se tourna vers lui.

— A quoi tu penses ?

Ned haussa les épaules. Il ne voulait pas le lui dire car il estimait qu'il devait d'abord y réfléchir plus en profondeur. Ni l'un ni l'autre n'avait l'habitude de parler pour ne rien dire. Ni l'un ni l'autre n'était porté sur les révélations dans leurs écrits non plus. Chaque page ou paragraphe qui semblait avoir été inspiré par une « révélation » leur paraissait suspect.

Saul se leva.

— Dis, si on allait chez Swill's ? Il est encore un peu tôt, mais j'ai envie de sortir de cette maison. Autrement, on peut aller au square ou faire une balade.

Puis Ned se demanda s'il ne s'était pas trompé aussi au sujet de la maison. Ce n'était peut-être pas un refuge, un « lieu sûr ».

11

Clive était encore à son bureau. Il attendait qu'Amy rentre chez elle depuis dix-sept heures trente. Il entendait encore des froissements de papier, l'imprimante cracher des pages, des tiroirs s'ouvrir et se fermer bruyamment. Qu'est-ce qu'elle fabriquait ? Parfois, son dévouement professionnel était insupportable ! Mais ce n'était pas vraiment du dévouement, juste une apparence, dont elle espérait qu'elle l'aiderait à gravir les échelons jusqu'au poste de directrice. Il y avait suffisamment de titres ronflants circulant dans les couloirs venteux de la plupart des maisons d'édition pour qu'Amy espère en décrocher un au vol. La plupart signifiaient la même chose : directeur éditorial, responsable d'édition, éditeur en chef ; puis il y avait l'éditeur lui-même, le président, le vice-président. Et Dieu seul savait quoi d'autre encore.

Le plus simple était de lui dire carrément de rentrer chez elle. Il ne pouvait pas risquer d'être entendu quand il serait au téléphone.

Juste au moment où il se levait, Amy apparut sur le seuil, son manteau sur les épaules.

— Alors, bonne nuit ?

Comme si c'était une question !

— Bonne nuit, Amy. Vous avez fini les épreuves ?

Quel idiot ! Il aurait mieux valu s'en tenir à « bonne nuit ».

— Je vous l'ai déjà dit ?
C'était presque un gémissement.
— Oui, j'ai fini de les revoir.
— Bien, bien. Bon ben...
Il hocha la tête. Elle ne bougeait toujours pas. Qu'est-ce qu'elle attendait donc ? Il saisit un élastique dans un petit pot et se mit à le faire claquer.
— Ciao ! dit-elle enfin.
Une fois qu'elle fut partie, il ne trouva plus aucune excuse pour repousser l'échéance. Il lui fallait un verre, un petit remontant, une ligne de coke, un anesthésique... Il conservait une bouteille de gin Bombay dans son dernier tiroir (en hommage à Sam Spade et à tous les autres) mais décida que, à ce stade, le gin lui monterait droit à la tête façon missile. Bobby avait du scotch chez lui, cela lui réchaufferait les idées sans les brouiller.

Il se leva, empocha la fiche cartonnée (par crainte que quelqu'un ne tombe dessus), sortit de son bureau, traversa la salle remplie de box et prit le couloir en direction du bureau de Bobby. Là, il ouvrit les portes du petit meuble en loupe d'acajou, sortit le scotch et en versa deux doigts dans un des godets en cristal de Venise de Bobby. Ce dernier ne voyait pas d'objection à ce qu'on se serve dans son bar privé. Pour ce genre de chose, il était plutôt généreux. Puis Clive s'assit sur le vieux canapé mou et étira ses jambes.

Oui, Bobby aurait été un type formidable avec qui travailler... s'il avait été capable de rester la même personne trois jours d'affilée. Son comportement erratique s'expliquait en partie par le fait que c'était une sorte de génie de l'édition. Mais, au fond, cette histoire au sujet de Paul Giverney n'était-elle pas infantile ? Il finit son verre, se leva et s'en servit un autre. Il se sentait un peu plus détendu, plus posé, maître de la situation. Il décida d'appeler directement depuis le bureau de Bobby. Allongé sur le canapé. Cette image lui plaisait. Tout ce plan à la noix était tellement tordu qu'il valait mieux le prendre avec un certain détachement.

Un des téléphones était posé sur un guéridon près de l'accoudoir du canapé. Il sortit la fiche, composa le numéro. Il remarqua avec surprise le préfixe 212, celui de New York. Il aurait pensé que Danny Zito serait parti le plus loin possible.

Il enroula le fil du téléphone autour d'un doigt, compta six sonneries. Il était sur le point de raccrocher (en remerciant le ciel) quand il entendit un déclic. Il se demanda de quelle taille était l'appartement dans lequel le FBI avait planqué Danny.

— Ouais ?

Le ton n'était pas revêche, juste las.

— Dan... Pardon, Jimmy Bradshaw... pourrais-je lui parler ?

Un silence.

— Qui le demande ?

La voix paraissait plus intéressée, peut-être un peu tendue.

Clive se demanda s'il y avait un mot de passe que Bobby aurait négligé de lui donner.

— Dites-lui... (Pourquoi ne pas jouer le jeu ?) Dites-lui que Clive Esterhaus aimerait lui parler. C'est que, voyez-vous, je connais Jimmy...

— Clive !

Cette fois, il n'était plus question de Jimmy Bradshaw et de son preneur de message.

— Salut, vieux ! Ça fait un bail !

— Une observation intéressante de la part d'un homme caché par les agents fédéraux...

Danny était facilement amusé. Cela le fit rire.

— Je croyais que vous seriez installé dans un trou au fin fond de nulle part, comme le Montana, Dan, euh... Jimmy. Je m'étonne que vous soyez encore à New York.

— Je ne pourrais jamais vivre autre part, mon vieux Clive.

— Mais... ce n'est pas dangereux ?

— Personne ne m'a encore retrouvé, non ? C'est sympa d'avoir des nouvelles de mon éditeur. Le bouquin marche bien, hein ? Au fait, qu'est-ce qui s'est passé avec ma vitrine de Barnes & Noooble ?

Il laissa traîner la syllabe, l'étirant de bas en haut.

Clive ferma les yeux et se tapa le front avec le combiné. Ils ne pouvaient donc pas lui foutre la paix ? Chaque débile qui couchait deux mots sur le papier s'imaginait mériter la vitrine d'une grande librairie.

— Désolé à ce sujet, euh... Jimmy.

Si Danny insistait pour la ramener sur son foutu bouquin, pourquoi Clive s'échinait-il à l'appeler par son faux nom ? Danny, Jimmy, ou Mouchard-en-Préretraite, celui qui avait scié les pattes de la famille Bransoni, expédié « Papa B. », comme on l'appelait affectueusement, derrière les barreaux avec deux de ses fils. Sans penser qu'ils avaient encore toute une flopée de parents qui tiendraient à les venger...

En y réfléchissant bien, Clive se dit qu'il valait sans doute mieux éviter de mentionner son propre nom et celui de la maison d'édition.

— On avait essayé de vous l'obtenir (mensonge), mais DreckSneed nous a devancés avec le dernier Dwight Staines...

— Merde. Encore un de ces nanars à la noix. Aucune classe. Alors, à part ça, quoi de neuf ?

— Eh bien, Bobby a évoqué une suite...

— Pas de problème.

« Pas de problème » ? L'ego de ces auteurs ne connaissait décidément pas de bornes. Au moins, Danny avait écrit lui-même son *Bouc émissaire*. Cela avait nécessité de sérieuses corrections mais, au bout du compte, son livre était lisible. Et le voilà prêt à rempiler pour le numéro deux. Il ne semblait même pas surpris qu'on le lui demande.

— En fait, j'aimerais vraiment vous parler en tête à tête. Vous croyez que c'est possible ?

Il se demanda si Danny avait le droit de sortir.

— Bien sûr. Faut juste que je fasse un peu gaffe. Je dois surveiller mes arrières, si vous voyez ce que je veux dire.

Clive eut la désagréable impression qu'il allait bientôt avoir besoin d'en faire autant. Comme la première fois.

— Vous devriez travailler dans l'édition, rien qu'un jour pour voir. Ecoutez : il y a quelque chose qu'on aimerait que vous fassiez pour nous. C'est, euh... un autre type de contrat. On a pensé que vous auriez les relations pour ça.

— Les relations ? Pour faire quoi ?

— Vous pourriez peut-être nous donner le nom d'un... euh... agent ? Un représentant. Un intermédiaire. Quelqu'un comme ça ?

Danny semblait s'être éloigné du téléphone. Clive l'entendit rire au loin. Il était probablement allé chercher son verre. Clive jeta un coup d'œil à son propre scotch. Puis Danny fut de retour en ligne.

— Ouais, bien sûr.

— Indiquez-moi un endroit. Je vous y retrouverai quand vous voulez.

— Quoi ? Maintenant ? Ce soir ?

— Pourquoi pas ? D'ici une heure ou deux. A moins que vous n'ayez d'autres projets...

— Nan, je n'ai rien de prévu. Comme vous pouvez l'imaginer, ma cote de popularité en a pris un coup. OK, alors disons aux Chelsea Piers. Quai 61 ?

— Parfait. Vous voulez qu'on s'échange les contrats ?

Un rire hystérique. Clive raccrocha.

Il resta allongé sur le canapé, le combiné sur le ventre. Il regarda sa montre. Deux heures. Les Chelsea Piers, puis il pourrait aller dîner dans ce restaurant branché sur la Neuvième Avenue. Danny voudrait-il aller manger avec lui ? Il espérait que non. Il soupira et replaça le téléphone sur son socle. Les Chelsea Piers ! Pour quelqu'un qui était censé se cacher !

12

Les Chelsea Piers...

Ce n'était pas un décor comme Clive avait souvent l'occasion d'en voir. Il s'aventurait rarement plus au sud que la 33e Rue, côté est ou ouest, et n'y avait pas mis les pieds au cours de la dernière décennie. Sa carte mentale de la pointe sud de Manhattan était toute moisie et poussiéreuse. Toutefois, de nombreuses années plus tôt, il s'était rendu tout en bas, jusqu'à Green Street, pour rencontrer un des jeunes espoirs de Mackenzie, assis à une table sur le trottoir devant un café. Le plus drôle, c'était qu'il avait complètement oublié l'auteur, le livre, ce dont il avait été question, alors que ce petit coin de Greenwich Village, anguleux comme le Flatiron Building, était resté à jamais dans sa mémoire.

Clive se demanda pourquoi, et pourquoi il n'y était jamais retourné.

Bobby Mackenzie, qui n'avait jamais eu le sens des réalités, avait finalement concocté un plan, un mariage entre la cupidité et l'inventivité, qui méritait pleinement l'estampille Mackenzie-Haack. Assurément, les grosses affaires qui avaient défrayé la chronique du monde de l'édition jusque-là, toutes ces juteuses ruptures de contrats, dans un sens ou dans l'autre, qui alimentaient les soirées littéraires new-yorkaises, n'étaient que pipi de chat en comparaison.

Pourquoi Bobby ne s'était-il pas contenté d'une vacherie de ce genre ? Pourquoi n'avait-il pas invoqué une clause quelconque dans le contrat de Ned Isaly, ou déniché un détail inacceptable dans son prochain texte qui lui « interdirait » de le publier ?

En fait, il avait déjà répondu lui-même à cette question. Le plan de Bobby était frappé du logo Mackenzie-Haack.

Clive se tenait donc sur le quai 61 des Chelsea Piers, attendant dans une lumière très faible. Depuis sa plus tendre enfance, Clive adorait le brouillard. Ce dernier représentait cette zone grise entre le blanc et le noir ; c'était le lieu de la tromperie et de l'oubli. On pouvait s'y cacher, comme on pouvait en surgir, mystérieusement.

Il était plongé dans cette humeur mélancolique, serrant son col, quand il vit une silhouette noire s'approcher tel un petit navire sortant lentement de la brume. Il rassembla ses forces.

Danny Zito se tenait devant lui, habillé de pied en cap dans un noir total et implacable, comme s'il avait inventé à lui seul le programme de protection des témoins.

— Ce bon vieux Clivo !

Il rajoutait affectueusement un *o* à la fin des prénoms, y compris (imaginait Clive) à ceux des hommes qu'il avait assassinés. Il tendit la main.

Clive avança la sienne et Danny tapa dedans. Clive sentit ses petits os grincer comme s'il avait reçu un coup de batte.

— Dan…

Il se reprit.

— Jimmy, pardon.

— Vous prenez pas la tête, personne n'écoute, ici. Et probablement ailleurs non plus.

Clive fronça les sourcils. Danny avait l'art de faire ce genre de déclaration insondable.

Lentement, Danny mâchouillait son chewing-gum.

— Vous l'avez apporté ?

Furtivement, un peu comme un dealer faisant apparaître un sachet en plastique rempli de poudre blanche, Clive extirpa le contrat de sa poche. Celui-ci avait été rédigé et signé en un temps record. D'ordinaire, cela prenait des mois, mais, sans agent sur le coup, il suffisait de quelques minutes.

Danny le secoua pour l'ouvrir. Dans la pénombre, le papier luisait, tel un objet magique : un contrat pour un livre avec une maison d'édition new-yorkaise réputée, le rêve et l'aphrodisiaque de tous les ateliers, séminaires et congrès d'écrivains. Pour sûr, on aurait tué pour moins que cela.

— Une seule copie ?

Danny feuilleta rapidement les neuf ou dix pages.

— On vous envoie les autres.

Danny sortit une minitorche électrique (l'espace d'une seconde de pure panique, Clive crut qu'il allait brûler le contrat, le jeter en flammes dans le fleuve puis exhiber un revolver).

— Laissez-moi juste y jeter un coup d'œil. Ce sont les mêmes conditions ? J'aimerais un meilleur deal sur l'édition en couverture souple, disons cinquante-cinq/quarante-cinq ?

Ces auteurs ! Clive l'aurait giflé. Faisant un effort surhumain pour se contrôler, il répondit :

— Je ne pense pas que ce soit un problème.

Le contraire n'était vraisemblablement pas venu à l'esprit de Danny. Il était déjà passé à une clause suivante :

— Ah oui, et puis un droit de regard sur la couverture, aussi.

Il tourna une page, la parcourant avec le faisceau lumineux.

— Voyons, Danny, qu'est-ce que vous y connaissez au juste en matière de jaquettes ?

— J'en connais sûrement autant que cette gouine fumeuse de barreaux de chaise que vous devez payer une fortune... Vous vous rappelez ma couverture ?

Il tourna une nouvelle page.

— Naturellement, puisque c'est moi qui me suis occupé de votre livre.

— Même ma mère n'a pas voulu lire le bouquin, avec une couverture pareille ! Quand elle l'a vue, elle m'a dit...

— Danny...
— Elle m'a dit : « Qu'est-ce que c'est que cette couverture, Danny ? Noir, blanc, argent, pas d'image, pas de jolies pépés ? Tu devrais aller leur foutre une bonne trempe pour leur apprendre leur métier ! »
— Danny...
— Droit de regard sur la jaquette.
Danny enroula le contrat et fit mine d'envoyer affectueusement quelques coups dans le menton de Clive.
— On peut en venir à notre problème ? demanda celui-ci.
— Ce petit quelque chose dont vous voulez que je me charge ? C'est d'accord.
— Non, non, pas vous en personne. On vous demande juste de nous recommander quelqu'un. Je sais que vous êtes censé être...
Il faillit dire « planqué » puis songea que Danny n'apprécierait sans doute pas.
— ... invisible, ces temps-ci. Vous gardez profil bas. Vous n'êtes probablement plus en contact direct avec...
— Plus en contact direct ? Vous voulez rire. Je ne peux pas me permettre de perdre la main en ce moment. Trop dangereux.
Clive aurait pensé le contraire.
— Je connais plusieurs types qui me doivent un service. Pour moi, ce serait à l'œil mais vous, vous devrez raquer, on est d'accord ? Ceux à qui je pense, faut compter quelques jours pour les joindre. Ils ne se laissent pas trouver facilement.
— Un seul homme suffira.
Danny fit non de la tête.
— Ces deux-là ne travaillent qu'en équipe. Ce sont les meilleurs. Ils ne laissent pas de traces, rien. Sauf qu'ils sont exigeants. Mais c'est bien ce que vous voulez, non ? Le sale boulot, c'est peut-être sale, mais c'est pas pour ça qu'il faut que ça gicle partout. Au fond, je ne suis pas très surpris. Je me doutais bien qu'ils finiraient par y arriver, un jour ou l'autre.
Clive fronça les sourcils. De quoi parlait-il ?

Danny tira un bon coup sur sa cigarette, la lança au loin d'une chiquenaude et la regarda décrire un arc de cercle avant de retomber dans le fleuve.

— Ces jours-ci, ils donnent dans les spas, alors je ne vois pas pourquoi ils ne feraient pas aussi dans l'édition. Logique. Y a qu'à voir ce que devient l'édition, de nos jours. Tous ces grands groupes qui raflent tout, les gros poissons qui bouffent les petits...

Clive en était encore aux spas. Des spas ?

— Ce n'était qu'une question de temps. La pègre ne perd pas une occasion, pas vrai ?

— Vous voulez dire... Vous pensez que c'est une affaire de la pègre ?

— Ce n'est pas ça ?

— Pas tout à fait. C'est... euh... une affaire d'édition.

— Bah, c'est du pareil au même. Retrouvez-moi ici dans deux heures. Non, disons à minuit. On se retrouve ici à minuit.

— Allez, Danny... Vous ne pouvez pas simplement me confirmer d'un coup de fil ?

Danny le dévisagea d'un air neutre.

— Vaut mieux tout régler en personne. Ces types-là, ils n'aiment pas qu'on mentionne leurs noms sur des portables. A tout à l'heure, ici.

Clive poussa un soupir.

Le dîner chez Pastis lui avait provisoirement remonté le moral, qui flanchait à nouveau maintenant qu'il était de retour sur le quai, frappant dans ses mains gantées pour se réchauffer.

Danny réapparut, toujours enveloppé de brouillard. Quelque part au loin, le son grave et creux d'une corne de brume retentit.

— Candy et Karl. Ils vous rencontreront, Bobby Mackenzie et vous, vendredi à quatorze heures au RTR. Ils ne veulent pas déjeuner, enfin pas nécessairement, mais ils prendront un café, un verre, ce qu'il y a. Ils ont dit de réserver une banquette au fond de la salle.

— Au Russian Tea Room... mais ils ont fermé, Danny !

Ce dernier écarquilla les yeux et cessa de mâcher son chewing-gum.

— Vous me faites marcher !

— Mais non, je vous assure. Ça n'existe plus.

— Putain ! On peut plus compter sur rien, de nos jours... OK, alors Michael's. Mais assurez-vous que Bobby obtienne une table devant. C'est un chouette restaurant, mais je me souviens que Jerry Bransoni et moi on y est allés une fois — c'était à l'époque où on se parlait encore — et qu'ils nous avaient foutus tout au fond, dans l'arrière-salle. Mais alors vraiment tout au fond, dans un angle. Tout le clan Giancarlo aurait pu débouler, et Jerry et moi, on était faits comme des rats ! On pourrait croire que dans un troquet comme ça le maître d'hôtel connaît son boulot ! Tu parles ! S'il y avait eu du grabuge, il en serait rien resté, de leur restau !

— Je ne pense pas que Michael's soit très fréquenté par le milieu, Danny.

— Ouais, mais quand même. Ne vous imaginez pas que vous allez leur filer rencard dans un bistrot minable sur Lexington Avenue...

— Il n'y a pas de bistrot minable à Manhattan.

Le chewing-gum de Danny passait d'un coin de sa bouche à l'autre.

— N'oubliez pas, ces deux-là, c'est la crème de la crème. Si vous les faites asseoir dans un coin, je ne réponds de rien.

Clive soupira, exaspéré :

— Je vous assure qu'on ne donnera pas à Bobby une table tout au fond dans un coin, c'est un homme trop important.

Danny mâchouillait de plus belle.

— Près de la fenêtre, peut-être ?

Clive se dit que s'il devait endurer une minute de plus ce manège, il allait balancer ce crétin dans le fleuve et partir sans se retourner.

— Peut-être, peut-être. Mais il ne serait pas plus sûr de se rencontrer dans un lieu un peu plus privé ?
— Comme... ici, vous voulez dire ? Ou dans une ruelle obscure ? Vous regardez trop de films de gangsters.
Danny remua les épaules pour mieux ajuster son manteau en cachemire noir.
— Vous avez peur qu'ils se pointent avec des chapeaux en feutre et des chaussures jaunes ?
Clive émit un petit rire forcé.
— Bien sûr que non.
— Au cas où ça vous intéresserait, ils ne s'habillent que chez Armani ou Façonnable.
Il tendit la main et cueillit une peluche sur le col de Clive.
— Moi aussi, d'ailleurs.
Il lissa le revers de son propre manteau.
— Ça, vous voyez, c'est du Armani. Il fait des fringues idéales pour les témoins sous protection, rien que des gris et des noirs, du déstructuré... On pourrait y cacher un Uzi.
Danny tenait toujours le contrat, qu'il glissa dans sa poche intérieure.
— Je n'ai jamais arrêté, vous savez.
Arrêté quoi ? De tuer des gens ? Clive recula inconsciemment d'un pas. Danny, lui, regardait au loin, de l'autre côté du fleuve.
— J'ai déjà de quoi faire dix chapitres de celui-ci...
Il tapota sa poche.
— Alors ce n'est pas comme si je reprenais tout de zéro.
— Tant mieux. J'espère que le fait de venir ici ce soir, euh... n'a pas... comment dire... compromis votre sécurité.
— Vous voulez rire. Je sors tout le temps.
— Mais ce n'est pas risqué ? Je suis sûr qu'il y a plein de gens qui vous recherchent. J'aurais pensé que rester à New York était particulièrement dangereux.
Danny se mit à rire et secoua la tête devant la candeur de Clive.

— Les gens ne voient que ce qu'ils s'attendent à voir. Papa B. lui, s'attend à ce que j'aie pris mes jambes à mon cou. Les Bransoni me recherchent dans les moindres recoins des Etats-Unis, mais pas à Manhattan. C'est ici que je vis, vous savez.

Il indiqua d'un signe de tête les rues derrière eux.

— Ici, dans Chelsea ?

— Au cœur du monde de l'art contemporain. Toutes les galeries ont quitté SoHo pour s'installer à Chelsea. Vous devriez voir la nouvelle installation, à White Columns. Vous vous y connaissez un peu en art conceptuel ?

— Non. Ecoutez, Danny... au sujet de...

— Faut que vous alliez voir ce truc. C'est une installation d'art éphémère à tomber par terre.

— Ephémère ? Ecoutez...

— Ouais, éphémère. C'est super à la mode...

— Danny...

— C'est que, vous voyez, elle s'use toute seule. Une partie disparaît quelques heures après avoir été installée. D'autres parties ne durent que quelques minutes. Comme des fleurs coupées qui se fanent, des glaçons qui fondent. C'est drôle que personne n'y ait pensé avant.

— Si, quelqu'un y avait déjà pensé : Frigidaire. Pour ma part, je continuerai à me balader au Metropolitan et au MOMA, merci. Mais si on pouvait en revenir à ces deux...

— J'ai rien contre les trucs accrochés au Met, mais je trouve juste que Monet et toute cette bande ne parlent pas beaucoup aux gens d'aujourd'hui.

— Ils me parlent, à moi. Vous avez votre contrat. Parlez-moi de ces hommes. Comment puis-je les contacter, en cas de besoin ?

— Je vous l'ai dit. Michael's, vendredi, quatorze heures.

D'un geste presque gracieux, Danny redressa ses lunettes fumées sur son nez et s'enfonça à nouveau dans le brouillard.

13

Melissa, l'une des assistantes de Bobby Mackenzie (il en avait quatre, en tout), se refaisait une beauté devant un miroir posé contre une petite colonne construite avec ce qui s'était révélé comme le non-best-seller de Jordan Strutt, un roman que Bobby et Peter Genero avaient défendu dans le courant du mois de juin précédent. « Défendu » signifiait qu'ils en avaient parlé et avaient répandu des bruits à son sujet plutôt que de le soutenir en personne, ce qui aurait été s'engager réellement, comme Bobby pouvait parfois le faire en déballant le grand cirque de la promotion, de la publicité et des ventes pour propulser un livre telle une fusée. Celui de Strutt n'avait pas eu cet honneur.

En apercevant Sally dans le hall, Melissa se leva précipitamment, courut vers la porte sur l'épaisse moquette et l'appela.

— Faut que je passe chez Bloomingdale pour un dernier essayage, mais il semblerait qu'ils en aient encore pour une éternité, là-dedans.

Elle fit un signe vers le bureau fermé derrière elle.

— Tu es occupée ?

Sally soupira. Elle était toujours occupée. C'était ce qui arrivait quand on avait la chance d'être le bras droit d'un directeur littéraire qui prenait son boulot au sérieux. Tom Kidd acceptait plus de livres qu'il ne pouvait en gérer confortablement avec des horaires de travail normaux, si bien qu'il repoussait les limites. En ce moment, il en avait quatre programmés pour les sorties de printemps, chacun requérant d'innombrables tâches. Tom Kidd ne laissait rien au hasard.

— Si tu veux que je te remplace derrière ton bureau, d'accord, mais pas « une éternité ». Si ça prend trop de temps, je m'en vais. Un essayage pour quoi ?

— Ma robe. Ma robe de mariée, qu'est-ce que tu crois ? Je me marie, je te rappelle !

Se marier ! Il y avait encore des gens qui se mariaient ? Bloomingdale possédait un rayon nuptial ? Qu'est-ce qu'elle en saurait, de toute manière ? Sally adressa un sourire à Melissa en espérant qu'il était digne d'une femme sur le point de convoler.

— C'est vrai, pardon, j'oubliais ! Oui, bien sûr. Je m'occupe de tes appels. Et du reste.

Elle pouvait entendre des éclats de rire dans le bureau.

Melissa enfila son long manteau noir puis dégagea sa chevelure fauve de sous son col.

— Il n'y a pas grand-chose à faire, à part prendre les appels. Bobby est plutôt à plat depuis plusieurs jours, ou bien ce dont il s'occupe ne requiert pas vraiment mes services. Ciao !

Sally s'assit dans le fauteuil de dactylographe de Melissa, qui était comme sa propriétaire : compact et vif. Elle ignorait comment un siège pouvait être vif mais celui-ci l'était, avec son dossier court et incurvé et son assise ergonomique façon paire de fesses bien ferme. Il semblait prêt à bondir au moindre contact de Melissa. Celle-ci roulait partout avec, jusqu'au classeur, à la photocopieuse, à la vitesse d'un paraplégique expérimenté descendant une rampe. On aurait dû organiser des concours. Sally eut l'impression que le peu d'énergie qu'elle avait apporté avec elle dans le bureau était absorbé par le siège.

Elle ferma les yeux, écouta le bourdonnement des voix, distingua quelques mots comme « faudra me passer sur le corps » (la voix de Bobby) et se sentit très, très lasse et vieille. Elle avait trente-deux ans et, bien qu'aimant sincèrement son métier (combien pouvaient en dire autant ?), avait néanmoins l'impression de gâcher sa vie. Car elle aussi aurait aimé écrire. Qui pourrait résister à la tentation en étant autant exposée à de la bonne littérature et au frisson (les écrivains refusaient peut-être de l'admettre ouvertement, mais ils n'en ressentaient pas moins une réelle excitation) de voir ses mots imprimés « noir sur blanc » sur le papier ? Mieux encore, de voir ses mots publiés par une grande maison d'édition prête à payer pour eux. Elle avait bien essayé, mais — ce devait être là toute la différence entre les vrais écrivains et les autres — s'était sentie terriblement frustrée dès la première phrase. C'était comme de regarder à travers un verre opaque, les mots se figeant dans son crâne, coagulant en un point final. Ne suffisait-il pas de transférer les mots qu'on avait dans la tête sur la page ? Dans ce cas, pourquoi lui paraissaient-ils insaisissables ? Elle avait recommencé, encore et encore, jusqu'à finir, chaque fois, en larmes.

Sans mentionner ses piteuses tentatives, elle avait interrogé Tom Kidd, qui lui avait répondu, après avoir bien réfléchi à la question (une des raisons pour lesquelles elle l'appréciait), que les écrivains fixaient le vide et attendaient jusqu'à ce qu'ils se mettent à écrire quelque chose. Cela pouvait durer deux minutes ou deux semaines. C'était peut-être ce qui les distinguait du commun des mortels. Pas le fait d'écrire (expliqua Tom), mais la capacité à attendre.

Cette réponse avait agacé Sally.

« A vous entendre, ils sont plus saints ou plus nobles que les autres. »

Tom avait de nouveau mûrement réfléchi avant de rétorquer :

« Saints, peut-être, nobles, non. »

Ils parlaient beaucoup de ce genre de choses, parfois en prenant leur déjeuner dans le bureau de Tom. Sally apportait sa sacoche isotherme avec des chats peints sur le couvercle. Tom sortait son sac en papier brun qui renfermait invariablement un sandwich au blanc de poulet. Entre deux tranches de pain de mie. C'était le même sandwich que sa femme lui préparait tous les jours depuis des années et, tous les jours, il déclarait que c'était le meilleur sandwich du monde. Sally en avait une fois accepté un bout pour vérifier, s'attendant à goûter des étoiles ou la poussière d'argent de la queue d'une comète. Ce n'était que du blanc de poulet parfaitement banal. Du poulet, du beurre, du pain blanc. Elle avait néanmoins fait « Mmm » et lui avait confirmé qu'il avait raison.

Après environ une centaine de tentatives avortées pour écrire de la fiction, Sally s'était dit qu'elle était peut-être faite pour les essais. Elle n'y croyait pas trop mais, un jour, elle demanda à Tom, depuis l'autre côté d'une pile de livres érigée sur son bureau, étirant le menton par-dessus une couverture criarde, si quelqu'un avait écrit récemment un livre sur l'enfer absolu d'écrire un livre.

Tom répondit qu'il ignorait si on pouvait vraiment parler d'un enfer absolu, du moins si elle voulait dire par là que c'était un travail terriblement difficile, ce qu'il pouvait confirmer pour au moins quatre de ses poulains ; quant aux autres, ils donnaient l'impression qu'écrire était aussi simple que passer une journée à la plage. Quoi qu'il en soit, non, il ne connaissait pas d'essai traitant des tourments de l'écrivain (mais il pouvait citer de tête une dizaine de romans abordant ce thème). Il existait néanmoins un certain nombre de manuels traitant de l'écriture, tous relativement inutiles. Les aspirants écrivains les lisaient pour se sentir moins seuls plus que pour y puiser des tuyaux.

Naturellement, il devait se douter de la raison pour laquelle Sally lui posait ces questions, mais il ne dit mot. Il était trop bien élevé pour l'embarrasser.

Elle songea à Ned, à Saul et à la sainteté. Que voulait dire Tom par « saint » ? Elle avait lancé le mot comme ça, par dérision, et il l'avait pris à demi sérieusement. Fallait-il le comprendre comme une forme de dévouement ? Non, ce devait être plus que ça, ou tout autre chose.

Le téléphone sonna à nouveau juste au moment où le fax se mettait à cracher des pages. Elle déclara à la personne à l'autre bout du fil que Bobby était en réunion de vente et l'interlocuteur raccrocha. Le fax s'arrêta. Elle n'y prêta pas attention.

Et la concentration, c'était quoi ? Une forme de « sainteté » ? Un équilibre intérieur ? De la détermination ? Ils — Ned et Saul — partageaient effectivement ces qualités. Ils avaient la capacité quasi transcendante de conserver leur intégrité d'auteur. Elle se demanda si, plus cette capacité était utilisée, plus la partie déterminée et transcendantale se développait, jusqu'à ce qu'un jour elle ne fasse plus qu'un avec eux. Ils devenaient ce qu'ils écrivaient ; ils étaient leurs personnages. Ce devait être incroyable, pensait-elle, de ne plus avoir à se traîner comme si on avait un cadavre accroché à la cheville, cette partie de soi qui pleurnichait face à l'indifférence de l'éditeur, qui sanglotait en lisant les mauvaises critiques et qui, une fois au quatrième rang de la liste des meilleures ventes publiée par *The Bloomsbury Review* (le *TBR*), pestait contre les auteurs cités aux trois premières places.

L'ego des auteurs était si difficile à satisfaire, si insatiable. Mais pouvait-on le leur reprocher ? Ayant elle-même déversé un quart de son sang pour rédiger le plus minable des textes, comment pouvait-elle en vouloir à un auteur vraiment doué qui s'était saigné jusqu'à la dernière goutte ? C'était le sang de sa vie qui faisait vivre son livre, il ne fallait pas l'oublier ! Mais Saul et Ned...

— ... Ned Isaly...

Sally sursauta. Pendant un instant, elle crut que le nom avait résonné dans sa tête. En fait, il venait du bureau de Bobby. Elle ne s'était pas aperçue que la porte de celui-ci était mal fermée, laissant un petit espace par lequel filtrait un peu de lumière et de bruit. Les voix s'élevaient et s'abaissaient comme les marées. L'une d'elles dit à nouveau :

— ... le contrat d'Isaly...

A l'intérieur du bureau, Clive faisait les cent pas, s'approchant et s'éloignant de la porte.

— Bobby ! Je vous en prie... !

— Vous l'avez dit vous-même. Je ne fais que reprendre votre raisonnement. Si on rompt le contrat d'Isaly, Tom Kidd va nous tomber dessus.

Les pieds sur son bureau, Bobby se balançait en arrière, en bras de chemise, agitant une jaquette dans la lumière. Derrière lui, le soleil faisait scintiller Central Park.

— Cette couverture est à chier, Clive.

Il la lança sur son bureau.

— Tant que Ned Isaly nous livre un manuscrit, on ne peut rien contre lui. Je veux dire par là qu'on pourra difficilement prétendre qu'il est inacceptable. Et ça, c'est sans tenir compte de la complication que représenterait la démission de Kidd. Alors, qu'est-ce que Zito a dit d'autre ?

Clive ne chercha même pas à ramasser la maquette de jaquette, atterré par le calme avec lequel Bobby traitait l'affaire.

— C'est tout. Juste que ces deux types travaillent toujours ensemble.

Sally sentit, plus qu'elle n'entendit, quelqu'un s'approcher de la porte. Elle fit rouler précipitamment son fauteuil vers la photocopieuse et l'alluma. N'ayant rien à copier, elle attrapa un livre qui traînait par là, mais c'était sans grande importance puisqu'elle tournait le dos à la porte et se trouvait de l'autre côté de la pièce. Elle aplatit le livre ouvert sur la vitre et pressa le bouton.

— Où est Melissa ?

C'était Clive. Elle retira le livre et se tourna vers lui, prenant son air abruti : la bouche ouverte, les yeux ronds.

— Oh ! Melissa a dû s'absenter un moment. Une urgence, quelque chose en rapport avec sa robe de mariée...

Clive se fichait pas mal des noces d'une secrétaire. Il regarda Sally un long moment, essayant d'évaluer si elle avait entendu quelque chose et quoi. Dans le cas de Melissa, il ne se serait pas inquiété. Elle était trop obnubilée par ses petites affaires pour capter la moindre conversation n'ayant pas directement trait à son mariage. Mais avec Sally il fallait être sur ses gardes. On la disait futée, rapide et intuitive.

Elle se tourna à nouveau vers la photocopieuse d'un air indifférent.

— Qu'est-ce que vous faites ici ?

Elle lança par-dessus son épaule :

— Des photocopies, pourquoi ? Vous vouliez quelque chose ?

Elle continuait à ouvrir de grands yeux candides.

— Quoi ? Non. Enfin, si. Préparez-nous du café, je vous prie.

Elle acquiesça, soulagée de constater qu'il pensait qu'elle n'avait rien entendu.

La porte ne fermait pas, voilà le problème. Même après que Clive fut retourné dans le bureau et l'eut soigneusement tirée derrière lui, il était évident (pour elle, car il ne semblait pas s'en être rendu compte) que le loquet était usé, ou cassé.

Elle roula jusqu'à la machine et versa plusieurs cuillerées de café dans le moulin électrique (ces types ne se refusaient rien !). Puis transvasa la poudre dans le cône de l'appareil de Bobby en forme de navette spatiale (dessiné, constata-t-elle, par Porsche) ; elle ajouta de l'eau, le mit en route et roula de nouveau vers la table de travail. Celle-ci était tout près du bureau de Bobby. A moins de coller son oreille contre la porte, ce qu'elle n'osa pas faire, elle ne pouvait espérer mieux.

Au début, Clive baissa la voix et, comme il ne faisait plus les cent pas dans la pièce, elle n'entendit qu'un bourdonnement. Mais bientôt il se remit à parler normalement et à marcher de long en large. Elle garda les mains sur le clavier de l'ordinateur, au cas où l'un d'eux apparaîtrait soudain.

Ned. Ils parlaient encore de lui et de son contrat. Pourquoi ? Apparemment, c'était la seule raison de cette réunion.

Clive avait quitté son fauteuil et arpentait à nouveau le bureau.

— Alors, qui sont-ils ?

Bobby était prêt à tout pour l'empêcher de revenir sur le sujet de Ned et de son prochain roman.

— Candy et Karl. Ce sont les noms qu'il m'a donnés.

— Mais pourquoi deux ? On n'en veut pas deux. Ça fait un de plus au courant du... projet.

Clive prit un malin plaisir à lui rétorquer que, pour une fois, le choix ne dépendait pas de lui. Il n'avait pas son mot à dire, pas plus que dans la réécriture de la Constitution ou la réorganisation du monde. Le monde selon Bobby Mackenzie... peuh ! Tu n'as qu'à te le mettre là où je pense, mon cher Bobby.

— Que vous le vouliez ou non, c'est ça ou rien...

« Que vous le vouliez ou non, c'est ça ou rien... » Sally ne comprenait pas pourquoi c'était Clive qui disait à Bobby ce qu'il avait à faire. *Ça ou rien ?*

Clive se rapprocha du grand bureau de Bobby.

— Ils travaillent en binôme.

Seigneur, ils étaient vraiment en train de parler de ça ? Clive avait toujours été conscient de la mégalomanie de Bobby, un vrai Attila à sa façon, mais *ça...* ? Quant à lui... il avait peur de réfléchir à ce qu'il pensait de lui-même.

Bobby laissa échapper un long soupir. Il prit une autre jaquette brillante et vivement colorée et la tendit à bout de bras.

— Où était Mamie Fussel quand cette chose a été pondue ?

— Pas loin : c'est elle qui l'a conçue.

Mamie était la directrice artistique, une femme assez fruste qu'il n'appréciait pas particulièrement.

— Je préférais encore l'époque où on ne montrait que des culs et des nichons... commença Bobby.

— Comme si ça avait changé ! Dites, ça vous ennuierait de vous concentrer sur le sujet qui nous occupe ?

Bobby laissa retomber la jaquette sur la précédente, annonçant :

— Ce n'est pas tout. Isaly ne va plus tarder à donner à Tom un nouveau manuscrit. C'est pour ce mois-ci.

Ils parlaient toujours des manuscrits comme de bébés s'accrochant pour dépasser le terme. Clive se laissa retomber sur le canapé.

— Qu'est-ce que ça change ?

— Ce que ça change ? Je doute fort que Giverney apprécierait la sortie d'un nouvel Isaly, même après le petit revers de fortune que Ned connaîtra bientôt. Et encore moins avec toute la publicité que son nouveau bébé va lui attirer...

Clive resta prostré.

Bobby décrocha son téléphone, puis se ravisa, saisit les deux jaquettes et se dirigea vers la porte.

— Où est encore passée Melissa ?

Sally souleva les doigts en suspens au-dessus du clavier.

— Elle a eu une petite urgence. Votre café est presque prêt.

— Ah. Appelez Tom Kidd et demandez-lui où en est le dernier Ned Isaly. Puis dites à Mamie Fussel que je veux la voir dare-dare. Ces jaquettes sont à chier.

Il les lança sur le bureau de Melissa.

— Je peux...

Elle s'interrompit. Puis, devant le haussement de sourcils interrogateur de Bobby, balbutia :

— Rien.

Elle aurait pu lui dire où en était le livre de Ned. Mais il valait mieux les abandonner à Tom. Il ne supporterait pas qu'ils cherchent des noises à son auteur.

Bobby rentra dans son bureau, croyant fermer la porte comme Clive avant lui.

Sally frissonna, se frotta les bras. Elle pensait avoir compris la teneur de leur conversation. Si Ned ne livrait pas son manuscrit dans les délais prévus, Mackenzie-Haack se débarrasserait de lui. Ce qui lui échappait, c'était ce que Paul Giverney venait faire là-dedans.

Les larmes lui montèrent aux yeux. Qu'est-ce que Bobby (ou Clive) pouvait bien avoir contre Ned ? Comment pouvaient-ils ne serait-ce qu'envisager une telle éventualité ?

Sally fixa les jaquettes criardes que Bobby venait de laisser tomber sur le bureau. Elles n'étaient pas très inspirées, certes, mais elles n'étaient pas si affreuses que cela.

Mais pour Bobby c'était du pareil au même : il tirait un trait aussi facilement sur Ned Isaly que sur deux couvertures ratées.

— Elle ne ressemblait en rien à ma mère, déclara Saul, parlant toujours de sa grand-mère.

Ils étaient dans le parc, par une journée lumineuse de novembre, une rareté à New York, au point qu'on était pris d'une envie irrépressible d'aller s'asseoir dehors pour la contempler, pour admirer la lumière formant une croûte transparente sur l'herbe froide. Le ciel était si clair que la tête de Ned lui tournait légèrement, comme grisée par l'air.

Saul se tut, tirant sur son cigare. Puis il reprit :

— Je ne comprenais pas comment ma mère et mon oncle Swann pouvaient être ses enfants. Je m'étais mis dans la tête qu'il y avait eu une erreur à la maternité.

— C'est le cas de beaucoup d'enfants, non ? C'est leur manière de s'expliquer l'inconfort et la douleur qu'ils ressentent.

Ned était penché en avant, les coudes sur les genoux. Il releva la tête vers Saul, attendant qu'il continue, mais l'autre n'en fit rien. Il était déjà étonnant qu'il ait parlé autant de lui-même. De quoi que ce soit, d'ailleurs.

— Ce n'est pas Sally, là-bas ?

Ned suivit son regard. C'était bien elle et elle semblait très pressée, marchant si vite qu'elle courait presque. Se levant en souriant, il regretta qu'il n'y ait pas une nouvelle bourrasque pour emporter une page de son manuscrit, rien que pour la regarder s'élancer et la rattraper au vol.

Elle cria, comme s'ils s'étaient levés pour la fuir :

— Hé ! Hé !

Quand elle atteignit leur banc, elle était hors d'haleine.

— J'allais…

Elle s'interrompit, haletante.

— Tu allais quoi ? demanda Saul.

Elle ne le regardait pas, fixant Ned. Sans préambule, elle lâcha :

— Ils veulent se débarrasser de toi.

Ned émit un petit rire nerveux.

— De quoi tu parles ? Qui ?

— Clive et Bobby. Je les ai entendus parler. Je remplaçais Melissa pendant une heure, la porte était entrouverte mais ils ne le savaient pas...

Elle secoua la tête, comme agacée par sa propre manière de s'encombrer de détails, ou par son manque de souffle.

— Elle était à peine entrebâillée et je ne m'étais même pas rendu compte que je pouvais les entendre jusqu'à ce qu'ils prononcent ton nom. Ça n'avait rien d'étonnant, tu me diras, mais ils répétaient « Ned Isaly », encore et encore. Et ils ont aussi parlé de « contrat » à plusieurs reprises. Ton nom n'était donc pas tombé par hasard. Ils s'étaient réunis pour discuter de toi...

Ned l'interrompit :

— Tom y était aussi ?

— Bien sûr que non, sinon je l'aurais précisé, non ? C'est justement ça qui m'a interpellée : qu'il ne soit pas là et qu'ils soient en train de prendre des décisions à ton sujet en son absence. Clive était énervé. Ça s'entendait à sa voix. Or, pour énerver un type comme Clive — un crétin qui ne pense qu'à lui — il faut mettre le paquet ! D'après ce que j'ai pu comprendre, il semble qu'ils vont essayer de rompre ton contrat...

Sa voix, qui était montée progressivement, s'étrangla.

Saul se mit à rire.

— Oh allez, Sally ! Pourquoi tu te mets dans un tel état ? Tu sais bien que ce milieu, c'est comme la Cité d'Emeraude du Magicien d'Oz. Tu tires un rideau et, derrière, tu découvres que ce n'est qu'un sombre crétin qui tire les ficelles...

Sally le fusilla du regard.

— Tais-toi !

Saul sautilla en arrière, projetant ses bras en avant comme un boxeur.

Ned haussa les épaules.

— Comment pourraient-ils rompre mon contrat ? J'ai signé pour deux autres livres, non ?

— Comment ? Tu demandes comment ? ! Bienvenue dans le monde de l'édition, Ned ! Ils peuvent faire tout ce qu'ils veulent. Tu sais bien comment c'est...

Elle poussa un soupir exaspéré.

— Non, tu ne le sais pas. Tu ne fais jamais attention à ce genre de choses...

— Tiens, tiens, dit Saul.

Ned rit. Puis :

— Il y a une limite à ce que même eux peuvent faire, non ?

Sally, beaucoup plus petite que Ned, qui dépassait le mètre quatre-vingts, se hissa sur la pointe des pieds pour tenter de le regarder bien en face.

— Je viens de te dire que c'était le monde de l'édition. Il n'y a *pas* de limites. Ils peuvent faire tout ce qui leur chante !

Saul ôta son cigare de sa bouche.

— Ça m'étonnerait. Allez, allons chez Swill's. Tu n'as qu'à prendre ton après-midi.

— Je ne peux pas, répondit Sally. Je dois bosser pour gagner ma vie, moi.

Saul lui passa un bras autour des épaules.

— Tu appelles ça une vie, petite fille ?

14

Bobby Mackenzie était assis à une table pas exactement contre la fenêtre de Michael's mais non loin, le dernier roman de Giverney posé devant lui. Comme d'habitude à l'heure du déjeuner, le restaurant était bondé. Bobby constata avec délice que Damon Rich, l'éditeur de Queeg & Hyde, était assis une dizaine de tables derrière lui, dans l'arrière-salle. Il fut encore plus ravi de voir Nancy Otis, la toute-puissante directrice de collection qui avait quitté Queeg & Hyde pour Grunge, à une table à peine visible dans un coin de l'arrière-salle, là où on mettait les moins que rien.

Quand Clive l'avait rejoint, une heure plus tôt, Bobby grignotait des gressins fins comme des pattes d'oiseau. A présent il en roulait un sur la table avec le plat de sa main. Il rappelait parfois à Clive un tambour-major : il se déplaçait dans les couloirs de Mackenzie-Haack comme s'il avait un sifflet entre les dents et pour mission de guider la troupe dans la bonne direction.

Bobby étirait sans cesse le cou pour voir qui franchissait la double porte de Michael's.

— Mais qu'est-ce qu'ils foutent, vos types ?

Clive se tamponna le coin de la bouche avec sa serviette.

— Ils ne vont pas tarder.

Il jubilait de voir Bobby obligé d'attendre.

— Vous leur avez bien dit quatorze heures, non ?

— Non, ce sont eux qui me l'ont dit. Ils viendront, Bobby. Il est tout juste deux heures et des poussières.

Danny Zito avait prévenu qu'ils ne voudraient pas déjeuner. Un verre, peut-être. Un café et un dessert ? Bobby et Clive avaient déjà commandé et avalé leur repas. Les restes du risotto de Bobby gisaient dans une grande assiette blanche. Clive avait pris sa salade habituelle. S'il mangeait comme Bobby, il deviendrait une vraie montgolfière, prête au décollage. Bobby avait un métabolisme qui brûlait jusqu'aux calories les mieux dissimulées.

— Ce serait pas ces deux gus, là-bas ?

Clive hocha la tête avec un soupir. Qui aurait cru, à l'entendre parler, que Bobby était le président d'une des maisons d'édition les plus prestigieuses de New York ?

Les deux hommes qui venaient d'entrer, d'une élégance plutôt discrète si l'on voulait bien oublier les Ray-Ban et la casquette de base-ball du plus petit des deux (Candy, à en croire Danny), furent dirigés vers eux par le maître d'hôtel. Ils avancèrent droit parmi la flottille de tables recouvertes de nappes blanches, toutes occupées, sans se soucier de l'étroitesse de l'espace entre elles. Des coudes furent heurtés, des écharpes volèrent, des manteaux de fourrure glissèrent des dossiers de chaise. Les femmes ouvrirent des bouches outrées, les hommes lancèrent des regards menaçants.

Clive se recroquevilla sur son siège.

Ces deux types ne pouvaient-ils montrer un peu plus de considération ?

Bobby sourit. Il adorait cette attitude « je vous emmerde tous » quand ce n'était pas lui qui en faisait les frais.

Ils arrivèrent à leur table. Etrange, cette manière qu'ils avaient d'occuper l'espace sans avoir l'air d'être complètement présents. A moins que ce ne fût Clive, qui essayait de se dissocier de toute la transaction. Il aurait préféré que Bobby ne vienne pas. Mais non, il fallait que Monsieur soit partout, qu'il s'occupe de tout. Si l'énergie cinétique de Bobby avait voyagé le long du bras qu'il tendait vers eux, les deux tueurs auraient grillé sur place.

Clive fit les présentations tandis que les trois autres échangeaient des poignées de main, Bobby montrant plus d'enthousiasme que ses invités.

— M. Candy... M. Karl... (Leur prénom, leur patronyme ?) Bobby Mackenzie, de Mackenzie-Haack.

Clive aurait été bien incapable de deviner ce qui se passait dans la tête des deux types. Ils étaient aussi expressifs que des mannequins de vitrine. Ils se ressemblaient extraordinairement, en dépit de leurs différences évidentes : un grand, l'autre petit ; un trapu, l'autre dégingandé et mince. Ils s'assirent.

Bobby était plus excité que jamais. Clive n'en revenait pas, surtout compte tenu des circonstances. Cela dit, Bobby s'enthousiasmait pour tout ce qui était nouveau : nouvel auteur, nouvel échec d'une autre maison d'édition, nouveau procès, nouveaux tueurs à gages...

Karl tourna la tête, cherchant un serveur, en aperçut un, lui fit signe d'approcher. Le serveur s'exécuta.

— Un scotch, un bourbon, des glaçons. Double. Deux.

— Deux doubles, monsieur ?

— Deux doubles.

— Ça présente des avantages, d'être en couple, fit Clive avec un sourire.

Ils se tournèrent tous vers lui, y compris Bobby, qui semblait être devenu un des leurs. On aurait dit qu'ils l'examinaient comme une pièce de bœuf. Clive s'en trouva agacé, surtout contre lui-même. Il tira sur ses manchettes, tripota un de ses boutons. Il passait tant de temps chez Façonnable et dans le rayon homme de chez Bergdorf à se réinventer qu'il avait développé un sixième sens pour les vêtements de créateur et était passé maître dans l'art de les identifier. Les costumes de ces deux-là, avec leurs étranges tons, brun et gris comme le souvenir des doux automnes d'antan, c'était du Armani tout craché. Etait-ce le styliste de prédilection des confrères de Danny en raison de ses vestons amples ? Néanmoins, leur goût vestimentaire le rassura, lui redonnant un peu confiance en lui.

Le serveur déposa leurs verres devant les deux hommes. Bobby les regarda et s'en commanda un à son tour. Il en avait déjà sifflé deux.

— Un scotch, sans glaçons.

Il fallait qu'il se distingue, tout en étant pareil. Clive soupira.

— Messieurs...

Candy lança un regard derrière lui comme si Clive s'adressait à quelqu'un d'autre. Puis il déclara :

— Sympa, la gargote. Elle est carrément top. Elle est combientième dans le classement des restaus ?

— Hors concours ! répondit Bobby avec son sens inné de la repartie.

— Ouais, vise un peu les tableaux. On se croirait dans une putain de galerie...

— Il n'y a ici que de l'art contemporain. Jasper Johns, Jim Dine... Robert Graham...

Candy enrichit la liste :

— Ils ont même un David Honkey...

— Hockney, corrigea Clive.

Il n'avait pas pu s'en empêcher.

— Hein ?

— David Hockney.

— Ah ouais. Vous aussi, vous l'aimez ? Cet endroit est beaucoup plus grand qu'on aurait cru. On devrait venir plus souvent, pas vrai, K. ?

— La bouffe est bonne ? demanda Karl.

— Excellente, dit Bobby.

Il montra son assiette.

— La salade Cobb est à tomber. C'est la meilleure de Manhattan.

Karl le dévisagea, pas du tout impressionné.

— Si on parlait de ce qui nous a réunis ici ? déclara Clive.

Comme personne ne réagissait, il reprit :

— La... euh... la prise en charge de cet homme...

Ce fut au tour de Karl de l'interrompre :
— « Prise en charge » ? Une chouette expression, ça. Il faut toujours faire attention à bien choisir ses mots. Les mots peuvent faire un tas de choses. Vous vous souvenez de cette vieille comptine qu'on chantait enfants : « Les bâtons et cailloux, ça peut briser mes os, mais les mots, y peuvent pas me faire de mal… » Qu'est-ce qu'on était poires, à l'époque !

Karl se tapa le front de la main comme s'il n'en revenait toujours pas.

Sans doute un néonazi, en conclut Clive. Il sortit une photo de la poche de son Burberry. Un cliché brillant, format 10 × 15 centimètres.

— C'est lui.

Il le glissa sur la table en le recouvrant de sa main.

Candy et Karl baissèrent les yeux vers le portrait.

Bobby fit un bref signe de tête sur le côté, lâchant entre ses dents :

— Le serveur approche.

Il était manifestement au parfum des manières des gangsters.

Candy retourna la photo tandis que le serveur déposait le verre devant Bobby. Derrière le garçon, Mortimer Durban était en train de s'installer à une table où étaient déjà assises deux femmes que Clive n'avait pas remarquées jusque-là. Apparemment, ayant achevé ses affaires à sa propre table, Mort venait en poursuivre d'autres à celle de quelqu'un d'autre. Il salua Bobby et Clive d'un signe de tête, son regard intrigué s'arrêtant sur les deux inconnus. C'était un agent très puissant, le protocole exigeait qu'on le salue à son tour. Ce que fit Clive. Chez Michael's, on avait à peine le temps de manger, on était trop occupé à observer les autres.

Après avoir bu une gorgée de vin, Clive demanda :

— Quel type… d'avance vous avez en tête ?

Il se félicita pour sa façon de présenter les choses. Si quelqu'un les entendait (les autres clients étaient tous trop absorbés par les entrées et sorties dans la première et l'arrière-salle pour se concentrer sur chaque table plus de trois secondes), il croirait au jargon habituel de l'édition.

— Vous voulez dire le total ? demanda Candy.

Bobby acquiesça.

— Un million.

— C'est salé, dit Bobby.

« Salé » ? se demanda Clive. Venant de celui qui avait offert un à-valoir de trois millions de dollars à Barry Shooter, cet éminent spécialiste du polar inspiré de faits divers réels, un gars qui, en dépit de son nom (sans parler de sa spécialité), n'aurait pas su distinguer un flingue d'un bâton de réglisse ?

Karl esquissa un petit haussement d'épaules. A prendre ou à laisser.

— D'accord, dit Bobby. Mais on parle là d'une véritable avance, ou c'est cinquante pour cent à la signature et cinquante pour cent à la... livraison ?

Il sourit, fier de lui.

— Ouais, c'est ça. Moitié, moitié, confirma Karl. Sauf que, surprise, les gars, ajouta-t-il en ricanant, Candy et moi, on signe rien.

Bobby prit une gorgée de scotch. Il était aux anges.

— Ça me va, une poignée de main vaudra signature.

Clive espérait que Mort Durban n'avait pas entendu cette dernière remarque. Mais ledit Mort était trop absorbé par le décolleté des femmes qui l'entouraient.

— Quand pouvons-nous espérer, le... vous savez... la remise du manuscrit ? demanda Bobby.

— Ça dépend, répondit Karl. Faut encore qu'on accepte le projet. Vous savez... qu'on décide si l'idée nous botte ou pas.

Il faisait rouler un cigare coûteux entre ses lèvres, ne l'ayant pas encore allumé.

Clive se demanda comment il réagirait si le serveur venait lui rappeler le règlement de la maison quant à la fumée. Il n'aurait pas voulu être à la place du malheureux garçon.

Bobby était perplexe. Son front était creusé de sillons dans lesquels on aurait pu semer des haricots.

— « Accepter le projet » ? Mais c'est ce pour quoi nous sommes réunis ici, non ? Je veux dire, je pensais que vous aviez déjà décidé...

Fermant les yeux devant ces fadaises infantiles, Karl expliqua :

— Ça dépend de ça.

Il tapota la photo retournée de Ned Isaly.

— Faut qu'on en apprenne plus sur...

Il tapota à nouveau la photo.

— On doit faire nos recherches. Autrement, on... comment vous expliquer... on avancerait dans ce projet comme qui dirait en aveugles.

Il leur adressa un sourire assassin.

Mais de quoi parlait ce gorille ? Clive demanda :

— Vous voulez dire que vous voulez approcher le sujet ? Le connaître ?

Candy, qui avait semblé occupé à inspecter la salle, revint dans la conversation :

— On a nos principes : l'un d'eux, c'est de ne jamais, je dis bien *jamais*, entreprendre quelque chose sans connaître le... euh... sujet.

Bobby et Clive échangèrent un regard, pour une fois aussi perdus l'un que l'autre. Ils secouèrent la tête.

— Mackenzie-Haack est censé vous verser un demi-million de dollars sans que vous vous engagiez, c'est ça ?

— Pourquoi, qu'est-ce qu'il vous faut, Bobby ? Une oreille ?

Le rire de Candy ressemblait à une toux catarrheuse.

Celui de Karl tenait davantage du grondement d'un loup famélique.

Bobby lança un bref regard à la ronde, leur faisant signe de baisser la voix.

— Mais alors, que se passe-t-il avec notre avance ? demanda-t-il. Au cas où vous décideriez de ne pas, euh... écrire.

— On la rend, naturellement.

Karl fit rouler son cigare entre ses lèvres.

— Au fait, pourquoi vous voulez qu'on vous fasse ce truc ?

Se barricadant littéralement en croisant les bras devant sa poitrine, Bobby secoua la tête d'un air grave, comme si ce qu'il savait ne franchirait jamais ses lèvres. C'était trop sérieux pour être révélé.

— Je ne peux pas vous tuyauter là-dessus. Je ne peux rien dire.

Il était de nouveau le boss, contrôlant la situation.

Karl et Candy échangèrent un regard comme s'ils avaient affaire à un fou. Puis Karl se tourna à nouveau vers Bobby.

— Bob, ben... puisque vous ne pouvez pas nous... tuyauter là-dessus, je suppose qu'on ne peut rien pour vous non plus. Tu es prêt, C. ?

— Ouais, c'est bon, on se casse.

Ils se levèrent.

— Un instant ! les rappela Bobby. Voyons, rasseyez-vous.

Ils se rassirent.

— C'est que... c'est un sujet très délicat.

Il fit glisser une autre photo sur la table, face cachée, celle qu'il ne fallait surtout pas montrer.

— C'est lui, la raison.

Clive, dont la tension nerveuse n'avait cessé d'augmenter, en eut le souffle coupé. Il n'allait quand même pas leur dire...

— Bobby, laissons tomber. Oublions toute cette affaire...

Bobby lui lança le regard qu'il n'avait pas osé adresser à Karl et Candy. Clive leva les mains devant lui, capitulant illico.

— OK. *OK !*

Savourant son effet, penché sur la table, au-dessus du visage souriant de Paul Giverney, Bobby parla d'une voix si basse que les deux hommes durent se pencher vers lui à leur tour.

Clive les observa tous les trois, leurs têtes se touchant presque. Les Pieds Nickelés en plein complot. Il secoua la tête, détourna les yeux.

— ... ce type, un écrivain, expliquait Bobby. On ne peut pas lui faire signer de contrat tant qu'on ne s'est pas débarrassés de l'autre, Isaly. C'est son idée à lui.

Il tapota sur la photo.

— Pas la mienne.
— Donc, résuma Candy, il vous a demandé de faire la peau à l'autre gars.

Clive vit, incrédule, Bobby faire un geste et un signe de tête dont le sens n'aurait pu échapper à personne, dans cette salle comme en tout autre lieu de ce vaste monde.

— Bobby...

Cela valut à Clive de recevoir un coup de pied sous la table.

— Donc, vous comprenez le problème, conclut Bobby.

Il se cala contre son dossier avec un air satisfait.

Candy et Karl le dévisagèrent un instant, impavides. Puis Karl dit :

— Ouais, ouais, on voit le problème. C'est pas pour dire, mais c'est un drôle de métier que vous faites là.

— Et ça vous plaît, l'édition ? demanda Candy. C'est toujours aussi tordu ?

Le sourire de Paul Giverney semblait leur répondre : « Non, ça l'est encore bien plus que ça. »

Et Bobby, en souriant :

— Dites, vous n'avez jamais songé à écrire vos mémoires ? Vous feriez un tabac, je vous le garantis.

Jusqu'à ce jour, Clive ne s'était jamais rendu compte à quel point Bobby (quelle ordure !) était parfaitement adapté à son secteur d'activité.

15

— C'est quoi alors, l'histoire de ce type ?

Candy inclina la tête vers la devanture de la librairie Barnes & Noble, qui était remplie, pour ne pas dire submergée, d'exemplaires du dernier roman de Giverney, *Attention, danger*.

Karl réfléchit.

— Giverney a la super cote en ce moment. A la façon dont les deux autres zozos en parlaient, on croirait qu'il est le seul à savoir écrire. Tu n'as jamais lu un de ses bouquins ?

— Pas que je sache.

Sans quitter la vitrine des yeux, Karl secoua la tête.

— Tu veux dire que tu ne t'en souviens pas ? Tu lis un livre et tu ne t'en souviens pas ?

— Ben... et toi, tu en as lu ? Je te vois des fois avec des livres. Moi, j'ai pas le temps.

Karl extirpa un nouveau chewing-gum à la menthe poivrée de son paquet, qu'il rangea dans sa poche. Il plia soigneusement la tablette, la glissa dans sa bouche tout en contemplant la vitrine.

— Il vend presque autant de bouquins que Stephen King, sauf qu'il écrit pas vraiment de l'horreur pure et dure. Enfin, je crois. Ce serait plutôt de l'horreur psychologique.

— Avec une présentation comme celle-là, je parie qu'il est le premier de la liste.

— Quelle liste ?

— La liste des best-sellers publiée dans le *New York Times*. On l'appelle « la liste », tout simplement. Tu vois, j'ai fait mes devoirs. Après tout, faut qu'on sache dans quoi on met les pieds...

— Faut pas se la jouer, on y connaît rien. Y a qu'à voir, t'avais jamais entendu parler de Paul Giverney.

Il indiqua la vitrine d'un signe de tête.

— Je crois qu'on ferait mieux d'entrer là-dedans et de jeter un œil.

Candy ne paraissait pas convaincu.

— Je me demande... On sait même pas si on va accepter ce contrat ou pas. Si ça se trouve, on aura pas envie de le descendre, ce Ned Isaly. Dans ce cas, on aura perdu notre temps.

Karl avança vers la porte, entraînant Candy.

— Allez, viens.

Pendant un moment, ils restèrent simplement plantés là, regardant autour d'eux les livres formant des colonnes sur le sol, alignés dans les rayons le long des murs à perte de vue, empilés sur les tables de présentation, les comptoirs... partout, en fait.

— Merde, soupira Candy. Dans quoi on s'est fourrés ?

— Tu n'es pas obligé de tous les lire, crétin !

— Ouais, je sais, mais quand même. On se croirait dans un autre monde ici, on est pas chez nous.

Karl fit la sourde oreille.

— Voilà ce qu'on devrait faire... Tu m'écoutes ?

Candy acquiesça, plissant les yeux comme s'il était perdu au milieu d'un océan de papier blanc, ballotté dans son petit kayak vulnérable.

— On va acheter ces deux bouquins. Je vais chercher celui d'Isaly...

— Et moi, celui de Givenchy, c'est ça ?

Candy reprenait du poil de la bête.

— Ouais, sauf que c'est Giverney, pas Givenchy.

Il y en avait une pile devant eux et une près de la caisse. Sans compter tous les autres endroits stratégiques accordés au livre,

dont une présentation à part sur tout un pan de mur. Karl émit un léger sifflement admiratif.
— Dis donc, ce type sait y faire. Alors, elle te va mon idée, C. ?
L'air inquiet, Candy répondit :
— Ouais, sauf que ce bouquin m'a l'air vachement épais...
Il tendit la main vers une pile qui était encore assez haute pour être renversée. Il saisit le premier exemplaire et redressa légèrement la colonne de livres. *Attention, danger* avait une jaquette sombre, gris et noir, avec des reflets brunâtres, comme si on l'avait oubliée sous la pluie. Elle n'était pas du tout du goût de Candy, qui déclara :
— Ça ne présage rien de bon.
Karl leva les yeux au ciel. Candy adorait cette expression. Il l'avait prise à un crétin de scénariste à Los Angeles, qui l'avait prononcée alors qu'il était dos au mur, face à leurs deux revolvers. De toute façon, le gars n'en avait plus l'usage. Il avait dit « Cela ne présage rien de bon » juste avant qu'ils l'abattent. Du coup, il avait eu raison. Et Candy en avait gardé comme de l'admiration pour le scénariste, ce dont il avait fait part à Karl.
« Mais enfin, c'était un scénariste ! avait rétorqué ce dernier. Rien que pour ça, il méritait d'être descendu. Tu t'attendais à quoi, d'abord ? A ce qu'il pleurniche, "Oh non ! Non, je vous en supplie, non, ne faites pas ça" ? Ça t'aurait paru digne de Hollywood, ça ? »
Karl se dit que s'il ne relevait pas, Candy oublierait plus vite.
— Elle n'est pas si mal, cette couverture. Elle crée une ambiance.
— On dirait qu'il pleut. J'aime pas ce genre de livre.
— Faudrait savoir ce que tu racontes. Tu viens juste de dire que tu n'avais pas le temps de lire.
Une femme le bouscula, sa vision obstruée par la pile de livres qu'elle portait.
— Pardon, s'excusa-t-elle. Vous trouvez ce que vous cherchez ?
Karl sourit.
— Ça dépend si c'est de livres que vous parlez. Oui, je cherche un livre d'un certain Isaly.

Elle fronça les sourcils, marmonnant entre ses lèvres « Isaly, Isaly… », puis son visage s'illumina.
— Ah, vous voulez parler de *Ned* Isaly. Oui, je peux…
La pile de livres vacilla et Karl posa la main sur le premier.
— Vous allez par où ? Je peux vous les porter…
Elle roula de grands yeux (verts).
— Euh… merci, c'est gentil. Vous pouvez les déposer sur le comptoir, là-bas, où les gens font la queue ? Je vais vous chercher votre livre.
— Super.
Elle s'éloigna, se faufilant entre les clients et les étagères, tandis que Karl tentait de maintenir la pile de livres en équilibre.
— Allez, viens, C. On va au comptoir. Tu n'as qu'à te mettre dans la queue.
— Non mais t'as vu ce comptoir ? Il fait un kilomètre. Regarde-moi la queue qu'il y a !
La librairie était bondée. Se frayer un chemin avec une pile de livres n'était pas une mince affaire. Karl les déposa sur le comptoir, les répartit en deux colonnes, puis alla rejoindre Candy dans la file d'attente.
Ce dernier se demandait de quoi parlait *Attention, danger*. Probablement d'un tas de choses dont il se fichait pas mal. Il regarda le nombre de pages. Ses craintes furent confirmées : presque cinq cents. Quatre cent quatre-vingts, pour être exact. Cela dit, il n'avait pas besoin de le lire en entier. Et d'ailleurs, pourquoi devrait-il en lire ne serait-ce que quelques pages, après tout ? Pourquoi devraient-ils se procurer les deux bouquins ? Il posa la question à Karl.
Le visage de celui-ci montra quelques signes d'impatience.
— Il faut qu'on sache qui est cet Isaly. Quand on va lui tomber dessus, tu vas rester planter là, sans rien d'autre à lui dire que « Tiens, vous êtes écrivain ? Je n'ai jamais entendu parler de vous… » ?
— Je suis pas aussi plouc que ça, K.
— Il faut qu'on sache ce qui fait marcher ces écrivains, tu comprends ?

Ils avaient déjà avancé d'une dizaine de places dans la file. Karl vit la vendeuse revenir vers eux avec un livre.
— Merci, dit-il en le prenant.
Il regarda le titre, *Réconfort,* puis demanda :
— Vous en avez entendu parler ?
— Oui, bien sûr. C'est merveilleux. J'aimerais seulement qu'il écrive plus vite. Merci de m'avoir aidée avec les livres.
Elle indiqua les deux piles sur le comptoir d'un signe de tête.
— Au revoir.
Karl se demanda quel âge elle avait. Elle était très jolie.
— Ouais, à un de ces jours.
Candy feuilletait *Attention, danger,* se demandant de quel genre de danger il s'agissait. Mais c'était bien là le but de l'opération. Comme ça, vous vous posez la question, vous achetez le bouquin et vous vous farcissez des millions de pages. Un bon plan. Il regarda à nouveau autour de lui, stupéfait.
— Tu ne te demandes pas comment un livre peut faire un tel chambard ? Non mais regarde-moi ça ! Faut être dingue pour essayer de faire son trou dans ce métier. Ou alors avoir le cul bordé de nouilles !
— Soit ça, soit tu prends un agent qui connaît la chanson.
Candy secoua la tête, sidéré.
— Comment il s'appelle, le tien ?
Karl le lui montra.
— *Réconfort.*
Candy examina le titre un moment.
— Il n'y a qu'un seul mot.
— Ouais, et alors ? Où est le problème ?
— Le titre ne fait qu'un mot et il n'y a pas d'image sur la couverture. Je trouve ta jaquette nulle, si tu veux savoir. Elle est toute blanche. L'éditeur a dû trouver que le bouquin ne valait même pas la peine de se fatiguer pour la couverture !
— Ah oui ? Eh bien, apparemment, ce type sait écrire. Mais vraiment écrire. Il a remporté un prix. Regarde, c'est écrit au dos. Le prix de la critique new-yorkaise.

Candy avait retourné le livre et lisait la quatrième de couverture.

— Qu'est-ce qui te dit que le mien ne sait pas écrire ? Ce n'est pas parce que tu ne reçois pas de prix que tu ne vaux rien. Regarde Russell Crowe.

Il remua les épaules pour mieux faire tomber les pans de sa veste. Karl le dévisagea, perplexe.

— Russell Crowe ? Qu'est-ce qu'il vient faire là-dedans ?

— Il a jamais remporté l'oscar pour avoir joué ce décrypteur de codes déjanté. Ça veut pas dire qu'il sait pas jouer.

Karl laissa passer Russell Crowe, déclarant :

— Je pense que ce Giverney ne doit pas si bien écrire que ça puisqu'il a besoin de s'étaler dans tout le magasin.

Candy ne comprit pas le raisonnement.

— Ben quoi, ça veut juste dire qu'il est vachement populaire. Ce qui signifie qu'il est bon.

— Pas du tout, C. Puisque tout le monde achète son foutu bouquin de toute façon, pourquoi ce Giverney gaspillerait son temps à soigner son style ? Réfléchis : si n'importe qui et sa grand-mère le lisent, ça ne peut pas être bien bon. Je ne connais pas ta grand-mère, mais la mienne, elle est con comme un balai. Les infos du jour, elle les lit sur les boîtes de corn flakes. Je te parie qu'elle te dévore ce bouquin en moins de deux !

Karl pointa un doigt vers le livre dans les mains de Candy.

— Eh bien, on verra, dit celui-ci, piqué au vif. Tu lis le tien, je lis le mien et on verra bien.

Le Jardin des Plantes

16

Nathalie était assise seule sur un banc vert sombre du Jardin des Plantes. Au début, celui-ci avait été au soleil, mais à présent les ombres se resserraient autour d'elle. Elle attendait. Elle abaissa ses paupières comme si souvent, dérivant dans et hors de sa conscience. Quand elle rouvrit les yeux, les couleurs du jardin semblaient trop diffuses, se fondant les unes dans les autres. Elle ne parvenait pas à les identifier : le bleu (ou était-ce du vert ?) des pivoines, le jaune (ou le blanc, peut-être ?), pâle, étiolé, des lys.

Elle attendait Patric. Elle l'avait attendu toute la journée. Une lassitude l'enveloppa comme la pénombre autour d'elle. Elle s'était promenée dans le vieux zoo et le long des allées du jardin alpin, l'esprit ailleurs.

Avait-il oublié ? Etait-il parti dans l'Hérault rejoindre sa femme et ses enfants ? Michel, Léon, Angélique... Elle connaissait leurs prénoms. Ils passaient tout l'été à Roquebrune, dans leur maison de campagne. Villa Rosalie. Rosalie, c'était un beau prénom. Etait-ce celui d'une femme de la famille ou en avaient-ils hérité avec la maison ?

Nathalie regrettait de ne pas avoir prêté plus attention aux détails, de ne pas avoir stocké des fioritures et des embellissements pour s'en nourrir dans des moments comme celui-ci, quand Patric ne venait pas. Mais, naturellement, comment aurait-elle pu le prévoir ? Pourquoi aurait-elle cherché à tout consigner dans sa mémoire ? Pourquoi aurait-elle fixé les bacs de pétunias accrochés à la balustrade en fer forgé du café Dumas jusqu'à les graver dans sa mémoire, enregistrant la nuance exacte de leur mauve, la texture veloutée de leurs pétales, ou l'éclat blanc du tablier du serveur ?

Il y avait tant de choses desquelles se souvenir, comme la bordure d'anémones lavande le long de la haie vert sombre, là-bas ; ou les réverbères allumés le long des Champs-Elysées ; le café et la brioche en terrasse dans les derniers jours frisquets d'octobre sur le boulevard Saint-Germain ; les Américains sur leur trente et un, croulant sous les bijoux en or dans la rue de Rivoli ; le bras de Patric autour de sa taille tandis qu'ils marchaient, comme s'il n'était jamais assez près d'elle.

La pénombre virait à la nuit. Elle tenta d'imaginer son avenir : il était rempli de pages blanches. Elles s'envolèrent comme les pages d'un calendrier dans un vieux film, datées mais vierges.

On est trop près de la fin à présent, pensa Ned en relisant ce qu'il avait écrit. Peut-être *était-ce* la fin. Il aurait pu condamner Nathalie à rester sur le banc vert à jamais. Cela ne paraissait pas juste. Il se leva et s'approcha de la fenêtre. En baissant les yeux, il vit Saul assis dans le square. Il y avait deux inconnus installés sur un banc un peu plus loin dans l'allée. On voyait rarement quelqu'un traverser le jardin, et plus rarement encore s'y arrêter et s'y asseoir. Il se demanda un moment qui ils étaient puis retourna à son histoire, désireux de secourir Nathalie. Mais il n'y avait rien pour la retenir dans les jardins ni sur la page.

Après avoir acheté les livres, Candy et Karl avaient pris le métro jusqu'à Chelsea et bu un café dans un troquet, s'émerveillant de constater que c'était ce que les gens faisaient. C'était ainsi que le commun des mortels passait son temps. A présent, ils se trouvaient sur un banc près d'un massif de fleurs, principalement planté de zinnias, dans un petit jardin triangulaire de Chelsea, comparant leurs livres. Candy décida qu'il préférait le texte de couverture de celui de Giverney ; Karl préférait le visage d'Isaly à celui de Giverney.

— Le tien a une trop belle gueule et fait trop rupin, trancha Karl. Regarde-moi ce menton, ce manteau... du cachemire, je te parie.

Mais il devait reconnaître que le texte de sa jaquette n'était guère engageant. Les deux personnages principaux, un homme et une femme, passaient leur temps à presque se rencontrer sans jamais y parvenir. Où était le « réconfort » là-dedans ? Il fronça les sourcils.

— J'aime pas ces trucs tristes, dit Candy. Quand on lit un bouquin, c'est pour échapper à tout ce qui est triste, non ?

— Peut-être, grogna Karl. Ou peut-être pas.

— Ce Giverney, il écrit des romans de genre...

Karl lui lança un regard suspicieux.

— Tu sais ce que ça veut dire, au moins ?

— Quoi, romans ?

— Mais non, crétin. Genre.

Il lui donna un coup de *Réconfort* sur le bras.

Candy redressa les épaules pour mieux faire tomber les pans de sa veste.

— Fais gaffe à mon costume. Cette saloperie m'a coûté la peau des fesses.

Karl baissa à nouveau les yeux vers la photo figurant sur sa jaquette.

— Ce type aurait bien besoin de s'acheter un bon costard. Je me demande si ça paie aussi bien que ça, ce boulot. Je veux dire pour des types comme cet Isaly. Pour ce qui est du tien, Giverney, on voit tout de suite qu'il est plein aux as, mais j'ai l'impression qu'ils ne sont pas si nombreux à se faire des couilles en or.

Il prit un air connaisseur et sortit son étui à cigares.

Candy agita *Attention, danger*.

— Trois à quatre millions, c'est ce que la fille au comptoir m'a dit.

— Quoi ? La vache ! Mais c'est plus que ce qu'on se fait tous les deux en deux ans !

Candy posa le livre.

— Tu peux le dire. Et n'oublie pas qu'on est exigeants...
— Notre dernier job nous a rapporté un demi-million. Un quart de million chacun. Et ton zozo se fait tout ce blé avec un seul foutu bouquin ? Du mystère, en plus ! Ce n'est même pas de la littérature. En tout cas, pas comme ce que fait mon gars...
— Mais c'est pas ce que tu disais dans la librairie ? Que si tout un chacun lisait ce gus, c'est que c'était forcément nul ? En tout cas, il gagne pas autant que Tom Clancy et l'autre Trucmuche. Eux, c'est plutôt dans les quatorze, quinze millions...
— Trucmuche... C'est qui, Trucmuche ?
— Tu sais, ce type qui fait dans l'horreur, dont tu parlais tout à l'heure. Il a écrit ce bouquin où il y a Jack Nicholson qui pète les plombs avec une hache...

Karl alluma son cigare cubain et agita son briquet en platine en dessinant des huit telles des lucioles fondant sur Peter Pan.

— Stephen King.
— Une vendeuse à la librairie parlait des sommes maousses que son éditeur verse à cette meuf qui écrit des bouquins avec tout plein de poules en péril...
— Qu'est-ce que c'est que ça, encore ?
— Des romans avec des gonzesses dans la mouise...

Karl haussa les épaules.

— Là, je suis battu.
— Moi aussi. T'imagines, gaspiller sa vie à écrire ces merdes...
— Ouais, mais à trois ou quatre millions la merde, j'appelle pas ça gaspiller sa vie, Candy.
— L'argent n'est pas tout, Karl.
— Ah oui ? Et depuis quand ?

Il en était pile à l'endroit de son manuscrit où n'importe quel auteur se préparerait, quelques pages plus loin, un chapitre tout au plus, à taper le mot FIN. Comme il l'avait prévu, Saul capitula, baissa les bras, rendit les armes.

Il était assis sur son banc habituel dans le square, contemplant les zinnias en fleur, à l'air à la fois froid et intrépide, qui bordaient l'allée. De l'autre côté du massif, deux hommes étaient assis, bizarrement ressemblants en dépit de leurs corpulences différentes. Ce devait être à cause de leurs costumes. Saul savait reconnaître les griffes de luxe. Ils brandissaient des livres, ce qui était inhabituel pour des hommes d'affaires, et semblaient en train d'en discuter.

Il s'affala un peu plus sur le banc, envisagea d'aller chez Swill's, se demanda quel était son problème. Il ne se comprenait pas. Il ne s'était jamais compris. Peut-être que s'il avait dépendu de sa plume pour gagner sa vie, il aurait pu mener son roman à terme. Saul ne finissait jamais rien, les livres, les repas, le sexe. Plusieurs femmes pouvaient en attester. Qu'est-ce qui se cachait derrière ? La mort soudaine de sa mère ? Celle de son père, qui avait suivi peu après ? C'était comme s'ils n'avaient pu vivre l'un sans l'autre, mais tous deux pouvaient vivre sans Saul. Un tel drame aurait fait dérailler n'importe qui, mais pourquoi un déraillement si voluptueusement autodestructeur ? Pourquoi un auteur, après être parvenu à publier un livre avec succès, se trouvait-il incapable non pas d'en écrire un autre, mais de le terminer ?

C'était peut-être simplement la peur de ne pas être capable d'écrire un livre qui serait aussi bien accueilli que le premier. Personne n'ose imaginer obtenir ce genre de succès. Toutefois, Saul ne pensait pas que c'était la raison pour laquelle il n'avait jamais attaché beaucoup d'importance à la réussite. Il voulait des lecteurs. Tous les écrivains en voulaient.

Et puis zut. Il renversa la tête en arrière, étira les bras sur le dossier du banc, puis lança à nouveau un regard vers les deux hommes assis de l'autre côté de l'allée. Ils discutaient toujours des livres qu'ils tenaient, l'un donnant un coup de poing à l'autre, apparemment en plaisantant.

Saul fut si intrigué par ces deux hommes avec leurs livres que ce fut plus fort que lui : il vit là une histoire. La petite scène se suffisait à elle-même.

En les observant, il sentit le moral lui revenir. Il y avait encore dans ce monde des hommes en costume-cravate qui lisaient des livres.

Assise derrière son bureau chez Mackenzie-Haack, Sally réarrangeait pour la énième fois des delphiniums bleu nuit dans un vase. Elle essayait de trouver le courage (si c'était bien cela dont elle avait besoin) de prévenir Tom Kidd que quelque chose se tramait contre Ned Isaly. Elle se refusait à parler de « complot ». Peut-être interprétait-elle de travers les paroles qu'elle avait entendues.

Tom Kidd était au téléphone. Peut-être était-il justement en train de parler à Ned Isaly. Rien qu'au ton de Tom, Sally pouvait généralement deviner l'identité de son interlocuteur. Ce qu'elle entendait à présent était un ton satisfait. Il ne l'avait que quand il discutait avec certaines personnes, uniquement des auteurs, notamment Ned ou Grace Packard. Tous les autres étaient des « vampires » du téléphone (selon sa propre expression, désignant par là des gens comme Kikki Cross, agent littéraire ; Jani Gat, l'éditrice d'une petite maison d'édition branchée, qui usait de son charme pour arriver à ses fins... sans jamais y parvenir ; ou les aspirants écrivains qui tentaient de lui vendre des livres qu'ils n'avaient pas écrits et n'écriraient jamais).

Sally redressa la tête et tendit l'oreille. Oui, c'était Ned, ou il était question de Ned, car Tom venait de prononcer son nom. Elle contourna son bureau pour se rapprocher de la porte ouverte, mais la voix de Tom s'élevait et s'abaissait, s'élevait et s'abaissait, comme s'il berçait un bébé.

Ce ne pouvait donc pas être Ned car celui-ci n'aurait jamais eu droit au numéro « Mon pauvre bébé ». Ned ne se comportait pas comme un enfant avec son travail. Ce devait être Chris Llewelyn ou Henry Suma, deux merveilleux écrivains, deux grands bébés. Chris « décrochait » au milieu d'un roman et se mettait à pleurnicher qu'il avait la hantise de la page blanche.

Rien n'agaçait plus Tom Kidd que cet argument, auquel il ne croyait pas.

« Tu t'ennuies, c'est tout. » Le sermon commençait toujours ainsi. « Forcément, tu restes enfermé avec cette bande de gens qui pensent avec leurs pieds, se comportent comme des idiots et, par-dessus le marché, ne savent même pas s'exprimer correctement. Ils ont des cailloux plein la bouche, voilà la vérité. Et toi, tu dois surveiller ce qu'ils font et écouter ce qu'ils disent pendant des mois, des années. Que tu t'ennuies seulement est un miracle. Je m'étonne que tu n'aies pas disjoncté et que tu ne te sois pas encore tiré une balle dans la tête... »

Il était rare qu'il lance ce genre de message (puisque sa compassion pour les écrivains ne connaissait pas de bornes). Mais, quand cela lui arrivait, il utilisait un ton de berceuse qui émoussait les épines de son discours. En dépit des apparences, ses propos avaient un effet réconfortant sur des auteurs tels que Chris Llewelyn. Le but visé par Tom était de les faire redescendre du toit d'où ils menaçaient de sauter avec leur « hantise de la page blanche ».

Mais, avec Ned, Tom n'avait jamais eu besoin de ruser. Il lui parlait comme à un adulte – à vrai dire, un auteur adulte et non un vrai adulte entièrement développé, du moins du point de vue de Sally. Quand elle parlait à Ned, il lui donnait l'impression d'être incapable de se concentrer, un peu comme un adolescent avec ses parents. Il faisait semblant d'écouter ce qu'on lui disait ; en fait, il ne s'intéressait qu'à ce qui se passait dans son petit monde égocentrique, livresque. Et elle était de plus en plus furieuse contre lui pour ne pas avoir pris plus au sérieux le coup monté par Clive et Bobby.

— Qu'est-ce qui vous turlupine ?

Tom Kidd se tenait devant son bureau.

— Moi ? Rien !

— Mais si, vous grinciez des dents.

— Pas du tout. Et puis personne ne grince vraiment des dents.

Elle se tourna vers son écran d'ordinateur et se mit à pianoter sur son clavier. Au hasard.

Tom Kidd ne partait pas.

— C'était Eric, au téléphone. Il dit qu'il ne tiendra pas le délai parce qu'il va jeter son manuscrit au feu.

Puisqu'il ne parlait plus de ses grincements de dents, elle pivota à nouveau vers lui.

— Effectivement, ça risque de retarder sa publication. Sauf qu'Eric fait toujours quinze copies. Je suis sûre qu'il en a mis au moins une de côté. Il lui faut combien de temps de plus ?

— Quelques semaines. Vous vous rendez compte ? Se mettre dans des états pareils pour deux semaines de retard !

— La production va nous faire une crise d'urticaire si on a ne serait-ce que deux jours de retard. Vous les connaissez.

— Ah, eux...

— Oui. Ils lui sont déjà tombés dessus à bras raccourcis il y a deux ans, parce qu'il n'avait pas renvoyé ses épreuves à temps. Cela dit, il me vient à l'esprit plusieurs autres manuscrits que Mackenzie-Haack ferait bien de balancer dans le feu.

Tom sourit et s'adossa au chambranle de la porte.

— Ah oui ? Par exemple ?

— Par exemple, le dernier roman-fleuve de Dwight Staines. Et puis...

Il fallait bien qu'elle lui en parle, même si elle savait que rapporter des informations glanées en écoutant aux portes se retournerait contre elle.

— Il faut que je vous dise quelque chose. C'est...

Elle s'interrompit.

Tom, qui venait d'allumer une cigarette, souffla la fumée loin d'elle.

Pourquoi ne crachait-elle pas le morceau ? « Je crois qu'ils essaient de ruiner la carrière de Ned Isaly... » Comment s'appelait cet oiseau à la langue de feu qui, après s'être déchargé de son fardeau de vérité, s'écrasait au sol, consumé par les flammes ? La force qui le gardait en vol était ce qu'il savait.

Ned essayait de joindre Tom Kidd. Sa ligne n'était jamais libre. La tonalité occupée résonnait dans son crâne comme un marteau piqueur.

Il se tourna vers la fenêtre, regarda dans le square. Un rideau de branches lui masquait en grande partie la vue. Il ne voyait pas le massif de zinnias. Une brise constante agitait le feuillage. Etait-ce Saul assis en bas ? Le vent modifia son champ de vision et il aperçut le vieux chat qui traînait toujours dans le jardin. Ils se demandaient souvent d'où il venait. Il avait l'air bien nourri. On ne le voyait jamais quand le clochard et son chien étaient dans les parages.

Ned appuya son front contre la vitre froide et regarda le vent torturer les feuilles. Levant les yeux vers le ciel, il se dit que le crépuscule ressemblait à l'aube, puis il pensa aux aubes polluées de Pittsburgh. La neige en ville. Il se voyait au bout de ce pont (comment s'appelait-il, déjà ?) orné de quatre panthères, deux à chaque extrémité. Le pont enjambait Panther Hollow. Il s'était tenu là à contempler le pont, suçant un cornet à trois boules. Chocolat. Fraise. Vanille. Mais au fond il ne pouvait en être sûr. Etait-il certain qu'il y avait bien un pont enjambant Panther Hollow ? Panther Hollow existait-il vraiment ?

Etourdi comme s'il venait de se réveiller, il abaissa le store, se rendant compte qu'il était à des années-lumière du Jardin des Plantes.

Si elle ne disait rien, Ned n'aurait aucun allié doté du pouvoir de Tom Kidd. Il était toujours là, plutôt chétif, avec des cheveux ternes et des yeux presque incolores, le meilleur directeur littéraire de New York, un des rares à savoir ce qu'accompagner un texte signifiait. Le don Quichotte de l'édition, le défenseur des causes perdues de la littérature.

Il lui était souvent arrivé de se trouver dans le bureau de Tom sous un prétexte ou sous un autre, classant des livres sur les étagères, cherchant des épreuves, prenant un air terriblement affairé et faisant mine de ne pas écouter Ned qui se trouvait là (Ned, ou Chris Llewelyn, ou n'importe lequel des autres bons écrivains de Mackenzie-Haack). Elle ne les avait jamais entendus prononcer un seul mot à propos de ventes, de promotion, de publicité, ou de cette foutue « liste ». Il ne s'agissait que d'écriture, et pas forcément de *leur* écriture. Ecrire était tout.

Tout cela traversa la tête de Sally le temps qu'il lui fallut pour dire

— Non. Rien. Ce n'est pas important.

Il attendit (puisqu'il était évident que ça l'était, « important »), mais n'insista pas.

— C'est un très joli bouquet, Sal. Vous devriez toujours vous entourer de fleurs bleues.

Il s'éloigna, la laissant avec l'impression qu'elle venait de rater un examen difficile. Elle se couvrit le visage des deux mains et, une minute plus tard, sentit les larmes couler entre ses doigts. Lâche. Elle reprit le livre qu'elle était en train de relire. Elle essuya ses yeux avec sa manche bleue, ouvrit le livre et dans le même geste sortit un paquet de petits-beurre de son tiroir.

C'était le dernier roman de Henry Suma, mais cela aurait pu être n'importe quel bouquin. Elle lut tout en grignotant et retrouva peu à peu son calme.

Saul regarda le vieux chat de gouttière s'asseoir devant les deux types en costume. Il sourit. Histoire : voici le chat, voilà la tension ; le chat devient le point fixe. Devant un tel plan, Saul ne pouvait se retenir. Quel auteur y résisterait ? Mais c'était peut-être arrogant de sa part, beaucoup jugeraient qu'il n'y avait pas là matière à faire un roman.

Et peut-être était-ce là la réponse : nous pensons comme nous rêvons. Nous jetons toutes sortes de cochonneries dans la marmite en pensant qu'il s'y formera un tout cohérent, que la sauce prendra, aussi improbable que soit la fusion des ingrédients. Aussi fluide qu'un rêve, et pourtant aussi fixe que la lune.

Saul leva les yeux vers le ciel crépusculaire. Il était moucheté, strié de vagues taches de couleur, jaune, bleu, marron. Un ciel new-yorkais. Il n'y avait que dans cette ville qu'on voyait des ciels qui ressemblaient à des ecchymoses, de plus en plus noirs. Il regarda sa montre. Il était l'heure d'aller chez Swill's.

— Lance quelque chose.
— Quoi ? Je n'ai rien à lancer. Et toi ?
Karl bâilla. Le chat aussi. Cela l'irrita au plus haut point.
— Il se fout de nous.
Candy émit un grognement amusé.
— Mais non.
— Je déteste les chats. Je crois que c'est une phobie.
— Une phobie, voyez-vous ça !
Candy n'aimait pas non plus la manière dont le chat les regardait mais ne voulait pas le dire.
— C'est une mégaphobie.
Karl ne releva pas le sarcasme.
— Tu n'as qu'à lui foutre un coup de pied, s'il te gêne, suggéra Candy.
Il était prêt lui-même à faire son affaire au chat. Celui-ci restait assis là à les narguer, comme si le square lui appartenait.
— Pas question. Je ne veux pas me retrouver avec un de ces défenseurs des droits des animaux surgissant de derrière un arbre.
— Qu'est-ce que tu peux avoir comme imagination, Karl ! Allez, viens, on va boire un verre quelque part.
Candy bâilla. Karl trouva que son bâillement ressemblait à celui du chat, ce qui accentua encore sa nervosité.
— Ouais, un verre, voilà ce qu'il nous faut.
Ils se levèrent avec leurs livres. Ils étaient agacés que le chat puisse penser qu'il avait réussi à les chasser de chez lui.
— Ce chat ne fera pas de vieux os, dit Karl.

Patric l'avait quittée. Il était parti. Parti dans cette maison au si joli nom. La villa Rosalie, leur maison de vacances.

Il avait renoncé à elle, ne la laissant avec rien d'autre que des pages vierges.

Nathalie était parvenue à se lever du banc et marchait vers le petit zoo, très prisé des enfants bien que miteux.

Elle regarda le tigre. Il était terriblement petit pour un tigre. Mais qu'est-ce qu'elle y connaissait, en tigres ? Le félin la regarda à son tour. Pas de manière menaçante. Pas l'ombre d'une menace.

Peut-être que, comme elle, il ne lui restait que des pages blanches.

Comment puis-je la laisser là ? se dit Ned. C'est vraiment ça, la dernière page ? C'est trop vague. Quoique… Au bout du compte, qu'y avait-il de si vague dans cette fin ? Patric était parti. Point.

Pour Nathalie, oui, c'était la dernière page.

Ned reboucha son stylo, se redressa sur sa chaise et regarda le vide.

Nathalie était assise seule dans le Jardin des Plantes.

17

Que fabriquaient les deux malfrats ? pensa Clive (tout en se demandant si cette appellation était encore d'usage). Qu'est-ce que Bobby Mackenzie avait déclenché ? Ou plutôt qu'est-ce que lui, Clive, avait déclenché en allant trouver Danny Zito ? Si la police s'en mêlait, Bobby jouerait à coup sûr les innocents. « J'ai rien fait, moi, monsieur le commissaire ! » Puis il pointerait le doigt vers Clive. Parce que lui-même n'était rien d'autre qu'un des sbires de Bobby. Non, il était son sbire numéro un, son *capo* sbire.

Il venait d'avoir une conversation téléphonique avec Paul Giverney, qui avait appelé pour savoir où ils en étaient. « Tout se passe très bien », avait affirmé Clive. Il avait mis deux excellents professionnels sur le coup.

« Qui ça ?

— Personne que vous connaissez. Faites-nous confiance. »

Naturellement, c'était la chose à ne pas dire à Paul Giverney, qui lui avait répondu, entre deux hoquets, d'attendre un instant qu'il ait terminé de rire.

« Très drôle, Clive. Je vous repose donc la question : qui avez-vous mis sur le coup ? »

Clive lui avait alors parlé de Candy et de Karl, expliquant qu'il s'agissait de consultants qui effectuaient parfois des tâches hautement spécialisées pour Bobby Mackenzie. Il regretta aussitôt d'avoir prononcé leurs noms, se souvenant que Paul avait écrit un roman au sujet d'un tueur de la mafia qui n'était que le portrait à peine voilé d'un vrai assassin. Clive ne se souvenait plus de qui il s'agissait, mais cela signifiait que Paul avait ses propres sources.

« Ça veut dire quoi, des "consultants" ? »

Tout en se demandant pourquoi c'était encore à lui de trouver réponse à tout, alors que c'était l'idée de Bobby, Clive ouvrit le dernier tiroir de son bureau, un meuble énorme et luxueux (cadeau pour sbire de Bobby, qui l'achetait ainsi au fil des ans à coups de présents petits et grands), et en sortit une bouteille de gin Bombay.

« Très bien, Paul, je vais être franc avec vous, avait-il répondu. (Plutôt crever, oui !) Ils filent Ned Isaly.

— Pour quoi faire ?

— Pour voir s'ils peuvent trouver quelque chose... quelque chose que, eh bien, que Ned n'aimerait pas voir rendu public...

— Quoi ? Vous êtes en train de me dire que vous voulez le faire chanter ? Vous avez vraiment besoin d'en arriver à de telles extrémités ? »

S'il savait ! Clive aurait tant aimé que Bobby s'en tienne à ce genre d'extrémité.

« C'est vous qui avez demandé qu'on se débarrasse de lui, Paul. Vous vous rappelez ?

— Oui, mais vous n'avez qu'à déchirer son contrat, bon sang ! Vous avez toute une armée d'avocats à votre service ! A quoi ils vous servent s'ils ne peuvent même pas dénoncer un contrat ?

— Paul, je ne peux pas en dire plus pour le moment. »

Il y avait eu un long silence à l'autre bout de la ligne.

« Paul ?

— Je veux être mis au courant des mouvements de Ned Isaly. Puisqu'il est suivi, ça ne devrait pas poser de problème... »

Son ton était chargé de sarcasme.

« Je doute fort que ce soit possible. Ils ont dit clairement que c'étaient eux qui nous appelleraient. On ne peut pas vraiment les contrôler... »

Cet aveu avait mis Clive affreusement mal à l'aise.

« Pourquoi pas ? C'est vous qui les payez, non ? »

Clive essaya de s'imaginer demandant aux deux malfrats de l'appeler toutes les heures pour le tenir informé de leurs activités. Ce n'était pas réaliste.

« Je ferai de mon mieux », avait-il répondu, ce qui avait coupé court à la conversation.

Ce qu'il ferait n'intéressait que lui-même et la bouteille de gin. Il brisa le sceau, dévissa le bouchon et but directement au goulot. Ah ! *Ahhhhhh !* Il reboucha la bouteille, la rangea dans le tiroir, referma celui-ci.

Il se tourna et regarda par la fenêtre le rayonnement argenté de Manhattan : le Chrysler Building, l'Empire State, le Metropolitan Life Building, ce mastodonte de lumière et de pensée, ce déferlement de nuit et d'étoiles. Il songea à son propre appartement dans son immeuble d'avant-guerre et à la vue depuis ses fenêtres : les mêmes gratte-ciel, mais de l'autre côté. Ce bureau-ci, cet appartement-là, ces vues. Clive ne pouvait s'imaginer autre part. Nulle part ailleurs. L'idée de les perdre était insoutenable.

Qu'est-ce qu'il faisait là à gaspiller son temps avec ce manuscrit de Dwight Staines alors qu'il devrait être en train de chercher à comprendre ce que mijotait Paul Giverney ? Giverney avait été assis là. (Clive désigna même le fauteuil du menton, comme s'il reconstituait l'histoire pour une commère ou un journaliste. Ou un policier, histoire de se faire une petite frayeur de plus.) Après tout, peut-être que Karl et Candy se contenteraient de « malmener un peu » Ned Isaly, suffisamment pour le convaincre de quitter la ville et d'emporter son nouveau roman avec lui... Bon, c'est vrai, il n'en croyait pas un mot.

Mais qu'en savait-il, au juste ? Ces deux lascars étaient pour le moins bizarres. Qu'est-ce qui leur prenait de vouloir en savoir plus sur Isaly avant de décider s'ils acceptaient le boulot ? Ils étaient complètement tordus, il l'avait tout de suite vu, l'autre jour au restaurant. Quel genre de tueur à gages voulait connaître sa victime ? Refusait de s'engager avant de l'avoir rencontrée ? Donnait ses rendez-vous chez Michael's ?

Quant à cette histoire entre Giverney et Isaly... Il pourrait peut-être en parler directement à Ned Isaly... Non, surtout pas. Bobby croirait qu'il essayait de le prévenir et en profiterait pour se débarrasser de lui par la même occasion. Contrairement à Tom Kidd, Clive était remplaçable. En parler à Tom Kidd ? Ce dernier connaissait parfaitement Ned, mais il était peu probable qu'il fût disposé à partager son savoir avec Clive. Non, il ne pourrait rien tirer de Kidd.

L'agent de Giverney. Les agents savaient généralement ce que leurs clients mangeaient au petit déjeuner, dans quoi ils dormaient et avec qui. Qui ils haïssaient et pourquoi. Clive saisit son fichier rotatif, parcourut les noms des agents (classés sous « A », avec un renvoi au nom de leurs clients) et tomba sur Mortimer Durban. Merde ! Il détestait Mort Durban, cet insupportable mégalo, le Donald Trump des agents, qui ne s'intéressait qu'à une chose : le contrat, encore le contrat, toujours le contrat. Pas l'auteur, le contrat. C'était l'un des agents les plus puissants dans le secteur. Il négociait un contrat comme s'il orchestrait le débarquement en Normandie. Il se prenait pour MacArthur, ce con ! C'était également l'agent de plusieurs membres de l'écurie de Clive. Quand Durban commençait à transformer un contrat en un micmac de détails ésotériques, de sous-clauses de clauses auxquelles personne ne faisait jamais attention et dont il semblait être le seul à avoir entendu parler, Clive n'avait qu'une envie, c'était de lui hurler au visage : « Tiens, voilà un gros paquet de fric, connard ! Maintenant, donne-moi ce foutu bouquin ! »

Mort Durban voulait vous faire croire qu'il considérait qu'être agent littéraire était une mission, qu'il répandait la bonne parole et qu'il était prêt à être enterré vivant dans une fourmilière pour défendre son client, dont il n'avait en réalité strictement rien à faire. Fort de cette conviction démesurée de sa propre valeur, il exigeait des avances totalement disproportionnées pour ses auteurs, en ne pensant, naturellement, qu'à ses commissions. Il fallait toutefois reconnaître qu'il était moins mû par l'appât du gain lui-même que par l'excitation de la négociation.

Clive baissa les yeux vers le dernier tiroir du bureau puis se ravisa. Il réfléchit, rongeant le morceau de peau sèche près de l'ongle de son pouce. Cette lubie de Giverney devait être liée au passé, une querelle jamais résolue, une insulte ou un affront jamais pardonnés. Irrité, il pressa le bouton de l'interphone.

Amy répondit sur un ton hésitant :
— Oui ?
— Apportez-moi des infos sur Paul Giverney. Tout ce que vous trouverez.
— Ce n'est pas un de nos auteurs ? Je ne comprends pas ?

Clive ferma les yeux. Je le sais bien, que tu ne comprends rien, pauvre gourde. Puis il dit :
— C'est bien l'auteur de quelqu'un, non ?

Silence. C'était encore trop pour Amy.
— Amy... chez Queeg & Hyde, l'éditeur de Giverney, ils auront sûrement les informations dont j'ai besoin.
— Ah... Mais comment je vais les obtenir ?
— Demandez à votre grande amie Stacey de vous envoyer par coursier une copie de leurs fiches sur Paul Giverney. Vous savez ce que c'est. Nous en avons, nous aussi. C'est un secret de Polichinelle. C'est juste une source d'infos pour la pub et le service de presse quand ils ont besoin de quelques faits marquants pour un article, une interview, ce genre de choses.
— Vraiment ?
— Amy, je ne vous demande pas d'exhumer le corps d'Elvis ni de mettre Graceland à feu et à sang pour me dénicher des morceaux inédits... Je veux juste des informations du genre : où il a été à l'école, le nom de jeune fille de sa mère, etc.
— Je pourrais lui téléphoner ? Il était ici même il y a quelques jours.

Mais où Bobby était-il allé dégoter cette fille ? Encore une de ces hôtesses d'accueil recyclées.

— Non, Amy. Bon, écoutez-moi. Vous déjeunez avec Stacey cette semaine ?

La voix d'Amy s'éclaircit :

— Oh, oui, demain... On pensait aller dans ce nouvel endroit, sur la 55e Rue ? Je...

Clive l'interrompit avant qu'elle ne se lance dans une explication détaillée de ses habitudes alimentaires ou de celles de Stacey.

— Voilà ce que je vous propose : je vous invite toutes les deux à déjeuner au restaurant Michael's. Stacey n'aura qu'à apporter les fiches de Giverney.

Elle était aux anges. Elle aurait certainement exhumé le cadavre d'Elvis contre un déjeuner chez Michael's.

— A présent, passez-moi Mort Durban.

— Vous voulez qu'il vienne ici ?

— Non, au tél...

A quoi bon ?

— Laissez tomber, je m'en occupe moi-même.

Il éteignit l'interphone, appuya sur la touche de la ligne extérieure.

Une voix infiniment plus assurée et froide que celle d'Amy se fit entendre quelques instants plus tard :

— Agence Durban.

Comment faisait-elle pour mettre autant de morgue dans ces deux mots ?

Clive ne se laissa pas intimider.

— Je voudrais parler à Mortimer Durban.

— De la part de qui ?

— Le fisc. C'est personnel, si ça ne vous fait rien.

Pas de réponse, mais Mort décrocha au bout d'un petit moment, demandant d'une voix très prudente :

— Oui ?

— Mort ! Ça fait un bail ! C'est Clive.

Mort laissa échapper le souffle qu'il retenait depuis une minute.

— Clive, qu'est-ce que tu m'as fait là ?

— Il fallait que je dise quelque chose pour forcer le barrage dressé par ta réceptionniste de l'ère glaciaire. Avant ça, elle travaillait pour l'office du tourisme de l'Antarctique ?

La manie qu'avait Amy de finir toutes ses phrases par des points d'interrogation déteignait sur lui.

Mortimer Durban sembla sérieusement réfléchir à la question. En tout cas, il ne dit mot.

— Ecoute, j'ai pensé qu'on pourrait peut-être déjeuner ensemble demain ou un de ces jours ?

— Laisse-moi jeter un œil à mon planning...

Clive remarqua au passage l'accent guindé faussement anglais. Mort passait beaucoup de temps à Londres, dont une bonne partie à s'égosiller et à minauder dans ce club de Soho, astucieusement baptisé Groucho, si populaire auprès de la clique de l'édition.

— Désolé, mon vieux Clive. Je suis surbooké pour plus d'un mois.

— OK, et pour dîner, dans ce cas ?

— *Dîner ?*

Son ton suggérait que le mot était absent du vocabulaire d'un agent. Pour petit-déjeuner, alors, pauvre crétin ? Clive dit doucement :

— On aurait pu dîner au Vieil Hôtel...

Il posa sa main sur le micro pour couvrir son ricanement. Prends ça dans les dents, espèce de snobinard.

Le Vieil Hôtel était légendaire. Il était surtout connu pour refuser les gens, non pas parce qu'il était plein mais parce que leur tête ne leur revenait pas, ou du moins quelque chose chez eux ne leur convenait pas. Clive s'était toujours demandé, comme tout le monde d'ailleurs, comment le maître d'hôtel ou ceux qui prenaient les réservations savaient, rien qu'au téléphone, qu'ils ne les aimaient pas.

Ainsi le souhaitait le propriétaire, un homme dont on racontait qu'il était toutes sortes de choses avec toutes sortes de relations, mais personne, parmi les connaissances de Clive, n'aurait su dire en quoi consistaient ces relations ni même si ces rumeurs étaient fondées. Il s'appelait Duff, mais on ignorait s'il s'agissait de son prénom ou de son patronyme. « Duff », c'était tout ce qu'on savait. On racontait aussi que ledit Duff conservait par-devers lui une longue liste de suppliants qui n'étaient pas les bienvenus. En revanche, pour ceux qui l'étaient, c'était comme de se trouver sur la voie royale pour Lourdes. La logique présidant à cette liste était inconnue de tous. Les noms ne désignaient pas forcément des personnes, il pouvait s'agir tout aussi bien de zones géographiques. Par exemple, si vous habitiez, disons, entre la 60ᵉ et la 84ᵉ Rue, ce n'était pas la peine de vous habiller pour venir dîner au Vieil Hôtel.

Quels étaient les critères, exactement ? Personne ne le savait. Mais ils étaient respectés et appliqués avec une extrême rigueur. Un soir, vers vingt et une heures, Clive avait assisté à l'éviction d'un groupe de quatre personnes. Dressé devant l'étroit lutrin du maître d'hôtel, un des exclus (un vrai butor) avait fait un esclandre, vociférant qu'il était un écrivain très connu et qu'ils ne pouvaient pas ne pas l'accepter. Probablement qu'un des critères de la liste des indésirables était « écrivain très connu ». Tout cela dépassait l'entendement. Mais, du coup, le fait d'être admis parmi les élus vous conférait un tel cachet que personne ne remettait en question le système. En réalité, tout le monde l'approuvait et en discutait fréquemment, en sirotant des cocktails dans des clubs ou des restaurants moins exigeants. On ressentait un plaisir infini à connaître des gens, y compris parmi ses propres accointances, qui s'étaient fait refouler. Et quel délice que de poser la question à votre interlocuteur et d'observer sa réaction : « Vous avez dîné au Vieil Hôtel, récemment ? » Sa liste noire était digne des auditions de l'ère McCarthy, sauf que, cette fois, on ne savait même pas de quoi on était soupçonné.

C'était kafkaïen. Clive rêvait de faire écrire ce Duff pour Mackenzie-Haack. Il avait l'air d'un sacré bonhomme ! Son livre ferait un tabac. Le Vieil Hôtel mettait les New-Yorkais dans tous leurs états, pire que des étudiants de première année cherchant à se faire admettre dans les fraternités du campus.

Clive se comptait parmi les fans. Mais aurait-il caressé l'idée de faire écrire un livre à Duff s'il avait figuré sur la liste des indésirables ? Probablement pas.

Pour des raisons auxquelles il préférait ne pas trop réfléchir, il faisait partie des élus. Il était prêt à parier que Mort Durban n'en était pas. Hé, hé, hé.

— Tu veux rire ? Tu n'auras jamais une table. Ils sont pleins jusqu'à Noël...

Cela indiqua à Clive tout ce qu'il avait besoin de savoir. « Désolé, monsieur, nous sommes pleins jusqu'à Noël » (ou Pâques, ou la Trinité, suivant la saison) était la formule d'usage si vous étiez sur la liste noire.

— Pas de problème. Je nous aurai une table.

C'était aussi bon que de pousser Durban dans l'escalier.

— Ah... Tu veux dire dans le hall, mais pas là-haut, au balcon ?

Il voulait parler du bar au rez-de-chaussée et de la salle de restaurant en mezzanine. C'était assez inhabituel pour un restaurant, mais ce n'était qu'une caractéristique architecturale de la grande demeure qui l'abritait. Ailleurs qu'à Manhattan, dans une ville plus chichiteuse du Sud comme Savannah, par exemple, on l'aurait décrite comme un hôtel particulier d'avant la guerre de Sécession. Un escalier en marbre grimpait jusqu'à la mezzanine, qui était tout en longueur. Les tables disposées le long de la balustrade en fer forgé étaient le nec plus ultra. En effet, de là, les dîneurs avaient une vue plongeante sur le bar et les moins fortunés qu'eux (quoique néanmoins assez chanceux pour avoir été admis jusque-là). Cela signifiait également que les spectateurs du balcon étaient eux-mêmes un spectacle. Bref, tout le monde tordait le cou.

Le bar du Vieil Hôtel était moins inaccessible. Il occupait tout le rez-de-chaussée avec son immense comptoir et ses nombreuses tables. On y admettait des gens qu'on refusait de laisser dîner au restaurant au-dessus. Mais cela ne voulait pas dire pour autant que n'importe quel quidam pouvait arriver jusque-là. Les critères d'admission y étaient moins rigoureux mais néanmoins bien réels. Puisque personne ne savait en quoi ils consistaient, le seul moyen était d'entrer, tout simplement. D'essayer, en tout cas. Il y avait aussi une autre règle : on ne pouvait entrer que parrainé. Donc, Durban ne pourrait y pénétrer qu'au bras de Clive, pour ainsi dire.

Durban grommela :

— OK, quelle heure ?

— L'heure qui te conviendra le mieux.

— Tu veux dire celle qui conviendra le mieux au Vieil Hôtel.

Il raccrocha.

18

— Alors, qu'est-ce que t'en penses ? demanda Candy.
— Pas grand-chose.
Karl plaça un cure-dent dans son livre pour marquer sa page. Il venait juste de lire un passage qui lui plaisait et savait que Candy faisait allusion non pas au roman mais au bar et à sa clientèle. Ils se trouvaient chez Swill's, attendant Ned Isaly et observant la faune alentour.
— Sauf que tu devrais enlever tes lunettes de soleil et mettre ta casquette dans ta poche.
Candy haussa les épaules.
— Je me fonds très bien dans le décor, comme ça.
— Tu serais plus à ta place dans un cirque.
Karl s'intéressait à Ned Isaly et plus il avançait dans sa lecture de *Réconfort*, plus son intérêt grandissait. C'était un livre étrange où il ne se passait pas grand-chose, les deux personnages principaux (pour ainsi dire les seuls personnages) menant des vies séparées. C'était drôle : ils semblaient être faits l'un pour l'autre mais ne se rencontraient jamais.
Pour ce qui était de Candy, c'était une autre paire de manches. Ce n'était pas un grand lecteur... il n'avait même sûrement pas lu dix livres de toute sa vie, et probablement tous de science-fiction. De fait, Karl était plutôt bluffé qu'il ait décidé de s'attaquer au pavé de Giverney. Ce que Candy aimait, c'était découvrir de nouvelles têtes, de nouveaux lieux.

Pour ça, il avait trouvé le bon job. Ils voyageaient beaucoup. Candy voulait s'installer à Las Vegas. Ils avaient effectué une mission, là-bas, qui avait consisté à effacer le propriétaire d'un casino et son compagnon au visage poupin. Karl détestait les tantouzes. Un type pouvait être noir, blanc, rouge ou couleur de l'arc-en-ciel ; il pouvait être afro-américain, amérindien, amérasien ou d'origine européenne, Karl s'en fichait pas mal. Mais les homos… Non, merci. Rien qu'ici, les trois premiers types sur lesquels son regard s'était posé étaient clairement de la jaquette. C'est pourquoi il avait répondu « Pas grand-chose » à la question de Candy. Sans parler des gouines. Il y en avait une là-bas, appuyée contre le bar, avec les cheveux gominés et lissés en arrière, ses doigts courtauds serrant une bouteille de bière. Comme si ça ne suffisait pas, elle fumait un cigare. Elle parlait avec un grand type aux longs cheveux gras.

Swill's était bondé. Au début, Karl pensa que c'étaient des employés qui s'arrêtaient prendre un verre en sortant du bureau. Les hommes et les femmes, ici, semblaient avoir tous acheté leurs costumes et leurs tailleurs au même endroit. Swill's devait être le dernier café en ville à ne pas respecter les lois municipales sur le tabac dans les lieux publics.

Karl avait d'abord remarqué les types en costard. Mais la plupart des autres clients donnaient l'impression de ne jamais avoir effectué une journée de travail honnête de leur vie. Pourquoi, de nos jours, il y avait tant de chômeurs qui avaient l'air parfaitement capables de travailler ? Ce n'étaient que des fils à papa paumés et flemmards, qui attendaient d'être pris en charge. Putain ! Lui-même, il avait trimé toute sa vie, se payant ses études dans une petite fac du nord de l'Etat de New York, où il avait été à deux doigts d'obtenir un diplôme. Il y avait d'ailleurs effectué son premier boulot spécialisé en dégommant un des doyens de l'université, derrière l'immeuble de la fraternité Sigma Kappa. Ce n'était pas sa faute si les choses avaient dégénéré. Il ne pouvait pas deviner que deux lèche-cul du doyen, le président du département d'éducation physique et le représentant des étudiants, allaient faire un tel foin ! Naturellement, la fraternité n'avait vu là qu'une raison de plus de faire la fête. Ils passaient leur temps à se biturer. Leurs parents raquaient à tout va pendant qu'eux ils se défonçaient à l'herbe et tiraient sur les pigeons perchés sur les fils électriques.

A cause de tout le tintouin, il avait dû quitter la ville un mois avant la fin de l'année scolaire. Son cours sur le roman contemporain n'était pas terminé, si bien qu'il n'avait pas pu faire valider son unité de valeur. Chienne de vie ! Cela dit, il ne se vantait jamais d'avoir fait des études supérieures. Cela aurait pu être mal interprété par certains employeurs, qui l'auraient peut-être jugé surqualifié pour le genre de boulot qu'on lui confiait.

Candy pointa l'index vers la photo de Paul Giverney sur la jaquette de son livre.

— On ferait peut-être mieux de régler son compte à celui-là.

Karl trouvait amusant que leur nouveau contrat concerne un écrivain, quelqu'un appartenant à ce monde littéraire qu'il pensait connaître un peu. C'était un milieu qui ne lui était pas complètement inconnu. Il avait fréquenté des endroits comme Swill's à la fac. Debout devant le comptoir de Loser's, combien de fois s'était-il lancé dans des discussions serrées au sujet de Hemingway ou d'Ayn Rand (ça, c'étaient des écrivains qui en avaient) !

Karl s'était associé à Candy pour tout un tas de raisons qui allaient au-delà du désir de Candy de s'émanciper de la famille Fabriconi (pour laquelle il travaillait depuis plusieurs années). Lui non plus, il n'aimait pas qu'on lui ordonne de descendre tel ou tel type sans la moindre explication.

Candy lui avait dit, à l'époque :

« Merde, c'est comme si la cible en question était déjà morte sans le savoir. C'est dingue, j'en sais plus sur son stupide setter irlandais que sur Conrad Gravely...

— Quoi, c'était toi ? »

Candy avait hoché la tête.

« Ça, c'était du fignolé, la grande classe. Tu as buté le pauvre gars sans même soulever un seul cheveu sur la tête des gorilles qui l'accompagnaient. Je me suis toujours demandé qui avait effectué ce contrat... »

Candy balançait modestement une main devant lui, genre « Faut rien exagérer, c'était quand même pas la mer à boire ».

« Ouais, mais après, quand ils se sont rendu compte que le gugusse... le Connie Gravely, là, n'était pas celui qui les avait balancés... Ils s'étaient trompés de type ! Ça la fout mal, crois-moi.

– Ce n'était pas ta faute. Ils ne pouvaient pas te le reprocher. Tu as fait ce pour quoi on t'a payé, point barre.

– Ouais, ben, quand j'ai su, je suis allé tout droit dans le bureau de Gio et je lui ai dit que je me cassais, qu'il avait qu'à se trouver une autre poire pour faire son sale boulot ! »

Karl avait éclaté de rire.

« Je parie qu'il a dû apprécier, le Giovanni !

– Ouais, mais pas au point de me laisser vivre... Je me suis retrouvé avec tous ses sbires au cul !

– J'ai cru comprendre que tu avais considérablement réduit son staff et sa masse salariale...

– Tu peux le dire ! Le truc, c'est que s'ils m'avaient laissé observer Gravely pendant quelques jours, même rien que vingt-quatre heures, j'aurais pu leur dire, moi, qu'ils se plantaient. C'est que j'ai cet instinct, tu vois... »

Ça, cet « instinct », était l'autre raison pour laquelle Karl s'était associé à lui. Candy avait une capacité troublante pour sentir si la cible avait fait ou non ce dont on l'accusait, et même, dans une perspective plus large, si elle méritait de mourir.

« Mais, pour les types comme Gio, tout ce qui compte, c'est se venger. Ils se foutent pas mal de la vérité, tu comprends ? »

Karl comprenait. C'était la première fois qu'il entendait quelqu'un faire état de préoccupations qu'il partageait. Il lui était arrivé à lui aussi de se poser des questions sur le bien-fondé du contrat dont on l'avait chargé.

Comme lui avait répondu une fois un de ses confrères, interloqué : « Mais qu'est-ce que t'en as à foutre ? »

Le bien-fondé. La justice. La vérité. Des mots plutôt vertigineux, dans la bouche de deux tueurs à gages. C'étaient donc là les raisons, outre le fait que Karl aimait bien Candy, tout simplement. Karl savait jauger un homme, mais d'une manière plus superficielle, comme pour deviner la taille de son costume. C'était peut-être son trop-plein d'éducation (alors que Candy n'avait pas été plus loin que la seconde au lycée) qui troublait ses perceptions. Trop de Hemingway. Pour Hemingway, tout le monde était coupable.

Ce jour-là chez Swill's, Karl savait que Candy plaisantait à moitié, au sujet de Giverney. Ils ne travaillaient pas bénévolement. En outre, ils ne savaient rien sur lui, hormis qu'il était un romancier prodigieusement populaire.

Karl répondit donc :

— Ouais, mais on ne sait pas ce que Ned a fait à ce Giverney. Il a peut-être couché avec sa femme.

Candy fit apparaître le rabat de la jaquette.

— Sa femme s'appelle Molly.

— Quoi ? Tu crois que ça va être écrit dans sa bio ? Que sa femme lui a raconté que Ned Isaly avait tenté de la sauter ?

Karl s'empara du livre et le retourna d'un côté puis de l'autre.

— En tout cas, c'est vrai que leur couverture est nulle.

Le front de Candy était plissé dans une expression de profonde perplexité, comme si on lui demandait d'authentifier un tableau du Metropolitan Museum.

— Tu sais, ça correspond assez au bouquin.

— Qu'est-ce que tu veux dire ? Il fait gris et pluvieux et tout le monde est noyé dans l'anomie ?

— Noyé dans quoi ?

— L'anomie. J'aime bien ce mot.

— Hé, calmos. Ne nous prends pas la tête avec tes études universitaires. Je te rappelle que tu n'as pas plus de diplômes que moi.

Candy lui reprit le livre des mains et fit mine de lire.

— Alors, de quoi ça parle ? demanda Karl.

— J'en ai lu que cinquante pages. C'est franchement bizarre. On dirait de la science-fiction.
— Philip K. Dick ?
S'il y avait bien un auteur que Candy connaissait, c'était Philip K. Dick. Il était dingue de lui.
— Non, non, non. Ça n'a rien à voir. Non, dans ce bouquin c'est comme si tout, autour de ce personnage, cette femme, s'était effondré. Tout ce qu'on voit autour d'elle a changé.
— Anomie.
Noyé dans l'anomie. On devrait lui filer une médaille.
— Si tu veux. Au début, elle va au drugstore, sauf que c'est pas le mot juste puisque tout a changé. Là, c'est une de ces pharmacies à l'ancienne. Elle se gare, puis, en sortant de sa voiture, elle voit que toutes les autres autos sur le parking sont des modèles anciens. La sienne est une Lexus flambant neuve alors que les autres semblent sorties tout droit des années quarante et cinquante. Quand elle entre dans ce qui était son drugstore habituel...
Au même moment, une fille — une femme ? — maigrichonne, tenant deux bouteilles de bière par le goulot, s'arrêta devant leur table et, fixant la casquette retournée et les lunettes de soleil de Candy, déclara avec un haussement d'épaules :
— C'est complètement has been, ce look !
Là-dessus, elle poursuivit sa route, balançant ses bières.
Karl éclata de rire.
— Qu'est-ce que je t'avais dit !
Le regard de Candy alla du dos de la fille à Karl.
— Si seulement elle savait ! Sa vie n'a tenu qu'à un fil.
— Allez, continue.
— OK. Alors elle entre dans la pharmacie et tout a changé. Au lieu des étagères en verre et chrome, il y a des... des boiseries sombres et, le long du comptoir à l'arrière, des flacons en verre teint comme il y en avait autrefois. Là, ça devient encore plus zarbi : le type, le pharmacien, est le même que celui qu'elle connaît, même nom, même tronche, sauf qu'il est habillé différemment, tu sais, à l'ancienne. Et il la connaît,

l'appelle par son nom — Laura —, lui demande si les enfants vont bien et tout. Comme si de rien n'était...
— Et ce n'est pas comme chez Dick ?
— Mais non, je te l'ai déjà dit. Ce n'est pas comme dans ses bouquins. Ça ressemble plutôt à ce feuilleton où il y avait plein d'épisodes avec des gens qui revenaient dans leur ville natale et découvraient que tout avait changé.
— Oui, comment ça s'appelait déjà... *La Quatrième Dimension* ? Peu importe, continue.
— Alors elle entre dans la boutique d'à côté...

Dans les vitrines, des robes étaient exposées sur des mannequins sans tête ni bras, des robes qui avaient dû être à la mode dans les années trente ou quarante. Une plissée, une autre à pois et à manches gigot...

— C'est quoi, ce cirque ? demanda Karl. C'est censé foutre les jetons ou décrire la Septième Avenue ?
Il fit passer son cure-dent de l'autre côté de sa bouche.
— Remarque, c'est vrai que quand tu dois faire une livraison, la Septième, c'est l'angoisse...
— Attends un peu ! Il plante son décor. Donc, elle regarde dans la boutique et voit cette femme, Miss Fleming, qui est la propriétaire...

Miss Fleming était égale à elle-même. Non, pas tout à fait. Sa coiffure était différente, ses cheveux noués en un petit chignon à la base de sa nuque...

Karl s'enfonça sur sa chaise.
— Allez, C., passe directement à la partie qui fait peur.
— Mais ça fait peur, déjà, non ? Quand tu y réfléchis... constater que tout a changé un petit peu, juste assez pour que tu te demandes si ce n'est pas toi qui as changé...
Candy marqua un temps d'arrêt, satisfait de son analyse, puis reprit :

— Bon, d'accord, je saute la scène dans le salon de beauté...
— Tu es trop bon.
— Elle se met à marcher...

Elle se répétait : « Ne cours pas, ne cours pas. » Elle se forçait à regarder toutes les maisons devant lesquelles elle passait, soulagée de les reconnaître. Sauf cette maison-ci, avec son architecture mauresque, sa porte en retrait sous un porche voûté orné de stucs...

— C'est quoi, l'architecture mauresque ? J'ai déjà assez de mal avec la moderne et la victorienne... fit Karl.

L'écrivain assis à la table voisine regardait vers eux. Karl s'apprêtait à lui envoyer une tirade bien sentie du genre « Tu veux ma photo, connard ? », quand il se rendit compte que l'homme ne les regardait pas vraiment mais était perdu dans ses pensées. Cela lui plut.

— Bon, dit Candy, je vais t'épargner les descriptions. Disons simplement qu'il y a un petit truc qui cloche dans chaque endroit devant lequel elle passe. Elle poursuit sa route...

... dans l'angoisse de découvrir sa propre maison. Puis elle se dit soudain qu'elle savait de quoi il retournait : un rêve ! C'était un de ces rêves lucides où l'on habite dans son propre rêve, conscient qu'on est en train de rêver...

— Waouh ! Je ne m'en serais jamais douté. Tu rêves dans ton propre rêve... et tu le sais ?
— Ouais.

Karl changea à nouveau le cure-dent de côté.

— C'est une tautologie.
— Une quoi ?
— Tautologie. Comme si tu te contredisais toi-même.
— Waouh ! Et où tu vas comme ça, Karl ?

Karl haussa les épaules.

— Eh bien, n'y va pas, fit Candy.

Et il se mit à rire. Ce livre lui montait vraiment à la tête. Il lança un regard vers l'écrivain assis à côté.

— Regarde-le. Il continue à écrire dans sa tête. Le seul moment où il s'est arrêté, c'est pour boire sa bière.

— Il est peut-être comme cet écrivain dans l'histoire de King, celui avec Jack Nicholson. Tu te rappelles quand sa femme trouve toute une pile de pages près de sa machine à écrire avec la même phrase répétée à l'infinie : « Travail sans loisir rend Jack triste sire. » Tu t'en souviens ?

Candy hocha la tête. Swill's se remplissait encore. Un petit groupe avec des mèches façon punk, bleu électrique et aubergine, se déplaçait tel un mini-escadron dans la salle. Les filles semblaient vêtues d'écharpes, on ne discernait aucun ourlet, aucune manche dans leur accoutrement, rien que du tissu, retroussé ici, traînant là. L'escadron, constitué de trois filles et de deux garçons, comportait assez de piercings pour ouvrir une quincaillerie. Ils s'arrêtèrent devant la table de l'écrivain. Le porte-parole du groupe, un maigrichon avec un faux diamant dans le sourcil et une coiffure en escalier, demanda à l'écrivain d'aller s'asseoir ailleurs parce que la table était pour quatre.

Candy était scandalisé.

— Ils se prennent pour qui, ces merdeux ?

Comme ils étaient cinq et qu'il leur manquait encore une chaise, ils foncèrent droit sur celle qui était inoccupée à la table de Candy et de Karl. Candy posa immédiatement les pieds dessus. Sans un mot, le maigrichon attrapa la chaise et la tira. Candy la retint avec ses pieds.

— On en a besoin, dit le maigrichon.

— Ça t'arrive de demander la permission ? demanda Candy.

Le gamin tira sur la chaise et les talons de Candy heurtèrent le sol. Candy se leva. Il faisait une tête de moins que le gamin, mais cela ne l'empêcha pas de lui tordre le bras dans le dos et de serrer. Le gamin poussa un cri étranglé. Candy répéta lentement :

— Ça t'arrive de demander la permission ?

Le gamin balbutia un « s'il vous plaît », suivi d'une excuse. Candy le lâcha.
— Petit voyou.
Il se rassit, remarquant à peine que tout le monde le regardait.

Quand Saul s'assit à la table près de la fenêtre, Swill's était déjà bondé. Il était content que la plupart des habitués aient accepté que cette table près de la fenêtre soit la sienne et celle de Ned. La plupart, mais pas tous. Dès qu'il en avait l'occasion, b. w. brill s'y installait, sortait une liasse de papier ministre, un stylo et sa pipe. Il était parfois rejoint par Freida Jurkowski, poétesse, et tous deux essayaient de rivaliser en parlant de leurs derniers récitals. b. w. brill écumait les cafés du Village en récitant ses compositions, et partout il faisait autant d'effet que la musique de fond.
Il s'exerçait ici une sorte de hiérarchie, mais qui n'avait rien à voir avec Ned ou Saul, personne ne leur arrivant à la cheville. Néanmoins, b. w. et Freida aimaient faire croire qu'ils pouvaient se mesurer à eux parce qu'ils avaient eux aussi été publiés. Certes. Mais il y avait certaines façons d'être publié qui n'impressionnaient pas même ceux qui ne l'avaient jamais été (à savoir, pratiquement tout le monde chez Swill's). Être directement publié dans une édition bon marché en était une (même si un nombre croissant de maisons d'édition y recouraient), sans parler d'une collection « sentimentale ». La seule chose pire était la publication à compte d'auteur. Pour autant que l'on sache, aucun des habitués de chez Swill's ne s'était encore abaissé à ce point. En tout cas, personne ne s'en serait vanté, car cela gâchait tout effet quand on laissait traîner (modestement) un exemplaire derrière soi. Puis venaient les « petites revues de poésie » (des feuillets agrafés ensemble à la va-vite), qui n'étaient pas, loin s'en fallait, du calibre de *Sewanee*, de *Kenyon* ou de *Prairie Schooner*. Celles que Freida pouvait compter à son actif étaient diffusées au porte-à-porte ou placées en dépôt-vente dans les librairies qui voulaient bien les

accepter. b. w. n'avait rien publié depuis son livre, cinq ans plus tôt, à l'exception d'un poème dans une petite revue intitulée *Unguentine Press*. Depuis, *UP* avait disparu et b. w. brill n'avait trouvé aucun autre endroit où caser ses « vers », comme il se plaisait à les appeler, un geste d'autodénigrement censé susciter l'admiration de son auditoire, ce qui naturellement n'était pas le cas car tout le monde (hormis peut-être Freida et quelques autres poètes) pensait qu'il n'était qu'un emmerdeur de la plus belle eau.

La clientèle de Swill's donnait l'impression que chacun, ici, ne s'intéressait qu'à ses propres projets — roman, nouvelle, scénario pour le cinéma ou la télévision, pilote de nouveau sitcom. Mais aussi, maladivement et jalousement, au succès.

Aussi, lorsque Saul était entré, Freida et b. w., tout en faisant leur possible pour la jouer nonchalants, avaient décampé à la vitesse de l'éclair. Ils ne voulaient pas risquer d'être exclus. L'exclusion chez Swill's était une expérience des plus originales puisque personne ne voulait avoir l'air de s'occuper de ce que faisaient les autres. L'ostracisme s'exerçait tout en subtilité. Il était très difficile de mettre le doigt dessus. De fait, on ne s'en rendait pas compte à moins d'en faire soi-même l'objet. C'était cette façon très légère de vous pousser du coude au bar, de vous tourner le dos, ce pincement des lèvres à peine perceptible, ce haussement de sourcils, ce battement de paupières.

Aussi Freida et b. w. avaient-ils disparu, corps et biens, comme téléportés, lorsque Saul arriva à sa table.

Saul balaya la salle du regard et aperçut les deux types du square, cette fois sans costume-cravate. Ils avaient opté pour des jeans et des blousons en cuir. Ils avaient toujours leurs livres avec eux. Il les observait lorsque Ned entra.

Ils reconnurent Ned Isaly grâce à la photo vue chez Michael's et à la couverture du livre. Il venait de s'asseoir à une table près de la fenêtre, à présent éclairée de la rue par les projecteurs bleus et verts au sommet du Chrysler Building. Il était avec un type que Karl pensait avoir déjà vu dans le square. Il y avait aussi une grande brune, pour l'instant debout devant eux, l'air aussi sinistre qu'un huissier de justice, qui n'arrêtait pas de mettre des pièces dans le juke-box, passant encore et encore la même beuglante.

Candy indiqua d'un signe du menton une table près de la leur.

— Regarde-moi ça ! C'est à croire que tout le monde ici est en train d'écrire un putain de livre...

L'homme assis là avait une petite trentaine. Il avait étalé plusieurs cahiers devant lui et écrivait dans l'un d'eux.

— Encore un aspirant écrivain ? demanda Karl.

Il leva son verre de whisky.

— A sa santé !

— Pareil, dit Candy.

Il leva sa bière, observant la condensation sur le verre.

— Je me demande comment c'est, d'écrire un livre, médita Karl.

Candy resta silencieux un moment, réfléchissant à la question, puis se lança :

— Ça doit pas être la mer à boire puisqu'ils le font tous. Enfin, ceux qui ne donnent pas dans l'art, je veux dire, dans la peinture. Le plus dur, c'est de trouver quelque chose à dire. Il faut avoir assez de matière pour remplir un bouquin. Environ deux cents pages. C'est pas rien.

— Deux cents pages ? Tu veux rire ! Celui-ci, dit-il en montrant le livre de Ned, en fait trois cent quatre-vingt-quatre. Et celui de Giverney, une bonne centaine de plus. Près de cinq cents. Ça fait beaucoup de pages à remplir.

— Ouais, d'accord, si tu veux parler de romans. Ces deux-là, ce sont des romans. De la fiction, des trucs inventés, quoi.

— Merci, je sais ce qu'est la fiction, C. Je pensais à un bouquin du genre documentaire, un témoignage par exemple.

— S'il ne s'agit que de rapporter des faits, c'est beaucoup plus court. Tu n'as pas besoin de mettre toutes ces descriptions et les... tu sais... introspections. N'empêche, c'est quand même dur... faut faire toutes ces foutues recherches.

Candy but une autre gorgée de bière, se pencha en arrière et se balança sur sa chaise, regardant les ventilateurs tournoyer au plafond en grinçant.

— Même comme ça, il faut y mettre des petits trucs, fit Karl.
— Quels petits trucs ?
— Comme cette mouche, là-haut. Deux mouches, en fait. Il faut les mettre dans ton texte.
— Tu n'as pas besoin de mettre des mouches...
— Mais si ! C'est comme ça que tu décris une pièce comme ici, pour que les gens puissent la visualiser. Ils ne la verront pas si tu n'y mets pas les mouches. C'est sûr.

Karl saisit le livre de Giverney, le feuilleta rapidement, parcourut une page en diagonale puis lut à voix haute :

C'était une pharmacie vieillotte, comme celle qu'elle avait dû connaître enfant, où l'on pouvait consommer une glace à la fraise, un verre de chocolat froid ou un soda à la cerise. Avant les chaînes de drugstores, grands, impersonnels, croulant sous les produits. Différents types de verres étaient alignés sur les étagères derrière le comptoir... des verres à rainures pour les milk-shakes et les sodas...

— Tiens, écoute encore ça :

La fenêtre était coincée. Elle ne pouvait que l'entrouvrir de quelques centimètres. L'air qui pénétrait dans la chambre était aussi chaud que l'air au-dehors. Lourd, chargé. Elle allait fermer la fenêtre puis se dit : « A quoi bon ? L'un entre, l'autre sort. Entre ces deux événements, il ne se passe rien. » Dehors, dans l'arbre immobile, un oiseau était perché, un roitelet ordinaire ou un...

Candy avait écouté d'un air concentré.
— Je ne vois pas de « petits trucs » là-dedans...
— Et l'oiseau dans l'arbre ? rétorqua Karl. Et les verres à rainures et tout le reste ?

Dans un mélange d'impatience et d'exaspération, Candy repoussa sa chaise, cognant celle qui se trouvait derrière lui. Une femme avec de grosses lunettes en écaille lança un regard mauvais par-dessus son épaule.

— Hé, vous ne pouvez pas faire attention !

Candy sourit malgré lui. Ces gens étaient à mille lieues de se douter qu'adresser ce genre d'invective à l'un d'entre eux pouvait leur valoir une visite sans retour au cimetière. Bah ! A Rome, il fallait vivre comme les Romains. Il marmonna une excuse, replaça sa chaise et reprit :

— Tout ce que je veux dire, c'est qui aura envie de lire un livre au sujet d'une bonne femme qui se frite avec un putain d'oiseau ?

— Mais qui a dit qu'ils se fritaient ? Il est juste là, perché sur sa branche...

— Ouais, bon...

Constatant soudain que son verre était vide, Candy cessa de s'intéresser à l'oiseau.

— Tu en veux un autre ? demanda-t-il.

— Ouais.

Karl saisit *Réconfort*. Pendant que Candy était au bar, il lança un regard vers la table de Ned. La femme au juke-box, celle qui passait *Cry* en boucle, venait de s'y asseoir. Elle avait les cheveux coiffés en boucles folles, comme c'était la mode. Ou peut-être était-ce naturel. Mais bon sang que ses cheveux étaient noirs ! Ils luisaient comme du réglisse. Elle portait un jean griffé, un chemisier blanc en soie et beaucoup de bijoux. Il ne pouvait voir la couleur de ses yeux ; elle était de profil. Ses mains serraient le bord de la table, mettant en évidence ses doigts chargés de bagues. Désormais, il la reconnaîtrait n'importe où, tout comme Ned Isaly et l'autre type. Même à Port-Saïd, à la descente d'un cargo, il les reconnaîtrait.

— Ce type, là-bas, dit Saul. Trois tables en arrière, celui qui te fixe... non, ne te retourne pas. Attends... OK, maintenant tu peux regarder, il est en train de lire.

Jamie se retourna.
— Oui, il est plutôt mignon.
— Lui et son copain, celui qui est au bar, ils étaient dans le square il y a quelques heures, sur le banc sous l'érable.
— Et alors ?
— Moi aussi, je les ai vus, dit Ned. Tu étais assis en face, de l'autre côté de l'allée.
— Et alors ? répéta Jamie.
Elle fit traîner la dernière syllabe pour montrer son impatience.
— Vraiment, Jamie, tu n'as donc aucune imagination ? demanda Saul.
— Non.
Ceci de la part d'une femme qui écrivait de la science-fiction d'une noirceur absolue, qui débitait à la chaîne des polars d'une violence à couper le souffle et des romans sentimentaux qui auraient mérité un grand X en travers de la couverture.
— Va leur parler, dit Saul. Trouve un prétexte pour engager la conversation.
— Pourquoi moi ? C'est toi qui les trouves bizarres...
— Je n'ai pas dit bizarres. Un peu déplacés peut-être.
— C'est uniquement parce que tu ne les avais encore jamais vus ici. Et surtout ne vous dérangez pas, tous les deux. J'irai moi-même chercher ma bière.
Elle se leva, la mine renfrognée.
Ned fit une vague tentative pour paraître galant :
— J'y vais...
Jamie lui fit signe de se rasseoir et se dirigea vers le bar.
Saul, les yeux toujours fixés sur les deux nouveaux, déclara :
— Ils n'ont pas l'air d'un couple, pourtant. Tu trouves qu'ils font Chelsea ?
Ned fit non de la tête, ajoutant :
— Non, c'est la dernière chose à laquelle ils me font penser.
— C'est quoi, la première ?
— La pègre, répondit Ned le nez dans ses pages.

— Tu rigoles ! Les types de la pègre ne fréquentent pas cet endroit. Ce sont peut-être des terroristes.

Saul fronça les sourcils, sans quitter les deux hommes des yeux, puis répéta :

— Oui, ils pourraient être des terroristes.

— C'est ça, des terroristes italiens en cuir noir...

— Mais ils lisent des livres, tu te rends compte ?

— Et alors, les mafieux ne savent pas lire ?

— Comment tu sais que ce sont des mafieux ?

— Je n'en sais rien. C'était juste histoire de dire quelque chose.

— Rien que pour le plaisir de prononcer le mot « mafieux », tu veux dire ?

— Non, je le pensais sincèrement.

— Regarde, Jamie va passer à côté de leur table...

— Tant mieux pour elle. Tu crois qu'ils vont bientôt lancer le djihad contre Swill's ?

— Ha ha, très drôle.

Jamie revint s'asseoir.

— J'ai quelque chose qui pourra vous intéresser concernant ces deux là-bas. Le grand est en train de lire *ton* bouquin, Ned.

Elle afficha un sourire narquois, sans raison apparente, comme si elle venait de remporter un pari.

Ned se tourna vers les deux hommes, plissa les yeux, mais ne vit rien à travers la masse des Swilliens qui ne cessaient d'aller et venir telles des algues marines, de se lever de table, de se laisser tomber sur des chaises. Pourtant, la couverture de *Réconfort* était facile à repérer puisqu'elle était toute blanche avec le titre en noir et son nom écrit en caractères plus petits, également noirs. (Tom Kidd avait dit : « C'est de la merde, cette jaquette, mais à quoi pouvait-on s'attendre de la part de Mamie Fussel ? »)

— Dis-lui de venir, Ned lui dédicacera son exemplaire, suggéra Saul.

— Ils regardent par ici, répondit-elle. Ils l'ont sans doute déjà reconnu.

— Je ne voudrais pas avoir l'air trop sans-gêne, dit Karl.
— Ne sois pas con, c'est en partie pour ça qu'on est là, non ? Pour lui faire signer le livre. C'est notre prétexte pour lui parler.
Candy se leva, suivi de Karl. Ils se frayèrent un chemin à travers la salle bondée et s'arrêtèrent devant la table de Ned. De l'autre côté de la vitre, il pleuvait. Un camion Mayflower était garé sur le trottoir d'en face, les deux déménageurs travaillant sous la pluie avec des mines renfrognées.
— Vous ne seriez pas Ned Isaly ?
Karl ouvrit le livre pour montrer le rabat de la jaquette et la petite photo carrée pour laquelle Ned ne se souvenait toujours pas d'avoir posé. Ce dernier sourit.
— Oui, c'est moi. Et vous êtes… ?
— Larry Blank. Ravi de vous rencontrer. Et voici…
— Euh… Paulie Givinchy.
Karl lança un regard torve à Candy qui poursuivit :
— Presque comme ce type, là, Giverney, précisa-t-il en montrant le livre dans sa main. Sauf que je sais écrire que dalle.
Il éclata de rire. Les autres sourirent.
— Je ne vous ai encore jamais vus ici, dit Jamie. Vous êtes du quartier ? Tenez, asseyez-vous donc.
Karl et Candy trouvèrent des chaises et s'assirent.
— On habite sur Houston Street, répondit Karl.
C'était vrai. Ils avaient acheté ensemble un ancien entrepôt dans le Village et accepté quelques contrats supplémentaires pour payer les sommes extravagantes nécessaires à sa réhabilitation. (Candy aimait raconter que Tony Giovanni et Fats Webber avaient « contribué » à la baie vitrée et aux portes coulissantes à la japonaise.)
— Comment le savez-vous ? demanda Ned.
— Quoi ? Que j'habite sur Houston ?
— Non, que vous ne savez pas écrire.

Surpris et flatté, sans vraiment comprendre pourquoi, Candy écarta modestement cette suggestion d'un geste de la main.
— Me faites pas marrer.
— Vous ne pouvez pas le savoir avant d'avoir essayé.
Karl et Candy échangèrent un regard.
— Vous voulez dire que n'importe qui peut le faire s'il se donne la peine d'essayer ?
— Non, je veux juste dire qu'on ne sait pas avant d'avoir essayé.
Pour s'éloigner du sujet des potentialités littéraires de Candy, Karl les ramena vers *Réconfort*.
— C'est quand même super-triste, votre histoire. Ces deux-là, ils ne sont pas vernis, pas vrai ?
— En effet, répondit Ned.
— Moi, dit Candy en montrant son livre, je lis ça. C'est un best-seller, non ?
— C'est le dernier Giverney, fit Saul. Oui, c'est un best-seller, comme tous ses livres.
— Il est numéro trois sur la liste. Je l'ai vu chez Barnes & Noble, expliqua Candy. Pourtant, ça vient tout juste de sortir. Ça, ça vous en bouche un coin ! Combien de livres on vend par jour ? Des milliers ?
— Disons plutôt des centaines de milliers, dit Ned.
— Et avec ça, être le troisième de la liste ! On se demande bien qui sont les deux premiers...
— La Bible et Shakespeare, répondit Saul. Personnellement, je trouve Giverney un peu trop mélodramatique.
— Ah oui ?
Candy se sentit un peu confus, comme si le reproche s'adressait à lui. Il baissa les yeux vers le livre.
— Moi, je trouve qu'il y a beaucoup de suspense.
— C'est un bien meilleur écrivain que ce que les critiques en disent, déclara Ned.
Candy l'aimait déjà. Il rapprocha légèrement sa chaise de la sienne.
— Oh, allez, Ned ! dit Saul en riant.

— Mais si ! On l'a étiqueté auteur de thrillers...
— Parce que c'est ce qu'il écrit, des thrillers !
Saul ralluma son cigare. Chez Swill's, on pouvait tout fumer, à l'exception des cristaux de métamphétamine.
— J'en ai lu la moitié, dit Ned en indiquant *Attention, danger*. Ce n'est pas un thriller.
Le front de Candy se plissa comme un éventail.
— Ah non ? Ça parle d'une femme qui a perdu la mémoire, non, disons plutôt que sa mémoire lui raconte des bobards. Si bien que rien ne lui paraît familier, pas même sa maison. Ça vous flanque la chair de poule. Et quand ça fout les chocottes, moi j'appelle ça un thriller.
Ned fit non de la tête.
— C'est autre chose. Ça sort des cadres reconnus.
— Vous le connaissez, Giverney ? demanda Karl.
— Je lui ai déjà parlé une ou deux fois dans des cocktails de nos maisons d'édition respectives, mais je ne peux pas dire que je le connaisse.
Candy montra la quatrième de couverture, où se trouvait une note biographique.
— C'est écrit ici qu'il est de Pittsburgh.
— Tout comme vous, remarqua Karl.
Puis, se rendant compte que son ton pouvait être interprété comme accusateur, il sourit et ajouta :
— C'est drôle, non ? Alors on a pensé que vous étiez peut-être allés dans le même lycée ou quelque chose comme ça...
— Non, en tout cas pas que je m'en souvienne. Il se peut que je l'aie croisé sans le savoir.
— Euh...
Candy hésita, se demandant jusqu'où il pouvait aller dans cette voie. Il consulta Karl du regard, qui lui fit un léger signe de tête.
Pendant que Candy parlait, Karl observait attentivement Ned. Il cherchait une raison pour laquelle le monde se porterait mieux sans lui. Arrogant ? Isaly aurait eu de bonnes raisons

de l'être, étant un auteur publié et plusieurs fois primé. Sauf qu'il ne l'était en rien.

Bien sûr, il était encore trop tôt pour en être certain. A travers la fenêtre, il vit les deux déménageurs laisser tomber ce qui semblait être un meuble précieux, une petite table délicate. Un des pieds explosa. Bande d'incapables. Karl n'avait que du mépris pour ceux qui ne faisaient pas leur boulot à cent pour cent.

— Et vous, qu'est-ce que vous faites ? Vous êtes dans quel secteur d'activité ?

Candy et Karl furent tellement pris de court par la question que Candy faillit lâcher le morceau.

— Euh...

— On est dans le déménagement, dit Karl avec un regard vers la scène au-dehors. Un peu comme eux.

Ned et Saul se tournèrent vers la rue.

— Vous déménagez des meubles ? dit Saul. C'est drôle, je ne l'aurais jamais deviné.

Karl se mit à rire.

— Pourquoi, il faut avoir un genre particulier pour être déménageur ?

— Pas vraiment, répondit Saul. Vous avez votre propre entreprise ?

— On est complètement indépendants, dit Candy. On ne bosse jamais avec des confrères. Sinon, ils se mettent dans nos pattes.

— Oui, puis après, il y a toujours de la casse, enchaîna Karl en suivant le camion des yeux. Ils font tomber des trucs. Ils laissent des traces, comme ce pied de table là-bas...

Il se reprit :

— Vous le voyez, là-bas, au milieu de la rue ?

Saul tira sur son cigare puis dit en souriant :

— « Laisser des traces »... voilà un choix de mots intéressant.

Karl lui lança un regard noir. Il se demanda si l'autre trou-duc de Mackenzie n'aurait pas envie de placer un contrat sur la tête de celui-ci aussi. Lui, pour sûr, il était arrogant. Il lui tapait sur les nerfs.

— Alors comme ça, vous êtes vos propres chefs ? fit Ned.

— On peut dire ça, confirma Karl en lançant un coup d'œil au bloc-notes sous le coude de Ned. Sans vouloir paraître trop prétentieux, notre job ressemble un peu au vôtre.

Il tendit les paumes devant lui pour arrêter toute critique éventuelle.

— Je veux dire par là qu'on travaille seuls.

Candy lui donna un coup de poing amical dans l'épaule.

— Ouais, avec toutes les expériences bizarres qu'on a vécues, on aurait de quoi écrire un sacré livre, pas vrai ?

Karl acquiesça.

— Ma foi...

19

Jimmy McKinney était assis derrière son bureau de l'agence Durban, mangeant un sandwich au fromage tout en se demandant (pour la trimillionième fois) pourquoi il continuait à travailler pour Mort Durban, ce crétin fini doublé d'un bandit. La moitié du temps, la plupart de ses auteurs ne valaient pas le centième de l'avance qu'ils avaient perçue et risquaient toujours d'être lâchés par leur maison d'édition. Pourtant, Mort continuait de négocier des sommes mirobolantes, parce que décrocher un à-valoir d'un quart de million de dollars pour le premier roman d'un bleu qui n'avait encore jamais tâté des eaux éditoriales représentait pour lui un coup publicitaire retentissant. Le ressac emportait bon nombre de ses apprentis écrivains, le laissant barbotant dans les hauts-fonds, mais il parvenait à ne jamais se mettre en danger.

Avant de se marier et d'avoir un enfant, Jimmy avait écrit de la poésie — et de la bonne, même s'il n'y en avait pas eu beaucoup. Il avait publié un recueil une dizaine d'années plus tôt mais, depuis, n'avait pas réussi à composer un nombre suffisant de bons poèmes pour en réaliser un second. Cependant, il parvenait encore à en placer un de temps en temps dans une revue trimestrielle.

Mais combien de fois Lilith, « avec sa fameuse chevelure » (c'était plus fort que lui, des fragments de poème — Frost, Robinson, Dickinson — surgissaient sans cesse dans son esprit, adaptés à pratiquement chacune de ses pensées), le lui avait-elle dit : « On ne peut pas vivre d'amour et d'eau fraîche » ?

Il lui avait rétorqué un jour : « Non, surtout quand l'eau et l'air sont livrés à domicile par Barneys ou Bergdorf Goodman's ! »

Ce qui lui avait valu un regard virulent, comme quasiment tout ce qu'il faisait et disait en présence de Lilith.

Il trouvait les vers réconfortants. La poésie était toujours réconfortante. La prose aussi, les mots en général. Ce devait être l'une des raisons qui l'avaient incité à accepter ce poste... pour la compagnie des mots.

Tandis qu'il méditait là-dessus en finissant son sandwich, la porte de l'agence s'ouvrit et Paul Giverney passa devant son bureau, lui lançant un clin d'œil avec un petit salut de la main.

Mort disait toujours que Paul Giverney était un connard prétentieux. Comme Jimmy ne pouvait imaginer plus prétentieux que Mort lui-même, cette opinion était à prendre avec des pincettes. S'il y avait bien quelqu'un qui ne se voyait pas en face, c'était Mort. Les éditeurs le haïssaient parce qu'il leur soutirait d'aussi grosses avances, mais Jimmy n'avait guère de sympathie pour eux non plus. Si Random House (et ses Randomettes) était prêt à cracher des sommes pharaoniques pour obtenir l'auteur convoité, ou bien à se lancer dans la surenchère (façon concours de pipi pour déterminer qui avait la plus grosse paire), pouvait-on reprocher à Mort de jouer les Zorro ?

Paul Giverney pouvait se permettre d'être un connard prétentieux, puisqu'il faisait partie de cette race supérieure d'auteurs qui respiraient l'air raréfié des à-valoir à sept chiffres. Son contrat précédent pour deux livres avait monté la barre à six millions deux cent mille dollars. Celui en cours de négociation avec Mackenzie-Haack l'élevait à huit millions. Toutefois, il n'était pas encore signé et ne le serait que « lorsque certaines conditions seraient remplies ».

« Mais quelles conditions ? avait demandé Mort, outré.

— Tu n'as pas besoin de le savoir, avait rétorqué Paul.

— Comment ça ? Je suis ton agent ou pas ?
— Justement. »
Après cette réponse énigmatique, il avait levé le pouce dans un geste de félicitation, non pas pour Mort mais pour Jimmy, qui venait d'apporter le programme de la campagne de promotion de son dernier livre, *Attention, danger.*

Celui que Jimmy lisait ces jours-ci. Ce livre l'avait complètement dérouté. Il avait toujours pensé que Paul Giverney avait plus de talent qu'on ne lui en prêtait, mais là il avait lancé la balle loin, très loin, bien au-delà du champ limité de la littérature de genre. Certes, ce roman était encore plein de suspense, honteusement lisible, peut-être même plus que les précédents, du moins les deux que Mort avait vendus. Mais il se passait quelque chose, dans ce texte, qui vous donnait matière à réfléchir, quelque chose d'une tristesse indicible. C'était plus que de l'angoisse. (Et pourquoi pas de la peur, tout simplement ? En voyant son environnement familier lui devenir étranger, cette femme n'aurait-elle pas dû être terrorisée ? Elle semblait simplement confuse, intriguée.)

Jimmy adorait ce roman. S'il avait été l'agent de Paul, il aurait laissé de côté le million supplémentaire et contraint sa maison d'édition, Queeg & Hyde, à réaliser une campagne de promotion qui aurait conduit ce livre à l'échelon supérieur. Il fallait que les gens comprennent à quel point Paul était doué.

Il se repassa la conversation qui avait eu lieu la veille, après que Paul lui avait proposé d'aller prendre un café. Ils étaient descendus dans le bistrot situé juste à côté de l'entrée du building massif où Mort Durban avait ses bureaux.

— Comment se fait-il que vous ayez cette réputation ? demanda Jimmy. Une réputation de…
— … de fils de pute ? compléta Paul dans un sourire. C'est parce que c'est ce que je veux que les gens pensent de moi. Vous n'imaginez pas à quel point ça simplifie la vie, surtout

dans un monde comme celui de l'édition, où on aime tant se prendre la tête. Mais ce n'est peut-être pas votre avis ?
— Si, si, je suis d'accord.
Et, versant une cuillerée de sucre dans sa tasse :
— Depuis cinq ans que je fais ce métier, je peux compter sur les doigts d'une main les gens qui ne m'ont pas donné envie de filer tout droit prendre une bonne douche...
— Alors, pourquoi continuer ? Vous méritez mieux que ça. Vous êtes trop doué pour bosser pour une ordure comme Mort.
— Pour le fric.
Paul secoua la tête.
— Non, pas vous. Vous devez y être contraint par quelque chose ou quelqu'un. Une femme ? Des enfants ? Les écoles privées ? La bande de chez Barney's ? Tony Soprano ?
Jimmy éclata de rire.
— Tout ça, sauf la pègre. Que voulez-vous, ma famille aurait du mal à se passer de notre petit train de vie...
— Qu'est-ce que vous en savez ? Vous vous privez bien de beaucoup plus que ça, vous.
Jimmy était sidéré que quiconque, et surtout Paul Giverney, puisse voir si bien en lui. Il resta silencieux, se demandant quoi répondre. Puis il avoua :
— J'écris de la poésie.
— Je sais.
Paul sortit un livre étroit de la poche intérieure de son imperméable.
— Ma femme aimerait que vous le lui dédicaciez. Molly, c'est son nom.
Il fit glisser le recueil sur la table.
Jimmy était estomaqué. Il ouvrit le livre et baissa les yeux sur la page de garde comme s'il la voyait pour la première fois. Il se souvint comment, dix ans plus tôt, son cœur s'était envolé quand il avait ouvert le paquet contenant les dix exemplaires envoyés par son éditeur. Aussi comprenait-il à quel point il était important pour les écrivains d'être publiés. Ce n'était pas

pour l'argent, du moins pas au début. C'était pour voir ses mots imprimés. Il prit le stylo que Paul lui tendait.

— Molly adore la poésie. Elle lit la plupart des trimestriels, des petites revues. Elle aime particulièrement vos écrits. Un recueil de poèmes édité par FSG, ce n'est pas rien.

— Ça ne me paraît pourtant pas grand-chose.

Ce n'était pas tout à fait vrai. Même si c'était peu, comparé à des romanciers comme Paul. Il lui rendit son stylo.

— Vous avez tort. C'est juste parce que vous êtes trop conditionné par le milieu.

— Où a-t-elle déniché ce livre ? Il est épuisé depuis belle lurette.

— Chez votre éditeur. Elle a un ami qui travaille là-bas. C'est une des deux ou trois maisons vraiment bonnes.

— Pourquoi n'y allez-vous pas ? Pourquoi Mackenzie-Haack ?

— FSG ne me publiera jamais. Je suis trop commercial.

— FSG édite aussi des œuvres grand public. Des best-sellers. C'est bien eux qui publient Scott Turow, non ?

— Il n'est pas si commercial que ça. Je me situe plus dans la veine John Grisham.

Les bras croisés au-dessus de la table en Formica, il se pencha en avant.

— Vous savez ce que vous devriez faire, Jimmy ? Aller dans un endroit comme Yaddo ou la colonie MacDowell. Vraiment.

Jimmy fit une moue impuissante.

— J'aimerais bien !

— Vous le pouvez. MacDowell propose des séjours courts, d'un mois par exemple. Imaginez : ne plus être dérangé par personne, personne pour vous prendre votre temps. Vous pouvez écrire toute la journée. Plus de Mort, plus de femme, plus personne pour vous pomper l'air. Vous ne pouvez pas vous échapper ne serait-ce que pour un mois ?

— Qui paiera les factures, pendant ce temps-là ?

Paul se pencha davantage vers lui.

— Ecoutez-moi bien : j'ai une femme et une fille de sept ans et je les aime toutes les deux profondément. Mais si j'étais coincé dans un système qui ne me permettait pas d'écrire, je partirais. Je me souviens d'une réplique formidable de Robert De Niro dans un film il y a quelques années : « Ne laisse rien dans ta vie que tu ne pourrais plaquer en moins de trente secondes chrono dès que tu sentiras que ça chauffe au coin de ta rue. » C'est un bon conseil, ça, Jimmy.

Jimmy le dévisagea d'un air sceptique.

— Vous voulez me faire croire que vous abandonneriez votre famille en trente secondes ? Ça m'étonnerait.

— Oh que si.

— C'est vache.

— Je sais. Vous le comprendriez mieux si j'étais, disons, Salinger ou Thomas Pynchon ? Un auteur que vous estimez vraiment ?

Jimmy prit le temps d'y réfléchir. Puis :

— Je vois ce que vous voulez dire. Mais je suis sûr que je ne pourrais pas. Je ne parle pas d'un point de vue moral, c'est juste que je craquerais, nerveusement.

— Soit, mais pour le moment ça ne chauffe pas au coin de la rue. Vous vous devez quand même bien ça.

— Ces places... Il faut déposer sa candidature longtemps à l'avance...

— Alors déposez-la tout de suite. Ça ne vous engage à rien.

Il y eut un silence. Puis Jimmy dit :

— Ça vous ennuie si on parle un peu de votre livre ? Je le trouve pour le moins énigmatique...

— Ce n'est pas ce qu'on attend d'un thriller ?

— Non, ce n'est pas ce que je voulais dire. J'aurais sans doute dû dire plutôt « ambigu ». La question que je me pose, c'est : c'est son environnement — la pharmacie et le jardin — qui est irréel ou c'est elle-même ?

Paul éclata de rire.

— Excellent, Jimmy.

Jimmy ouvrit le livre là où il avait interrompu sa lecture :

Même dans les allées du labyrinthe baigné par le clair de lune, les différences étaient frappantes : le banc en fonte blanche aurait dû se trouver non pas à ce coude-ci mais à un autre, même si elle n'aurait su dire exactement lequel.

— Ambigu, c'est le moins qu'on puisse dire. Au début, j'étais d'accord avec elle, jusqu'à ce qu'on arrive dans ce jardin. Alors, c'est elle ou c'est le monde qui ne tourne pas rond ?

Paul haussa les épaules.

— Il faut vraiment que ce soit l'un ou l'autre ?

Devant le froncement de sourcils perplexe de Jimmy, il précisa :

— Ça pourrait être les deux.

— Vous voulez dire qu'ils ne sont réels ni l'un ni l'autre ?

— Ou inversement.

— Tous les deux réels ? Oh, allez, Paul !

Jimmy sourit, se rendant compte qu'il n'était plus intimidé par la renommée et la fortune de Paul Giverney. Il lui en fut reconnaissant.

— Ce ne peut être les deux. C'est impossible. Dans la première partie, quand elle se rend dans ce qui, lors de sa dernière visite, était un drugstore et qui maintenant est une pharmacie à l'ancienne, c'est forcément l'un des deux, non ?

— Peut-être. Ou peut-être pas. Lisez le reste du livre. Il est encore beaucoup trop tôt pour s'interroger sur la nature de la réalité.

Il se pencha vers lui.

— Vous ne voulez pas être agent littéraire, ça crève les yeux. Je hais les agents. Ils veulent le beurre et l'argent du beurre. Ils ne veulent pas risquer de se brouiller avec les éditeurs, si bien qu'ils ne défendent jamais leurs auteurs à cent pour cent. Ça me fout en rogne. Au moins, dans l'immobilier, quand on se présente comme « l'agent d'un acheteur », on ne lèche pas le cul du vendeur comme les agents littéraires lèchent celui des éditeurs. Ils devraient se comporter comme des modèles dans ce bourbier. Ils devraient être des moines, pas des maquereaux !

Paul s'interrompit pour boire une gorgée de café. Puis il prit le recueil que Jimmy avait dédicacé. *Ecarts*.
— C'est à ça que vous devez vous consacrer, Jimmy.
— Ma femme...
Paul l'arrêta avant même qu'il ait fini de prononcer son excuse.
— Ce n'est pas d'elle que cela dépend, vous le savez bien. Ni de vos six enfants. Ni de l'approvisionnement en Canigou de votre chien.
— C'est facile à dire, pour vous...
— Voyons, Jimmy. Ne me sortez pas ce vieil argument éculé du riche et du pauvre. Imaginez ce que vous ressentiriez si j'étais un cancérologue vous annonçant que vous n'avez plus que quelques mois à vivre. Vous seriez sonné, écrasé, non pas par l'imminence de la mort mais parce que vous vous rendriez compte que vous avez gaspillé une grande partie de votre vie. Réfléchissez-y. J'ai pour théorie qu'aucun d'entre nous ne croit vraiment qu'il va mourir. On pense qu'on le sait, puisqu'on en a les preuves, mais au fond on n'y croit pas vraiment. Freud a dit que l'homme ne pouvait imaginer sa propre mort. On s'imagine sans doute qu'on nous doit quelque chose de plus, d'où la popularité du concept d'immortalité. Ce que nous désirons vraiment, c'est une seconde chance... et nous sommes persuadés de l'obtenir, la chance de tout corriger, de réussir.
— Et vous ? Vous n'aurez pas de regret ? Comme celui d'avoir gaspillé votre talent pendant toutes ces années ?
Son ton montait, proportionnel à son angoisse d'avoir été démasqué, de voir exposé ce qu'il considérait comme sa lâcheté.
Son attaque surprit Paul.
— Vous le pensez vraiment ?
— Il n'y a qu'à lire *Attention, danger*. Vous savez que vous êtes un sacrément bon écrivain. Pourquoi vous cantonnez-vous dans des romans de genre ?
— Vous aimez mon dernier livre ?

— Et comment ! Ça m'exaspère de penser qu'il va être rangé avec ceux d'auteurs comme Dwight Staines...

Paul se mit à rire.

— Et moi donc !

— Je ne veux pas dire par là que je n'ai pas aimé vos romans précédents mais celui-ci, dit-il en agitant le livre, celui-ci se situe à un tout autre niveau...

Paul l'interrompit :

— Pourquoi vous n'êtes pas mon agent ?

Jimmy, arrêté net dans son élan, se laissa retomber sur sa chaise, l'air interdit.

— Moi ?

Il dévisagea Paul, les yeux écarquillés, puis se mit à rire.

— Ha ! Mort ne l'accepterait jamais.

— Il n'aurait pas le choix.

— Il me rendrait la vie épouvantable.

— Vraiment ? Vous voulez dire plus épouvantable que celle que vous vous infligez déjà ?

Jimmy rougit.

— Il trouverait un prétexte pour me virer.

— Tant mieux. Comme ça, vous pourriez aller à Yaddo et écrire de la poésie. Ou, attendez un instant... Je viens de me souvenir qu'il y a cette retraite pour écrivains, dans le nord de l'Etat, où on laisse les gens venir pour un week-end, pour voir s'ils s'y plaisent ou non. Ne me dites pas que vous ne pouvez pas vous absenter un week-end ?

— N... non, je suppose que c'est faisable. Comment ça s'appelle ?

— Les Bouleaux.

Paul lui écrivait déjà l'adresse. Jimmy sourit.

— « Les Bouleaux », j'aime bien ce nom. « Quand je vois des bouleaux se balancer d'un côté, de l'autre... »

Paul redressa la tête.

— « ... j'aime à penser qu'un jeune garçon les agite. »

— Vous aimez Robert Frost ?

— Bien sûr. Qui ne l'aime pas ? Faites-le, Jimmy. Un de ces week-ends. Si vous n'appréciez pas l'endroit, la question sera réglée. Vous n'avez qu'à être mon agent pendant un an et mettre assez d'argent de côté pour arrêter de bosser pendant au moins deux ans. J'expliquerai à Mort que c'est temporaire, j'inventerai une raison pour justifier mon geste.
— J'en vois une évidente : l'altruisme.
Paul émit un petit ricanement tout en faisant signe à la serveuse.
— Non. Je ne crois pas avoir jamais fait quoi que ce soit par altruisme, du moins pas complètement. Non, je veux juste vérifier une théorie.
La serveuse déposa l'addition sur la table.
— Je veux voir jusqu'où vous irez.
Jimmy le regarda sans comprendre.
— Jusqu'où j'irai ?
Paul acquiesça, déposa un billet dans la soucoupe.
— C'est ça : jusqu'où vous irez.

20

Paul Giverney n'était pas du tout satisfait de ce qu'il venait d'entendre. Mais alors pas du tout. Il referma son téléphone portable d'un coup sec et s'avachit dans un des fauteuils bon marché en plastique blanc placés sur le toit en terrasse pour les locataires désireux de prendre l'air.

Paul était venu là pour lancer quelques fléchettes dans la cible qu'il trimballait partout, du salon à son bureau ou au toit, selon l'endroit où l'envie lui prenait de se trouver. Les fléchettes étaient pour lui comme l'alcool pour un alcoolique. Elles lui servaient à fêter une réussite, à digérer une défaite, à se mettre en condition pour une réception, etc. Elles l'aidaient à vivre.

En d'autres termes, tout le temps, n'importe où. Dans un article pour un quotidien ou un magazine — il y en avait eu tellement —, le journaliste avait suggéré que les fléchettes lui servaient à puiser au plus profond de sa créativité et à résoudre ses problèmes d'écriture. Paul lui avait répondu que tout ce qu'elles faisaient, c'était maintenir son esprit concentré sur cette putain de cible.

Celle-ci était adossée au garde-fou du toit et, chaque fois qu'il se levait pour aller récupérer ses fléchettes, il s'offrait un panorama de Manhattan sur fond de ciel noir. Pour Paul, c'était toujours un bonheur. Il était fou des buildings Chrysler et MetLife. Il ne pouvait écrire sans cette vue à couper le souffle sur New York. C'était d'autant plus étonnant qu'il n'y avait jamais situé l'action d'aucun de ses romans. Les gens, ses lecteurs, lui demandaient toujours où il écrivait le plus souvent et il répondait (avec une certaine fierté) : « Ici même, à New York. »

Ils parcouraient rapidement leur répertoire de lieux dans leur tête et restaient déçus. Ce n'était pas l'endroit le plus excitant, le plus inspirant. Ils auraient aimé un nom de lieu plus exotique à emporter avec l'exemplaire qu'il venait de leur dédicacer (sans parler de l'heure passée à faire la queue pour arriver jusqu'à sa table). Oui, la réponse « New York » les attristait, ternissait le sourire sur leur visage, si bien qu'il se penchait en avant pour se rapprocher d'eux, accrochait leur regard et leur disait la vérité : « Il n'y a qu'ici que je peux écrire. »

Mais cet aveu franc d'une névrose new-yorkaise ne faisait pas revenir leur sourire. Le fan ne le comprenait que métaphoriquement — l'écrivain *est* New York –, alors que Paul le pensait littéralement.

Il était même allé jusqu'à consulter un psychiatre qu'un ami lui avait recommandé, bien que l'ami en question ne soit pas en un meilleur état mental après trois ans de psychanalyse avec ce même médecin. Il était toujours lui-même, tel qu'il avait été les quarante années précédentes. Il ne jurait pourtant que par le docteur Mahboul (le bien nommé !) qui, outre le fait d'avoir son cabinet au sud de Manhattan, avait soi-disant « les deux pieds sur terre ». Un type suuuper.

Pour ce qui était du sud de Manhattan, c'était indéniable, le gars turbinant sur la 22e Rue. En revanche, Paul se demandait quelle pouvait bien être cette terre sur laquelle il avait les deux pieds. Il semblait appartenir à un autre monde, avec ses vestes en tweed, sa barbe, son érudition informelle, ses citations d'ouvrages et d'articles savants, sa détermination à ce que le transfert se fasse tout de suite (autrement, à quoi servait un psychiatre ?). En ce qui concernait le problème spécifique de Paul, Mahboul ne fit jamais la moindre suggestion, n'avança jamais l'ombre d'un diagnostic, n'émit pas même un début d'avis. Il était l'illustration de la plus parfaite non-implication avec un autre être humain que l'on pût trouver de ce côté-ci de la Transylvanie. Paul se prêta au jeu pendant quelques mois. Après tout, il pouvait se le permettre. D'ailleurs, il aurait pu aussi se permettre de former son propre psychiatre, de choisir un gamin, de l'envoyer à la fac de médecine Johns Hopkins, de lui faire faire ses quatre années d'internat puis de lui trouver un duplex vers la 87e ou la 88e Rue, près du Metropolitan Museum, que Paul avait toujours trouvé très thérapeutique, même si on ne savait pas faire la différence entre un Vuillard et un Monet. Il n'aurait plus eu qu'à lancer sa carrière puis à aller le consulter pour des problèmes tels que son incapacité à écrire en dehors de Manhattan.

Car, même si Paul disait « ici même, à New York », sa géographie scripturale se limitait à un champ d'action encore plus restreint : l'île de Manhattan. Il n'y avait pas grandi, ayant passé son enfance dans le Midwest. Il n'y vivait que depuis quinze ans et savait désormais qu'il ne pourrait plus jamais vivre ailleurs. Paul estimait avoir de la chance : il avait trouvé ce qu'on entendait communément par son « chez-soi ».

Paul n'avait rencontré Ned Isaly que deux fois, la première lors d'une de ces réceptions avinées que les éditeurs aimaient donner pour des livres et des écrivains qu'ils estimaient en être dignes, à savoir, naturellement, ceux figurant sur la liste des best-sellers du *TBR*. L'élite fortunée, les Hamptons des littérateurs, le Colorado Springs de la littérature, le Santa Fe des romanciers. Bref, tout ce qui était chic et cher, le gratin, la crème de la crème des auteurs. Paul figurait en bonne place sur cette liste des élus, bien qu'il habitât dans un trois-pièces plus bureau de location en lisière de Greenwich Village. D'un autre côté, le monde de l'édition ignorait comment Paul vivait puisqu'il n'avait jamais été invité à monter boire un verre chez lui.

Paul rechignait à se mêler à ces mondanités, et ne le faisait, de loin en loin, que pour se tenir au courant des nouvelles têtes.

Quel « premier roman » serait poussé du coude jusque dans la liste du *TBR* ? Quel roman de genre serait promu, à grand renfort de publicité, comme ayant repoussé les limites du genre mystère/thriller/science-fiction dans la stratosphère ? Quelle œuvre « littéraire » parviendrait à affoler les caisses enregistreuses ? Ceci, naturellement, était le grand vœu secret de tous, publier un roman qui rapporterait des millions *et* ferait l'objet d'une critique dans le *New Yorker* signée John Updike.

C'était une sale blague de la part de Paul, et il savait que cela lui vaudrait probablement de rôtir en enfer, mais il ne pouvait tout simplement pas se défaire de son projet. De fait, il l'avait peaufiné au fil de cette longue conversation qu'il avait eue avec Ned Isaly dans un autre de ces cocktails littéraires, la deuxième fois qu'ils s'étaient rencontrés.

Pourtant doté d'une imagination rarement prise en défaut, qui l'avait si bien servi durant toutes ces années pour concocter ses polars noirs et pince-sans-rire, Paul se savait incapable de concevoir une situation aussi invraisemblable que celle qui semblait s'esquisser. L'idée du chantage, elle, ne l'avait pas trop surpris. On pouvait compter sur Bobby Mackenzie, dès lors qu'il s'agissait de trouver un plan bien glauque.

Mais jamais, au grand jamais, Paul n'aurait imaginé une seconde qu'ils engageraient deux tueurs pour se débarrasser de l'importun, et il continuait de se répéter qu'il se trompait, qu'il avait mal compris. Il s'était attendu qu'ils brisent le contrat, tout bonnement, en trouvant un moyen ou un autre pour contourner le problème Tom Kidd. Naturellement, Tom allait menacer de partir et d'emmener Isaly avec lui (sans parler de ses autres auteurs). Il avait pensé à d'autres solutions qu'ils auraient pu adopter, comme accuser Isaly de plagiat.

Régler au mieux le dilemme Isaly aurait dû être *leur* problème. Sauf que c'était aussi devenu le sien, maintenant qu'il avait appris l'existence du tandem, Candy et Karl. Bon sang. Qu'est-ce qu'il avait déclenché là ?

Il avait donc appelé Sammy Giancarlo, son « consultant » au sein de la pègre, qui lui avait inspiré, quelques années auparavant, le personnage principal d'un « polar noir » assez émouvant. (A l'époque, Sammy avait été ravi du résultat, espérant surtout que sa maman et sa famille élargie comprendraient qu'il s'agissait bien de lui.) C'était cette conversation qui l'avait mis de si méchante humeur. Il se la repassa, comme l'auraient fait des policiers s'il avait été mis sur écoute.

— Deux types répondant aux noms de Karl et Candy. J'ignore s'il s'agit de prénoms ou de patronymes. Ça vous dit quelque chose, alors ?

— Je ne les connais pas personnellement, répondit Sammy. Mais vous savez comment ils travaillent...

Paul mit son index et son pouce en forme de revolver et visa la cible. Pourquoi Sammy présumait-il toujours que Paul connaissait tous les énergumènes de son monde et la manière dont ils travaillaient ? Simplement parce qu'il lui en avait fait rencontrer quelques-uns pendant la préparation de ses romans ?

— Non, Sammy, je n'en sais rien. C'est précisément pourquoi je vous appelle. Dites-moi, en quoi leur façon de travailler diffère-t-elle de celle du tueur à gages standard ?

— Parce qu'ils tiennent à connaître leur cible. Ces gonzes-là, on ne peut pas leur demander de tirer comme ça sur n'importe quel gugusse, comme aux autres quidams.

L'argot de Sammy avait un fort parfum des années quarante, voire trente. Parfois, cela ravissait Paul.

— D'accord, mais qu'est-ce que vous entendez par « connaître » ? A vous entendre, on dirait que ça va à l'encontre du code des criminels...

— Ces types veulent savoir exactement à quel genre de mec ils ont affaire. Personnellement, je n'aimerais pas le savoir, vous non plus. Vous imaginez, si vous découvriez que vous devez buter un type sympa ? Qu'est-ce qui se passerait alors ? En tout cas, ces deux-là, une fois ils ont traîné environ six mois avec un type, et à la fin ils ont refusé de le descendre. Ce qui

m'étonne, c'est qu'ils soient encore dans le circuit ; ils n'acceptent pratiquement plus aucun job. Faut dire qu ils ont plus trop besoin de pèze. Ce sont des épées. La crème de la crème, croyez-moi. Bon, mais si vous avez besoin que je vous mette quelqu'un sur orbite, pas de problème. Qu'est-ce que vous...
Paul se mit à hurler :
— Hé, minute ! N'envoyez personne... !
— Non, non, non, non. C'est juste que mon gars pourrait vous arranger vos bidons, rien de plus. A moins que vous teniez à ce que je m'en charge moi-même ? Pour vous, je veux bien. Au fait, tout le monde me demande le... comment on appelle ça, déjà, la « genèse » ? Du genre : *Giancarlo, les années d'apprentissage*. Vous savez, sur quand j'étais un petit morveux. Ce serait bath, non ?
— Ouais, formidable, Sammy. Sûr. Bon, revenons à votre gars, là...
— Ça va vous coûter bonbon. Prévoyez cinquante mille, facile. A régler tout de suite. Et cinquante autres après le boulot. Mais ce type les vaut, c'est un vrai champion.
— A vous entendre, ce sont tous des champions. Mais dans ce cas Candy et Karl, les deux hommes dont je vous parlais, ils risquent pas de le connaître ?
— Non, ce type vit près de Las Vegas. Il a juste un pied-à-terre ici. Ils sont nombreux à se délocaliser. J'en connais un autre bon, à Santa Fe. Il fait de la peinture. Cela dit, je ne crois pas qu'il continue à exercer son métier principal...
— Sammy, je pensais que votre profession était comme une sorte de sacerdoce. Que vous alliez où on vous disait d'aller...
Sammy éclata de rire.
— Sacerdoce ! Ah, elle est bonne ! Ecoutez, je vais vous arranger une rencontre avec ce type. Il habite dans TriBeCa, je crois. Il aime bien changer souvent d'adresse. Je peux vous assurer d'une chose : ce mec sait si bien filer les gens que j'ai parfois l'impression qu'il n'est qu'une ombre. Vous ne le verrez pas ; ils ne le verront pas. Vous pouvez peut-être le rencontrer dans un de ces cafés. Je dis bien peut-être parce qu'il ne boit

pas, enfin, plus. Mais pas dans un Starbucks. Les Starbucks sont en train de devenir pires que les restaus ritals. La semaine dernière, y a encore un gars qui s'est fait exploser la cervelle sur sa chaise dans ce Starbucks sur la 8e. Ça a fait la une de tous les canards à sensation. Vous l'avez lu ?... Bientôt, on se croira à Washington D. C. Enfin, il saura vous reconnaître, même si vous ne le connaissez pas.

Sammy le décrivit comme un grand blond mince, ajoutant :
— Mais ça ne vous servira pas à grand-chose parce que c'est un vrai caméléon. Il se fond dans le décor. Jamais vu un mec qui savait aussi bien disparaître.
— Tout de suite, Sammy, si possible. Je m'inquiète pour le type que Candy et Karl suivent, enfin, si c'est bien ce qu'ils font.
— Pas de problème. Je prends note. Alors, qu'est-ce que vous fabriquez, Paulie ? Vous vous êtes mis dans le pétrin, on dirait, avec Candy et Karl... Vous avez vu trop de films de Francis Ford Coppola ?

Sammy rit de sa propre petite plaisanterie.
— J'en ai peur. Comment s'appelle votre gars ?
— Arthur Mordred. Mais surtout n'allez pas l'appeler « Art ». Il a horreur qu'on l'appelle « Art ».

Paul se demanda à quel point.

La rencontre avec Arthur Mordred eut lieu dans un de ces bistrots « crêpes et cappuccinos » de SoHo, à deux pas de Broome Street. D'ordinaire, Paul évitait ce genre d'endroit, tout comme il évitait le centre de Greenwich Village.

Le troquet était un repaire de yuppies. Paul examina la salle. Une quinzaine de clients. Il étudia chacun d'entre eux. Enfin, un homme assis à une table dans un coin et sur lequel le regard de Paul était passé plusieurs fois — le voyant sans le voir — leva la main. Arthur Mordred ressemblait à n'importe quel autre yuppie. Paul ne l'aurait jamais repéré. Il avait un visage étroit, des lèvres fines, des yeux gris de phoque, des cheveux filasse si fins qu'ils semblaient vivre au rythme du ventilateur de plafond. Ses oreilles étaient aplaties contre son crâne au point qu'on aurait dit qu'elles avaient été ajoutées après coup et plaquées là de force.

— Vous n'imaginez pas combien je suis ravi de vous rencontrer, déclara Mordred. J'ai lu tous vos livres.

Il déposa son menton dans le creux de son poing et dévisagea longuement Paul d'un air inspiré. Une grande tasse de cappuccino était posée devant lui. Il la tapota d'un doigt.

— Vous en voulez un ?

Paul fit non de la tête, sortit de la poche intérieure de son imperméable l'enveloppe brune contenant cinquante mille dollars et la tendit à Arthur. Celui-ci la prit avec la même méticulosité avec laquelle (pensa Paul) il faisait probablement tout, y compris assassiner des gens. Apparemment, l'idée que Paul se faisait des tueurs à gages datait de Mathusalem. De toute évidence, tous ne se résumaient pas à un gros paquet de muscles, une absence totale de bonnes manières et une propension à se taire.

Car Arthur semblait vouloir parler, un peu comme s'il était resté enfermé pendant des années (peut-être était-ce le cas ?) et commençait tout juste à redécouvrir la liberté. Tout en lançant un regard à l'intérieur de l'enveloppe, il demanda :

— Vous travaillez sur un nouveau roman ?

Paul n'aimait pas trop la manière dont Arthur le zieutait. Il ne voulait pas se retrouver piégé dans une situation à la Stephen King. *Misery*.

— Pas pour le moment, Arthur. Pour le moment, je suis assis ici avec vous.

Il fallait y aller mollo avec le sarcasme devant Arthur. Aussi Paul lui adressa-t-il son sourire « je plaisante ».

Mais Arthur ne se formalisa pas.

— Où je dois aller, Paul ?

— Partout où va cet homme.

De la même poche d'où il avait extirpé l'argent, il sortit la jaquette de *Réconfort*, la retourna et lui montra la petite photo.

— Ned Isaly, un autre écrivain.

Arthur fut impressionné.

— Doux Jésus ! C'est ce qu'on pourrait appeler l'événement littéraire de l'année ! Imaginez le scoop !

Sa petite plaisanterie le fit rire ; sa voix était gazouillante.

— Ecoutez, Arthur. Assurons-nous d'être sur la même page : ce que j'attends de vous, c'est que vous empêchiez que cette personne soit assassinée. Au moment même où je vous parle, il se peut que deux types soient justement en train de s'y préparer. J'ai du mal à y croire moi-même, mais je ne veux courir aucun risque.

Arthur pinça les lèvres.

— En somme, ce qu'il vous faut, c'est un garde du corps.

— Euh… oui, je suppose… Oui, c'est exactement ça. La situation a dégénéré. Je vous résume : un éditeur…

Arthur ferma les yeux, plissa les paupières et agita les mains devant lui comme un métronome.

— Non, non, non ! Je ne veux rien savoir. Ne me dites que ce qui est strictement indispensable. Evitez de citer des noms.

Il baissa à nouveau les yeux vers la jaquette.

— Il est plutôt joli garçon, cet Isaly. Je n'ai encore jamais eu l'occasion de lire ce bouquin. A présent, je vais le faire, à coup sûr.

« Joli garçon » ? Il y avait encore des gens qui utilisaient cette expression ? On se serait cru dans un film des années trente.

— J'imagine que vous êtes très fort pour ce qui est de… euh… filer les gens ?

— D'ordinaire, je n'en ai pas besoin. Normalement, qu'ils me voient ou pas ne fait aucune différence au final, pas vrai ?

Arthur lui adressa un grand sourire dont les implications achevèrent de rendre Paul nerveux.

— Donc, voilà : ces deux types qui travaillent toujours ensemble en ont après lui, expliqua Paul en posant le doigt sur la photo de la couverture. Sammy a dit que vous les connaissiez. Ils s'appellent Can…

Arthur ferma à nouveau les yeux, agita les mains et fit une moue réprobatrice.
— Pas de noms. Décrivez-les-moi.
— Je ne peux pas, je ne les ai jamais vus. Sammy les connaît. D'après lui, tout le monde les connaît.
Baissant la voix, il commença :
— Kar...
Inflexible, Arthur se boucha les oreilles des deux mains.
— Oh, bon sang! s'impatienta Paul. Bon, attendez un instant...
Il se leva, s'approcha de la vitrine près de la caisse et demanda à la fille derrière le comptoir :
— Vous pouvez me donner un de ceux-là, s'il vous plaît ?
Elle cueillit une barre de Mars dans sa boîte et prit l'argent.
De retour à la table, Paul la déposa devant Arthur.
— Mmm... délicieux, j'adore le chocolat.
— Du chocolat, mais encore ?
— Avec des amandes et de la guimauve.
Paul serra les dents.
— Non, Arthur, je voulais parler d'une catégorie d'aliment.
Arthur arqua ses sourcils translucides, interrogateur.
— C'est un indice, Arthur. Je veux parler de l'objet dans son ensemble, pas des ingrédients.
Arthur se mordit la lèvre, puis fit claquer ses doigts.
— *Le Grand Sommeil!* Vous aussi, vous êtes un fan de Chandler ?
— De quoi vous parlez ?
— Le méchant. Eddie Mars. C'est à lui que vous faites allusion ?
Paul se releva nerveusement, retourna au bar et en revint avec une barre de Bounty et une autre de Lion.
— Bien, prenons ces trois choses. Comment vous appelez ça ?
Arthur haussa les épaules, lançant à Paul un regard qui implorait sa patience.
— Des... barres chocolatées ?

Paul laissa retomber son poing sur la table, faisant sauter le Lion. C'était encore plus dur que d'écrire un roman. Le couple à la table voisine tressaillit en entendant le bruit. Paul retourna au comptoir, acheta un rouleau de bonbons à la menthe.
Il le lança sur la table devant Arthur et attendit.
Après un long moment de réflexion sincère, Arthur s'exclama :
— Ça y est, je l'ai ! Can[1]...
Ce fut au tour de Paul d'agiter les mains.
— Vous connaissez le nom du deuxième ?
— Un peu, oui ! Alors, c'est eux ! Quelqu'un doit vraiment lui en vouloir, à votre homme. Et ce quelqu'un a les moyens, parce que ces deux-là, ils ne se déplacent pas pour des prunes !
Arthur examina la photo.
— Qu'est-ce qu'il a bien pu... Non, ne me dites pas. Je suis juste un peu curieux. Ça fait combien de temps qu'ils sont dessus... je veux dire, après votre ami ?
— Je ne sais pas. Une semaine...
— C'est plutôt bon signe. Au moins, ils ne l'ont pas détesté sur-le-champ.
Paul leva les yeux vers le plafond, contemplant le ventilateur capricieux.
— Dieu soit loué !

---

1. Pour *Candy*, « friandise » en anglais. *(N.d.T.)*.

Le Vieil Hôtel

21

Quand ils se sentaient graves, ou désespérés (ce qui revenait au même), ils allaient au Vieil Hôtel. Contrairement à Swill's, qui était une halte sur un chemin menant quelque part, le Vieil Hôtel était une destination en soi. C'était en fait deux endroits différents, le bar, au rez-de-chaussée, et le restaurant m'as-tu-vu au-dessus, d'où les dîneurs pouvaient croiser les regards admiratifs et envieux des clients moins fortunés, cantonnés au niveau inférieur.

Ned et Sally n'auraient pu par eux-mêmes accéder au restaurant. Saul les y avait invités plusieurs fois, pour fêter un anniversaire ou des vacances, tout comme Jamie, chaque fois qu'un de ses livres était publié, si bien que, finalement, ils y dînaient assez souvent. Sally s'étonnait toujours qu'il n'y ait entre eux aucune jalousie. A dire vrai, c'était assez extraordinaire. Ils semblaient reconnaître et apprécier leurs valeurs respectives.

Ils mentionnaient souvent, comme si cela ne cessait pas de les surprendre, le fait que le côté vieillot de l'hôtel n'avait rien de factice ni de bidon. Le grand bâtiment en briques rouges datait d'avant la guerre et ils se demandaient s'il n'avait pas effectivement été un hôtel à l'origine. C'était peut-être un ancien hôtel converti en restaurant et bar plutôt qu'un restaurant et un bar appelés hôtel.

Ned aimait discuter de ce qui avait pu s'y passer et inventait des histoires sur des clients imaginaires dans « le Manhattan des années trente et quarante ».

Le bar avait son nom, le Lobby, écrit sur un petit panneau en bois au-dessus de la porte. Il ressemblait effectivement à un hall d'hôtel. Il était rempli de gros fauteuils et de causeuses tapissés de lin et de cretonne fanée, rassemblés autour de petites tables. Le papier peint était en tontisse rouge sombre, orné d'une bonne dizaine de dessins en couleurs de pin-up du début du siècle alternant avec des gravures anciennes de la revue *Godey's Lady's*, des femmes avec de grands chapeaux, des tailles corsetées, des manches bouffantes. Les appliques murales en forme de coquillage diffusaient une lumière tamisée. Il y avait aussi une cheminée avec de grands chenets surmontés de boules en cuivre. Il flottait un vague parfum de menthe, dont ils avaient longuement tenté de trouver la source jusqu'à ce que Ned, se rendant au bar pour commander une nouvelle tournée, leur rapporte que le barman était réputé pour préparer les meilleurs whiskies glacés à la menthe du monde entier, une rumeur confirmée par des clients du Kentucky, de Géorgie et des deux Carolines.

Ils avaient alors tous commandé leur whisky à la menthe et étaient allés s'asseoir sur les tabourets du bar pour les regarder préparer. Cela nécessitait un savoir-faire prodigieux, ce qui expliquait sans doute que ce cocktail coûtât deux fois plus cher que n'importe quel autre.

La dernière à avoir découvert cet endroit était Jamie. Elle était entrée dans l'ambiance mentholée du Lobby, avait regardé autour d'elle en écarquillant les yeux, et avait déclaré qu'elle n'avait jamais rien vu de pareil depuis la pension de famille de ses tantes à Savannah.

« C'est hallucinant, carrément troublant. Bien sûr, c'est plus grand et il y a plus de meubles, mais on se croirait vraiment chez mes tantes Eloise et Jeb. »

Il était rare de voir Jamie surprise, sa capacité à s'étonner s'étant considérablement émoussée au contact des univers contraints, cyniques et olé olé dans lesquels elle évoluait tous les jours.

C'était Saul qui avait décrit ainsi les mondes fictifs de Jamie, romans sentimentaux, mystère, science-fiction. Il ajoutait que de tels thèmes — les meurtres, les histoires d'amour, la réalité altérée — auraient dû libérer l'imagination de n'importe quel auteur ; c'étaient des sujets à rameuter les muses. Pourtant, cela ne fonctionnait pas ainsi.

Ned déclarait souvent qu'il était prêt à parier que Jamie travaillait plus dur que lui, peut-être même plus dur que n'importe lequel d'entre eux. Il était furieux quand un écrivaillon de chez Swill's, biberonnant sa Corona, déclarait que, pour pondre une de ses intrigues, tout ce que Jamie avait à faire était de lancer une poignée de personnages en l'air et de les regarder retomber. Cela était dit, naturellement, avec un petit sourire méprisant.

Mais non, rétorquait Saul, ce n'était pas ça le problème. Ce qu'il voulait dire, c'est que, loin de goûter les vastes espaces grands ouverts où aucune règle ne s'appliquait, Jamie était enfermée dans une petite pièce sans air avec la menace constante de voir les murs se refermer sur elle.

« C'est ça qui en fait de la littérature de genre, pas le sujet lui-même. Ça revient à écrire au service de rien. On taille son monde et on l'arrondit aux angles jusqu'à ce qu'il corresponde aux règles génériques qu'on est censé appliquer. »

Enflammé, ivre, Saul se mettait à déblatérer sur la question. Il avait une belle voix grave et apaisante, encore plus quand il s'était irrigué le gosier avec une bonne dose de whisky pur malt. Ned cessait d'écouter, se laissant sombrer dans les vapeurs de bourbon en pensant à Nathalie. En réfléchissant à ce qu'elle était en train de faire et de ressentir, il se rendait compte qu'il n'avait pas à s'inquiéter de savoir si elle « correspondait » à son monde. Il rouvrait alors les yeux et disait à Saul : « Tu as raison. »

Oui, ils se disputaient, vociféraient parfois. Jamie pouvait critiquer les théories révisionnistes de Ned sur le bon vieux temps à Pittsburgh, mais ses commentaires ne s'étendaient jamais à son travail, à ses projets pour Nathalie. (Elle ne connaissait même pas ce prénom puisque Ned ne parlait jamais de ce qu'il écrivait. Jamie devait recourir au terme de « protagoniste ».)

Ce soir-là, il y eut une dispute, initiée par Sally. Ned (qui, observa Sally, semblait avoir totalement oublié les mauvaises nouvelles qu'elle lui avait transmises) déclara qu'il comptait aller à Pittsburgh. Pour cela, il arrêterait d'écrire pendant trois ou quatre jours. Et ils n'avaient pas intérêt à lui sortir leur baratin mielleux et pseudo-cynique sur le fait d'être incapable de retourner dans la ville où il avait grandi.

— En tout cas, ce n'est pas ce que disait Wolfe.

Saul sortit son cigare de sa bouche comme si cela allait l'aider à y voir plus clair.

— Ne sois pas ridicule. Bien sûr que c'est ce qu'il disait. Wolfe était un grand sentimental. Ce qui ne veut pas nécessairement dire qu'il avait tort.

— Oh, cesse de faire ton pompeux ! s'exclama Jamie.

Saul rosit. Le fait était qu'il avait tendance à en rajouter et le savait.

Jamie se tourna vers Sally, occupée à se gaver en silence de noix de cajou.

— Pourquoi tu es si furieuse ?

Sally indiqua Ned d'un signe de tête.

— Il se trame quelque chose au boulot. Je crois qu'ils vont essayer de se débarrasser de son contrat.

Sally lui raconta ce qu'elle avait entendu dans le bureau de Bobby Mackenzie.

Jamie n'en revenait pas.

— C'est fou ! Ned ?

Il était en train d'examiner les dessins des pin-up, se demandant si la rousse avec les cheveux relevés ne lui avait pas servi de modèle, inconsciemment, pour Nathalie. Il avait pu la remarquer il y avait longtemps et l'avoir oublié.

— Ned !

Il sursauta.
— Quoi ?
Sally se prit la tête dans les mains et la secoua de droite à gauche, marmonnant entre ses doigts :
— Il n'écoute pas. Il refuse de prendre ça au sérieux.
— Bien sûr que j'écoute. J'écoute. Oui, j'écoute.
— Si tu dois le répéter trois fois, c'est que tu n'écoutes probablement pas, fit Saul.
— Mais qu'est-ce que vous voulez que j'y fasse ? se défendit Ned. Tout ce que je peux faire, c'est poser la question à Tom Kidd.
— Tom Kidd n'est sans doute au courant de rien.
— Comment le sais-tu ?
Sans desserrer les dents, Sally répondit :
— Parce que s'il était au courant, il se serait trouvé avec eux dans ce bureau.
— Ils vont bien être obligés de l'informer, tôt ou tard.
Sally allait répondre quand le serveur s'approcha pour prendre leur commande. Il savait déjà ce qu'ils voulaient car ils demandaient toujours la même chose, hormis cette infidélité passagère avec les whiskies à la menthe. Saul et Jamie prenaient des martinis, Sally un cordial glacé et Ned un bourbon. Le serveur sourit, se retira. Saul lui laissait toujours des pourboires extravagants.
Une des raisons pour lesquelles ils aimaient le Vieil Hôtel était son ambiance tempérée. Ce n'était pas un endroit branché, ni bohème. Il se trouvait dans une rue peu connue en lisière du Village, une demi-rue, en fait, qui finissait en impasse sur une église blanchie à la chaux. Les clients n'avaient pas systématiquement l'air de venir de Chelsea, du Village ou de SoHo. Tous les soirs, ils se renouvelaient, ou du moins ça y ressemblait. Parfois, ils paraissaient tous avoir débarqué du Queens, prolos et bourgeois. D'autres nuits, la salle se remplissait de rupins des quartiers chics d'Uptown : Central Park West, les East Sixties, Sutton Place. Cela changeait sans cesse. Ce soir-là, ils semblaient s'être tous donné rendez-vous dans le

hall du Dakota avant de descendre en masse dans le sud de la ville.

Comment ces migrants huppés des quartiers nord avaient-ils déniché le Vieil Hôtel ? Toutes ces femmes minces et nerveuses dans leur robe vaporeuse, tels des papillons, avec leurs lèvres et leurs ongles iridescents ? La salle à manger – au premier étage, quelle horreur ! – ne figurait même pas dans le guide *Zagat* des meilleures tables des Etats-Unis. Comment cette adresse était-elle passée entre les mailles du filet, cela restait un mystère. La cuisine était bonne, ici, et les prix n'étaient pas excessifs. Mais c'était surtout l'atmosphère qui valait le déplacement. A en croire Saul, Nina et Tim Zagat, les auteurs du fameux guide, avaient dû se faire refouler à l'entrée. C'était ce qu'il avait entendu dire.

Ils avaient trouvé ça à hurler de rire.

Toutefois, ce n'était jamais bondé. Les gens n'étaient jamais agglutinés autour du bar le vendredi soir comme ils l'étaient chez Swill's (où il fallait jouer des coudes, comme si on voulait placer un dernier pari chez le bookmaker juste avant la fermeture).

Comme tout le monde, ils avaient essayé de se renseigner sur l'histoire du lieu. Chacun avait, à un moment ou un autre, voulu interroger le propriétaire et gérant, mais il semblait toujours s'être « absenté pour quelques minutes ». Ils savaient (ou croyaient savoir) qu'il existait bel et bien, car le barman le leur avait indiqué du doigt un soir alors qu'il traversait le Lobby. Son nom, leur avait-il dit, était Duff. « Tenez, c'est lui, là-bas. Il se fera sûrement un plaisir de répondre à vos questions. Pour ma part, je ne demanderais pas mieux que de vous aider, mais je ne travaille pas ici depuis assez longtemps. »

Duff fascinait Saul.

« Ça ne m'étonne pas », avait lâché Jamie énigmatiquement.

Duff était un point d'interrogation. Il était inachevé. Du pur potentiel.

Ils cessèrent donc de traquer le patron puisqu'ils étaient apparemment censés rester dans l'ignorance. (« Comme Œdipe, pas vrai ? » avait déclaré Sally.) Un parfum de fatalisme flottait autour de cette rencontre... ou plutôt de cette absence de rencontre.

— Pittsburgh a beaucoup changé, dit brusquement Ned comme s'il poursuivait une conversation ininterrompue.

Il avala les dernières noix de cajou du bol.

— Mais pourquoi tu dois absolument y aller ?

Chaque fois que Ned quittait Manhattan, Sally s'inquiétait.

— Pour mes recherches.

Jamie poussa un lourd soupir pour lui faire savoir ce qu'elle en pensait.

— Je te préviens, ne va pas à McKees Rocks pour, après, venir me demander si je me souviens de ceci ou de cela...

— Tu te souviens du Duquesne Incline ? Et des escaliers le long de Duquesne Heights ? Tu sais combien il y avait de marches ? Moi je le sais, parce que je les ai grimpées.

Jamie semblait prête à lui cracher dans l'œil.

— Menteur ! Tu ne les as jamais gravies parce qu'elles ont été démolies dans les années soixante. Au début des années soixante, même. Tu ne pouvais pas avoir plus d'un jour, alors tu parles !

— Peut-être que je les ai montées dans les bras de mon père.

Sans prêter attention à l'expression excédée de Jamie, il déclara :

— Commande-moi un autre verre, s'il te plaît. Faut que j'aille faire un petit tour chez les gentlemen.

C'était écrit tel quel sur les portes : *Gentlemen, Ladies*, ce qu'ils trouvaient parfaitement en harmonie avec le mélange de styles du lieu.

Sally le regarda s'éloigner puis se tourna vers Jamie.

— Tu ne devrais pas le chambrer sans arrêt à propos de Pittsburgh.

— Pourquoi pas ?

Elle semblait sincèrement surprise. Elle était habituée aux critiques, mais uniquement dans sa vie professionnelle, où elle avait droit à trois ou quatre mauvais articles pour un bon.

— Il est d'un sentimentalisme si délirant dès qu'on aborde sa ville !

Elle croisa le regard de Saul.

— Pourquoi tu me fais ces yeux noirs ?

— Parce que Pittsburgh, c'est lui. C'est toute sa vie.

Pour le coup, Jamie parut momentanément navrée. Pour elle, il n'y avait que l'opinion de Saul qui comptait vraiment. Cela acheva d'énerver Sally.

— Ce que tu peux être arrogante, parfois, Jamie !

Celle-ci ne répondit pas directement, ne trouvant rien à dire pour sa propre défense :

— Ned se souvient toujours de choses qui n'étaient pas là et d'événements qui n'ont jamais eu lieu !

— Qu'est-ce que tu en sais ?

— Parce que j'ai vérifié !

Elle se rendit compte trop tard que cet aveu pouvait être interprété comme un signe d'animosité, voire de jalousie. Elle ajouta rapidement :

— J'ai vécu à McKees Rocks, n'oublie pas.

Sally émit un petit rire étonné.

— Et alors ? Les souvenirs de Ned doivent forcément refléter les tiens ?

Jamie plongea dans sa bouche l'olive de son martini, soulagée que les deux couples assis à la table voisine accaparent l'attention générale. C'était clairement leur première fois au Vieil Hôtel. Ils étaient trop énervés pour être des habitués. Ils parlaient trop fort, cherchant à se faire remarquer, ce qui était superflu vu que les deux femmes attiraient déjà tous les regards avec leur décolleté jusqu'au nombril. Ils se levèrent en faisant mille manières, ramassèrent sacs à main et briquets, puis se dirigèrent vers l'escalier.

Saul les suivit du regard quelques minutes, puis se tourna à nouveau vers Jamie.

— Ça t'agace, hein, Jamie ?

Elle fronça les sourcils.

— Quoi donc ?

— Que Ned et toi ayez grandi pratiquement au même endroit et ayez beaucoup de souvenirs communs — ou le devriez, selon toi. Alors comment se fait-il que vous ne soyez pas aussi doués l'un que l'autre ? Tu te sens obligée de débiter deux bouquins par an, à tort, pour compenser le fait que tu estimes ne pas avoir son talent. Tu as beau te noyer dans les mots, ça ne suffit toujours pas.

Jamie rougit.

— Ne sois pas ridicule ! Je ne suis pas jalouse de Ned, c'est idiot !

— Tu n'es sûrement pas jalouse de moi, mais tu l'es de Ned. Il se pencha vers elle.

— Laisse-moi te poser une question : tes parents vivent toujours à McKees Rocks ? Ton frère et tes sœurs ? Des tantes — non, tu nous as dit que tu avais deux tantes à Savannah... Bon, mais les autres membres de ta famille ? Ils sont toujours à McKees Rocks ?

Jamie ne répondit pas tout de suite. Elle avait la tête de quelqu'un cherchant à parer un coup inévitable.

— Et après, qu'est-ce que ça peut faire ?

— Ned n'a plus personne là-bas. Il n'a plus que les crèmes glacées Isaly. Toute sa famille est partie.

Jamie regardait la salle autour d'elle, ne semblant pas entendre Saul.

— Tu es si compétitive, reprit-il. Au point que tu entres en compétition avec toi-même ; ce qui explique peut-être tous ces chapeaux différents que tu portes...

— Va te faire foutre, Saul ! Tu ne sais pas de quoi tu parles. Et j'ai raison, à propos de ces escaliers. Ned ne pouvait pas être plus qu'un bébé à l'époque...

— Alors il se souvient d'une image que quelqu'un d'autre lui a transmise, son père ou sa mère, par exemple. Ned est un homme de mémoire. Et ce n'est pas parce que c'est un souvenir que c'est forcément cucul...

— Retourner sans cesse dans son passé, c'est faire preuve de mièvrerie !

Saul se mit à rire.
— Mais on le fait tous !
— Pas moi. Je ne regarde pas en arrière. Et je ne te crois pas quand tu dis que tu le fais, toi aussi.
— Ah non ? Jamie, je vis dans un appartement rempli de vieilleries. Il est complètement hanté par le passé. Je ne touche à rien, hormis pour tourner de temps en temps un bureau vers la fenêtre. Tout ce que je veux, c'est que rien ne change...
— Ce n'est pas pareil. Il s'agit d'antiquités. Leur provenance se fond avec l'histoire avec un grand H. Elles se définissent par leur origine.

Elle esquissa un petit sourire, assez satisfaite d'elle-même, puis vida d'un trait son fond de martini. Elle tapota le bord de son verre.

— Quelqu'un en reprend un autre ?
— Alors, on dîne ici ou quoi ? demanda Sally.

Elle se sentait vaguement frustrée, et déprimée de ne pas savoir pourquoi. Puis elle se demanda : Aurais-je peur qu'il aille à Pittsburgh et qu'il... disparaisse, tout simplement ?

Elle se répondit elle-même : Quelle question idiote !

Oui, mais s'il ne revenait jamais ?

Oh, arrête ça !

Mais si...

L'autre voix s'éloigna avec dégoût, se perdant dans un marmonnement.

Sally aperçut Ned qui revenait entre les tables. Le Lobby était plein, encore plus que d'habitude. Elle le regarda traverser la salle comme s'il allait se volatiliser dans un nuage de fumée d'un instant à l'autre, puis elle détourna les yeux.

— Qu'est-ce qui ne va pas ? lui demanda Saul.

Jamie avait quitté la table pour aller se commander un autre verre au bar et bouder dans son coin un moment. Leur partie du Lobby était enfumée. Saul demandait toujours à Sally et à Ned si cela ne les dérangeait pas de s'asseoir dans la section fumeurs, laquelle, bizarrement, semblait retenir la fumée, un phénomène que personne n'avait jamais pu expliquer. (C'était ça aussi, le Vieil Hôtel.) Il leur assurait toujours qu'il pouvait se passer de fumer. Ce sur quoi Jamie déclarait : « Eh bien moi, non. »

— Rien, répondit Sally. Je pensais juste que j'irais peut-être... Elle s'interrompit.

Ned était de retour, reprenant sa place.

— On s'en va ou on reste dîner ?

— Désolé, j'ai oublié de commander ton verre, dit Sally. Oui, on reste dîner.

Saul était occupé à contempler deux couples montant l'escalier vers les hauteurs très exclusives de la mezzanine.

— Saul ?

— Pardon ?

— Tu es prêt à dîner ?

— Oui, bien sûr.

Il sortit sa pince à billets et en jeta quelques-uns sur la table sans cesser de regarder les deux couples qui gravissaient les marches.

Les deux hommes du square, ceux de chez Swill's. Ici, au Vieil Hôtel, avec leurs doubles féminins. Il éclata de rire.

— Qu'est-ce qui te prend ? demanda Jamie.

— Ces types, là-bas.

Il les indiqua d'un signe du menton.

— Ceux du square et de chez Swill's.

Ils levèrent tous le nez vers la mezzanine.

— Nos lettrés déménageurs...

22

Clive arriva avec dix minutes d'avance car il était d'humeur accommodante ce soir-là et savait que Mort adorait faire attendre les gens. Toutefois, quand il entra, Mort était déjà là, debout devant le magnifique bar en acajou, marbre et jade. Il était encadré par un couple de Noirs et par deux femmes, une rousse et une blonde. Tape-à-l'œil. Quels que soient les critères de Duff, la profession n'était pas prise en compte. A une table voisine étaient assis quatre hommes dépenaillés, peau sombre, moustaches à la Zapata, l'un d'eux enturbanné comme Lawrence d'Arabie. Apparemment, ils avaient été jugés acceptables, mais pas sur la mezzanine. Ils ne cessaient de lancer des regards contrits vers le balcon.

Clive était surpris que Mort ait pu franchir la porte d'entrée.

Ce dernier lui expliqua :

— Je leur ai donné mon nom mais, bizarrement, ça n'a pas semblé faire tilt. Alors je leur ai donné le tien.

Il haussa les épaules, perplexe devant l'arbitraire du Vieil Hôtel.

— Quel sera ton poison ?

L'expression désuète fit sourire Clive.

— Le même que le tien, martini, mais avec des glaçons et deux olives.

Il finit sa description pour le barman, qui lui répondit que son verre serait prêt dans une demi-minute. Clive l'employa à examiner la salle. Comme d'habitude, tout le monde observait tout le monde en s'efforçant de ne pas en avoir l'air, si bien qu'il y avait beaucoup de regards fuyants et de têtes qui se détournaient sous prétexte d'allumer une cigarette. Le Vieil Hôtel avait capitulé devant la pression antitabagique jusqu'à lui céder la plus grande partie du Lobby et des salles qui donnaient sur la mezzanine.

La cuisine était très bonne, voire excellente, les prix incroyablement bas pour Manhattan, le service impeccable. Quelques-unes des raisons pour lesquelles les clients n'aimaient pas cet endroit mais l'adoraient. Rien à Manhattan ne pouvait le concurrencer en matière de service, d'environnement et, naturellement, de cachet.

Clive eut son martini et en avait bu la moitié quand Mort en commanda un second. Clive se demanda ce qui le rendait si nerveux.

Une hôtesse vint les chercher pour les conduire à leur table là-haut. Ils gravirent le bel escalier, qui servait de point de mire pour ceux restés en bas. Ce rituel rappelait souvent à Clive une procession solennelle, une grappe triée sur le volet de femmes et d'hommes montant les marches comme s'ils se rendaient à une cérémonie officielle.

Ils s'installèrent dans des fauteuils si confortables que Clive se dit qu'ils ne pourraient jamais s'en relever. Il commanda le vin et choisit pour lui la spécialité de la maison, poulet au paprika et *spätzle*. On racontait que Duff était né à Budapest. On lui prêtait également au moins une demi-douzaine d'autres lieux de naissance.

Ces formalités réglées, Mort finit son martini et demanda :

— OK, alors on en est où avec Paul ? Quand est-ce qu'on signe le contrat ?

Pourquoi semblait-il si méfiant ? Y avait-il encore des mines dissimulées aux pieds de Giverney ?

— Qu'est-ce que tu veux dire ? demanda Clive. C'est ton client qui refuse de signer tant que ses conditions n'auront pas été satisfaites.

Il commençait à soupçonner que Mort ignorait tout du deal.
— Vous avez changé d'avis ou quoi ?
— Rien n'a changé, mis à part un détail infime...
Clive s'en voulait à présent de ne pas y avoir réfléchi davantage. Il savait que Mort l'interrogerait à propos du contrat.
— Infime ? Peuh ! En matière de contrat, aucun détail n'est infime, Clive.
Il n'allait quand même pas lui sortir son grand numéro ! Pour Clive, une fois qu'on était d'accord sur le montant de l'avance sur recettes, la date de remise du manuscrit et le pourcentage sur les différentes éditions, tout le reste n'était que détails infimes.
— Allez, Mort ! Tu épluches les contrats comme si tu cherchais des poux...
— C'est le cas. Alors, c'est quoi, ce détail infime ?
Clive alluma une cigarette, écarta plusieurs possibilités dans sa tête, en choisit une :
— Bobby aimerait fusionner les droits sur les deux prochains romans.
— Les farfadets qui assistent le père Noël aussi, mais je ne les vois pas gagnants.
— Tu te prends pour le père Noël, alors, Mort ?
Le serveur avait déposé leur poulet devant eux. Clive passa quelques instants à goûter le vin avant de faire un signe de tête au jeune homme, qui remplit leurs verres. Il s'était attendu que le sujet Paul Giverney soit amené d'une manière facile et naturelle, puisqu'il s'agissait de son agent. C'était sa faute, aussi. Il aurait dû dire d'emblée à Mort que c'était pour parler de son client qu'il l'avait fait venir ce soir.

Il but son vin, mangea son plat, écouta Mort parler de la fusion des droits et de ses implications pour l'auteur (et son agent, naturellement), sentant son attention dériver vers le Lobby en contrebas. Il balaya les tables du regard, dans un sens puis dans l'autre.
— Je n'en crois pas mes yeux ! La moitié de la crème littéraire de New York est assise en bas !

Mort regarda à son tour.
— Ce n'est pas Saul Prouil, là ? Bon sang, c'est comme d'apercevoir Elvis ! Ce type ne sort pratiquement jamais de chez lui.
— Mais non, l'assistante de Tom Kidd le voit tout le temps.
Clive aimait être au courant de choses que Mort ignorait.
— Le type à côté, c'est Ned Isaly. Tu le connais ?
Mort fit une moue renfrognée.
— Jimmy McKinney vient juste de signer avec lui. Ned va bientôt sortir un livre mais il n'avait pas d'agent. Tom Kidd lui a recommandé Jimmy. Tom l'adore, va savoir pourquoi. Jimmy est bien trop laconique pour faire un agent de premier ordre.
Contrairement à toi, espèce de charlatan, pensa Clive tandis qu'on retirait leurs assiettes.
— Pourtant, il travaille pour toi.
— Ouais, ouais. Les gens aiment bien Jimmy. Ils le trouvent apaisant. Tu trouves que c'est une qualité d'agent littéraire, toi, « apaisant » ?
Mort émit un petit ricanement cynique avant de poursuivre :
— Isaly est un bon écrivain, ça ne fait aucun doute. Tu penses que Prouil va bientôt sortir un livre, lui aussi ? Il n'a pas d'agent, lui non plus. Je ne cracherais pas sur ce morceau-là... Dis, ce n'est pas une des filles qui travaillent chez vous, là ?
— C'est Sally. L'assistante de Tom.
— Mignonne.
Cherchant à revenir sur le sujet qui l'intéressait, Clive demanda nonchalamment :
— Au fait, il est d'où, Paul ?
— Mmm...
Mort sembla réfléchir, fouillant sa mémoire, les yeux vers le plafond, suivant la colonne de fumée de sa cigarette.
— Pittsburgh, je crois.
Clive regarda la table devant lui, à présent vide, sur laquelle le serveur n'allait pas tarder à déposer son dôme en chocolat. Lui aussi tentait de se remémorer une conversation qu'il avait eue avec Tom Kidd à propos de Ned. Pittsburgh ? Ce n'était pas aussi la ville natale d'Isaly ?

Mort, un bras accoudé à la balustrade, fixant le Lobby, poursuivit, parlant toujours de Paul Giverney :

— Il y est né ou bien il y a été à l'école, je ne me souviens plus.

Il redressa la tête et souffla un nuage de fumée qui s'éleva pour se fondre dans les taches lumineuses projetées par le lustre.

Clive sourit en voyant arriver son dessert. Le garçon vida dans son verre le fond de la bouteille de vin. Ce dîner (qui allait lui coûter, ou plutôt à Mackenzie, près de deux cents dollars) ne portait pas les fruits escomptés. Sa fourchette s'enfonça dans le dôme, faisant craquer la croûte brune et révélant des strates de mousse au chocolat et de sabayon, un hymne aux calories et au cholestérol qui valait largement de se boucher quelques artères et de prendre quelques centimètres de tour de taille. Il décida de se lancer à l'eau et demanda :

— C'est quoi, cette histoire entre Ned et Paul ?

Mort fronça les sourcils.

— Quelle histoire ? Je n'ai entendu parler de rien. De quoi il s'agit ?

Il était clair qu'il n'appréciait guère de ne pas être au courant d'un potin concernant un de ses clients.

— Oh, juste une rumeur. Il semblerait que, pour une raison ou une autre, Giverney ait une dent contre Ned Isaly. Je l'ai juste entendu dire en passant, c'est tout.

— Je tombe des nues. Paul ne m'a jamais parlé de lui. Cela dit, je n'ai aucun mal à l'imaginer se querellant avec n'importe qui. Ce n'est qu'un connard prétentieux.

Clive éclata de rire. « Le connard prétentieux » était le surnom le plus répandu de Giverney. Il se rendit soudain compte qu'il était peu probable que Paul se confierait à Mort. Il était étonnant qu'il n'y ait pas pensé plus tôt. Pour Paul, un agent, même Mort Durban, ne servait pas à grand-chose. Dans tous les cas, il n'entretiendrait pas une relation personnelle avec lui.

Tandis que les strates fondaient en une mixture divine sous son palais, Clive baissa les yeux vers le Lobby, où il constata

que la rousse et la blonde qu'il avait aperçues au bar un peu plus tôt avaient retrouvé leurs cavaliers, ou venaient de les rencontrer, car ils étaient à présent assis à quatre à une table, près des romanciers. Il fronça légèrement les sourcils quand il les vit se lever, verre en main, et se diriger vers l'escalier en marbre, qu'ils gravirent.
Impensable.
Candy et Karl.
Admis parmi les élus.

23

Le lendemain matin, faisant courir un crayon sur le bout de ses doigts, Clive s'efforçait de ne pas voir le manuscrit du dernier roman de Dwight Staines formant une haute pile désordonnée sur son bureau. Peut-être qu'avec le temps il finirait par tomber en poussière et qu'il en serait débarrassé. Non pas que ce soit ce qui l'obnubilait en ce moment, ce privilège revenant à la paire de tarés, Candy et Karl, et à la confirmation, pour les avoir vus au restaurant la veille, qu'ils prenaient leur mission au sérieux.

Il fronça les sourcils. Comment avaient-ils pu franchir la porte du Vieil Hôtel ? Si on laissait passer ces deux-là... (Mais n'y avait-il pas aperçu aussi quelqu'un ressemblant à Danny Zito il n'y avait pas si longtemps ?)

Quoi qu'il en soit, les deux malfrats étaient entrés et avaient pris une table non loin de celle de Ned Isaly. La première préoccupation de Clive était de trouver un moyen de s'extirper de cette embrouille. Il lança un regard vers le manuscrit. Bobby aurait mieux fait de lâcher ses deux tueurs sur Dwight Staines, épargnant ainsi à la liste des best-sellers plusieurs mois d'une popularité écœurante.

Il pouvait essayer d'avoir une autre conversation avec Paul Giverney... Non, cela ne servirait strictement à rien. Toutefois, il ne pensait pas que Giverney souhaitait vraiment la mort de Ned Isaly. Il voulait simplement le mettre hors du circuit littéraire. Mais qu'avait bien pu faire Ned pour s'attirer une telle inimitié ?

Clive resta assis à jouer avec son crayon encore une minute ou deux, puis sortit son annuaire et feuilleta les pages jaunes, se demandant s'il devait chercher à « Filature » ou à « Détective ». Il finit par trouver ce qu'il cherchait. Sauf qu'il y avait là des centaines de noms. Pourquoi cela le surprenait-il ? On était à New York. Il n'aimait pas l'idée de choisir un nom au hasard dans le bottin. C'était trop aléatoire, trop risqué, mais cela ne pouvait pas être plus dangereux que ce qui était déjà en train de se passer. Il ferma les yeux et pensa à des gens qu'il connaissait ayant utilisé les services d'un détective privé.

Helen Shearling. Elle pourrait lui en recommander un ; elle devait en connaître une dizaine. Elle s'était débarrassée de ses maris, numéros un, deux, trois et quatre, en emportant, chaque fois, les maisons, la BMW, la Mercedes, la Porsche, l'appartement à Cancún et des pensions alimentaires qui promettaient de laisser ses ex tirer la langue jusqu'à la fin de leurs jours. Tout ça, grâce à des détectives et à leurs appareils photo piégeant les maris avec leur poule du moment. *Flash. Clic.* « Que tout ça est sexuellement dérisoire ! » disait invariablement Helen en feuilletant les clichés pour en sélectionner deux ou trois à donner à son avocat, qui les présenterait à son tour à l'avocat de l'époux. Ce que Clive ne comprenait pas, c'était pourquoi aucun des maris n'avait utilisé le même procédé, vu que Helen non plus ne crachait pas sur le dérisoire en matière de sexe.

Le problème était qu'il ne voulait pas d'un détective dont l'expérience se résume à piéger des époux infidèles dans des chambres d'hôtel. Une recommandation... Il se redressa brusquement. Bien sûr ! Il y avait toujours ce bon vieux Danny Zito... Il fouilla dans les tiroirs de son bureau, écartant des couches de trombones et d'élastiques, puis se souvint qu'il avait recopié le numéro inscrit sur la fiche de Bobby sur un morceau de papier qui devait encore se trouver dans son pardessus. Il ouvrit son placard, se mit à explorer la poche. Là, voilà !

Il décrocha le combiné, composa le numéro.
— C'est quoi cette manie que vous avez tous de vouloir dégommer les gens ? demanda joyeusement Danny. C'est à se demander quand vous trouvez encore le temps de publier des bouquins ! En tout cas, j'espère que vous prendrez quelques minutes pour lire mon manuscrit une fois que vous aurez fini de buter vos auteurs !
Il émit un *ha ha ha !* forcé.
Baissant la voix sans toutefois chuchoter, Clive déclara :
— Ce n'est pas drôle, Dan... je veux dire, Johnny.
— Jimmy, putain ! Vous ne pouvez même pas retenir un faux nom ?
— C'est bon, c'est bon. Désolé. Quoi qu'il en soit, je ne veux buter personne. Je veux juste, euh... faire filer quelqu'un.
— Ouais, c'est ça, et moi je veux bien recevoir le prix Faulkner.
Il marqua une pause, pendant laquelle Clive présuma qu'il cherchait un nom.
— Ouais, je connais effectivement quelqu'un. Mais n'allez surtout pas vous imaginer qu'il s'en prendra à Candy et à Karl. On ne se descend pas entre nous, dans notre milieu. Sauf si la hache de guerre a été déterrée, mais ça n'arrive pas tous les jours. C'est qu'on a des scrupules, contrairement à vous, les branleurs de l'édition qui vous en tapez le coquillard du moment que vous parvenez à mettre un niaiseux quelconque sur la liste des best-sell...
Clive l'interrompit dans son élan :
— D'accord, d'accord, Danny. Epargnez-moi les sermons. Pouvez-vous entrer en contact avec cette personne ?
— Vous oubliez que je suis toujours dans ce foutu programme de protection des témoins ?
— Oui, bien sûr. Je voulais dire, on ne pourrait pas s'arranger comme la dernière fois ? Je vous retrouve...
— Au Chelsea Piers. Même endroit, même heure. Ce soir, si vous voulez. Au fait, j'ai pratiquement fini un tiers de mon bouquin.

— Mais... Danny, comment avez-vous pu avancer autant ? On s'est vus il y a quelques jours à peine !

— Je ne fais plus que ça. Je suis le nouveau Trollope, que je lis depuis un certain temps... enfin, je le parcours. Je fais comme lui. Je pose mon réveil devant moi et j'écris deux cent cinquante mots en quinze minutes. En réalité, je pourrais même aller plus vite. Je vous apporterai ce que j'ai fait.

La discipline littéraire de Danny Zito. A tous les coups, la révélation que le monde entier attendait en se rongeant les ongles jusqu'au sang.... Clive lança un regard las vers le manuscrit de Dwight Staines et secoua la tête. Non, rien ne pouvait être pire que Staines.

— Pourquoi pas, Danny. A plus tard.

Clive empruntait fréquemment le couloir principal, celui qui, tapissé d'affiches et de jaquettes de livres de Mackenzie-Haack encadrées, se terminait par le bureau de Bobby. Mais, ce matin-là, il bifurqua vers un autre couloir plus étroit sur lequel donnait l'antre de Tom Kidd, croulant sous les volumes. Clive s'arrêta devant la table de Sally, juste devant la porte ouverte de Kidd.

— Il est là ?

— Vous êtes plus grand que moi, à vous de me le dire.

Clive se hissa sur la pointe des pieds, regardant par-dessus les piles de livres sur le bureau, puis reposa les talons à terre.

— Non.

En fait, il était venu voir Sally, espérant lui soutirer quelques informations puisqu'il les avait tous vus la veille au soir au Vieil Hôtel. Comment s'appelait le dernier Isaly, déjà ? Zut. Ça commençait par un R, il l'aurait juré. Il se souvenait aussi qu'il tenait en un seul mot. *Remords* ? *Réminiscences* ? Non. Oh, et puis peu importait.

En s'asseyant sur la chaise dure et peu accueillante placée à côté du bureau de Sally, il lui vint à l'esprit que, pour une fois, il avait une bonne amorce.

— Je vous ai aperçue, hier soir, au Vieil Hôtel.

Le simple fait d'avoir été là-bas (là-haut, plutôt) devrait suffire à engager la conversation, vu qu'il était si difficile d'y entrer.

Apparemment, pas pour Sally, car elle ne répondit pas. Il lui trouva la mine sombre et il n'y était pour rien.

— Je dînais en haut.

Il pointa un doigt vers le plafond, vers lequel Sally leva les yeux. Il n'avait encore jamais remarqué qu'avec son épaisse chevelure noire et ses robes paysannes elle avait une allure assez... médiévale.

Sally fit une grimace, redressant des pages de manuscrit.

— Je ne vous ai pas vu.

— C'est un endroit sensass, ce Vieil Hôtel, non ?

Elle sourit. La mémoire semblait lui revenir.

— Pour une raison étrange, je m'y sens...

Clive s'interrompit. (Toujours cette incapacité à trouver les mots justes.) Il réessaya :

— Je ne sais pas, un peu nostalgique, ou quelque chose comme ça. Comme si j'avais le mal du pays.

L'expression de Sally se rembrunit à nouveau.

— Il doit avoir le même effet sur Ned, parce qu'il part.

Le cœur de Clive fit un bond. Etait-ce possible ? C'était trop beau !

— Vous voulez dire qu'il quitte Mackenzie-Haack ?

— Non, il ne peut pas. Je voulais juste dire qu'il rentre chez lui.

— Et c'est où, chez lui ?

— Pittsburgh.

— Pittsburgh ?

Elle parut presque blessée, comme si elle était prête à défendre cette ville jusqu'à son dernier souffle.

— Oui, vous savez, il y a des êtres humains qui vivent là-bas, après tout. Qu'est-ce que vous reprochez donc à Pittsburgh ?

— Mais rien, absolument rien.

Oh, merci, mon Dieu, pour cette information gratuite !

— Il s'en va combien de temps ?

Elle haussa les épaules, comme si un jour et une année revenaient au même. Il partait, c'était tout ce qui comptait.
— Trois jours, peut-être.
Clive fit courir son pouce sur le bord d'une liasse de feuilles.
— Euh… Il a une maison, là-bas ? Ses parents y habitent encore ?
— Non, ils sont morts. C'étaient les créateurs de la crème glacée, vous savez. Les glaces Isaly, c'est eux. C'était un glacier très célèbre, à Pittsburgh. Ça doit l'être encore aujourd'hui, d'ailleurs.
Probablement, sinon Ned l'aurait mentionné. Les glaces Isaly étaient son sujet de conversation de prédilection, après l'écriture.
— Il ira à l'hôtel.
Elle fit semblant d'essayer de se souvenir du nom, qui était marqué au fer rouge dans son cerveau.
— Au Hilton. Je crois bien que c'est ce qu'il a dit.
Clive se leva et enfonça ses mains dans les poches de son pantalon.
— Vous m'en direz tant. Bon, ben… finalement, je ne vais pas attendre Tom. Je repasserai. Euh… il part quand ? Ned, je veux dire. C'est, euh… au cas où on aurait besoin de lui pour une raison quelconque.
Sally le dévisagea d'un air suspicieux.
— Besoin de lui pour quoi faire ? C'est Tom, son directeur littéraire. Il me semble que c'est ce qui est écrit sur son contrat.
Il se demanda pourquoi elle le fixait d'un air si mauvais. Elle reprit :
— Que je sache, on n'exige pas de nos auteurs qu'ils respectent les délais au jour près, ni même à la semaine près. Qu'est-ce que ça peut faire s'il rend son manuscrit en retard ?
— Oh, rien, naturellement. Je voulais juste dire qu'il doit bientôt nous livrer un roman. De toute manière, il sera sans doute de retour avant la date.
Il trouva qu'il s'en sortait bien.

Elle parut encore plus soupçonneuse, mais répondit quand même :

— Il s'en va mercredi matin. Je crois me souvenir que c'est ce qu'il a dit.

Bien sûr que c'était ce qu'il avait dit, mais elle regrettait d'en avoir parlé à Clive, qui prit congé en ayant l'air nettement plus satisfait que lorsqu'il s'était assis, un peu plus tôt.

En parcourant le couloir en sens inverse, Clive prononça le mot « Pittsburgh » comme s'il invoquait les esprits des abysses.

Mais viennent-ils quand on les appelle ?

Qui avait dit ça ? Il regarda autour de lui. Ce n'était pas lui, il en était certain. Pas plus que Dwight Staines, il en était encore plus sûr.

Le trouble de Sally avait été si perceptible qu'il se demanda quels étaient ses vrais sentiments pour Ned Isaly, le descendant de la famille des glaces Isaly.

A présent, il devait rappeler Paul Giverney. Ce dernier avait prétendu vouloir être informé de tout ce qui concernait Ned. Il n'entendait sans doute pas par là qu'il voulait être tenu au courant de ses moindres allées et venues mais, en les lui rapportant, Clive aurait l'air de se démener pour lui faire plaisir. Bon sang, ce Giverney était largement aussi gravement atteint que Candy et Karl. On aurait pensé qu'il préférerait ne pas connaître les déplacements de Ned Isaly.

Paul Giverney commençait à être sérieusement chiant. C'était toujours comme ça avec les auteurs de best-sellers. Ils s'imaginaient que toute la maison d'édition leur appartenait corps et âme. Ce qui était probablement vrai.

Clive décrocha son téléphone et composa le numéro avec une profonde lassitude.

24

— Tu vas faire quoi ?
Le cri de Lily faillit fendre les murs et les fenêtres de la maison des McKinney, traverser la vaste pelouse et résonner jusque dans le salon des Thinpug, leurs fouineurs de voisins. Les Thinpug étaient persuadés que Jimmy était gay — marié ou pas, père de famille ou non — parce qu'il écrivait de la poésie. (« Pauvre Lily », répétaient-ils à longueur de temps.)
Lily n'attendit pas la réponse de Jimmy, d'autant plus qu'elle avait déjà une réplique toute prête :
— Je voudrais bien voir ça !
Elle était en train de préparer des brownies (que Jimmy détestait à cause de leur nom, « petits bruns », les poètes vivant sous le joug du langage) et frappa le plan de travail de sa spatule engluée de pâte.
La commission que Jimmy toucherait sur les livres de Paul Giverney ne compenserait pas, à long terme, son congé sabbatique potentiel de six mois.
— Yaddo ? C'est quoi ce truc ?
— Je te l'ai déjà expliqué. C'est un endroit où on te prête un bungalow rien qu'à toi pour écrire. Ils te livrent même tes repas devant ta porte.
Jimmy avait ajouté ce détail uniquement pour attiser la fureur de sa femme. C'était plus fort que lui. Il en était arrivé à un tel stade de détachement…

— Ce n'est pas encore absolument sûr.
— Quoi ? Que tu seras l'agent de Giverney ?
Une nouvelle qu'elle avait accueillie avec joie et moult martinis.
— Ou le fait que tu vas nous abandonner, Mikhaïl et moi ?
« Mikhaïl » était en fait Michael (ou Mike), leur fils, qui avait ostensiblement modifié l'orthographe de son prénom en hommage à un polémiste russe quelconque, même s'il ne lisait jamais. Du moins, Jimmy ne l'avait encore jamais vu avec un livre.
— Ne sois pas ridicule, dit-il en se servant un martini dilué avec de la glace. On aura assez d'argent, comme tu l'as toi-même reconnu avec enthousiasme quand je t'ai annoncé le montant de la commission de Giverney. Une commission sur un contrat pour trois livres doublerait facilement ce que je touche actuellement. Pour toi, ça ne changera rien. Tu continueras à avoir le même train de vie.
Il n'ajouta pas « en faisant toutes tes courses chez Barneys ou Bergdorf ».
— Tu pourras toujours suivre tes cours de tennis au country club et Mike pourra continuer à jouer les ados débiles...
La spatule retomba à nouveau sur la planche en bois.
— C'est affreux ! Comment peux-tu dire une chose pareille de ton propre fils !
Jimmy se donna mentalement un coup de pied. Il n'avait aucune envie de se laisser entraîner sur le sujet de son crétin de fils.
— Je plaisantais. (Ha ha ha !) Tu auras tout l'argent dont tu as besoin, Lil, tu ne comprends donc pas ? Tu ne manqueras de rien.
De rien, sauf du plaisir de l'empêcher de profiter de la vie en cherchant à se faire l'arbitre de ses moindres pensées.
Elle écarta ses cheveux roux du dos de la main (« sa fameuse chevelure »), dans un geste qui faisait très « petite femme amoureuse préparant des brownies ». Toute sa vie n'est qu'un long cliché, conclut Jimmy. Cela le fit frissonner. Il ne trouvait de

réconfort que dans la poésie, la sienne et celle des autres. (« Pas même Lilith, avec sa fameuse chevelure »...) Qu'il avait été sot de croire que l'argent qu'il percevrait en tant qu'agent de Paul Giverney éclipserait aux yeux de Lily le fait qu'il tente de se soustraire à son emprise ! Contrôler ses faits et gestes était sa raison d'être.

— Toi et ta poésie !

De la même façon qu'elle aurait pu dire à Robert De Niro « Toi et ton cinéma ».

« Ne laisse rien dans ta vie que tu ne pourrais plaquer en moins de trente secondes chrono dès que tu sentiras que ça chauffe au coin de ta rue »... Est-ce que cela allait devenir une de ces citations qui resurgissaient régulièrement dans son esprit, à l'instar des vers de Robinson ou de Frost ?

Lilith continuait à se plaindre sans cesser de tracer des sillons avec la lame de son couteau dans la pâte à brownies.

— Toi et ta poésie, c'est vraiment n'importe quoi ! De l'amateurisme !

Il sentit une chaleur envahir son visage mais garda son calme.

— En fait, quand tu es publié, tu sors du champ des amateurs. Parce qu'on te paie pour ça. C'est comme un athlète recruté dans l'équipe nationale. Je suis un professionnel.

— Peuh !

Elle referma la porte du four en la claquant.

— Alors maintenant, tu te prends pour Michael Jackson !

— Jordan. Tu veux parler de Michael Jordan.

— Six mois enfermé dans une cabane entouré d'autres écrivains... Tu crois vraiment que c'est ça qui va améliorer ta poésie ?

Avant leur mariage, dix-sept ans plus tôt, elle se serait coupé la langue plutôt que de lui balancer une telle vacherie. Il y avait encore seulement dix ans, elle avait été aux anges quand *Ecarts* avait été publié. Ne connaissant absolument rien à l'édition — bien que mariée à un agent littéraire —, elle avait présumé qu'ils allaient connaître la belle vie maintenant qu'il était un auteur publié. A eux les réceptions, la gloire, la fortune.

Ils avaient effectivement été invités à une réception ; des deux autres promesses, ils n'avaient pas vu grand-chose. Le fait qu'avec son livre il se soit attiré du respect, non seulement celui des autres mais également le sien propre, ne représentait rien pour elle. Parce qu'il était ensuite resté longtemps sur son petit nuage, elle en avait déduit qu'il était un ringard.

Mais il n'était pas un ringard et il le savait. C'était toute la différence entre lui et Mort Durban. Jimmy comprenait ce que signifiait pour un écrivain le chant des sirènes de la publication, ce qu'il ressentait quand son œuvre était achetée, éditée, et qu'il pouvait la tenir entre ses mains. Même si certains auteurs publiés affichaient un air blasé, Jimmy savait que ce n'était qu'une façade. Même s'ils semblaient ne rechercher que des à-valoir toujours plus gros et une place sur la liste des best-sellers, il n'y avait pas que cela. Non, c'était quelque chose de bien plus important : c'était trouver le mot juste, *savoir* que c'était le mot juste.

Puis, décidant tout à trac que le chapitre était clos, elle annonça, tout en déposant le bol et la spatule dans l'évier :

— On dîne chez les Stuart, ce week-end. Ils nous ont invités.

— Vas-y, toi. Moi, je ne serai pas là. Je pars dans une retraite d'écrivains dans le nord de l'Etat.

Le coup de grâce.

— Tu veux dire que tu pars maintenant ?

A l'entendre, on aurait cru qu'il était Ulysse abandonnant épouse et chien.

— Pour le week-end seulement.

Jimmy rit, piocha dans le seau des glaçons, pratiquement fondus désormais, et les laissa tomber dans son verre.

— Tu crois qu'il y a quelque chose que je puisse dire qui ne te stupéfiera pas, ce soir ?

Il versa deux doigts de vodka dans le verre.

— Il est si rare que tu aies quoi que ce soit à dire de stupéfiant.

Elle tenait mollement ses deux mains devant elle comme si ses poignets étaient cassés.

Un point pour toi, Lilith, pensa-t-il tristement. Il lui expliqua ce qu'étaient des lieux comme Yaddo et la colonie MacDowell.
— Cette dernière retraite laisse les écrivains venir passer un week-end, pour voir si ça leur plaît.
— Pourquoi voudrais-tu aller voir si ça te plaît ?
— Pour décider si j'ai vraiment envie d'y passer six mois ou un an. C'est ce que j'essaie de t'expliquer depuis tout à l'heure. Je veux m'arrêter un moment pour prendre le temps d'écrire.

Elle abandonna sa pose aux mains molles et croisa les bras sous ses seins. Elle portait un pull en cachemire blanc et était particulièrement belle ce soir-là. Avec cette chevelure rousse.

Sa beauté lui pinça le cœur. C'était comme s'il l'avait trahie en la contrariant, en désirant autre chose que d'aller chez les Stuart ce week-end parce qu'elle le voulait. Il traversa ce qui paraissait un espace infini entre eux et la prit dans ses bras. Il caressa ses cheveux, déposa un baiser sur sa joue.
— Lily, autrefois tu étais...

Mon amie. Mais elle se libéra avant qu'il ait pu le dire, ne voulant pas entendre ce qu'elle avait été autrefois.
— Tu me lances tout un tas de choses à la figure et tu t'étonnes que je sois surprise ?
— Bien sûr que non, mais tu n'es pas seulement surprise, tu es pleine de... ressentiment.

Cet argument ne les mènerait nulle part. Il reprit :
— Je suis désolé, mais j'irai à MacDowell.

Elle tourna les talons et sortit de la cuisine.

« Je ne peux te haïr, car je t'aimais autrefois. Les bois étaient dorés, alors. Il y avait une route... »

Jimmy poussa un soupir et retourna dans la pièce qu'il appelait son bureau.

25

Les Chelsea Piers. Même brouillard théâtral, même corne de brume en fond sonore. Danny Zito — auteur, artiste, bon vivant — ne tarderait pas à se matérialiser, tel un mafieux de cinéma.

Tout en attendant dans le froid humide et pénétrant, Clive méditait : le Parrain, Don Machinchouette... Corleone ?... Ça ressemblait à un nom de pâtes italiennes. Gotti, lui, était bien réel. Mais cela se passait-il vraiment ainsi ? Que fallait-il faire pour être accueilli dans la famille ? Recevait-on des points pour certaines actions ? Tant pour un cadavre transporté dans le coffre de sa voiture ? Tant pour un homme enterré dans le désert à la sortie de Las Vegas ? Tant pour une fusillade dans un restaurant italien ? (Avec un bonus spécial s'il s'agit du Four Seasons ou du Cirque ?) Tant pour éviter le massacre d'innocents ? Ou pour ne pas éviter le massacre d'innocents ? Mitrailler depuis la fenêtre d'une voiture devait figurer tout en bas de la liste, ça n'avait pas de panache, aucun style. A moins que le fait d'être « intégré » ne soit une question de longévité ? Etait-ce la loyauté qui comptait ? Connaîtrait-il la réponse à toutes ces questions quand Danny lui remettrait les cent prochaines pages de son opus numéro deux ? Probablement pas. Il s'agirait sans doute plutôt d'un traité sur l'art éphémère...

Clive regarda le fleuve. Un voile de brume flottait à sa surface, lui donnant l'allure d'un fleuve fantôme. Ce qu'il aurait dû faire quand il était jeune, c'était embarquer à bord d'un cargo. Il n'était pas trop tard... Oh, reviens sur terre ! Le problème de ces fantasmes romanesques, c'était que votre esprit fonçait tout droit sur le pactole : le sable blanc et l'eau turquoise ; vous, marchant sur la plage déserte. Le tout exotique et beau. On sautait tout ce qu'il fallait faire au jour le jour pour arriver au but. Un château en Ecosse ? Vous vous voyez immédiatement déambulant dans la splendeur seigneuriale de grandes pièces d'apparat, caressant du bout des doigts les riches velours des tentures et des canapés, refusant d'imaginer les heures pénibles passées à déménager les canapés et à suspendre les tentures, les courants d'air glacé dans les pièces mal chauffées, le vacarme de la tuyauterie, les robinets qui fuient, le jardinier au nez crochu, la nécessité de recruter une armée de domestiques. En d'autres termes, les corvées quotidiennes, la conscience écrasante d'être toujours vous-même. Le même.

Et vous qui vous réfugiez par la pensée dans une cabane perdue au fin fond du Minnesota ou de la Saskatchewan afin de rédiger au calme vos mémoires, allez-vous coucher sur le papier les jours et les semaines qui se succèdent jusqu'à vous effondrer devant un tel ennui ?

— Hé, monsieur l'éditeur, yo !

Clive sursauta.

— Oh la vache ! Vous étiez sacrément en orbite... Qu'est-ce que vous avez fumé ?

— Bonsoir, Danny. Des Marlboro Light, une « farandole de sons et de couleurs ». Je viens juste de me remettre à fumer.

Clive laissa tomber sa cigarette et l'écrasa du talon tout en désignant du menton le sac blanc de chez Dean & DeLuca que portait Danny.

— C'est là que vous faites vos provisions ?

— Absolument, ils ont les meilleurs fruits et légumes de la ville.

— Les plus chers, en tout cas.

Ce type était impayable.

— Vous êtes dans le programme de protection des témoins, vous l'avez oublié ?
Danny grimaça.
— Oh, allez ! Vous croyez qu'ils fréquentent Dean & DeLuca ?
— Eh bien, dans ce cas, pourquoi on ne se donne pas rendez-vous devant le rayon des salades plutôt que sur ce quai sinistre ?
— Dean & DeLuca n'est pas un endroit pour les rendez-vous, Clive. C'est à ça que servent les docks. Et puis qu'est-ce qu'il a de si « sinistre », mon quai ?
Il désigna les lieux d'un grand geste du bras.
— Vous avez une piste de skateboard là-bas, avec ses tremplins, dit-il en pointant un doigt vers les ténèbres, et il y a deux nouvelles galeries qui viennent d'ouvrir dans cet entrepôt, sur votre gauche...
Il indiqua d'un signe de tête un bâtiment derrière Clive. Celui-ci ne se donna même pas la peine de se retourner.
— Laissons de côté la scène artistique de Chelsea. Parlons plutôt du... euh... contrat ?
— Ouais, ouais. J'ai un nom pour vous. Vous avez réglé ces détails ? Ceux dont on a parlé ?
Danny plia un morceau de chewing-gum qu'il glissa dans sa bouche.
— Quels détails ?
— Ceux dont on a discuté.
Clive fouilla sa mémoire, mais ce n'était pas facile avec les yeux sombres et humides de Danny le fixant avec la même intensité que Sylvestre surveillant Titi. Puis il se souvint :
— Le contrat pour les éditions de luxe et de poche, c'est ça ? Le pourcentage ? C'est d'accord. Cinquante-cinq, quarante-cinq, comme vous l'avez demandé.
Danny le fixait toujours.
— Et... ?
— Et quoi ?
— L'illustration de la couverture.

— Ah oui ! Le droit de regard sur la couverture... Pas de problème, vous l'avez.
— Et... ?
Clive réagit au quart de tour :
— Et vous écrivez vous-même votre texte, oui.
Cela lui ferait des vacances, ainsi qu'au réviseur.
— Parfait, tenez.
Danny lui tendit le sac blanc en souriant.
— Je crois que vous allez aimer. Ça se passe à Vegas.
— A Las Vegas ? Vous m'en direz tant. De Niro va se jeter sur les droits cinématographiques. Voyons, Danny. Vous pensez que c'est raisonnable ?
« Raisonnable » ? Que venait faire la raison dans cette affaire ?
— Je veux dire, il y a eu *Casino*, il y a eu *Bugsy*. Toutes les histoires de pègre ont lieu à Las Vegas ou à New York...
Danny ferma les yeux, comme peiné par tant de stupidité. Il secoua lentement la tête.
— Non, non, mon histoire n'a rien à voir. C'est complètement différent.
Clive savait qu'il allait se mordre les doigts d'avoir posé la question, mais la posa quand même :
— En quoi ?
— Eh bien, d'une part, c'est une comparaison avec les Romains. Tous ces Césars. Jules n'en était qu'un parmi tant d'autres...
— Comment, Jules aurait débarqué à Las Vegas ?
Danny émit un petit ricanement.
— Vous n'avez jamais entendu parler du Caesars Palace ? L'Ancien Monde et le Nouveau. Vous n'avez qu'à lire, vous comprendrez. Ce sont des mythes. Cet hôtel Bellagio, celui avec les fontaines devant, eh bien, c'est un mythe qui s'est emballé. J'ai fini encore une autre centaine de pages.
Des mythes...
— J'ai hâte de les lire.
D'une certaine manière, insensée, c'était vrai.

— Pour ce qui est des droits cinématographiques, je veux un droit de regard sur la distribution. Et sur le choix du réalisateur. C'est important. Lynch serait bien pour ça. Bon, peut-être Christopher Nolan. Pour me jouer moi, je vois bien Pacino, ou encore Ray Liotta. Joe Pesci, certainement pas. Mais le petit nouveau, là... C'est quoi, son nom, déjà ?

Danny mâchouillait furieusement, réfléchissant à qui l'incarnerait le mieux.

— Très bien, dit Clive en souriant. Alors, Danny, ce nom ?

Danny fit claquer ses doigts.

— Vince Vaughn !

— Pas l'acteur, Danny. Le détective.

— Le dé... Ah oui ! Vous avez de quoi écrire ? Waouh, un Montblanc, excusez du peu !

Clive, qui venait de sortir son stylo, lança à Danny un regard noir.

— Blasé Pascal. P-a-s-c-a-l. Téléphone...

L'espace d'un instant, Clive resta interdit. Puis :

— Minute. C'est un philosophe, ça.

— Quel philosophe ? demanda Danny en fronçant les sourcils.

— Blaise Pascal. C'était un philosophe. Vous avez entendu parler de son fameux pari...

— Il était à Vegas lui aussi ? Seigneur !

— C'est quoi, ce nom, un pseudonyme ?

Danny haussa les épaules, mâchant de plus belle.

— Qu'est-ce que j'en sais ? B-l-a-s-é P-a-s-c-al.

— Danny, d'où vous avez sorti ce prénom ? Pourquoi pas « Apathique » ou « Dégoûté Pascal » ?

— Qu'est-ce que vous voulez, j'y suis pour rien, moi ! Voilà son numéro.

Il regarda Clive le noter puis demanda :

— Comment vont Candy et Karl ? Ce sont des bons, non ?

— Je n'en sais rien. Mais ce qui est sûr, c'est qu'ils prennent leur boulot au sérieux. D'ailleurs, vous pourriez peut-être

m'expliquer une chose : pourquoi ces types insistent-ils tant pour connaître leur cible ? Ou leur proie, j'ignore comment vous appelez ça.
Danny haussa les épaules.
— C'est comme ça qu'ils opèrent.
Danny avait l'esprit ailleurs, il était entièrement concentré sur le sac de chez Dean & DeLuca, Vince Vaughn et ses cent pages. Clive poursuivit :
— Je ne me vois pas cherchant à connaître la personne qu'on m'a chargé d'abattre...
Danny rajusta son caban sur ses épaules.
— Moi non plus, mais on est pas tous pareils. Vous me donnerez des nouvelles là-dessus ?
Il indiqua le manuscrit.
— Rapidos, d'accord ?
Clive acquiesça.
Blasé Pascal !

26

Arthur Mordred mangeait une crêpe au citron quand Paul s'assit à sa table. Il avait failli le manquer à nouveau, bien que l'ayant déjà rencontré dans ce même café. Comment ce type s'y prenait-il ? Comment parvenait-il à se fondre dans le décor au point de s'évaporer, telle la vapeur de la machine à expressos ?

— Alors, Paul, on se retrouve.

— Une chose m'intrigue. Sammy dit que vous ne supportez pas le téléphone pour… euh… les conversations professionnelles.

— C'est vrai. C'est trop facile de vous mettre sur écoute. Je suis sûr que ma ligne l'est.

— Mais ce n'est pas plus dangereux de se rencontrer en public ?

— Non.

Paul attendit. Pas d'explication. Il soupira.

— Je voulais vous prévenir que Ned Isaly s'envole pour Pittsburgh demain.

Il consulta une page de son calepin.

— Il prend un vol d'American Airlines, le matin.

— Je sais. J'ai réservé une place sur le même vol.

Paul en resta bouche bée.

— Comment vous…

Arthur laissa échapper un soupir laborieux.

— Parce que je me trouvais dans son agence de voyage en même temps que lui. Vous m'avez bien demandé de le suivre, non ? Cela dit, je me demande quel genre de type a besoin d'une agence de voyages pour se rendre à Pittsburgh. Votre gars, il a vraiment la tête dans les nuages.
— Ne le perdez pas de vue, c'est tout.
Le menton posé sur une main, Arthur fit « Mmm... » comme s'il venait de goûter quelque chose d'épais et de sucré.
— J'aime Pittsburgh. Depuis toujours. Ma mère est née là-bas. La meilleure des femmes. Elle est morte, à présent. Que Dieu la garde !
Il enfourna une bouchée de crêpe.
— Chi vous êtes préché, che peux vous faire cha ficha...
Paul agita les mains comme s'il cherchait à dissiper une épaisse fumée entre eux.
— Eh là, mollo ! Vous ne vous souvenez pas de ce que je vous ai dit la dernière fois ? Ecoutez-moi bien : vous ne devez pas le tuer, vous devez empêcher que *d'autres* le tuent.
Arthur le dévisagea d'un regard vide un moment, puis ferma les yeux.
— Ah oui. Désolé. Je devais penser à quelqu'un d'autre.
Il découpa un nouveau morceau de crêpe avec le bord de sa fourchette.
Paul commençait à paniquer.
— Hé, une minute ! Vous voulez dire que vous avez oublié ? Vous avez *oublié* ce que vous êtes censé faire ?
Arthur tira une serviette en papier d'un présentoir en aluminium et se tapota la commissure des lèvres.
— Paul, vous vous excitez pour rien. Mais je suppose que c'est parce que vous êtes écrivain. Vous autres, les artistes, vous êtes toujours sur les nerfs.
Paul le foudroya du regard, puis chuchota :
— Comment puis-je être sûr que vous n'allez pas oublier à nouveau ? Nom de Dieu ! Si vous l'avez oublié une fois, vous pouvez...
— Parce que ça n'arrivera pas.

Arthur lui adressa un grand sourire.
— Je n'ai encore jamais perdu un client !
Il se mit à rire, content de lui.
Paul se rendit compte qu'à ce stade il était trop tard pour lui retirer l'affaire.
La chaleur blanche de Pittsburgh se levait, tel le soleil au-dessus de la ligne d'horizon.

27

Clive était assis derrière son bureau, les mains jointes devant son visage, attendant le dénommé Pascal. Il craignait d'être sur le point de démarrer quelque chose qu'il ne pourrait plus arrêter, comme un train fou. Correction : il avait déjà déclenché quelque chose. Il essayait à présent d'en ralentir la course.

La secrétaire de Pascal — il n'avait pas parlé à Pascal en personne — n'avait pas franchement paru très maligne, mais elle avait été parfaitement polie.

« Oui, m'sieur, j'allais vous proposer mardi à trois heures si c'est à votre convenance. »

Sa voix devenait encore plus nasillarde quand elle prononçait des expressions comme « à votre convenance ». Clive imagina une blonde avec des seins énormes et mous, contenus dans un haut avec un décolleté prononcé. Elle devait être du genre à mâcher du chewing-gum en faisant exploser des bulles.

Il secoua la tête pour remettre de l'ordre dans ses pensées. Etait-il devenu la victime de stéréotypes à cause du manuscrit débile de Dwight Staines ? *Dégage.* Si seulement M. Staines avait été aussi économe dans son texte que dans son titre. Ce dernier promettait un monde de brièveté, de concision, de prose sèche. Mais non, ce foutu texte s'étalait sur six cents pages (grâce à Dieu, il y en aurait moins dans la version imprimée), d'une prose encore plus... turgescente que jamais.

Dégage attendait toujours au même endroit sur son bureau. Clive n'était pas encore allé plus loin que la page soixante-quinze. Il allait probablement en sauter quelques centaines et trouver un détail vers le milieu à commenter et à modifier pour faire croire à Staines qu'il l'avait vraiment révisé. Il avait déjà oublié ce qui se passait dans les soixante-quinze pages qu'il avait lues. Il s'efforça de se concentrer. Il ne parvint qu'à se souvenir d'une femme dans un train — Blanche ? Belle ? –, et la seule raison pour laquelle il s'en souvenait était qu'elle l'avait frappé par son insignifiance.

Le problème, c'était que Dwight posait toujours des questions, « Que pensez-vous de ce personnage ? », « Et ce rebondissement dans l'intrigue, il vous a plu ? », « Vous avez aimé la scène où... ? », et ainsi de suite. C'était ce que Mercy Morganstein, l'ancienne directrice de collection de Dwight chez Quagmire, avait raconté à Clive tandis qu'elle gazouillait à propos de son chouchou. Elle changeait de maison d'édition. On avait du mal à croire que cette femme avait vraiment aimé ces romans. Ce qui l'avait tant ennuyée chez Quagmire, c'était de ne pas avoir pu travailler suffisamment avec « notre Dwight ».

« Mercy, lui avait demandé Clive. Vous n'avez jamais songé à essayer de convaincre Staines de vous suivre ? »

Non, cela ne lui était pas venu à l'esprit. Elle avait même paru offensée, comme si cela ne se faisait pas et que cette pratique était sournoise. Sournoise, sans doute, mais courante. Un directeur de collection devait être franchement idiot pour ne pas emporter dans ses bagages autant d'auteurs que possible. Cela se passait quasi systématiquement quand l'un d'eux changeait de maison. Les auteurs eux-mêmes encourageaient ce procédé quand ils avaient développé avec lui une relation étroite. Mais pas moyen d'en convaincre Mercy et, comme Staines avait probablement été au courant de son départ, c'était qu'il s'en fichait ou ne voulait pas d'elle. Ou, plutôt, il savait de quel côté beurrer sa tartine, car la réputation de Mackenzie-Haack était celle d'un éditeur « littéraire » alors que celle de

Quagmire était presque exclusivement commerciale. « Notre Dwight » semblait vouloir gravir un échelon. « Notre Dwight » se mettait le doigt dans l'œil s'il s'imaginait qu'un directeur plus littéraire pourrait transformer ses vessies de porc en sacs du soir en soie. Bah ! Dwight (Clive l'avait entendu dire) était occupé par l'une de ses tournées de conférences, ce qui le tiendrait éloigné des bureaux de Mackenzie-Haack pendant au moins trois semaines.

Pour Clive, ce prestige de l'édition n'était qu'un mirage à la con. Mais un mirage en lequel beaucoup voulaient voir à tout prix une vraie nappe d'eau scintillante. Tous ces responsables et secrétaires d'édition travaillant pour des salaires si bas qu'ils frôlaient l'esclavage n'aspiraient qu'à une seule chose : devenir des éditeurs à part entière. L'image qu'ils avaient tous à l'esprit était celle de Peter Genero avec ses chiens ou de Tom Kidd avec son génie. On ne pouvait la leur enlever de la tête. « Tu ne seras jamais Tom Kidd, disait-il à ceux qui formulaient ainsi leurs espoirs devant lui. Jamais. Tu seras comme nous tous. »

« Nous tous »... Depuis quand dévalorisait-il ainsi son travail ? La réponse était simple : depuis qu'il avait suivi Bob Mackenzie dans ce délire ridicule. Jusque-là, il n'avait pas beaucoup réfléchi à son métier.

La voix d'Amy :

— Blaïs Pascal est arrivé...

Dans la bouche d'Amy, le prénom rimait cette fois avec maïs. Clive lui demanda de le faire entrer.

Sauf que le « il » était un « elle ». Clive, qui se targuait d'avoir un sang-froid à toute épreuve, manqua de s'étrangler. Mlle Blaze Pascal (Danny Zito n'était pas vraiment le roi de l'orthographe) était une très belle femme rousse. D'un roux flamboyant, plus précisément. Il n'avait jamais rien vu d'aussi roux. Quand la lumière se posait sur cette chevelure, elle crachait des flammes.

Se ressaisissant, il se leva, lui serra la main puis lui indiqua un confortable fauteuil en cuir.

— Je vous prie de m'excuser, Danny ne m'avait pas dit que vous étiez une femme.
— Ça vous ennuie si je fume ?
Il lui fit signe que non. Elle ouvrit un étui en argent et lui proposa une cigarette. Il déclina l'offre mais saisit son briquet de table (souvenir nostalgique de l'époque où il fumait un paquet par jour) et l'alluma.
— Au fait…
Il hésita, se sentant légèrement idiot, mais sa curiosité était trop forte.
— D'où vient votre prénom ? Et comment ça se prononce ?
— Oh ? Blaze. Vous savez, comme le feu[1].
Elle tira sur une de ses mèches et haussa les sourcils.
— C'est le surnom qu'on m'a donné à l'école. Je n'ai jamais réussi à m'en débarrasser depuis.
— Je vois. C'est probablement parce qu'il vous va bien.
Elle ne l'écoutait pas. Elle était occupée à examiner la pièce.
— Quel bureau !
Son regard s'arrêtait sur chaque objet avec admiration, le vase chinois, la carafe à whisky en verre taillé (que Clive n'utilisait que pour les visiteurs, préférant le gin dans le dernier tiroir).
— Il bat de loin le mien. Chez moi, c'est cliché : Sam Spade, Philip Marlowe ; la piaule humide et glauque, avec la peinture beige qui s'écaille. Bizarrement, les clients aiment ça. On pourrait penser qu'ils seraient attirés par des signes extérieurs de réussite, des images tangibles, vous savez, comme l'agent immobilier qui roule en Jag. Un étalage de richesses, quoi. Mais non.
Elle approcha un cendrier.
— Une fois, j'ai installé un distributeur d'expressos, mais ça les déboussolait. J'étais quoi ? Un détective privé ou un franchisé Starbucks ? Non, dans ma partie, il faut coller aux stéréotypes. C'est déjà assez difficile d'être une femme dans ce métier, alors il vaut mieux ne pas afficher des goûts de jeune cadre dynamique. Cela dit, ça me fera du bien de bosser pour

---

1. *Blaze*, « incendie » en anglais. *(N.d.T.)*

une fois pour quelqu'un qui connaît la différence entre Prisunic et Baccarat.
Elle tapota d'un ongle le cendrier en cristal.
– En plus, ce sera mon dernier job. Je n'ai accepté que parce que Danny vous a recommandé. Il a dit que vous étiez un bon éditeur. J'ai lu son bouquin. Pas mal. La vie d'écrivain, ça a l'air d'être le rêve...
Il l'interrompit.
– Mademoiselle Pascal...
– Blaze.
Elle tendit à nouveau une mèche rousse avec un clin d'œil.
– ... vous n'envisagez pas d'écrire un livre, n'est-ce pas ?
– Qui ça, moi ?
Elle pressa ses mains sur son corsage en soie verte qui mettait ses seins en valeur.
– Vous plaisantez. Ça ne m'a jamais traversé l'esprit.
Clive se détendit légèrement.
– Toutefois, je suis très tatillonne sur le type d'affaires que j'accepte. Je ne fais pas les divorces. Je ne fais pas irruption dans des chambres d'hôtel miteuses avec un flash. Je ne prends pas de photos. Je ne m'occupe pas des histoires de cul. Je ne porte pas de micro sur moi...
Tandis qu'elle poursuivait sa liste, Clive la dévisageait, incrédule. Que se passait-il dans les bas-fonds de New York ? D'où sortaient-ils, ces tueurs haut de gamme qui ne pouvaient accepter un contrat sans tout savoir de leur victime ? Et ces détectives privés qui imposaient plus de restrictions que le comité d'adhésion à un club privé de SoHo ? Tout devenait si convenable ! Il espérait n'avoir jamais à engager un traqueur professionnel pour s'entendre dire : « Je ne fais pas les messages de menace ni les coups de téléphone à trois heures du mat' ; je ne vais pas dans les quartiers nord si la cible déménage, ce qui est généralement le cas ; je travaille exclusivement sur TriBeCa, le Village, SoHo et Chelsea. A la rigueur, j'accepterais peut-être de harceler la victime jusqu'à la 30e Rue, côté est uniquement, si c'est absolument nécessaire. »

Qu'arrivait-il à New York ?

— Ne vous inquiétez pas, il n'y a rien de tout ça dans l'affaire que je voudrais vous confier. Tout ce que vous aurez à faire, c'est suivre quelqu'un.

Devait-il la mettre au parfum au sujet de Candy et de Karl ? Il poussa le livre de Ned vers elle sur le bureau, le rabat de la jaquette visible.

Elle le saisit, regarda la photo.

— Un auteur ! Qu'est-ce qu'il a fait ?

— Rien.

— Vous voulez juste savoir où il va, ce qu'il fait ? Les écrivains sont d'un ennui mortel.

Elle souleva le livre.

— Je peux le garder ?

— Oui, bien sûr.

Clive était légèrement vexé.

— Je ne dirais pas que tous les auteurs sont si ennuyeux que ça. En tout cas, pas ceux qui ont du succès.

Pourquoi les défendait-il ?

— Je voulais juste dire que tout ce qui se passe, ça se passe là-dedans, expliqua-t-elle en tapotant sa tempe du bout d'un ongle rouge sang. Ça travaille tellement là-haut qu'ils n'ont plus d'énergie pour rien d'autre. Sauf peut-être pour aller au cinéma. C'est que je m'en suis déjà fait un, une fois. Ce type était tellement absorbé par ses pensées qu'il était capable de traverser la rue devant une flopée de taxis jaunes au moment où le feu passait au vert. Ou alors il restait prostré sur le trottoir, la bouche grande ouverte, sans bouger. Il prenait le métro, oubliait sa station — s'il en avait une —, puis descendait n'importe où et errait dans les rues. Il s'appelait Sam Devene.

Elle regarda Clive avec un sourcil légèrement arqué, au cas où il le connaîtrait.

— Vous est-il venu à l'esprit que votre ami Sam souffrait peut-être d'une maladie mentale sans rapport avec l'écriture ? Je ne pense pas que M. Isaly ait le même genre de problème avec la circulation et les stations de métro.

Pourquoi se donnait-il cette peine ?
— Tout ce que vous aurez à faire, c'est de prendre l'avion pour Pittsburgh demain matin...
— Pittsburgh ?

Elle bondit en avant sur son siège comme si on lui avait tiré dans le dos.

Clive ferma les yeux. Allait-elle lui annoncer qu'elle ne « faisait » que Manhattan (et certains quartiers uniquement) ?
— J'y ai habité quand j'étais mariée. Pas en ville même, mais à Sewickley. C'était si beau... Vous pensez qu'il ira à Sewickley ?
— Aucune idée. Il est né à Pittsburgh. Comme vous pouvez le lire sur la jaquette.

Il ne manquait plus que ça, un détective entreprenant un voyage dans le temps et revisitant son passé en compagnie de Ned Isaly... Peut-être que ni l'un ni l'autre ne reviendraient jamais, ce qui résoudrait son problème.
— Ned part pour Pittsburgh demain. Il y restera quelques jours, trois ou quatre tout au plus.
— Quel est le but de son voyage ?
— Il doit faire des recherches. Ecoutez, quelle importance ?
— Simple curiosité. Que dois-je surveiller au juste, puisque vous ne voulez pas savoir où il va ?
— Rien de particulier. Je suppose qu'il s'agira simplement d'une balade...

Il se mit à tripoter son coupe-papier.
— Je devrais peut-être vous prévenir : il est suivi.
— Quoi ? Donc, je suis censée filer son fileur ? Qui le suit ?

La voyant regarder son bureau, cherchant sans doute une autre jaquette avec la photo du suiveur, il déclara sur un ton acide :
— Désolé, je n'ai pas leur photo.
— « Leur » ? Ils sont plusieurs ?
— Oui.
— Laissez-moi comprendre... Ce que vous voulez, en fait, c'est un garde du corps ?

— On pourrait dire ça, en effet. Sauf que, dans ce cas, la personne que vous suivrez ne saura pas qu'elle est protégée.

Elle tendit les mains en avant, les paumes vers lui.

— Mettons une chose au clair tout de suite, je ne fais pas les exécutions. Ça, c'est pour les tueurs à gages, les types qui effectuent des contrats.

Clive sentit un frisson parcourir son échine.

— Non, vous ne serez là qu'à titre défensif. Mais il ne se passera rien de ce genre.

Il le dit avec plus de conviction qu'il n'en ressentait.

Elle sembla réfléchir à la question.

— OK. Mais ça vous coûtera le double de mes honoraires habituels. Et je veux une avance tout de suite.

Clive sortit son chéquier d'un tiroir. Il semblait injuste de ne pouvoir faire passer cette dépense en note de frais. Peut-être en jouant sur les mots. « Protection contre les incendies »… Oui, cela ferait très bien dans la colonne des frais. Il ricana intérieurement tout en rédigeant le chèque, puis le détacha.

— Cinq mille. Ça ira ?

Elle le prit, souffla dessus.

— Ça fera l'affaire. Il prend quel vol ?

Il sourit car il s'était débrouillé pour obtenir cette information. Il n'y avait pas tant de vols quotidiens pour Pittsburgh.

— American 204. Départ de Kennedy à neuf heures. Demain matin. On prend les billets sur le Net.

— Bien, j'y vais alors.

Elle se leva, le livre dans une main, son sac dans l'autre.

— Ravie de vous avoir rencontré. Naturellement, les frais sont en sus. Hôtels, repas, etc.

Clive hocha la tête, se leva et la raccompagna jusqu'à la porte de son bureau.

— Amusez-vous bien à Pittsburgh.

Il fourra une liasse de feuillets de *Dégage* dans son attaché-case, se disant qu'il irait d'abord au Cirque, son restaurant habituel, puis rentrerait chez lui pour les lire. Son appartement se trouvait sur Sutton Place. Il en était locataire au moment où il avait été mis en vente, et l'avait alors acheté, à un prix nettement inférieur à ce qui était proposé à monsieur Tout-le-monde.

Si Candy et Karl vouaient éliminer Ned, le suivre hors de New York devrait leur offrir l'occasion rêvée, non ? Ned serait seul, sans ami, moins sûr de lui-même et de son environnement. Peut-être aussi désorienté que Sam, le petit ami de Pascal.

Clive referma sa mallette et se tourna vers la fenêtre, derrière laquelle Manhattan s'assombrissait. Au même moment, les lumières du Chrysler Building s'allumèrent, puis celles de l'Empire State et du MetLife. Quel triangle de lumière ! Aucune autre ville au monde n'avait une telle configuration lumineuse. Pas Londres. Pas même Paris.

Et certainement pas Pittsburgh.

28

Saul était assis dans son salon, dans la bergère que son arrière-grand-père avait rapportée de Paris. Plus précisément, ce fauteuil venait de la maison d'un bon ami qui avait habité dans le Marais. Depuis tout ce temps, il n'avait jamais été retapissé. Sans doute parce que sa famille, son grand-père, puis son père, ne l'avait jamais beaucoup utilisé, par respect pour le vieil ami. Ils avaient voulu le conserver tel quel. Il était recouvert d'une tapisserie au fond or pâle sur lequel des oiseaux fabuleux, bleus et verts, déployaient leurs ailes.

Saul connaissait la provenance du moindre meuble dans la pièce : la table peinte à la main et ayant appartenu à sa grand-tante Laura, le secrétaire que son grand-père avait placé près de la fenêtre pour pouvoir y faire son courrier et sa comptabilité. Saul l'utilisait aussi pour écrire. Toutefois, il l'avait tourné, de sorte qu'il faisait face à la fenêtre plutôt qu'au salon. Il aimait regarder au-dehors et observer les passants : les filles au pair et les nurses poussant des landaus, les joggeurs, les cyclistes, les vieillards voûtés sur leur canne. Leurs mouvements ne le déconcentraient pas. Il les voyait, mais son esprit ne les enregistrait pas comme des entités séparées : ils semblaient ne faire qu'un avec ce qu'il écrivait, même s'ils n'apparaissaient pas dans son texte.

Il écrivait sur ce secrétaire tous les matins et certains après-midi, en dépit des allégations de Jamie selon lesquelles il avait

« pris sa retraite ». Cela le vexait mais, d'un autre côté, il devait se rappeler que cela venait de Jamie, plus prolifique qu'une lapine, avec deux, parfois trois romans par an, année après année.

Il lisait tous ses livres. Il ne pouvait imaginer ne pas le faire ; c'était une amie. Et il était ravi d'y trouver de vrais élans de littérature même si aucun, considéré dans son ensemble, n'était vraiment bien écrit. Il ne voyait pas comment il pourrait en être autrement, compte tenu des lourdes contraintes imposées par les différents genres avec lesquels elle devait composer. Il aurait aimé lui en parler mais qui était-il, avec son problème monumental et sa production minimale, lui qui n'arrivait jamais au bout d'un roman, pour donner des conseils à une femme qui franchissait la ligne d'arrivée deux fois par an ?

Se levant pour aller chercher son étui à cigarettes, il s'approcha du secrétaire et baissa les yeux vers son manuscrit, aux pages soigneusement empilées près d'une vieille machine à écrire Olivetti. A l'étage au-dessus, dans une petite pièce adjacente à sa chambre à coucher, se trouvait l'ordinateur dans lequel il entrait la version finale. Quand il y en avait une. Ce texte-ci semblait ne jamais devoir parvenir jusque-là.

Tout au fond des tiroirs d'une commode se trouvaient d'autres manuscrits, chacun présentant un défaut rédhibitoire (selon Saul). Avec ses amis, il restait vague sur ce sujet.

Il regarda les pages dactylographiées devant lui, lestées par un sulfure bleu cobalt de Murano acheté à Venise. Il aimait sa couleur et sa forme ovoïde. L'objet retenait la feuille du dessus qui, autrement, aurait pu s'envoler dans le courant d'air filtrant par la fenêtre. La pile montait, ce qui était réconfortant. Elle devait faire entre cinq et sept centimètres de hauteur à présent. Il n'y aurait plus qu'un autre chapitre. Peut-être long mais plus probablement court. Il n'aurait pu dire comment il le savait alors qu'il ignorait encore la substance dudit chapitre. Mais il connaissait sa nature, sa philosophie. Il ignorait simplement sa forme en mots. Il était possible que la fin s'éclaircisse au cours de ce chapitre. La fin, croyait-il, était toujours là, dès l'écriture du premier chapitre. Mais quelque chose en lui l'empêchait de la voir.

Il saisit la dernière page et la lut :

La place était déserte, hormis les deux chats qui se glissaient furtivement au pied de la fontaine. La femme sortit de la brume et s'avança sur les pavés auxquels le clair de lune prêtait un aspect mouillé. Elle ne se pressait pas. Ses pas étaient lents malgré l'heure solitaire de la nuit. Elle était vêtue de noir et de blanc, écho des deux chats, l'un noir, l'autre blanc, comme si un photographe avait disposé les félins et le modèle de sorte à créer une vue théâtrale de la Sérénissime. La lune vénitienne projetait des ombres mouvantes telles des vaguelettes, si bien que la femme, avançant lentement, semblait marcher dans une rivière de lumière, une aqua alta *lumineuse. Mais où allait-elle donc ? Elle se posait la question. Et pourquoi ?...*

Et pourquoi ? Pourquoi ? Saul secoua la tête, reposa la feuille sur la pile puis remit le presse-papiers en place. Quelle épreuve ! La forme qu'il avait donnée à l'ensemble de son récit était éprouvante, ardue. Son mouvement allait à rebours, de la fin au début, ou, du moins, il avait commencé par ce qu'on supposerait être la fin. Le personnage qui avait atterri dans cette ville ambiguë par excellence, Venise, incertain quant à sa destination, avait commencé, ou plutôt avait paru au début être une femme aux pieds bien sur terre, enracinée dans une vie de province, avec un mari, des enfants. Il s'était produit un renversement.

Il regarda par la fenêtre, se servit un brandy. La bouteille se trouvait sur le secrétaire. Il songea à Ned, se demandant, une fois de plus, comment leurs relations communes pouvaient lui attribuer, à lui, Saul, des qualités qui étaient nettement plus celles de son ami. Le repli sur soi, la vulnérabilité, la confiance, le dédain presque naïf des critiques — tout ceci était des vertus de Ned (car Saul les considérait comme telles). Non, ce n'était pas lui qui occupait la chambre la plus haute dans la tour d'ivoire, mais Ned. Naturellement, s'il le lui disait, Ned lui répliquerait qu'il était cinglé.

Puis il y avait cette affaire louche dans sa maison d'édition. Il s'interrogea sur la conversation que Sally avait surprise. Il y avait probablement une dizaine d'explications possibles. Mais Saul savait à quel point Bobby Mackenzie était impitoyable. Il était prêt à tout pour obtenir un livre ou un auteur. C'était la raison pour laquelle il avait refusé de rejoindre Mackenzie-Haack, même si son agent d'alors l'y avait fortement encouragé :

« C'est une des meilleures maisons, parmi les plus littéraires, les plus prestigieuses. Ce n'est pas qu'une question d'argent.

— Vous êtes agent, ce sont des éditeurs. C'est toujours une question d'argent. »

Avait-elle seulement senti le coup de bec ? Probablement pas. Les agents ne semblaient pas entendre les reproches quand ils s'adressaient à eux. Elle avait continué d'insister pour qu'il entre chez Mackenzie-Haack, jusqu'à ce qu'il la laisse tomber.

Il retourna s'asseoir dans la bergère. Il sortit un paquet de cigarettes froissé de sa poche, se souvint qu'il avait fumé la dernière et prit l'étui à cigarettes. Il ne s'en servait jamais. Les cigarettes qu'il renfermait devaient être sèches. Il y avait plusieurs objets dans ce salon qu'il n'aurait jamais choisis lui-même, comme le pare-feu brodé, mais il conservait tout à la même place, tel que sa mère l'avait laissé avant lui, pour la même raison sans doute car il l'entendait encore le gronder, chaque fois qu'il saisissait un bibelot et le reposait ailleurs : « C'est le coussin de tante Livvy, alors remets-le dans son fauteuil, s'il te plaît, mon chéri. »

Le souvenir de sa mère disparue le fit tiquer. Attention, danger, se dit-il, avant de se souvenir que c'était le titre du dernier roman de Paul Giverney. Il l'avait vu ce matin-là sur la 10ᵉ Rue, quand il avait fait un saut chez Barnes & Noble, près du square. Tant mieux pour lui. L'argent et la gloire. Il se demanda à quel point le manque d'argent façonnait l'œuvre d'un écrivain, la qualité de ses livres. Il y avait forcément un rapport de cause à effet. Il avait de la chance de ne manquer de rien. D'un autre côté, on pouvait également supposer que, sans sa fortune personnelle, il aurait été contraint de finir son roman.

Attention, danger. Il songea à Pittsburgh. Il décrocha le téléphone près de son coude, reposa le combiné. Il traversa la pièce jusqu'à la bibliothèque et en sortit un guide de la Pennsylvanie. (Il voyageait rarement mais possédait des guides de partout.) Il parcourut la liste des hébergements disponibles à Pittsburgh et trouva le Hilton, qu'il appela. Oui, un M. Isaly était attendu le lendemain, voulait-il lui laisser un message ? Non, pas de message. Il raccrocha. En lisant la description de l'hôtel, il ne fut pas surpris du choix de Ned. Il était situé à l'intersection des deux fleuves de la ville.

Il emporta le guide dans sa bergère, faisant une halte pour se servir un autre petit brandy. Il s'assit et réfléchit aux deux « déménageurs », comme il les appelait désormais. Pourquoi n'arrêtaient-ils pas d'apparaître ?

Seraient-ils également à Pittsburgh ?

Il regarda le guide, retrouva le numéro, rappela le Hilton et réserva une chambre.

Comme la femme de son histoire, Saul ne savait pas précisément où il allait. Ni pourquoi.

Pittsburgh

29

Enfant, il avait connu un hiver sans neige, au cours duquel il avait rêvé tout le temps de neige — jour et nuit. Il se revoyait accroupi sur la banquette devant la fenêtre du salon, regardant une colline dont la pente possédait l'angle parfait pour être dévalée sur une luge ou un de ces couvercles de poubelle en aluminium sur lesquels on pouvait glisser en tournoyant, ou encore assis dans un vieux pneu en caoutchouc. Il imaginait la fine couche de neige glacée craquant à la moindre pression. Il ne se souvenait pas de la maison aussi bien que de la colline et des marches qui menaient au porche. Il y en avait un peu plus que pour la maison de droite et un peu moins qu'à celle de gauche, car les maisons se suivaient le long du versant. Pittsburgh était une ville de collines. La neige s'accumulait sur ces marches, émoussant leurs arêtes tranchantes. Il se réveillait de bonne heure alors que le soleil commençait tout juste à poindre, projetant une lumière froide et bleutée sur le tapis blanc. Il regardait par la fenêtre de sa chambre, juste au-dessus du porche. De là, il pouvait mieux voir les marches, l'onctuosité alléchante des monticules qu'il serait le premier à escalader.

Souvent, tandis qu'il était assis là, une voix sortait des ténèbres derrière lui, celle de sa mère : « Qu'est-ce que tu fais, Ned ? »

La seule réponse possible si vous ne vouliez pas que les images dans votre tête soient balayées par les mots était « Rien ». Mais si vous répondiez « De la luge », elle était immédiatement là, disant : « Mais comment peux-tu, il n'y a pas de neige ! » C'était déjà assez difficile de faire de la luge dans sa tête sans qu'on vienne vous dire que ce n'était pas possible. C'était lui. C'était l'hiver.

Tout cela se déroulait dans l'esprit de Ned tandis qu'il attendait un taxi sur l'île de béton de l'aéroport international de Pittsburgh. Il était tellement absorbé par son rêve de neige qu'il ne remarqua pas les deux hommes derrière lui, qui auraient pourtant dû lui paraître familiers.

— Bordel ! La température a dû chuter de dix degrés depuis qu'on poireaute ici, dit Karl.
— Où sont ces putains de taxis ? A Kennedy, il y en a des centaines qui attendent en file indienne...
— On est pas à New York. Pittsburgh est une petite ville. Philadelphie est au moins trois ou quatre fois plus grande.
— Philadelphie ? J'aurais jamais cru.
Candy lui lança un regard impressionné, avant de poursuivre :
— Tu m'en bouches un coin, K. Tu t'es rencardé ?
— Non, c'est juste des trucs qu'on retient... Voilà enfin un taxi, c'est pas trop tôt ! Hé ! Hé ! Non mais t'as vu ça ? Cette pouffiasse vient de nous piquer notre taxi !
Tandis que la voiture redémarrait, la dame en question leur adressa un petit sourire accompagné d'un haussement d'épaules. Candy et Karl donnèrent un coup dans la carrosserie qui passait.
Le taxi suivant fut pris d'assaut avant même qu'ils aient eu le temps de comprendre que c'était leur tour.
— Non mais j'hallucine ! T'as vu ce type qui vient de nous passer devant ?
— Quel type ?

Sally s'en fichait. Ce n'était pas ces deux types qui allaient l'impressionner. A New York, ils l'auraient sans doute abattue sur place. Mais où les avait-elle déjà vus ?

Le taxi noir et blanc derrière le sien arriva à leur hauteur et les doubla. Quand son chauffeur lui demanda où elle voulait aller, elle répondit :
— Suivez ce taxi, là, devant.
— Que je suive ce taxi ?

Il essayait de croiser son regard dans le rétroviseur, semblant chercher la preuve que les intentions de sa cliente à l'égard du taxi noir et blanc étaient honorables.
— C'est ce que je viens de dire, non ? C'est mon ami, on s'est perdus de vue à l'aéroport.

Pourquoi se sentait-elle obligée de se justifier devant un chauffeur de taxi ?

Le chauffeur cherchait toujours son regard.
— Votre ami ?

Sally eut envie de lui taper sur le crâne avec son fourre-tout. Au moins, il suivait l'autre taxi pendant qu'il essayait de lui extirper l'histoire de sa relation avec l'inconnu dans l'autre voiture.
— Mon fiancé.

Le chauffeur éclata de rire.
— Il vous a plantée là sur le trottoir ? Dites donc, vous êtes sûre de vouloir l'épouser ? Je parie que vous vous êtes disputés dans l'avion. Je suis sûr que lui et vous...

Et ainsi de suite...

Est-ce que tout le monde sur cette foutue planète se prenait pour un romancier ?

Quand le taxi suivant s'arrêta devant eux, Candy déplaça délicatement une vieille dame qui se trouvait sur son chemin, s'excusa en prétextant une urgence, et les deux hommes grimpèrent à bord.
— Au Pittsburgh Hilton.

Ils avaient trouvé tout de suite, dès qu'ils s'étaient mis à téléphoner aux hôtels. Ce n'était pas une pure coïncidence. Candy et Karl se basaient sur la supposition que tout le monde choisirait l'hôtel qu'ils auraient choisi eux-mêmes.

Vingt minutes plus tard, un autre vol direct en provenance de New York atterrit à Pittsburgh.

Tandis qu'il attendait un taxi, Clive se demanda si Ned Isaly le reconnaîtrait, au cas où il l'apercevrait. Quand Ned venait dans les bureaux de Mackenzie-Haack, il allait voir Tom Kidd et personne d'autre. Le seul contact que Clive avait avec lui avait lieu quand ils se croisaient dans le couloir et, distrait comme l'était Ned, il était peu probable que le vague sourire ou hochement de tête qu'il lui adressait soit le signe qu'il l'avait reconnu. Et puis qu'est-ce que ça pouvait faire ? Ils se trouvaient tous les deux à Pittsburgh au même moment, et alors ?

Clive n'avait tout simplement pas l'habitude de suivre des gens.

Quand il se présenta à la réception de l'hôtel, il balaya le hall du regard, cherchant Pascal. Aucun signe d'elle. Il n'y avait qu'un couple assis dans une section réservée au petit déjeuner du matin, et une blonde en train de lire le journal. Comment y arrivait-elle, avec ses lunettes noires ?

Le réceptionniste lui rendit sa carte de crédit accompagnée d'une carte-clef. Clive refusa l'aide du porteur, n'ayant qu'un petit sac. Il se dirigea vers les ascenseurs. Deux d'entre eux s'ouvrirent simultanément. Il s'apprêtait à monter dans l'un quand il vit Ned sortir de l'autre. Ce dernier ne le remarqua pas. Clive supposa qu'il errait dans une sorte de transe de l'écrivain. Il le suivit du regard, comprit qu'il allait au bar. Il avait donc le temps de déposer son bagage et de faire un brin de toilette. Au moment où il poussait le bouton de l'étage, il vit une femme franchir la porte vitrée de l'hôtel.

C'était Pascal.

Tout d'abord, il ne la reconnut pas. C'était à cause de ses cheveux. Ils étaient tirés en arrière et noués en chignon. Il présuma que c'était pour mieux filer Ned. Libre, son abondante chevelure aurait attiré l'attention. Elle était également moins maquillée, ayant moins forcé sur l'ombre à paupières. Troublant, cette façon dont les femmes pouvaient se créer une nouvelle image rien qu'avec une brosse à cheveux et... Oh ! Bon Dieu ! Ce type avec des santiags et une barbe en train de franchir la porte automatique ! Clive plongea en arrière dans l'ascenseur au moment où les portes se refermaient. Dwight Staines... Que faisait-il ici ?

Quand Ned se faufila entre les tables, mettant le cap vers le bar, Sally laissa tomber le *Pittsburgh Press* sur le sol. En se penchant pour le ramasser, elle se cogna la tête contre le coin de la table basse. Ned était passé tout près mais ne l'avait pas vue. Elle tira un peu sur sa perruque blonde pour vérifier qu'elle n'avait pas glissé.
  En se redressant, elle entr'aperçut un homme entrant dans un des ascenseurs. Non, elle devait se tromper, car pourquoi Clive Esterhaus serait-il à Pittsburgh ?

Ned était monté dans sa chambre, s'était débarrassé de son sac marin, puis était redescendu prendre une tasse de café avant de partir faire un tour d'inspection de la ville. Il n'était pas revenu à Pittsburgh depuis le lycée, l'année avant qu'ils emménagent à Scranton.
  Scranton n'était qu'un flou sépia dans sa mémoire, mais son passé à Pittsburgh, comme gravé dans son esprit, était clair et précis. Il se souvenait de *downtown*, de ces quelques pâtés de maisons qui avaient semblé particulièrement lumineux, avec les cinémas, les grands magasins. Horne's, Kaufmann's. Il fut surpris de découvrir Horne's entièrement tapissé de planches. On aurait dit un squat, un refuge délabré pour drogués au stade terminal. Rien ne correspondait à ce dont il se souvenait ; la plupart des bâtiments semblaient condamnés, ou plutôt,

supposa-t-il, *downtown* avait déménagé. On l'avait décentralisé et une partie constituait la nouvelle zone joliment construite baptisée The Point. Ce triangle d'or dont Pittsburgh était si fière. A juste titre, pensa-t-il. C'était une ville qui s'était réinventée.

Ils marchaient depuis plus d'une heure quand Candy s'exclama :

— Bordel ! Mais ce type ne bouffe jamais ou quoi ?

Tout ce qu'il avait eu en guise de petit déjeuner et de déjeuner était un misérable bagel tartiné d'un fromage prétendument frais.

— T'en fais pas, même s'il ne mange pas, on peut toujours acheter quelque chose à emporter quelque part...

— Je n'aime pas manger en marchant.

— Tiens, la revoilà, dit Karl.

Il avait d'abord attiré l'attention de Candy sur la rousse parce qu'il soupçonnait que sous son trench-coat difforme elle cachait un corps de déesse. Puis ils avaient constaté que la déesse les accompagnait partout, marchant parfois derrière, parfois devant.

— Elle est douée, reconnut Candy.

S'ils n'avaient tous les deux été encore plus doués, ils ne l'auraient sans doute pas repérée.

— Il y a autre chose... Tu vois ce type qui passe là, dans le taxi ? Eh bien, ça fait deux fois. Je n'ai pas pu bien le mater, mais il y a un je ne sais quoi chez lui qui me dit quelque chose. Pourquoi est-ce qu'il tourne en rond comme ça ?

Saul décida que prendre un taxi avait été une mauvaise idée et qu'il ferait mieux de se louer une voiture. Ces chauffeurs étaient trop rigides, ils rouspétaient sans cesse quand on leur demandait de s'arrêter, de redémarrer, de tourner en rond.

Il avait vu les deux hommes sur le trottoir le dévisager, les deux mêmes gars qui étaient apparus dans le square, puis chez

Swill's — Paulie et Larry quelque chose ? Les gars qui s'étaient assis à la table qu'il occupait avec Ned. Avaient-ils dit qu'ils étaient de Pittsburgh ? Ils en avaient parlé sauf qu'il ne les avait pas écoutés, trop absorbé qu'il était par son propre bouquin (dont il avait apporté avec lui les cinquante dernières pages, comme Ned le faisait toujours, car on ne sait jamais quand l'inspiration va vous prendre, n'est-ce pas ?).

Comme cela lui arrivait souvent, il s'interrogea sur les convergences, les confluences, ces rencontres soudaines d'entités que l'on n'aurait jamais songé à associer. Les fleuves, par exemple : le Monongahela et l'Alleghany.

Tout aurait été plus simple s'il avait su ce qu'il cherchait. Il l'ignorait. C'était juste une impression sourde que quelque chose clochait, dérapait, menaçait de mal tourner.

Le taxi passa devant une immense enseigne arborant les logos de Porsche, Mercedes et BMW. Ned arrivait en sens inverse. Il était presque dix-huit heures. Saul demanda au chauffeur de l'arrêter devant le concessionnaire Porsche.

30

Ned traversa la rue pour aller voir le fleuve. Il était large et gris, pas particulièrement joli, mais il croyait se souvenir de s'être tenu le long de ses berges quelque part en pleine ville. Il se revoyait penché par-dessus un parapet, peut-être hissé et déposé dessus par son père. Il fantasmait peut-être. Il n'était pas sûr que cela se soit passé, mais ce n'était pas impossible. Là-bas, sur la rive nord, il lui semblait qu'une de ses tantes avait vécu, plus pauvre que le reste de la famille. Il n'était pas certain de l'existence de cette tante ; il ne la voyait pas dans ses souvenirs, ni son visage, ni sa voix, ni ses attitudes.

Sally passa devant lui. Elle trouvait qu'elle commençait à être super-bonne en filature. L'astuce, ou l'une d'elles, était de ne pas se laisser surprendre, de ne pas modifier son pas parce que la personne que vous suiviez en changeait. C'était un bon entraînement, pour elle qui avait passé le plus clair de sa vie à être surprise. Les gens pouvaient la faire sursauter pour un oui ou pour un non sans même le vouloir. Si bien qu'elle passa d'un pas résolu devant Ned, regardant droit devant elle, les boucles de sa perruque blonde rebondissant. Un peu plus loin, elle s'arrêterait, sortirait son poudrier et vérifierait dans le miroir s'il s'était remis à marcher.

— Tu le trouves beau, toi ? Moi pas, dit Candy. Pour un fleuve, je le trouve même carrément moche. Il est toujours planté là-bas, l'autre ?
— Il n'a pas bougé d'un poil. Il doit être pris au piège d'un rêve d'enfance.
Candy fit la grimace.
— Depuis que tu as commencé à lire ce bouquin, tu nous sors de ces phrases ! Qu'est-ce qu'il regarde ?
— L'autre côté du fleuve, on dirait.
— J'espère qu'il n'envisage pas d'y aller. Cela dit, c'est pas mal comme ville, non ? Y a des choses à voir. Comme le stade, là-bas...
— Comparé à New York, c'est pas grand-chose.
— Bien sûr, si tu compares avec New York, aucune ville ne fait le poids !
Candy fixa les eaux sombres.
— Sauf Paris, peut-être. Ou Rome.
Mais, à son ton dédaigneux, il était clair que Paris ne pouvait rivaliser avec Manhattan. Pas plus que Rome.
Ils restèrent là en silence, à contempler l'autre rive.
Karl sortit le guide de sa poche, tourna quelques pages, se mit à lire :
— « Le Heinz Field a remplacé le stade des Trois-Rivières, ainsi baptisé car situé à la confluence de trois cours d'eau, détruit il y a quelques années... »
— Pourquoi ?
— Va savoir.
— C'est nul.
— Celui qui se trouvait là avant s'appelait Forbes Fields. Ils l'ont démoli, lui aussi.
— Alors, quand ils ont rien de mieux à faire, les gars du coin détruisent leurs stades ? Bordel, dans ce Forbes Field, Willie Mays a frappé une balle en flèche comme personne n'en avait encore jamais vu ! Et comment s'appelait ce gars génial qui

jouait chez les Pirates ? J'étais même pas encore né. Clemente ? Oui, c'est ça, Roger... non, Roberto Clemente. Et Sandy Koufax ? Il a assuré une série parfaite, battant tous les records. Tu te souviens de Sandy Koufax ? On était mômes, mais tu t'en souviens, non ?

— Tout le monde se souvient de Sandy Koufax, même ceux qui ne le savent pas. On avait quel âge ? Six... sept ans ? Mais il jouait chez les Dodgers, pas chez les Pirates.

— J'ai pas dit qu'il était un Pirate. Mais les Dodgers ont joué ici. Les Pirates étaient bons, super-bons. Ils ont tous joué ici. Koufax a lancé là-dedans.

Candy indiqua du menton le stade qui n'existait plus depuis longtemps.

— Jack Robinson y a couru. Stan Musial...

Candy s'interrompit, secoua la tête tristement.

— Si tu es fan de base-ball, il y a de quoi te faire monter les larmes aux yeux.

Karl remit le livre dans sa poche.

— La vache ! Tu te souviens de tout ça ? Quelle mémoire !

— Ouais ben... tu sais ce que c'est. Tu te souviens plus, puis tu oublies, carrément.

Les deux hommes tournèrent la tête vers l'endroit où Ned se tenait toujours.

— Je me demande ce qui l'a amené ici...

— Il est d'ici. C'est écrit dans mon bouquin. L'autre aussi, le plus vieux.

— Le mien, Givenchy ?

— Giverney. Tu ne pourras donc jamais te souvenir de son nom exact ? Givenchy... c'est une eau minérale française.

Candy fronça les sourcils.

— Tu en es sûr ? On ne boit que de la San Pellegrino.

Karl lui lança un regard noir.

— Puisque je te dis que c'est de l'eau. Quoi qu'il en soit, nos deux gars sont d'ici. C'est peut-être ça, l'explication. Peut-être que Ned a fait une crasse à Paul Giverney dans la cour de récré et que Paul ne s'en est jamais remis. Je m'en veux de ne pas

avoir mieux enquêté sur leur passé. J'aurais dû me rencarder sur les écoles qu'ils avaient fréquentées, tu sais, ce genre de détails.
— Ouais, mais tu n'es même pas sûr qu'ils étaient dans la même école.
— Ce n'est pas ce que je viens de dire ? Non, j'en sais rien, c'était une supposition.
— Tu crois vraiment qu'un homme de son âge en voudrait encore à quelqu'un pour une vacherie datant de l'école ? Bon sang, faudrait vraiment qu'il soit resté infantile.
Candy avait mal au dos, comme toujours quand il marchait beaucoup. Il se tourna pour s'adosser au mur en pierre. Un groupe de gamins noirs passèrent à vive allure sur des skateboards, les bras déployés. Il faisait froid et ils ne portaient même pas de vestes. Candy se rappela que quand il était jeune il n'aimait pas les manteaux. Il fit un signe de tête vers la rue où quelques voitures, comme les gamins, semblaient flotter dans la brume exhalée par le fleuve.
— Ce taxi attend là-bas depuis qu'on est ici.
Karl se tourna à son tour.
— Tu peux voir qui est dedans ?
Candy plissa les yeux.
— Non, je vois juste que c'est un homme.
Karl regarda plus loin dans la rue, dans la direction opposée à celle de Ned, et se mit à rire.
— Tu le croiras pas, les gamins ont failli renverser ce bon vieux Clive ! Il se cache là-bas. J'aimerais bien savoir ce qu'il fiche ici.
Candy observa à son tour.
— Quel foutoir, cette mission !
Puis, regardant de l'autre côté vers l'endroit où Ned se tenait, ou plutôt s'était tenu :
— Hé, notre gibier se déplace !
Karl se mit à rire.
— « Notre gibier »... J'en connais un qui devrait arrêter de lire des romans d'espionnage !

— ... vrai envol, pas vrai ? Littéraire, grand public, appelez-le comme vous voudrez. Mais comme ce sera littéraire, euh... Tom Kidd pourrait peut-être se charger de moi...

Clive regardait Candy et Karl sur le trottoir tout en se frottant le tibia, là où le skateboard l'avait heurté.

— Non, Dwight. Il ne vous prendra pas. Faites une croix sur Tom Kidd.

— Je ne dis pas que vous n'êtes pas un excellent directeur littéraire, Clive. Loin de moi une telle pensée... Bon, allez, je vous laisse, ce coup-là, faut vraiment que j'y aille...

Dwight fit rugir sa moto de location.

Clive vit Candy et Karl se remettre en marche. De l'autre côté de la rue, Pascal entra dans la boutique devant laquelle elle s'était tenue jusque-là. Il ne pouvait pas voir Ned, il était trop loin.

— Où a lieu votre séance de dédicaces ?

— Chez un libraire indépendant, pas une de vos grosses chaînes. Il est sur...

Dwight sortit une carte dépliable de Pittsburgh de sa poche arrière et l'examina.

— Sur la 5ᵉ Rue.

— Pourquoi ils ne vous ont pas loué une voiture avec chauffeur ?

Dwight fit un geste nonchalant de la main.

— Bah ! Vous me connaissez, Clive. Je suis un petit gars tout simple.

Il fit à nouveau rugir son moteur.

Si tel était le cas, sa « simplicité » était un ramassis de clichés, de banalités, de blabla et de néologismes. Clive demanda, tout à trac :

— Qui est Blanche ?

Dwight cessa de jouer avec l'accélérateur et le regarda, perplexe.

— Qui ça ?

— Blanche. La femme dans... oh, laissez tomber.

Il tenta un petit rire nerveux, un peu poussif parce qu'il avait failli être sincère (fait rarissime quand on avait affaire à un de ses auteurs) et exprimer le fond de sa pensée : « Vous savez, cette nunuche, dans votre dernière logorrhée. Blanche, la petite pétasse insignifiante qui est assise dans le train et essaie de penser... »

Il avait vraiment été à deux doigts de lui dire tout ça, avant de se souvenir que débaucher Dwight Staines de chez Queeg & Hyde avait été l'un des coups bas les plus sournois réalisés par Bobby. Chaque jour, le monde de l'édition voyait tant de ces fameux coups tordus qu'un éditeur (était-ce Dreck ?) en était arrivé un jour à racheter un de ses propres auteurs ! Il se demanda pourquoi ces quelques secondes avant qu'il ne sombre à nouveau dans les bobards politiquement corrects avaient été si libératrices. Jubilatoires. Il ressentit un désir ardent de retrouver ces quelques secondes, comme une nostalgie. Il ne comprenait pas ; il n'était pourtant pas sentimental. Il déclara plutôt :

— Bon, bonne séance de signatures, Dwight.

— Merci. Vous lisez bien *Dégage*, hein ? Celui-là, il est vachement complexe. Je pourrais vous le résumer vite fait...

(C'est ça, et je me torcherais le cul avec !)

— ... mais faut vraiment que j'file. A la revoyure !

Clive n'avait plus entendu cette expression depuis que son père s'était retourné sur le pas de la porte d'entrée et l'avait lancée à sa mère avant de disparaître définitivement de leurs vies. D'où ce type sortait-il, pour utiliser des formules pareilles ? Ah, mais si, Clive le savait. C'était un petit gars tout simple. Chez ces gens-là, tout le monde s'envoyait des « à la revoyure ».

Dwight Staines s'envola vers l'autre côté de la rue, *vroum, vroum*, sur son bolide noir, manqua de percuter le trottoir et d'aplatir contre le mur Pascal, qui ressortait de la boutique. Elle se plia en deux et, tel un personnage d'un film de John Woo, leva les bras et les mains dans un mouvement fulgurant. L'espace d'un instant palpitant (presque aussi excitant que ce quasi-moment d'honnêteté, une minute plus tôt), Clive crut qu'elle allait arracher Dwight à sa moto et l'expédier sur la chaussée. Il n'en fut rien, naturellement ; sa réaction n'avait dû être qu'un réflexe. De l'autre côté de la rue, Dwight s'était arrêté, probablement pour s'excuser d'être l'un des auteurs les plus populaires au monde et l'inviter à sa séance de dédicaces. Quel monde !

Il repartit en trombe.

Un bus passa et s'arrêta, deux pâtés de maisons plus loin. Clive vit Candy et Karl monter à bord. Il héla un taxi.

Ned s'arrêta dans Schenley Park pour regarder un groupe de jeunes garçons en train de jouer au kickball. Aujourd'hui, on appellerait sans doute ça du football, mais de son temps c'était du kickball, un panaché de soccer et de base-ball. Il avait dû y jouer. Il resongea à ce long hiver, au ciel d'ardoise, opaque et impénétrable, aux flaques d'eau recouvertes d'une pellicule de glace, aux vitres givrées... Quelle année était-ce ? Était-ce seulement ici ?

Ils étaient assis sur un banc, sous un chêne immense.

— Purée ! se lamenta Candy. Je n'ai jamais vu un type passer autant de temps à ne rien faire d'autre qu'à regarder autour de lui...

— Je ne te le fais pas dire ! Mais qu'est-ce qu'il y a à voir, en plus ?

Karl balaya le parc du regard, s'arrêtant sur le petit groupe de garçons en train de jouer, puis sur une fillette seule, accroupie, creusant le sol à la base d'un arbre avec un bâton, puis transférant le tas de terre dans un seau jaune pâle.

— Ils ne devraient pas la laisser faire ça.

— Hein ?

Karl indiqua l'enfant du doigt.

— La petite, là ? fit Candy en haussant les épaules. Elle est probablement avec les autres gamins.
— Ah ouais ? Tu en vois un qui la surveille, toi ?
— Ne sois pas aussi parano.
— Parano ? C'est nous les types dont elle doit être protégée.
— Hé, ça va pas, non ? On n'a jamais donné dans ce genre d'embrouilles.
— Tu te souviens de la fois où ce trouduc de Robanoff nous a engagés ?
— Quoi, le pédophile ? Allez, on a jamais dérouillé un môme, nous ! C'est notre faute s'il y a des dégénérés en liberté dans la nature ? On a toujours fait gaffe à qui on butait et qui on butait pas. Autrement, qu'est-ce qu'on ferait ici ? On est vachement pointilleux, comme mecs. Je vois personne dans le milieu qui fasse autant gaffe que nous. On lui a rendu son avance, non ? Je veux dire, juste avant qu'on s'occupe de lui et qu'il parte se faire oublier en Australie. Le fils de pute.
— Ouais, tu as raison.
Karl soupira et sortit un cigare.
Candy déballa deux barres de chewing-gum, les plia en deux et les glissa dans sa bouche. Ils restèrent assis en silence quelques minutes, à regarder les garçons. Puis Karl demanda :
— Tu jouais au kickball quand tu étais môme ?
— Moi ? Oui, bien sûr. Ça ressemble plus à du foot, maintenant.
Karl fit un signe de tête vers Ned.
— Lui aussi il a dû y jouer.
Ils continuèrent à fumer et à mâcher.

Pourquoi était-il si têtu ? Sally se posait la question, essayant probablement de se convaincre qu'elle le connaissait. Après l'avoir observé tout l'après-midi, elle n'en était plus si sûre.
Au fond, elle n'était pas tellement surprise de la présence de Clive. Ce qui ne voulait pas dire que cela ne l'inquiétait pas. Il devait espionner Ned, mais pour quelle raison ? Pour s'assurer

qu'il ne sautait pas dans un cargo à destination de l'Europe ? Il devait le surveiller pour Bobby Mackenzie, suivant un plan qu'ils avaient conçu et qui impliquait certainement plus que la simple rupture de son contrat avec Mackenzie-Haack.

Et cette rouquine ? Elle était adossée à un arbre, fumant. Avait-elle été envoyée par Bobby, elle aussi ? Faisait-elle partie de l'équipe de surveillance ? Sally fut tentée d'aller la trouver et de le lui demander. Au lieu de cela, elle ouvrit son sac et en sortit un sandwich qu'elle avait acheté dans la rue. Il était au fromage mais il était surtout sec. Elle en prit deux bouchées puis le remballa et le jeta dans une corbeille. Ned se tenait au même endroit depuis une bonne demi-heure, regardant les garçons jouer et la petite fille creuser.

Pourquoi faisait-il ça ? Que cherchait-il ? Elle soupira et se pencha en avant, posant son coude sur un genou, son menton sur son poing fermé.

S'ils avaient l'intention de faire du mal à Ned, c'était le moment ou jamais car le parc était pratiquement désert. Saul se demanda si Ned y avait joué enfant, comme ces gamins qui jouaient au ballon sans intention sérieuse de disputer un match de foot, se contentant de se faire des passes, tuant le temps (eux qui avaient encore du temps à tuer).

Lui, Saul, il se souvenait de livres, de la banquette sous la fenêtre, près du secrétaire, d'avoir regardé au-dehors quand venait le crépuscule à seize heures, quand la neige tombait doucement derrière la vitre, illuminée par le réverbère au coin de la rue, et de sa mère lui apportant du chocolat chaud.

L'avait-il vraiment vécu ou était-ce sa version révisionniste de l'enfance ? Non, c'était bien arrivé. La neige en hiver, les feuilles mortes à l'automne. Sa mère avec un plateau de chocolat. C'était comme si, en venant ici partager l'enfance de Ned, il avait réveillé la sienne.

Clive fut pris d'une envie de foncer parmi eux et de shooter de toutes ses forces dans le ballon, une fois, deux fois, trois, quatre, fichant leur partie en l'air rien que pour le plaisir. Shooter jusqu'à la fin des temps. Ou encore aller là-bas, là où la gamine grattait la terre, et lui piquer son seau, rien que pour la faire pleurer.

Où était Blaze, où était cette foutue détective privée ? Ah, là-bas, près de l'arbre. C'était drôle comme elle parvenait à se fondre dans les couleurs de l'automne, comme si elle n'était elle-même qu'un nuage de feuilles mortes. En revanche... Clive crut apercevoir une haute silhouette dissimulée derrière un arbre... Non, ce devait être une branche agitée par le vent. Bon sang, ce qu'il faisait froid !

Ned ferma les yeux, se balança sur les talons. Il observait une femme aux cheveux clairs qui surveillait la petite fille occupée, avec un soin infini, à charger de la terre dans un seau. C'était une de ces activités d'enfant que les adultes ne comprennent jamais parce qu'elles ne servent à rien. Mais c'était justement ce qui la rendait attrayante : une activité qui n'avait d'autre intérêt que le simple fait de l'accomplir.

Il avait entendu quelque part qu'on pouvait maîtriser un paysage par la simple observation. Ned n'était pas sûr de ce que « maîtriser » signifiait ici. Il tenta de s'imprégner de son environnement — la sécheresse des feuilles et des branches, les enfants jouant au kickball (ce n'était pas comme ça qu'on l'appelait ?), l'odeur de pin dans l'air —, le laissant l'envelopper comme un manteau.

Il fallait observer le paysage sous tous les angles possibles et imaginables. Qui avait dit ça ? Saul, probablement. Ou peut-être pas. Ce devait être Tom Kidd.

— Il reste combien de temps ? demanda Karl.
— Deux jours. Il rentre à New York après-demain.

Candy se baissa et ramassa une feuille sur le chemin. Son chewing-gum avait perdu tout goût sucré. Il le sortit de sa bouche, le roula délicatement dans la feuille puis, d'une chiquenaude, lança celle-ci vers une corbeille en grillage. Elle disparut à l'intérieur.

— On va accepter ce job ou non ?
— Je ne sais pas. Qu'est-ce que tu en penses ?
— Je ne sais pas.

Ses mains jouant avec des pièces de monnaie au fond de ses poches, Karl s'affala un peu plus sur le banc et regarda autour de lui, comme si la réponse à la question de Candy se trouvait quelque part dans Schenley Park.

— Il est encore trop tôt pour décider, C. On se donne toujours une semaine, non ?

Candy hocha la tête et Karl reprit :

— C'est pour ça qu'on ne se trompe jamais.
— Comme avec cette merde de Robanoff. S'il y en a bien un qui aurait mérité de se faire refroidir...

Candy ôta sa casquette de base-ball, lissa ses cheveux en arrière et la recoiffa.

— On aurait... comment dire... fait preuve de négligence en ne lui expliquant pas notre manière de voir les choses. Des types comme ça, qui s'en prennent aux petits enfants...

Il agita la main d'un geste dédaigneux.

Ils restèrent silencieux une minute ou deux, méditant la question. Puis Karl demanda :

— Tu as fini ton livre ?
— Moi ? Non, et toi ?
— Non.
— Tu penses qu'on devrait échanger ? Tu sais, je lirais la seconde moitié du tien, et toi la seconde moitié du mien, puis on se raconterait ce qui s'est passé...

Karl réfléchit puis fit non de la tête.

— Il y a autre chose : pourquoi Giverney veut-il mettre notre gars hors circuit ? A mon avis, il faudrait qu'on le sache.

— Ouais, mais Bobby Mackenzie et ce vieux Clive, là-bas, ils ne le savent pas non plus, qu'ils disent.

— Donc, le seul à savoir, c'est Giverney lui-même, conclut Karl.

— Tu penses qu'on devrait aller le trouver et avoir une petite conversation avec lui ?

— Non, surtout pas. On n'a pas besoin d'un témoin de plus. Mais je me dis que ce vieux Clive sait peut-être quelque chose qu'on ignore. Après tout, qu'est-ce qu'il fout ici ? Pas seulement lui mais l'autre, le pote de Ned, là-bas...

Karl désigna d'un geste Saul, qui se tenait à une certaine distance, caché par les branches basses d'un arbre.

— Ce gus en manteau de cachemire gris anthracite, pourquoi il ne va pas lui parler ? D'ailleurs, je m'étonne qu'il n'ait pas essayé de nous parler à nous aussi, vu qu'on était tous chez Swill's.

— OK, peut-être qu'une fois de retour à l'hôtel, devant un verre... Hé, notre ami s'en va.

Ils regardèrent Ned rebrousser chemin dans l'allée.

Ned marqua un temps d'arrêt, trouvant que la femme aux cheveux clairs assise sur le banc lui paraissait vaguement familière. Puis il comprit à qui elle lui faisait penser : Nathalie. Pourquoi ? Nathalie était brune. Il secoua la tête.

L'espace d'un fol instant, il crut voir Saul, du moins son dos, disparaissant au bout d'une allée entre les arbres. Ce devait être à cause du manteau en cachemire.

Il se souvint de Shadyside.

C'était le coin de Pittsburgh où il avait grandi. Il devait y avoir des repères, des lieux où il était allé enfant et dont les noms, aujourd'hui, déverrouilleraient des portes dans son esprit, laissant enfin sa mémoire puiser dans son réservoir mental.

Il savait qu'en cherchant bien il finirait par trouver un Isaly.

Ce fut le cas à Shadyside, comme si le temps ne s'était pas écoulé, entre ses jours de luge et sa vie d'écrivain adulte. Un saut dans le temps.

Ned regarda la vitre avec le nom peint en lettres blanches et les petites volutes de neige tombant des branches d'arbre. Elle avait cessé de tomber du ciel. Aux yeux de Ned, cela évoquait un cône de crème glacée fondant sous le regard.

Il ignorait si c'était le même glacier Isaly chez qui son père l'avait emmené quand il était petit, ou si c'était celui où il avait travaillé plus tard. Il croyait se souvenir d'avoir travaillé chez plusieurs. Mais sa mémoire était si mauvaise, rien n'était moins sûr.

A l'intérieur, il fut ravi de trouver d'autres clients. Cela prouvait que cet Isaly n'était pas une apparition qu'il aurait invoquée pour satisfaire son désir : un glacier se matérialisant dans l'après-midi enneigé.

Deux adultes examinaient les bacs, sans doute les parents de la petite fille qui l'observait sous la dentelle blond pâle de sa frange, agrippée à la jambe de l'homme. Elle traitait ce membre inférieur comme un tronc d'arbre derrière lequel elle pouvait se cacher pour mieux épier, ne sachant pas encore si elle devait se faire invisible ou se montrer pour participer à un jeu.

Ned aurait pu lui adresser un de ces sourires mielleux que les adultes réservent habituellement aux enfants, mais il n'en fit rien. Elle répondit en serrant encore un peu plus fort le pantalon de son père, avec ses petits doigts dont Ned devinait qu'ils pouvaient pincer comme des tenailles.

Il n'était pas sentimental avec les enfants. Ce n'était pas qu'il ne les aimait pas, car il trouvait généralement leurs polissonneries plutôt charmantes. Il était pris d'angoisse à l'idée qu'ils devraient se métamorphoser, se changer en des êtres plus convenables socialement. L'enfant à la chevelure dorée et hirsute continuerait à regarder par-dessous sa frange, mais son regard se ferait coquet, aguicheur même. Une petite traînée de treize ans. Puis une étudiante de vingt ans. Puis une mère trentenaire avec une enfant comme celle-ci, qui essaierait d'attirer l'attention de Ned.

Son père plaça un cornet au chocolat entre ses mains et elle sauta sur place, une fois, deux fois, de joie.

Ned était presque jaloux. Retourner à une époque de sa vie où un simple cornet pouvait le rendre heureux. « C'est *ma* glace ! » aurait-il voulu lui crier. « Une glace *Isaly* ! » Il parcourut les bacs du regard et, quand le jeune derrière le comptoir eut fini de servir la petite famille, se commanda une glace à la pistache. Il demanda s'ils avaient encore les louches en forme de cône. Le garçon répondit oui, tendit la main vers un plan de travail derrière lui et les lui montra. Ned lui expliqua que c'était un peu l'image de marque d'Isaly. Puis il prit son cornet surmonté d'une boule de pistache, paya et sortit.

Le chauffeur de taxi était intarissable sur ce coin de la ville, les bons quartiers, Shadyside et East Liberty, ou du moins ils l'avaient été, quand les nantis y habitaient encore. Il rit, ne s'incluant pas dans cette catégorie. Puis il reprit ses commentaires, pire qu'un guide touristique.

Candy et Karl avaient prévu de le descendre s'il ne se taisait pas rapidement. Ils avaient suivi le taxi de Ned jusqu'à cet endroit et avaient trouvé un café dont la devanture leur offrait une vue dégagée sur le glacier Isaly. Ils s'étaient brièvement disputés sur la question de savoir s'il y avait un rapport avec la famille de Ned ou pas. C'était probable, d'où sa présence ici.

Dans le bistrot, ils prirent des cafés avec de la crème et du sucre. Candy essayait de diminuer le sucre parce qu'il trouvait qu'il commençait à avoir un peu de ventre. Karl lui disait de ne pas se prendre la tête. Il portait des jumelles autour du cou et, de temps en temps, fixait le bâtiment dans lequel Ned était entré.

Candy avait apporté son livre, à savoir le roman de Giverney, et continuait sa lecture.

— Voilà que maintenant elle a un gamin qui est censé être à la maison mais qui n'y est pas.

Karl leva ses jumelles.

— J'ai cru le voir sortir, mais j'ai dû me tromper.

Il reposa son instrument sur la table et but une gorgée de café.

— Regarde. La rousse, là-bas. Ce n'est pas la même que tout à l'heure... ?

Candy prit les jumelles, regarda.

— Ouais, c'est celle qui était au bord du fleuve.

— Elle le file ? Il n'a pas l'air de se rendre compte qu'il est suivi.

— C'est qu'elle connaît son boulot.

— Ouais, mais toi, tu le saurais. Moi aussi. On le sent quand on a un regard rivé sur notre dos. On l'entend quand quelqu'un marche derrière nous. On devine une silhouette qui se cache derrière un coin de rue.

— Oui, K., mais nous c'est normal, on est des pros. On a de l'entraînement. On a... l'habitude. Si bien qu'on est pas, tu sais... comme tout le monde.

— Tu n'as pas tort.

Candy réfléchit un moment, feuilletant les pages du livre.

— Je me souviens que, quand j'étais petit, ma mère m'emmenait dans une de ces pharmacies à l'ancienne. Pour cinquante cents, on pouvait y boire des milk-shakes. Je prenais toujours un milk-shake au chocolat.

— Cinquante cents ? Quand est-ce qu'on pouvait prendre un milk-shake pour cinquante cents ? Tu rêves, Giverney.

— Mais si, autrefois c'était possible. C'est justement ça le mystère. A quelle époque se passe l'histoire ? Et puis il y a l'écriture...

Karl avait repris ses jumelles et réglait la mise au point.

— Quelle écriture ?

— Bon sang, tu pourrais écouter un peu !

— Désolé.

Il reposa les jumelles mais sans cesser de tripoter discrètement la molette.

— Sur l'addition. Je veux dire l'addition de Laura... Je t'ai dit qu'elle avait pris un soda à la pharmacie ? Le serveur a écrit sur son addition « soda choc »...

— Cinquante cents, je sais.

— Et en dessous, c'est marqué « Attention, danger », dit Candy en renversant la tête en arrière. Alors, naturellement, elle montre ça au serveur, un gamin de seize, peut-être dix-sept ans. Il a l'air aussi perplexe qu'elle. Il lui répond qu'il ne lui a jamais écrit ça. Qu'il a écrit « soda choc » et c'est tout.

— Et cinquante cents, ça aussi il l'a écrit...

— Ouais, ouais, si tu veux. Mais d'où vient alors ce « Attention, danger » ? C'est pas franchement bizarre ?

— Il ment. C'est forcément lui qui l'a écrit.

— C'est ce qu'elle se dit. Ça ne peut être que lui puisqu'il y a personne d'autre dans la salle.

— Et le pharmacien ? Où il est passé ? Il lui a parlé un peu plus tôt.

— Bonne question. Je ne sais pas. On ne le mentionne pas dans la scène du soda choc.

— Soit, mais il est où ?

— Je viens de te dire que je ne le savais pas.

— Je m'interrogeais, répondit Karl.

— La façon dont il écrit, ça fout vraiment les jetons...

— Peut-être que quand tu l'auras fini je le lirai. Ce serait mieux si tu ne me racontais pas la suite.

Candy fronça les sourcils, regardant par la fenêtre.

— Qu'est-ce qu'il peut fabriquer ? Acheter une glace ne prend pas une heure.

Karl ricana.

— Il a peut-être commandé un milk-shake au chocolat. Mais ce sera pas cinquante cents. Tiens, le voilà.

Karl reprit ses jumelles.

— Oui, il vient de sortir avec un cornet. Je crois. C'est vert. Ça a une drôle de forme.

Il tendit les jumelles à Candy.
— Ça a une forme de cône. Comme un chapeau de clown.
— Vert. Tu as déjà vu une glace verte, toi ?
Candy fit non de la tête.

Ned se tenait sur le trottoir, léchant son cône tout en observant la circulation. Il se demanda pourquoi on le prenait pour un idéaliste. Etait-ce parce que, la plupart du temps, il ne semblait pas voir ce qui se passait autour de lui ? Ou parce qu'il ne s'intéressait pas à grand-chose en dehors de son écriture ? Il aimait ses amis, certes, mais il n'en avait pas beaucoup. Rien de tout ceci ne lui paraissait particulièrement idéaliste. C'était un cynique. Il n'y avait qu'à voir sa réaction face à la petite fille aux boucles dorées — Boucle d'Or. Ou avec Nathalie, ou encore avec Ben Strum, dans *Réconfort*. Selon lui, c'était tout ce que la vie pouvait offrir de mieux : du réconfort. Et encore, il fallait s'estimer heureux quand on en trouvait.

Nathalie n'aurait pas cette chance.

Naturellement, tout cela paraissait extrêmement sentimental. Or, il n'était pas plus sentimental qu'il n'était idéaliste — à moins qu'il ne soit les deux. Peut-être qu'il ne se comprenait pas du tout.

Mais cela avait-il de l'importance, à partir du moment où il comprenait Nathalie ? De cela, d'ailleurs, il n'était même pas sûr.

Il finit sa glace et se sentit orphelin sans son manuscrit. Ce n'était pas parce qu'il avait peur des incendies, des inondations ou de quelque autre catastrophe qu'il emportait généralement son roman partout avec lui. C'était pour avoir de la compagnie. C'était à cause de Nathalie ; il voulait la garder auprès de lui. En fait, il craignait qu'elle ne supporte plus d'être enfermée dans la demi-vie de Patric, qu'elle ne se ressaisisse, reprenne ses vieux disques et parte. Et qu'il ne la revoie plus jamais.

Cela pouvait arriver. Le seul moyen de la garder avec lui était-il de retenir Patric pour elle ? En lui faisant quitter sa femme ? Non, cela ne se produirait pas. Cela ne marcherait pas. Les couples comme Nathalie et Patric ne tenaient jamais sur le long terme. Ils étaient trop proches l'un de l'autre ; il n'y avait pas entre eux cette distance salvatrice qui se crée inévitablement entre mari et femme.

Il était parvenu à la fin, ou presque, à la fin de l'histoire. Cela pouvait arriver.

Quand Ned se remit en marche, ils firent de même. Karl lança quelques billets sur la table et ils sortirent précipitamment. Ils gardèrent Ned dans leur champ de vision tandis qu'il remontait la rue dans la lumière bleutée de l'après-midi.

— Ça pourrait n'être qu'une coïncidence, fit Karl.
— Quoi ?
— Ned. Ned chez ce marchand de glaces. Même nous.
Candy s'interrogeait en lui-même : De la pistache ?

31

Candy et Karl s'assirent au bar, encadrant Clive qui venait d'écluser deux scotches et de s'en commander un troisième.
— Alors, Clive, qu'est-ce qui vous amène à Pittsburgh, mon vieux ?
Comme le barman approchait, Candy se tourna vers lui :
— Vous avez une bière locale ?
Il leur proposa de la Rolling Rock.
— Ça m'ira très bien.
Puis, se tournant à nouveau vers Clive :
— Je disais donc, qu'est-ce que vous faites ici ?
Clive ne voyait pas pourquoi il se justifierait mais le fit quand même.
— Une tournée d'auteur. Dwight Staines.
Il espérait que Staines n'allait pas apparaître et le contredire.
— Ah oui, on a vu son bouquin, dit Karl. Il y en avait toute une pile chez Barnes & Noble, pas vrai, C. ?
Candy acquiesça.
Clive était surpris qu'ils connaissent le nom de la chaîne, et encore plus qu'ils soient entrés dans l'une de ses librairies.
— Vous faisiez des recherches ?
Ils se contentèrent de le dévisager. Il détourna le regard tandis que le barman déposait leurs bières sur le comptoir. Karl demanda :
— Schenley Park, c'est là qu'avait lieu sa séance de dédicaces ?

— Quoi ? Non, bien sûr que non.

Clive signala au barman de lui rajouter un doigt de scotch.

— Je ne faisais que m'y promener.

— Ça, c'est une drôle de coïncidence, dit Karl. Figurez-vous que c'est justement là que notre Ned se promenait.

— Vraiment ? Je ne l'ai pas vu.

Karl but une gorgée au goulot puis déclara :

— Clive, on veut savoir pourquoi vous nous avez engagés.

— Vous voulez dire pourquoi Bobby Mackenzie vous a engagés.

La voix de Clive, déjà basse, descendit encore d'un cran. Il vérifia d'abord que personne autour d'eux ne les écoutait, puis :

— Paul Giverney refuse de publier chez nous tant qu'on gardera Ned Isaly au catalogue.

— Vous nous l'avez déjà dit, fit Candy. Désolé, mais ça ne tient pas debout. Pourquoi Giverney demanderait ça ?

— Je ne sais pas. Il ne veut pas le dire.

Karl intervint :

— Si je comprends bien, vous êtes prêts à balancer Ned par la fenêtre sans même savoir pourquoi ? C'est un peu vache, non ?

Clive ne lui lança qu'un bref regard.

— Je ne sais pas si vous êtes vraiment bien placés pour discuter éthique...

— C'est quand même assez dégueulasse de faire ça à un écrivain. Tu ne trouves pas ça dégueulasse, toi, C. ?

— Carrément dégueu.

Candy émit un petit rot et se tapa délicatement la poitrine du poing. Il rota à nouveau.

— Je suis désolé de heurter vos délicates sensibilités, mais c'est pourtant la vérité. Dégueulasse ou pas. D'ailleurs, l'édition est un milieu dégueulasse. Ce n'est qu'une affaire de gros sous, mes amis. Ne croyez pas à toutes ces conneries de prix littéraires, le PEN/Faulkner, le National Book, le Booker, à toutes ces foutaises écrites sur les couvertures, « brillamment orchestré », « un premier roman magistral », « un suspense torride », etc.

Clive commençait à sentir les effets du troisième scotch, ce qui n'était pas trop tôt.

— J'ai vu de bons écrivains avec cinq ou six romans publiés se faire jeter parce qu'ils ne rapportaient pas assez à leur éditeur. Un best-seller ou la porte. Le fric, toujours le fric. Bien sûr, il y a des exceptions à la règle, des gens qui ne font pas passer l'argent avant le reste, mais je n'en fais pas partie et je peux vous garantir que Bobby Mackenzie encore moins.

— Même en sachant qu'Isaly a plus de talent ?

Clive le dévisagea.

— Qu'est-ce que vous en savez ?

— On est en train de lire leurs bouquins.

Clive écarquilla les yeux, lâcha :

— Pourquoi ?

— Pour savoir quel genre de types ils sont.

Le regard de Clive alla de Candy à Karl, puis de Karl à Candy. La position de ce dernier, le menton posé sur sa main si bien qu'il pouvait voir les yeux de Clive même quand celui-ci avait le regard baissé, le mettait presque au même niveau que le verre de scotch.

— Pour une paire de... vous savez quoi... vous avez une drôle de manière d'effectuer un... euh... contrat !

— C'est qu'on est une paire de vous-savez-quoi consciencieux.

— Peuh ! Vu la façon dont vous avez montré vos visages tout au long de la journée, je ne suis pas franchement impressionné par votre savoir-faire en matière de filature...

Candy écarta ses critiques d'un geste de la main.

— Vous regardez trop la télé. Qu'il nous voie ou pas ne fait aucune différence. En plus, ça m'étonnerait qu'il nous repère un jour. J'ai l'impression que notre Ned est tellement absorbé par Pittsburgh et son roman qu'il ne voit rien d'autre.

— Je devrais vous virer, oui, bande de nases...

Cette fois, il était vraiment saoul.

Loin de se formaliser, Karl et Candy se mirent à rire. Puis ce dernier tira Clive par la manche et, une main sur le côté de la bouche, chuchota d'une manière théâtrale :
— Pas si fort. La dame qui vient de s'asseoir pourrait nous entendre.
Clive regarda à sa droite. Blaze était assise deux tabourets plus loin. Comment avait-il pu ne pas la voir ? Comment quiconque pouvait ne pas la voir, avec sa chevelure de feu libérée de son chignon d'institutrice ? Tout en fumant, elle remercia le barman pour le martini qu'il venait de déposer devant elle. Elle leur lança un bref regard, un peu comme le soleil glissant sur une surface dorée avant d'être englouti par un nuage. Elle avait un livre avec elle. Elle l'ouvrit et se mit à lire.
— Et voici notre Ned !
Candy se redressa et tourna le dos à Clive.

A l'autre extrémité du hall, Sally vit Ned sortir de l'ascenseur et se diriger vers le bar. Elle surveillait ce dernier depuis un moment, cachée derrière un magazine. Que racontait Clive à ces deux hommes ? C'étaient les deux types qui s'étaient mis récemment à fréquenter Swill's. Qui étaient-ils ? Ils étaient partout. Tout cela était si déroutant. Par-dessus le marché, elle était prête à parier qu'elle avait vu Saul dans Schenley Park.

Dans le miroir au-dessus du bar, Clive regarda Ned s'asseoir dans un coin de la salle. Il y avait trois petites tables plongées dans la pénombre pour ceux qui ne voulaient pas s'installer au comptoir. Les deux autres étaient prises, ou plutôt non, une seule l'était. Il aurait pourtant juré qu'il y avait un homme assis à la troisième table, tout à l'heure... mais ce devait être juste un effet de lumière.
C'était du Ned Isaly tout craché de s'installer dans cette zone d'ombres, de n'être là qu'à moitié. Dans un état permanent

de fugue. Le coma des écrivains. Ou cet état, quel qu'il soit, qui faisait que les écrivains barbotaient seuls dans ce triste monde, oui, mais dans une solitude qui ne lui avait jamais paru si désirable. Clive secoua la tête. Son quatrième scotch lui souriait sur le comptoir ; les deux sbires de Bobby avaient dû offrir la tournée. Il essaya d'imaginer une journée dans la vie d'un écrivain et n'y parvint pas. Il n'arrivait pas à voir au-delà d'une tasse de café posée près d'un cahier ou d'une machine à écrire. Il ne parvenait pas au-delà de la page vierge. Il sentit une main s'abattre sur son épaule et une voix détestable s'exclamer :

— Ce bon vieux Clive !

Dwight Staines. Oh, et puis zut ! Puisque Candy et Karl l'avaient déjà salué, il n'avait pas d'autre choix que de les présenter. Staines ne pouvait se trouver en présence d'autres êtres humains sans leur faire savoir, à tous et le plus vite possible, qu'il écrivait des best-sellers.

— Dwight Staines, auteur de best-sellers monumentaux, déclara donc Clive.

Dwight affecta un air humble aussi faux qu'il pouvait l'être.

— Hé, on a lu votre livre...

Clive en doutait sérieusement. Il se détourna tandis que Dwight débitait son numéro habituel. Il devait correspondre à l'écrivain tel que l'imaginaient les profanes : parlant constamment de ce qu'il écrivait, pourquoi, comment (crayon ou encre ? machine à écrire ? ordinateur ?), de son expérience, encourageant son auditoire captivé à écrire, écrire, écrire.

Pitié ! Pas ça ! Il fallait plutôt leur dire que leurs chances d'être publiés un jour étaient pratiquement nulles, que trouver un agent était impossible puisque les agents n'acceptaient que des auteurs publiés (un cercle vicieux qui avait toujours enchanté Clive). Clive se faisait coincer dans les cocktails par des jeunes gens gras qui semblaient convaincus qu'un seul mot de sa part était le sésame qui leur ouvrirait toutes les portes de l'édition. Ils posaient invariablement la question : « Où dois-je l'envoyer ? » A quoi il répondait : « Bonne question ! » Il adorait l'air déconcerté que cette réponse provoquait. Ceux qui n'avaient pas encore compris insistaient : « Non mais vraiment, où ? » Ce à quoi il répliquait : « Nulle part, aucune chance, rien, zéro, *nada*. » Ils étaient très offensés, soit parce qu'il n'avait pas offert de lire ce qu'ils avaient écrit (ou se proposaient d'écrire), soit parce que cela descendait leur fantasme en vol : le directeur littéraire est séduit, l'éditeur achète, la critique adore, la gloire et la fortune se bousculent pour arriver la première.

L'absence totale de compréhension de ce qu'était réellement écrire ne cessait de sidérer Clive. De telles choses ne pouvaient se produire dans aucun autre domaine. Imaginez un gus annonçant « Tiens, je vais démonter cette Porsche » alors qu'il ne fait pas la différence entre une colonne de direction et une plaquette de frein...

Ned Isaly, voilà un auteur, un vrai (Clive se surprit lui-même à penser cela). Ned, assis là-bas dans l'ombre avec son cahier, dont les pensées l'entraînaient partout sauf dans ce bar du Hilton, qui ne raisonnait pas en termes de liste des best-sellers ni d'à-valoir à six chiffres, qui avait la chance d'avoir un directeur littéraire comme Tom Kidd (ou plutôt qui était suffisamment talentueux pour le mériter), qui lui-même ne pensait pas en ces termes, qui ne bassinait pas ses auteurs avec des notions telles qu'argent et célébrité, qui ne parlait jamais de promotion ni de publicité. Ce n'était pas son boulot.

Contrairement à Clive, qui, lui, achetait des livres et était ce qu'on désignait parfois du vocable « responsable des achats » (une appellation qui aurait dû le mortifier au point de lui faire perdre la parole). Certains des livres qu'il acquérait, il ne les révisait que très légèrement. Corriger ne lui venait pas facilement, il ne touchait pratiquement à rien en dehors de quelques généralités relativement sûres. Son problème (il ne se souvenait pas de l'avoir déjà reconnu avant ce jour), c'était qu'il croyait très peu en lui. Il n'était tout simplement pas assez bon pour prendre un manuscrit et l'améliorer. C'est pourquoi il s'était chargé des âneries qui se vendaient si bien, genre Dwight

Staines. Il était juste assez intelligent pour comprendre ce qui clochait chez Staines.

Il but une autre gorgée de scotch. Derrière lui, Dwight poursuivait son numéro, intarissable. Candy et Karl lui racontaient qu'ils envisageaient d'écrire un livre à deux et Staines leur donnait de savoureux conseils.

Un peu plus loin, Blaze Pascal ramassa ses cigarettes et son livre. Elle se dirigea vers la table de Ned.

(« La poussière a clos l'œil d'Hélène »... D'où lui venait ce fragment de poème ? Et qui était cette Hélène ? Hélène de Troie ? Ou une inconnue de la rue qui s'était simplement égarée dans son esprit ? Une pièce immense, vide hormis le grand fauteuil — de style Régence ? — dans lequel elle était assise. Elle se contentait d'être assise.)

Que fabriquait Blaze ? Clive n'entendait pas ce qu'elle disait mais il comprit qu'elle lui offrait un livre... ou plutôt Clive devina qu'elle lui tendait son propre livre, *Réconfort*, pour qu'il le lui dédicace.

Ned chercha son stylo, signa, sourit. Elle resta là, debout devant lui, à lui parler. Les bonnes manières dictèrent sans doute à Ned de l'inviter à s'asseoir, ce qu'elle fit. Une nouvelle tournée fut commandée.

Elle évitait de croiser le regard de Clive. C'était du moins ce qu'il voulait croire. En fait, elle ne savait peut-être même pas qu'il l'observait. Que mijotait-elle ? A quoi jouait-elle ? Apparemment, elle flirtait.

Levant le nez de son magazine, Sally vit Ned et la rousse traverser le hall de l'hôtel, droit sur elle. Elle replongea précipitamment derrière sa revue. Elle était assise là depuis que Ned était entré dans le bar. Cela semblait faire des heures. L'ennui aidant, elle avait relâché sa vigilance.

Quand ils passèrent à sa hauteur, elle aperçut l'exemplaire de *Réconfort* que portait la rousse. Ned. *Ned !* Tu ne t'es quand même pas fait avoir par ce vieux truc ? Le coup du « Vous voulez bien me dédicacer ceci ? »... Pourtant, ils étaient là tous les deux à attendre l'ascenseur, allant quelque part ensemble, et le seul quelque part où vous menaient ces foutus ascenseurs se trouvait dans les étages. Sally ne savait pas quoi faire. Il ne lui restait probablement plus qu'à retourner dans sa propre chambre et à s'y faire monter un repas.

Après avoir vu Ned et Blaze sortir, Clive avait laissé les trois autres à papoter dans le bar. Il ignorait pourquoi la détective estimait cette façon de procéder nécessaire pour « le garder à l'œil », mais, après tout, c'était un moyen comme un autre. Il sortit de l'ascenseur et avança dans le couloir éclairé d'ampoules minuscules qui le plongeaient dans un crépuscule permanent. Il aperçut une masse de cheveux blonds quand quelqu'un passa la tête hors d'une chambre comme pour chercher la cause d'une perturbation quelconque. Quelques portes plus loin, une main accrocha un « ne pas déranger » à la poignée. Il crut deviner un éclat roux. Tout au fond du couloir (qui donnait sur un autre), l'homme au manteau en cachemire sortit d'une chambre et disparut derrière un angle.

Seigneur ! Ils étaient tous logés au même étage ? Dans le même couloir ? La réceptionniste foldingue avait-elle décidé de les regrouper ?

Sa montre indiquait vingt-deux heures, à quelques minutes près. Comment était-ce possible ? Comment avait-il passé tout ce temps au bar, sans même y prendre du plaisir ? Il commanda du café et un croque-monsieur au garçon d'étage, se déshabilla, se laissa tomber sur le lit. Le serveur vint et repartit comme dans un rêve. S'enfonçant dans le sommeil, refaisant surface, sombrant à nouveau, il se demanda s'il parviendrait à garder les yeux ouverts suffisamment longtemps pour manger son sandwich.

Il entendit chanter.

Ce n'était pas que les voix étaient fortes mais plutôt qu'elles avaient ce timbre strident qui glisse sous les portes et traverse les murs comme un couteau le beurre. Clive était soulagé d'être parti avant que la fête commence vraiment. Les voix se rapprochèrent. En toute bonne logique, Dwight, Karl et Candy devaient eux aussi être logés à son étage.

— *Waltzing Matilda... Waaaaalltziiiing Matilda, you'll come a-waaaaltzing Matilda with meeee...*

Quand ils passèrent devant sa porte, ils ajoutèrent même une petite harmonie, comme pour dire : « On ne sait pas écrire, et alors ? Au moins, on sait chanter, nous ! »

32

Ned se tenait devant un autre Isaly, minuscule celui-ci, coincé dans une enfilade d'autres petites devantures — une librairie, une quincaillerie, deux boutiques de vêtements... Il se demanda s'il voulait un autre cône à la pistache, puis si c'était son parfum préféré quand il avait huit ans. Probablement pas. Son goût alors ne devait pas être si aventureux. Il s'en tenait sans doute au chocolat ou à la fraise. Mais il ne se souvenait pas.

Il regrettait d'avoir été si négligent avec son passé. On commence toujours trop tard à stocker des souvenirs, à les collectionner, à tenir un journal. Ses parents étaient morts à un an d'intervalle et il s'était retrouvé orphelin. Tout le monde avait fait en sorte qu'il soit bien conscient de cette honte particulière, comme s'il avait été aussi négligent avec ses parents qu'avec son passé ! Derrière leurs mines navrées, il avait senti leur réprobation.

Ce dont il se souvenait, de son enfance, ce n'était pas l'amour, mais les nombreuses manières dont il s'était consolé de son absence. Même s'il ne pouvait les avoir vus de ses propres yeux, il y avait eu le stade de Forbes Field et ses champions de base-ball, Jackie Robinson et Stan Musial, dont la batte sifflait comme un serpent ; il y avait eu Panther Hollow et East Liberty ; il y avait eu le smog de l'aube, celui de l'après-midi, qui assombrissait toute la ville dès midi... non, ce ne pouvait pas être un vrai souvenir, plutôt une image dans un livre qui l'avait marqué. Toutefois, il y avait eu Pittsburgh, la magnifique, l'irrespirable !

Puis il y avait la visite occasionnelle à des parents aisés, à Sewickley. Ils étaient très fiers, très sévères, et employaient des domestiques. Ils s'appelaient Broadwater et on prononçait toujours leur nom comme celui d'un fief. Ned se souvenait de la table de la salle à manger et de la sonnette dissimulée dessous avec laquelle Isabel Broadwater appelait sa servante, qui apparaissait avec le plat suivant. Il se rappelait particulièrement du dîner où la sonnette avait été activée une fois la soupe mangée mais où personne n'était apparu avec l'agneau. L'orageuse Isabel avait refusé les offres des convives d'aller voir ce qui se passait, jusqu'à ce que la cuisinière apparaisse dans tous ses états, se tordant les mains. La servante était morte ; elle portait un plateau avec l'agneau et était tombée. Isabel avait arqué un sourcil, demandé : « Et l'agneau ? »

Mary-Anne, son horrible fille de huit ans, avait montré beaucoup d'intérêt à cette nouvelle. Mary-Anne était toujours excitée par les malheurs des autres. Les domestiques avaient couru dans tous les sens, le médecin était arrivé, la pauvre fille avait été déclarée morte. Le cœur, sans doute. Le corps fut emporté à la morgue, où une autopsie aurait lieu. Mais plus tard, dans la chambre de Ned sous le toit, Mary-Anne avait affirmé qu'il s'agissait d'un meurtre et que tout le monde le soupçonnait, lui, Ned.

Mary-Anne aimait les visites de Ned car elles lui donnaient une occasion de le traiter de haut et de se pavaner avec son dernier jouet, une poupée Barbie ou un jeu de badminton. Ned, lui, apportait ses fiches de base-ball, crevant d'envie de partager avec quelqu'un toutes ces formidables anecdotes sur le merveilleux coup de batte de Jackie Robinson, ou la fois où Willie Mays avait rattrapé une chandelle à main nue, ou cet incroyable sprint de Maz dans la série de 1960. Oh, que n'aurait-il donné pour s'être trouvé là ! Pour s'être trouvé dans Forbes Field ! Mary-Anne ne cessait de se moquer de lui et de ses fiches. Elle lui rappelait continuellement qu'il était orphelin. Son seul regret dans cette histoire de parents morts, c'était de ne pas avoir été la première à lui annoncer leur décès.

Il répondait que ce n'était pas grave parce qu'il était un Isaly et qu'il pouvait manger de la crème glacée gratis quand il voulait. N'était-il pas dommage qu'il n'y ait pas un Isaly à Sewickley ? Il aurait pu lui procurer un cornet à l'œil. Cela rendait Mary-Anne folle de rage, et elle n'arrivait pas à lui ôter ça de la tête.

En dépit de Mary-Anne et de ses amis prétentieux avec leurs sourires supérieurs, Sewickley avait quelque chose de réconfortant, car l'endroit était beau. Il y avait des châtaigniers et des chênes, avec leurs feuilles couleur de feu et de cuivre, bordant les rues larges ; d'immenses maisons coloniales et victoriennes ceintes de vastes pelouses émeraude et de lauriers géants ; des piscines au country club ; le petit cinéma où ils allaient le samedi après-midi ; les jeux devant la cheminée. Oui, il avait trouvé du réconfort à Sewickley.

Ned se tint là, songeant au réconfort.

La neige s'était mise à tomber, douce et rêveuse, en gros flocons qu'on pouvait recueillir sur la langue. C'était justement ce que faisait Sally devant l'arrêt de bus. Les cristaux restaient accrochés à ses cheveux synthétiques. Elle se tenait à une certaine distance de Ned, qui observait un immeuble, sur le trottoir d'en face. Qu'est-ce qu'il fichait ? Elle en avait marre de poireauter là, faisant semblant d'attendre le bus. Cela ne trompait personne (dans la mesure où quelqu'un l'aurait regardée) puisque quatre bus s'étaient déjà arrêtés sans qu'elle monte à bord.

— Mais ce taré ne se rend pas compte qu'il neige, bordel !

Il ne faisait pas si froid que ça, mais la neige renforçait l'impression qu'il gelait. Le soleil ne tarderait pas à pointer à nouveau, faisant une apparition glorieuse juste avant d'aller se coucher. Candy et Karl étaient assis à une table en métal vert dans un autre café, regardant Ned fixer un autre glacier Isaly. Ils buvaient des cappuccinos pendant que Candy résumait *Attention, danger*.

— C'est un truc dans le genre noir...
— Attends. Tu veux dire comme dans les « films noirs » ? Le genre dans lequel joue toujours Al Pacino ?
— Il ne fait pas que du noir, rétorqua Candy.

Il tenait à être précis.

— La question n'est pas là. En tout cas, ton bouquin ne m'a pas l'air si noir. Tous ces trucs avec des drugstores et des boutiques, pour moi, c'est pas du noir.
— Bon, passons alors au livre de Ned. Tu l'as fini ?
— J'en ai lu les deux tiers.
— Et ?
— C'est l'histoire d'un homme et d'une femme qui passent leur temps à se rater. Ils ne se rencontrent jamais.
— Et ? Qu'est-ce qui se passe ?
— C'est à peu près tout, je crois.

Karl était presque contrit, comme si son résumé eût dû être plus étoffé.

— C'est tout ? En quelques mots, c'est tout ? Mais qu'est-ce qui les excite, au juste, ces écrivains ?

Karl réfléchit.

— Faut croire qu'ils n'ont pas besoin d'être excités...

Candy secoua la tête.

— Purée !
— Peut-être que Ned pense que moins il en fait, mieux c'est ?
— Peuh, c'est pas ça qui va le tirer d'affaire ! Ça ressemble à *Nuits blanches à Seattle*. Tu sais, le film où ils ne se rencontrent qu'à la fin ? C'est avec... comment elle s'appelle, déjà ?
— Meg Ryan. Non, ce n'est pas du tout comme ça. Ces deux-là se croisent un tas de fois.

— Mais dans *Nuits blanches à Seattle* aussi... Tu te souviens, elle l'aperçoit au bord de l'eau...
— Puisque je te dis que ce n'est pas la même chose. Ce film, on sait à l'avance comment ça va finir. Ils vont se trouver et vivre heureux. Dans ce *Réconfort,* tu ne sais pas, sauf que j'ai comme l'impression que ça n'arrivera pas.
— Qu'est-ce qui n'arrivera pas ?
— Ils ne se rencontreront pas. Il n'y aura pas de happy end.
Candy leva ses mains jusqu'à ses épaules.
— Ça me dépasse. Qui veut lire pour être déprimé ?
Il cueillit une poignée de cacahuètes puis les lança l'une après l'autre dans sa bouche, le poing fermé. Après tout, Karl n'avait trouvé que des défauts à *Attention, danger.*
— Tu n'es pas d'accord ? On lit pour s'évader, non ?
Karl montra des signes d'impatience.
— C'est idiot, C. Les anciens auteurs, Shakespeare, les Russes, ils n'écrivaient pas pour qu'on s'évade. Je te parie qu'aucune de leurs histoires ne finit bien non plus.
Candy écarta cet argument d'un geste de la main.
— Oh, allez ! Bien sûr qu'elles finissent bien ! Regarde celle avec cette fille, Laura Doone, qui a tous ces ennuis au début mais qui à la fin connaît le bonheur. Ça, c'est un classique. Ça commence mal mais ça finit bien. En tout cas, c'est ce que j'ai lu.
— Dans la vie, ça ne se passe pas comme ça. Quand les choses tournent mal, elles continuent dans le même sens.
— Alors, où il est, ton réconfort, là-dedans ?
Karl fronça les sourcils et posa une main sur le sommet de son crâne comme si cela l'aidait à réfléchir.
— On n'y est pas encore, conclut-il.
Il laissa retomber sa main, l'air déçu.
Candy était ravi d'avoir trouvé autre chose à attaquer.
— Quoi, tu en es aux deux tiers et tu n'as pas encore trouvé le réconfort ? Mais c'est pourtant le titre !
— Eh bien... peut-être qu'il est là mais que je ne le vois pas.
— Pour ça, moi non plus. Fait chier.

Ils regardèrent Ned observer le building. Puis Candy déclara :
— Je n'ai jamais vu un type capable de rester planté à rien faire aussi longtemps que lui. Il peut rester planté pendant si longtemps qu'on pourrait le croire mort. Mais qu'est-ce qu'il regarde comme ça ?

Karl ajusta ses jumelles.
— Le glacier, Isaly.
— Tu devrais faire gaffe avec ton joujou, K. C'est pas franchement discret. Tout le monde peut voir que tu espionnes.
— Mais j'observe, c'est tout. C'est à ça qu'elles servent.

Karl tourna la molette de mise au point. Puis il sortit un petit cahier de poche dans lequel il avait noté les allées et venues de Ned. Il n'y avait pas grand-chose dessus. Il écrivit à nouveau *Isaly*. Après quoi, il ne trouva rien à ajouter. Zéro, *nada*. Il se demanda alors avec une certaine inquiétude si Candy et lui n'étaient pas passés à côté d'un élément important, aussi nota-t-il le nom de la rue, celui de quelques-unes des boutiques, de la librairie en face et du café dans lequel ils étaient assis. Il écrivit même *1 capp (C.) 1 exp (K.)*, ainsi que l'heure.

— Tu vois la rousse quelque part ?
— Elle doit être là, dans les parages.
— Là-bas, regarde.
— Quoi ?

Candy plissa les yeux, mettant sa main en visière.
— On dirait le type qui a bondi dans notre taxi à l'aéroport.
— Personne n'a bondi dans notre taxi.
— Non, je veux dire celui qui nous a grillés et nous l'a piqué…

Karl secoua la tête.
— Je ne vois rien. Tu n'aurais pas un problème de vision, C. ?

Candy se mit à rire.
— Si ce n'était pas à nous qu'on a confié le boulot… je dirais qu'on n'est pas les seuls à filer notre Ned.

Il lança des regards à la ronde.

— Tu as remarqué qu'on croise toujours les mêmes tronches ? Des tronches de l'hôtel. Comme cette petite blonde toute mignonne assise dans le hall, hier soir... Eh bien, elle est là-bas, à l'arrêt de bus.

Karl plissa les yeux face à la lumière blanche qui filtrait par la grande fenêtre du café.

— Tu as raison.

Candy prit les jumelles et scruta l'autre bout de la rue.

— Tiens donc, regarde qui passe par là...
— Qui ?
— Ce vieux Clive. Tu vois la librairie ? Il y a des livres dehors sur des tables. Le libraire ne s'est pas rendu compte qu'il neigeait ?
— Ça s'arrête. Je t'en prie, repose ces jumelles, bon sang ! Tu veux un autre café ?
— Ouais. Prends-moi un crème, cette fois.
— De nos jours, plus moyen de boire un bon café noir. Faut toujours qu'ils y ajoutent des fioritures.

Karl se leva, tout en poursuivant :

— J'aimerais bien savoir où notre Ned va pêcher ses idées... Il ne va jamais nulle part, ne fait rien de particulier. Relativement parlant, je veux dire. Comment il peut inventer des choses à dire ?

Candy reprit les jumelles.

— Il vient bien de ce trou de Pittsburgh, non ?
— Ouais, et c'est bien notre veine !

Il tourna les talons puis hésita, observant par la fenêtre le grand type sur le trottoir d'en face qui s'était arrêté pour regarder la vitrine d'un fleuriste.

— Dis, C. ? Tu ne penses tout de même pas que ce cinglé de Mackenzie aurait pris plusieurs contrats à la fois ?

Candy sursauta, écarquillant les yeux.

— Quoi ? Pourquoi il ferait ça ?
— Parce que c'est un fils de pute arrogant et un éditeur. Et puis n'oublie pas qu'on a été très clairs sur la manière dont on travaille.

— Alors il aurait été engager un autre gars pour le buter ? Un plouc sans méticulosité ni principe...

— Si c'est le cas, ça veut dire que notre Ned pourrait se retrouver avec la cervelle sur le trottoir d'un instant à l'autre. On ferait mieux de laisser tomber nos cafés et de sortir d'ici.

Clive ne s'était jamais rendu compte à quel point les bons écrivains avaient peu de rapports avec le monde physique. Les mauvais, comme Dwight Staines, étaient constamment en contact avec le monde extérieur parce qu'ils n'avaient pas de limites, tout comme les bébés. Tout leur appartenait. Ils étaient le monde et tout ce qu'il contenait.

Où se situait la différence cruciale ? Il faudrait qu'il le demande à Tom Kidd... sauf qu'il ne lui parlait jamais, hormis pour un « salut » sans enthousiasme quand il le croisait dans le couloir. Le fait qu'il se dise presque machinalement ça, « Demande à Tom Kidd, » était une preuve de plus de l'effritement de son psychisme.

Il frissonna, regarda plus loin dans la rue. Ned se tenait devant la vitrine du glacier depuis près de vingt minutes, à mi-chemin entre lui et les deux hommes là-bas sur le trottoir. Il n'avait pas besoin de se rapprocher pour savoir qu'il s'agissait de Candy et de Karl.

Autour d'eux, les gens vaquaient à leurs occupations habituelles : un grand type sortait de chez un fleuriste quelques portes plus loin, une femme entrait dans une laverie automatique, une blonde se tenait sur le seuil d'une boutique de cosmétiques, sans oublier l'inévitable clocharde assise près des étals de la librairie.

Où était Pascal ? Il la payait pour quoi, celle-là ? Pour faire des galipettes avec Ned Isaly pendant son temps libre ? Se sentant exploité, Clive s'approcha de la librairie de livres d'occasion, trouvant un réconfort dans l'odeur des vieilles reliures et du papier moisi. Il traîna un peu dans le rayon fiction à la recherche d'auteurs de Mackenzie-Haack, trouva plusieurs

Dwight Staines et un exemplaire de *Réconfort*. Il ne l'avait jamais lu, ce dont il ne s'était jamais vanté sur son lieu de travail. Il emporta un des Dwight Staines à la caisse. Derrière se tenait une employée si frêle qu'on aurait dit un personnage de roman mal fini. Il paya le livre, retourna se cacher entre les rayons. Là, il sortit un cutter de sa poche et découpa un carré dans les pages centrales, assez gros pour y glisser le revolver qu'il avait apporté. C'était un petit 22 mm. Il s'inséra douillettement dans sa cachette.

Une image fluctuante, vague, allait et venait dans sa tête : des policiers passaient devant lui au petit trot après avoir été avertis qu'un homme avait été abattu et il était pris de panique à l'idée d'être découvert avec une arme à feu sur lui.

Bien vu, Clive. (Ses commentaires prenaient un ton de plus en plus sarcastique depuis la mise en œuvre du « plan » de Bobby.) Très bien vu. Il suffit que tu tiennes le livre à l'envers et le flingue tombera par terre sous leur nez.

Et alors, personne n'était parfait. La belle affaire !

Clive mit le livre dans une de ses poches intérieures, puis fit courir un doigt le long de la rangée des « P », cherchant ce livre de Saul Prouil qui avait reçu tant d'éloges. Il trouva une première édition, chère. Ce n'était pas étonnant, compte tenu de l'avalanche de prix qui avait déferlé dessus et du fait que Saul Prouil n'avait jamais rien publié d'autre. Il avait probablement mis des décennies à écrire celui-ci.

Clive retourna à la caisse, derrière laquelle se tenait à présent un vieil homme à tête d'insecte qui prenait l'argent d'une femme avec une grande crinière rousse. Il était sur le point de lui taper sur l'épaule et de lui demander ce qu'elle faisait là au lieu de surveiller sa cible, quand elle se retourna et le dévisagea d'un regard vide, apparemment pas emballée par ce qu'elle avait devant les yeux. Il aurait juré que c'était Pascal.

Il acheta le Prouil. Le vieillard eut un moment de panique devant sa carte American Express, puis s'en dépatouilla tant bien que mal avant de glisser le livre dans un vieux sac en papier brun.

En sortant de la librairie, Clive lança un regard à la mendiante et fouilla ses poches à la recherche de quelques pièces, un acte de générosité qui le surprit lui-même. Il songea à un vers de Yeats, « ... la boutique de chiffonnier du cœur », et les laissa tomber dans la petite boîte en fer-blanc. La vieille était littéralement enfouie sous des couches et des couches de vêtements et d'écharpes. Il y en avait d'autres dans un landau, près d'elle.

— Soixante-dix-sept centimes ! Hou là là ! C'est trop de bonté ! Gardez-moi la place au chaud pendant que je vais les porter à la banque !

Du sarcasme ? Clive allait lui rétorquer « Vieille ingrate », quand il reconnut la voix de Pascal.

— Ah, Pascal ! Quel merveilleux déguisement ! Qui irait imaginer que sous cette clodo se cache une détective privée...

— Allez vous faire foutre. Vous avez un clope ? Je suis à sec.

Elle tendit une main gantée d'une mitaine et il lui donna le paquet qu'il gardait sur lui en cas d'urgence (même s'il aurait eu du mal à s'expliquer quel type d'urgence nécessitait de fumer coûte que coûte). Elle en sortit une et l'agita dans sa direction pour qu'il lui offre du feu.

— Merci. Ravie de vous avoir parlé.

Clive poursuivit son chemin en secouant la tête. Il aurait dû écrire un livre.

Acheter une Porsche rouge n'était sans doute pas la meilleure idée qu'il avait eue, mais Saul en avait par-dessus la tête d'attendre les deux pieds dans la neige à héler en vain des taxis, si bien que l'enseigne « service gants blancs » suspendue au-dessus de la devanture du concessionnaire Porsche l'avait séduit. Il fallait reconnaître que ces voitures avaient une allure folle ! Il était entré dans le showroom avec l'intention d'en louer une pour la journée et était tombé en pâmoison.

On pouvait le voir comme ça : il aurait peut-être besoin d'arracher Ned de son trottoir où il semblait avoir pris racine, mais cela serait difficile avec un taxi, quand bien même il en aurait trouvé un. Pour s'élancer à la rescousse d'un ami, il fallait avoir son propre véhicule. Cela dit, il n'était pas pour autant obligé de l'acheter.

Du coin de l'œil, il aperçut une silhouette avançant vers Ned. Quand il tourna la tête, il n'y avait plus personne. On aurait presque dit que quelqu'un filait son ami.

Ned était à la fin de *Séparation* et ne savait plus quoi faire de lui-même. Il marcha dans Shadyside, tuant le temps. Pittsburgh tout entier était au point mort. Ou peut-être pas, peut-être pas. Peut-être que Nathalie cherchait une solution pendant qu'il se tenait devant la vitrine du glacier, attendant d'entrer. Il avait trouvé un nouvel Isaly.

Sally contemplait la scène depuis le seuil d'un salon de coiffure, tripotant sa perruque comme si le coiffeur avait dérangé ses boucles.

Dans la librairie, un peu plus loin, elle avait acheté *Pittsburgh, ce que peu de gens savent*. Elle espérait que quelques connaissances ésotériques la rendraient plus intéressante aux yeux de Ned, à défaut d'être digne de son amour. Une autre voiture de sport rouge — apparemment c'était la mode, à Pittsburgh — sortit d'une allée un peu plus loin et tourna dans la rue. D'où venaient toutes ces Porsche ? C'était peut-être toujours la même, après tout — elle ne pouvait voir le conducteur. De toute façon, quel propriétaire de Porsche errerait dans les rues en roulant à vingt kilomètres à l'heure ? C'était la honte !

Personnellement, Clive n'aimait pas les glaces, mais cela lui faisait une bonne couverture, pensait-il. Il léchait un cornet à la vanille, le parfum le plus fade du glacier Isaly. Il sentait le livre contre lui. Il ricana intérieurement à l'idée de demander à Dwight Staines de le lui dédicacer, imaginant sa tête quand il l'ouvrirait et découvrirait l'intérieur saccagé (sans le revolver, bien sûr).

Il restait à une bonne distance de Ned, un peu rassuré. Candy et Karl avaient eu plusieurs bonnes occasions de le descendre et, s'ils ne l'avaient pas encore fait, ils ne le feraient probablement pas. Ils avaient dû décider que Ned était un brave type et qu'il méritait de vivre. Du moins, il fallait l'espérer. N'ayant jamais utilisé un revolver de sa vie, l'idée de devoir tirer faisait battre le sang à ses tempes.

— K., tu ne trouves pas qu'il y a dans toute cette histoire quelque chose de vraiment bizarre ?

Candy inspectait la rue d'un côté et de l'autre.

Karl en faisait autant, mais avec les jumelles.

— Qu'est-ce que tu veux dire ?

Il était bizarre qu'il n'y ait pas plus de monde dans la rue, mais en dehors de cela il ne voyait rien de surprenant. Clive manigançait Dieu savait quoi, entrant dans la librairie, puis chez un glacier (encore un !) ; il portait à présent un cornet de glace et un livre dans un sac en papier. La blonde qu'ils avaient repérée dans Schenley Park sortit de chez un coiffeur, lequel ne pouvait pas raisonnablement espérer remporter un prix avec sa coiffure. Une clocharde avec des lunettes noires poussait un landau sur le même trottoir qu'eux. Et puis, tiens, revoilà cette satanée Porsche rouge. Il poussa un soupir.

— Sacrée tire !

— Hein ?

— La Porsche, là.

— Encore ? Aïe !

Candy glissait une main sous sa veste dans la poche arrière de son pantalon pour en sortir son paquet de chewing-gum quand il sentit quelque chose le piquer. Il se donna une claque sur la joue.

— Putains de moustiques..

Karl le fixa, interloqué. Si les jumelles n'avaient été suspendues à son cou, elles auraient littéralement explosé sur le bitume. Il y avait une grande traînée rouge sang en travers du visage de Candy.
— Ce ne sont pas des moustiques, C. Regarde.
Candy écarta sa main de son visage et vit le sang.
— Qu'est-ce que...
Ils sortirent aussitôt leur arme, Karl de son holster sous son aisselle, Candy de sous sa ceinture, dans le creux des reins. Ils ne tirèrent pas car ils ne savaient pas sur quoi faire feu.
Puis ils restèrent bouche bée.
La mendiante aux lunettes noires, quelques mètres plus loin, projeta son landau sur eux après avoir sorti une arme de sous les hardes entassées dedans. La blonde sur l'autre trottoir pointait un petit revolver dans leur direction. Même ce vieux Clive tentait apparemment de sortir un flingue d'un bouquin et, dans le mouvement, tira dans ledit bouquin, lequel décrivit une large spirale avant de s'écraser à terre.
La voix de Candy frôlait l'hystérie :
— Mais c'est quoi cette ville où tout le monde est enfouraillé ?
La Porsche rouge, semblant avoir perdu à la fois son conducteur et sa direction, fonça droit sur eux, grimpant sur le trottoir et forçant tout le monde à se réfugier sur un pas de porte ou à se plaquer contre un mur.
Puis les flingues disparurent, comme par enchantement.
Ned sortait d'Isaly avec son cornet de glace (pistache, là encore). Il resta là un moment, léchant le cône tout en méditant sur la fin de *Séparation*. En abaissant la poignée de la porte, il lui avait semblé entendre un coup de feu. Il avait levé les yeux, trop tard (le tout n'avait pas duré cinq secondes) pour voir le bref mouvement de panique. En revanche, il aperçut la Porsche qui s'enfuyait au loin. Il lui sembla l'avoir déjà vue quelque part. Celui qui était derrière le volant devait être cinglé, saoul, ou les deux.

Il vit Candy et Karl, puis la femme avec laquelle il avait passé quelques moments délicieux la veille au soir. Comment s'appelait-elle, déjà ? Rhoda ? Rhonda ? Elle redressait un landau qui avait dû se renverser sur le trottoir. Mon Dieu ! Un bébé avait-il été blessé ?

33

De retour dans sa chambre, Ned prépara son sac marin pour le départ le lendemain matin. Il ne voulait pas s'y prendre au dernier moment, n'aimant pas se presser, même s'il n'avait apporté avec lui qu'une chemise de rechange, un caleçon, des chaussettes et son rasoir électrique. Il ne mettait jamais plus de cinq minutes pour ranger sa valise, et pourtant il angoissait toujours. Peu importait qu'il se plaise ou non là où il était, qu'il connaisse les lieux ou pas, c'était toujours le même sentiment de vide.

Ses affaires prêtes, il s'assit sur le bord du lit en réfléchissant à Pittsburgh, les signes habituels d'anxiété l'envahissant peu à peu. Ce sentiment résultait d'une mission inachevée, d'une tentative avortée, comme s'il avait échoué à faire ce pour quoi il était venu.

Peut-être devrait-il rester un jour de plus.

Il avait pensé que *Réconfort* le libérerait de ce genre de sensation. Cela avait été le cas, pendant son écriture. C'était l'histoire d'un homme et d'une femme qui, selon toutes les règles de la vie, auraient dû se rencontrer, s'aimer, se marier, avoir des enfants ensemble. Et pourtant, ils ne cessaient de se frôler sans se toucher, de se croiser sans s'arrêter. Ils étaient maintenus à l'écart l'un de l'autre par leur incapacité à voir à quel point il était important pour tous les deux de se trouver et par leur impuissance à s'élever au-dessus des conventions.

Un jour qu'elle sortait du supermarché, son sac s'était crevé, déversant boîtes de conserve et provisions sur le sol. Il était là. Il l'aida à ramasser. Ils se sourirent, elle le remercia chaleureusement. C'était le genre de situation où il aurait très bien pu oser un « Ça vous dirait d'aller prendre un café ? », mais il n'en avait rien fait. Elle non plus. Chacun reconnut dans le regard de l'autre une lueur familière, quelque chose qu'ils avaient perdu, mais ni l'un ni l'autre n'aurait pu mettre le doigt dessus car chacun était dans sa bulle. Pas plus que la moyenne, direz-vous, mais la plupart des gens sont ainsi, trop absorbés par leurs propres affaires. Ils ne reconnurent pas les signes, encore moins les présages. Ils auraient littéralement pu tomber dans les bras l'un de l'autre sans rien y comprendre. Leur réconfort, c'était l'oubli.

Saul se demandait si on pouvait avoir des révélations à Pittsburgh. La ville semblait si peu s'y prêter.
Il se tenait devant la fenêtre de sa chambre qui donnait sur le Point. Il contemplait les eaux, la confluence du Monongahela et de l'Alleghany, qui devenait plus loin le fleuve Ohio. L'Ohio se déversait ensuite dans le Mississippi. Ne finissant jamais mais devenant autre chose.
Cela n'avait rien de nouveau. Mais, d'une certaine manière, l'idée n'était pas sans originalité. Cela déclencha en lui une suite de pensées plutôt agréables, ce qui, pour Saul, était déconcertant. Il songea à la femme dans son roman, son personnage.
Et pourquoi... ?
Où allait-elle donc ? Elle se posait la question. Et pourquoi... ?
C'était la fin : *Et pourquoi... ?*

Tout en se débarbouillant, Clive réfléchissait à l'écriture. Tous les éditeurs étaient envahis de temps à autre par ce sentiment sournois de faire le nègre pour un auteur, d'être celui qui écrivait plutôt que celui qui réécrivait. Et par l'idée : *Je devrais écrire un livre*. Il se demanda si la même compulsion affectait Tom Kidd — car il commençait à la considérer ainsi : comme une compulsion, à deux doigts de devenir une obsession.

Non, Tom Kidd était heureux de ce qu'il faisait. Mais s'il avait été obligé de réviser un roman de Dwight Staines, il n'aurait pas le même respect pour l'écriture !

Clive éteignit son rasoir électrique, se regarda dans le miroir. C'était le visage d'un homme d'âge moyen, et pas au début de l'âge moyen. Disons, au mieux, au milieu de l'âge moyen.

Il sentit une vive douleur naître au creux de son estomac, se scinder en deux et remonter vers le haut. Il aurait pu la prendre pour le signe avant-coureur d'une crise cardiaque, sauf qu'il savait que ce n'était pas cela. Peut-être de l'aérophagie. Ou encore le vide.

Elle avait beau avoir lu *Réconfort* au moins une fois par an depuis sa publication, c'était la première fois que Sally levait le nez de ses pages en se demandant si, dans l'éventualité où Ned serait apparu alors qu'elle était assise là, dans le hall de l'hôtel, elle aurait le courage de faire ce que son personnage, Ruthie, n'avait pas su faire... Lui demander : « La femme dans ton livre, c'est moi ? »

34

Candy et Karl étaient accoudés au bar du Hilton, leurs mains serrant des verres contenant des doubles bourbons du Kentucky.
— Je n'ai jamais rien vu de pareil, dit Karl.
Ce devait être la quinzième fois qu'il prononçait ces mots. Candy se contenta de secouer la tête, abondant tacitement dans son sens. Karl poursuivit :
— Dans notre carrière, on a connu des hauts et des bas et vu toutes sortes de bizarreries, mais jamais toute une bande de zozos en train de se canarder à tout va sur le trottoir !...
— C'est peut-être le coin qui veut ça. Tu sais, un quartier avec un fort taux de criminalité...
— Tu trouves que ça y ressemblait, toi ? Pas de barreaux aux fenêtres, pas de grilles devant les portes. Nan ! Une clodo avec un landau bourré de flingues ? Une blondasse qui sort de chez le coiffeur, un 22 mm à la main ? Et l'autre givré qui escalade les trottoirs avec sa Porsche ? Allez, t'as déjà vu ça, toi ? Ça n'arrive pas même dans le Bronx. Au cinéma peut-être, mais pas dans un quartier chaud.
— Mais qu'est-ce qu'ils voulaient, K. ? Ils cherchaient à s'entre-tuer ? Même moi je saurais pas dire d'où est venu ce tir, alors comment eux ils auraient pu le savoir ?
Il toucha délicatement les deux pansements qui barraient sa joue. Ce n'était qu'une plaie superficielle, mais ils n'en étaient pas moins perplexes. Qui avait été visé ?

— Nous ?
— Quoi ? Ils en avaient après nous ? Mais on faisait rien !
— Je disais ça comme ça...
Karl vida son verre d'un trait et ajouta :
— On aurait dit qu'un ou deux de ces flingues étaient pointés dans notre direction. Tu n'as pas eu cette impression ?
— Ça ne tient pas debout. Toute cette ville de merde ne tient pas debout.
— Alors, messieurs !
Ils sentirent chacun une main se poser sur leur épaule et pivotèrent automatiquement sur leur tabouret, prêts à dégainer.
— Arthur ! dit Candy.
— Mordred ! fit Karl en même temps.
— Qu'est-ce que tu fous dans ce bled ? demanda Candy.
Ils se tapèrent dans la main puis Arthur répondit :
— Je suis en visite.
S'adressant au barman, il décrivit un cercle du doigt au-dessus des deux verres et commanda :
— La même chose pour ces messieurs, un Perrier pour moi
Puis, se tournant à nouveau vers Candy et Karl :
— Et vous ? Qu'est-ce qui vous amène ici ?
Karl haussa les épaules.
— Pareil.
— Dis donc, ça fait bien dix, quinze ans qu'on ne t'a pas vu, remarqua Candy.
Arthur approcha un tabouret.
— Je suis basé à Las Vegas, à présent.
— Arrête, tu nous fais marcher !
— Pourquoi, tu n'aimes pas Vegas ?
— Tu y trouves assez de boulot ?
— Tu veux rire ? Tu sais comment c'est, là-bas.
— Autrefois, oui, c'était une ville qui avait des couilles, dit Karl. Puis des types avec trop de fric et pas assez de jugeote ont débarqué, des financiers, qui ont ouvert tous ces hôtels « à thème » et ont pourri l'endroit. Maintenant, il n'y a plus que

des familles. Tu peux pas vider un chargeur sans faucher au passage six mômes de moins de douze ans...

Candy remercia Arthur pour le bourbon et leva son verre pour trinquer avec les deux autres.

— Bah, ce n'est pas si mal ! déclara Mordred. Tu finis par t'habituer à trébucher contre des bébés et tout ça. Mais qu'est-ce que vous foutez ici, vraiment ?

— Le boulot, répondit Candy avec un haussement d'épaules.

— Ça se passe comme vous voulez ?

— Ouais, sauf que c'est une vraie ville de cinglés !

Candy allait lui résumer leur après-midi quand Clive entra dans le bar.

Ils lui présentèrent Arthur Mordred. Clive le salua d'un bref signe de tête puis demanda :

— Vous pourriez m'expliquer ce que c'était que ce binz, cet après-midi ?

Candy pressa ses deux mains contre sa poitrine, offusqué.

— C'est à nous que vous le demandez ? A nous ? Et vous alors, qu'est-ce que vous foutiez ? C'était une impression ou c'était moi que vous visiez ?

— Ça ne peut pas avoir été lui, dit Karl. Le coup ne venait pas de sa direction.

— Quel coup ? fit Clive.

Candy se pencha vers lui en tapotant ses pansements de son index.

— Ce coup-là.

— Ce n'est qu'une égratignure, non ?

— Eh bien, disons que j'ai été égratigné par une balle. Où vous alliez avec ce flingue, Clive ?

— Je porte toujours un revolver sur moi. J'habite New York, c'est pratiquement indispensable.

Il piocha dans le bol de noix de cajou et les projeta dans sa bouche l'une après l'autre.

— Dans un livre ? Vous tirez aussi toujours à travers un livre ?

Clive prit deux autres noix et les garda dans le creux de sa paume, réfléchissant. Puis il répondit :

— J'imitais Robert De Niro. Dans ce film avec Eddie Murphy... Il joue un flic. Il entre chez un dealer avec un gobelet géant en papier, comme s'il était plein de Coca. Sauf qu'il y a caché un flingue. Il boit avec une paille. Je suppose qu'elle est là juste pour ajouter une note de vraisemblance.
— Vous nous prenez pour des cons, Clive ? fit Candy.
Arthur pêcha une noix dans le bol.
— Vous semblez tous mener des vies drôlement intéressantes.
Il avala la noix, se tourna vers Clive.
— Vous bossez dans quoi ?
— Je suis dans l'édition. Je dirige une collection pour Mackenzie-Haack. Si vous songez à écrire un livre, je ne veux pas le savoir.
Arthur laissa échapper un rire aigu.
— Non, n'ayez aucune inquiétude à ce sujet.
Clive le regarda, surpris.
— Pourquoi pas ? Vous seriez bien le seul à ne pas vouloir écrire...
— En tout cas, ça doit être fascinant de travailler avec des écrivains...
— Ah oui ? Tiens, d'ailleurs, en voilà un autre qui vient vers nous, c'est notre jour de chance.
Dwight Staines leur lança un salut chaleureux et se glissa entre Clive et Karl en jouant des coudes.
— Super séance de dédicaces, annonça-t-il. Comme d'hab', pas vrai ?
Il donna une grande tape sur l'épaule de Clive.
— Il y avait la queue jusque dans la rue !
Clive lui donna une tape à son tour, le plus fort possible. Dwight manqua de s'étaler sur la moquette.

Dans le hall, Ned jeta un regard vers la jolie blonde qui portait des lunettes noires à la Buddy Holly, se demandant pourquoi elle lui rappelait quelqu'un. Puis il se souvint : il l'avait vue dans Schenley Park, le matin même. Ou bien elle avait fait partie de cette étrange scène dont il avait été témoin, cet après-midi, quand il avait cru entendre un coup de feu, ce qui lui avait fait penser à un tournage de film.

Sauf que, dans les dix minutes qui avaient suivi, la police avait déboulé, précédant de peu des camions de pompiers et des équipes de télévision (à croire qu'elles avaient attendu, planquées dans les buissons ou les contre-allées). Tandis que les reporters et les présentateurs-vedettes se faisaient rafraîchir par des maquilleurs volants avant de faire face aux caméras, des clients étaient sortis des boutiques, des cafés, d'une librairie, tournant en rond pendant que les policiers, cordon en main, cherchaient l'endroit à sécuriser. Au fait, où était la scène de crime ?

Pendant ce temps, Ned léchait sa glace. Il se tenait près d'un des policiers, qui interrogeait un groupe de témoins jurant avoir entendu des échanges de tirs.

— Combien ?

— Oh, un tas ! dit une femme obèse avec des cheveux d'un orange incandescent qui s'était précipitée hors d'un salon de coiffure.

L'officier paraissait dubitatif.

Une autre passante, pointant l'index vers un emplacement plus loin sur le même trottoir, ajouta :

— Et là-bas, une femme enlevait un bébé ! Elle l'a volé directement dans son landau !

Le groupe entraîna le policier presque malgré lui vers la voiture d'enfant bleue.

— Vous voyez, il est vide ! Le bébé a été kidnappé !

La passante était au bord des larmes.

Ned les avait suivis, tout le groupe se déplaçant comme un seul homme, de ce qui devait être le lieu du crime (la police pouvait enfin dérouler son ruban jaune) à l'endroit où une équipe de télévision venait de planter sa caméra, face à une librairie d'occasion. On devinait que miss Channel 5 trépignait d'annoncer son scoop « exclusif » (selon ses propres termes), concernant l'unique pièce à conviction trouvée jusque-là. Elle était très jolie, dans son tailleur bleu pastel. Ned se demanda pourquoi toutes les présentatrices de télévision ressemblaient à Nicole Kidman.

Elle traînait derrière elle un homme, apparemment le propriétaire ou le gérant de la librairie.

— Comme M. Stooley pourra nous le confirmer, on a retrouvé un livre qu'il avait vendu peu avant à un client, dans la rue, traversé d'une balle !

C'était assurément le seul indice que la police aurait voulu ne pas révéler. Ned avait lu suffisamment de romans de Jamie pour le deviner. A présent, c'était trop tard.

L'attroupement tournait à la fête de quartier, le propriétaire du café distribuant des expressos et des bouteilles d'eau à la ronde.

— Une Porsche rouge a été vue fuyant les lieux. On ignore encore s'il s'agit d'une tentative avortée d'assassinat perpétrée depuis ledit véhicule ou si celui-ci a servi à emporter l'enfant kidnappé, dont la mère, décrite comme une femme rousse d'une trentaine d'années, ne s'est toujours pas manifestée...

Ned s'approcha d'un autre groupe, des passants mourant d'envie d'être interviewés, affirmant avoir vu une chose ou une autre. Il y avait une reportrice (Nicole, toujours, en vert d'eau cette fois, avec une lavallière en dentelle) d'une autre chaîne, Channel 13 à en croire le sigle sur la grande camionnette blanche garée sur le côté.

— ... blonde avec des lunettes noires et un trench-coat, qui aurait projeté ce landau...

Là, elle lança un regard poignant vers la voiture vide avant de reprendre son discours sur un ton alerte.

Ned se promena encore un peu dans les parages avec son cornet à la pistache, puis se fraya un passage vers un officier de police pour lui dire que, lui aussi, il avait vu la Porsche rouge au comportement suspect.

— Je l'ai déjà remarquée autour de Schenley Park, roulant au pas, tournant plusieurs fois autour du jardin.
— Vous sauriez reconnaître son conducteur ?
Le policier avait sorti un petit calepin pour recueillir le témoignage de Ned.
— Non.
— Vous ne voyez rien à ajouter ?
— Non. Rien. Vous êtes sûr qu'il y avait un bébé dans ce landau ?
L'officier fronça les sourcils.
— Que voulez-vous qu'il ait contenu d'autre ? C'est fait pour les bébés, non ?
Ned haussa les épaules.
— Je ne sais pas. C'était une idée comme ça.
L'officier le scruta pendant cinq secondes puis demanda :
— C'est quoi, le parfum de votre cornet ? Je n'ai jamais vu un vert comme ça.
— Pistache. Ça vient de chez Isaly.
— Ah.
— Si ça vous dit, il y a une boutique à trois pas d'ici.
Le policier acquiesça et rangea son calepin dans sa poche.
— C'est mon nom. Ned Isaly.
— Sans blague.
— Oui, c'est ma famille. Je suis d'ici, de Pittsburgh.
L'officier hocha la tête, pas franchement intéressé par l'histoire de sa vie. Il lança un regard vers le glacier.
— Ils ont de la vanille avec des pépites de chocolat ?
— Oh, sûrement.
— Vous êtes venu voir votre famille ?
— Pas vraiment. Ma mère et mon père sont morts.
— Mais il doit y avoir tout un tas d'autres Isaly.
— Oui, sans doute, mais aucun auquel je sois directement apparenté.
— Ah.
Le policier parut décontenancé. Il lança un nouveau regard vers Isaly.

— Bon ben... je vais aller voir s'ils ont de la vanille avec des pépites de chocolat.
— Le contraire m'étonnerait.
— Passez une bonne journée.

Ned méditait sur l'incident de l'après-midi, qu'il avait le plus grand mal à prendre pour un vrai crime. Cela lui paraissait plutôt avoir été un événement, non, un non-événement, comme il aurait pu en mettre dans son roman. Il s'arrêta à mi-chemin du bar et réfléchit aux implications possibles d'une situation semblable survenant à Nathalie dans le Jardin des Plantes. Entre les mains de Camus ou de Kafka, la noirceur de la comédie brillerait comme de l'encre fraîche.

Il reprit sa route et adressa à la blonde assise sur le canapé du hall un sourire absent tout en poursuivant son raisonnement. S'il utilisait cette idée pour montrer l'aveuglement de Nathalie ? Pourquoi pas ? Certainement pas dans la dernière partie du roman, mais au début ? Nathalie avec un cornet de glace. Comment s'appelait ce célèbre glacier de l'île Saint-Louis ? Il conservait un souvenir très vif de cette glace... Bertelsmann ? Non, ça, c'était le conglomérat allemand qui avalait les maisons d'édition comme d'autres les boules de pistache. Ce glacier... Berthillon, voilà !... offrait le choix le plus nuancé de parfums qu'il avait jamais goûtés, bien plus subtils que ceux d'Isaly. C'était le nec plus ultra de la crème glacée, le haut du pavé : « marron glacé », « Grand Marnier », « amandine », des trucs comme ça.

Adossé au bar, il capta des bribes de conversation avant de se rendre compte qu'on s'adressait à lui.
— Quoi ? Pardon. Je pensais à autre chose.
On était en train de le présenter à Clive.
Ned lui adressa une sorte de froncement de sourcils bienveillant.
— Vous n'êtes pas chez Mackenzie-Haack, par hasard ?

— En effet. Je n'ai jamais eu l'occasion de discuter avec vous. Vous êtes toujours accaparé par Tom Kidd.

Ned commanda une bière au barman avant de répondre :

— Oui, mais c'est normal, c'est mon directeur littéraire.

Comme si quelqu'un chez Mackenzie-Haack, voire à New York, l'ignorait.

— J'admire votre travail, sincèrement.

— Merci. Qu'est-ce que vous faites à Pittsburgh ? Bobby cherche à attraper un nouvel auteur dans ses filets ?

Clive fut surpris que Ned ait ne serait-ce qu'une vague idée du fonctionnement souterrain (pour ne pas dire des fourberies) d'une maison d'édition. « Attraper dans ses filets » ne signifiait pas « voler », sauf dans le cas de Bobby.

Clive sourit. Il ne pouvait plus utiliser l'excuse de Dwight Staines et devait donc trouver un autre prétexte. Il éluda la question pour le moment, déclarant plutôt :

— Vous connaissez Dwight Staines ?

Dwight, ravi de rencontrer une célébrité, ou plutôt qu'une célébrité le rencontre, se tourna vers Ned. Il était conscient que ce dernier ne jouait pas sur le même terrain que lui ; de fait, en matière de droits d'auteur, ils ne vivaient pas dans le même hémisphère.

— Moi, je suis en tournée pour la promotion de mon petit dernier. C'est mon premier arrêt. Demain, Chicago.

N'ayant rien à dire à propos d'une tournée promotionnelle, Ned se contenta de hocher la tête. Clive était persuadé qu'il n'accepterait jamais de partir en tournée, même sous la menace d'un fusil. Il avait toujours pensé qu'il existait deux sortes d'auteurs : les publics et les privés. Il préférait la seconde catégorie. D'un autre côté, les lecteurs ne méritaient-ils pas de voir l'écrivain pour lequel ils avaient déboursé tout cet argent au fil des ans ?

— Il est déjà sur la liste du *TBR*, affirma Dwight.

— Non, dit Clive. C'est impossible, il n'est sorti qu'il y a quatre jours.

Pourquoi discutait-il avec cet idiot ?

Dwight ne se laissa pas décontenancer :
— Je voulais dire qu'il y *sera* bientôt. Vous l'avez lu ?
Cette question s'adressait à Candy et Karl.
— Non, je suis en train de lire celui de M. Isaly.
Karl lui montra *Réconfort*.
Il en fallait vraiment plus pour démonter Dwight :
— Mais il a cinq ans !
A croire que la qualité d'un livre s'effaçait comme la poussière sur une aile de papillon.
— Mon petit dernier est un mégamonstre ! A vous faire dresser les cheveux sur la tête...
— Je veux bien vous croire, dit Arthur avant d'avaler une nouvelle gorgée de bourbon.
Pendant que Dwight monopolisait la conversation, Blaze apparut à côté de Clive, les cheveux luisant comme du cognac.
— Ah, Bla...
Aïe ! Etait-il censé la connaître ?
— Euh... excusez-moi. Vous vous connaissez ?
Clive fit un geste vague qui désignait tout le monde à la fois.
— Betty, se présenta Blaze. Betty Bunting. On m'appelle généralement Baby.
Elle se glissa auprès de Ned, posa une main sur son bras et commanda un martini.

Sally plissa les yeux pour observer le groupe au bar. Ces lunettes de pharmacie lui faisaient un mal de chien, l'effet loupe étant trop fort. Toutefois, elle reconnut sans problème la femme aux cheveux de feu.
— Putain de saloperie de merde !
Elle reposa d'un coup sec son numéro d'*Architectural Digest*, se leva, traversa en trombe le hall et se jeta littéralement dans un des ascenseurs.

Ned se tourna vers Candy et Karl.

— Comment se fait-il que vous soyez ici, vous ?
Il éclata de rire, comme si leur présence était hilarante.
— Vous avez oublié ? On est d'ici, répondit Karl.
— Ouais, renchérit Candy. Tous les deux. C'est drôle de tomber sur vous. Tenez, voici un autre copain à nous...
Il lui présenta Arthur.
Ned lui serrait la main quand il en sentit une autre se poser sur son épaule.
— Qu'est-ce que... Saul ! D'où tu sors ?
Saul sourit.
— De Manhattan. Je m'ennuyais.
— Dans ce cas, tu aurais dû aller aux Bahamas !
Saul commanda un Dewar's et une autre tournée pour tout le monde, lançant un billet de cent dollars sur le comptoir.
Clive était médusé.
— Vous êtes Saul Prouil. Je travaille pour Mackenzie-Haack. Je suis un de vos plus fervents admirateurs. Je suis honoré.
Saul le remercia.
— Il n'y a aucun honneur là-dedans, croyez-moi.
Ned secoua la tête, encore incrédule.
— Il ne manque plus qu'une personne... Sally ?
Saul se retourna et écarquilla les yeux : elle traversait le hall, marchant vers eux, parfaitement à l'aise dans cet environnement, même sans sa perruque et ses lunettes.
— Sally !
— Eh bien ? Tu ne me présentes pas à tes amis ?
Tout en disant cela, elle fixait Blaze.
— Betty, fit celle-ci. Mes amis m'appellent Baby.
Sally salua le demi-cercle de personnes autour du bar, se rendant soudain compte qu'elle n'avait pas réfléchi à une excuse pour sa présence à Pittsburgh. Elle émit un petit rire, déclarant :
— On se croirait chez Swill's !
— C'est vrai, dit Candy. Vous repartez quand ?
— Demain, répondit-elle.
— Demain, dit Saul.

— Demain, dit Clive.
— Demain, dit Blaze.
— Demain, dirent Candy, Karl et Arthur à l'unisson.
— Demain, dit Ned. Ou peut-être après-demain.
Sept paires d'yeux le foudroyèrent.

35

Depuis qu'il avait engagé Arthur Mordred, Paul, dans un état de grande fébrilité, avait passé la plus grande partie du temps à regarder les journaux télévisés, priant pour ne pas entendre qu'un romancier avait été retrouvé mort à Pittsburgh. Cette ville semblait nettement moins éprise d'écrivains morts que New York. Ici, on pouvait s'attendre à découvrir un auteur trépassé au pied de n'importe quel escalier de métro.

Rien. Il ne pouvait s'empêcher de rester scotché à Channel 4, s'attendant à tout instant à entendre : « Selon la police, ce meurtre reste un mystère total. L'auteur du coup fatal qui a coûté la vie à l'écrivain Ned Isaly... » Non, ce serait plutôt un message du genre : « Le romancier Ned Isaly, lauréat de nombreux prix littéraires, a disparu de son... »

A plusieurs reprises, Hannah avait interrompu le bulletin en cours, serrant contre elle son dalmatien en peluche, afin de changer de chaîne pour regarder les Simpson ou quelque autre dessin animé. Pour l'éloigner du poste, Paul avait dû inventer un mensonge ou un autre : « Vil Coyote a finalement chopé le gentil bip-bip à plumes, si bien que l'émission s'est arrêtée »... « Les Simpson ont été kidnappés, oui, toute la famille, alors les producteurs attendent de voir ce qui va se passer »...

A un moment, il entendit Hannah dire à sa mère que papa était devenu bizarre, même pour un écrivain, et sa mère dut lui trouver une activité pour l'occuper, plus intéressante que de regarder la télévision, mais pas nécessairement plus que d'observer papa.

Il s'était replongé dans ses bulletins imaginaires : « ... coup fatal. Le corps a été découvert dans une allée sombre par une enfant et son chien... un dalma... » Là-dessus, le téléphone avait sonné.

C'était Jimmy McKinney.

Une interruption bienvenue.

— Jimmy ! Vous êtes de retour ?... Comment s'est passé votre week-end ?... Non ?... Bien sûr, on peut se voir. Demain, le café de l'autre fois, ça vous va ?... J'ai comme l'impression que cette colonie des Bouleaux n'a pas été un franc succès ?... Pour certaines personnes, peut-être... D'accord. Demain, vers quinze heures... Parfait. A demain, alors.

Paul avait repris son errance télévisée, zappant de chaîne en chaîne.

Le soir venu, on n'avait toujours rien rapporté de Pittsburgh, hormis un incident à Shadyside impliquant une Porsche rouge et des inconnus armés, dont aucun n'avait encore été appréhendé, et Paul commença à respirer un peu mieux.

Vers onze heures du soir, Molly lui demanda si quelque chose n'allait pas. Voulait-il un verre ?

— Tu crois que Larry King fera une allusion à *Attention, danger* ? Ça ne me surprendrait pas, tu te souviens à quel point il avait aimé ton précédent.

Paul sourit et accepta le verre qu'elle lui tendait. C'était sa manière à elle de lui faire savoir qu'elle ne trouvait pas sa soudaine fascination pour la télévision si étrange que ça. Elle voulait lui offrir une excuse pour rester prostré devant le poste sans explications. Quelle femme ! Même avec son imagination fertile, il n'aurait jamais pu inventer Molly.

Elle s'assit sur l'accoudoir du fauteuil et lui massa la nuque pendant qu'ils regardaient tous les deux Andrea Thompson se débattre dans *NYPD Blue*. Paul s'enfonça dans son fauteuil, parfaitement détendu après les petits soins de Molly. Le présentateur de CNN mentionna à nouveau l'incident extrêmement étrange de Pittsburgh (dans le quartier de Shadyside), un nom qui, au cours des deux derniers jours, avait rendu Paul aussi tendu qu'une corde de harpe, quel que soit le contexte dans lequel il était évoqué. « ... impliquant une Porsche rouge conduite par un chauffard et un groupe de passants armés... »

Ce dernier détail plut à Molly, dont la joue était posée sur le sommet du crâne de Paul.

— « Une Porsche rouge conduite par un chauffard et un groupe de passants armés »... Ça, c'est de l'info ou je ne m'y connais pas !

Arthur mangeait une crêpe, aux fraises, cette fois. Paul s'assit, lui annonça qu'il avait apporté « la thune » (parfois, il ne pouvait s'empêcher d'écrire les dialogues).

— Alors, comment ça s'est passé à Pittsburgh ?

— Bien, répondit Arthur en piquant une fraise avec le bout de sa fourchette.

En attendant que M. l'assassin professionnel veuille bien en dire plus long, Paul regarda autour de lui dans le café : des tables bancales et des chaises dépareillées (choisies précisément pour cette raison), avec un tas de gens couverts de perles et de piercings faciaux assis autour et dessus. Cela faisait tellement Village. Ils lisaient, écrivaient, ou parlaient de leurs lectures ou d'écriture.

— J'aurais nettement préféré un vrai bar, fit Paul en s'asseyant.

A quoi Arthur répondit que c'était hors de question, car il était alcoolique.

— En convalescence, précisa-t-il aussitôt.

Il avait dit cela avec un ricanement, comme s'il n'attachait pas une grande valeur à son statut de repenti, tout en affichant un air extrêmement content de lui.

— Depuis deux ans maintenant. Mon foie était sur le point d'exploser. Si je vous racontais...

Non, vraiment, ce n'est pas la peine, l'implora Paul en silence.

— ... c'est pour ça que je porte toujours mon jeton sur moi.

Comme pour appuyer ses dires, Arthur sortit un petit objet de sa poche et le tendit dans la lumière acidulée du café. On aurait dit un jeton de poker.
— C'est bien, dit faiblement Paul.
Il sentait qu'il allait avoir droit à son histoire d'ivrogne. Il avait raison.
— Vous voyez, ils vous distribuent ça, et ça donne droit à un cadeau à chaque anniversaire de votre sobriété : un mois, un an, cinq ans, etc.
— Un mois ? Ça ne doit pas être trop difficile. Mais dites-moi plutôt, Pitts...
— Comment ça ? Pas difficile ?
Arthur leva les mains en l'air, roulant des yeux outrés, prenant les ventilateurs du plafond à témoin.
— Non mais écoutez-le, l'autre ! Ecoutez-le ! Les non-alcoolos ne se rendent pas compte. Ils ne peuvent pas comprendre notre calvaire...
S'impatientant, Paul sortit l'enveloppe et déclara :
— Voilà le reste.
Il la laissa tomber sur la table. Peu lui importait que le café soit plein d'agents du FBI buvant des cappuccinos.
— A présent, dites-moi ce qui s'est passé.
Oubliant son malheureux foie, Arthur prit l'enveloppe, regarda à l'intérieur, compta apparemment les billets du regard, puis glissa le tout dans sa poche intérieure.
— OK. Vous aviez bien entendu. Les deux mecs, Candy et Karl, étaient sur les lieux, aussi discrets qu'une mouche dans un verre de lait...
— Mais uniquement parce que vous les connaissiez déjà, non ?
— Ouais, possible.
Il lança un regard vers la machine à expressos qui semblait perpétuellement cracher de la vapeur de lait.
— Je prendrais bien un autre crème. Vous voulez quelque chose ? Cappuccino ? Crème ? Expresso ? C'est moi qui offre.
Paul poussa un soupir.

— Pourquoi pas ?

Arthur prit sa tasse et se dirigea vers le comptoir.

Au moins, pensa Paul, il avait essayé de protéger Isaly. Mais il ne s'en sentait pas moins coupable d'avoir mis la vie de Ned en danger. Et ce n'était pas fini, même si ces deux tueurs n'avaient rien tenté à Pittsburgh. Qu'attendaient-ils donc, au fait ?

Quand Arthur revint avec les tasses, il le lui demanda.

— Sammy ne vous a pas parlé d'eux ?

— Non. Je ne voulais pas vraiment savoir, en fait. Pourquoi l'aurais-je voulu, à ce moment-là ? Mais maintenant si.

Il s'interrompit, se souvenant de sa conversation téléphonique avec Sammy. Puis :

— Effectivement, il me semble qu'il m'a dit qu'ils aimaient bien prendre leur temps.

Arthur reposa sa tasse avec un « Mmm » et baissa la voix :

— Ils doivent d'abord repérer les lieux. Ils aiment connaître la cible, vous comprenez, sa routine, ses amis, ce genre de détails. Ils l'observent. Puis ils tirent leurs conclusions et ils décident si elle mérite d'être refroidie ou pas.

— « Mérite » ? Qu'est-ce que vous voulez dire par « ils décident » ?

Se rendant compte qu'il criait presque, Paul se ressaisit et reprit, à voix basse :

— Mais quel taré engagerait des types pareils ? Je suis peut-être vieux jeu, mais j'ai toujours pensé que c'était celui qui alignait le fric qui décidait...

Arthur haussa les épaules.

— S'ils ne font pas le boulot, ils vous remboursent l'avance. C'est ce que j'ai entendu dire. Je suppose qu'ils ont des principes, comme vous et moi. Enfin, comme vous.

Il tapota la poche dans laquelle il avait mis l'argent.

— Je me sens presque coupable. Après tout, je n'ai pas fait grand-chose.

L'espace d'un instant, Paul paniqua :

— Mais Ned Isaly est encore vivant, n'est-ce pas ?

— Oh oui. Oui. A moins que son avion ne se soit écrasé. Je n'ai pas pu trouver une place sur le même vol, mais je suis resté avec lui, ou plutôt derrière lui, jusqu'à ce qu'il ait franchi le contrôle de police.
— Vous ne pensez pas qu'il est encore en danger ?
— Probablement pas. Si Candy et Karl avaient décidé de le descendre, ils l'auraient certainement fait à Pittsburgh. D'ailleurs, ils ont peut-être essayé. De fait, j'ai *peut-être* fait avorter une tentative de Candy...
— Quoi, quoi ?
Paul se pencha au-dessus de la table, les yeux exorbités.
— J'ai cru qu'il allait dégainer. Il aime bien coincer son flingue sous sa ceinture, dans le dos ?
— Ne me le demandez pas à moi, comment je saurais où ce type cache son revolver ?
— Ah oui... En tout cas, j'étais sûr qu'il allait dégainer mais...
Il haussa les épaules.
— ... peut-être pas. C'est pourquoi...
Il tapota à nouveau sa poche, cette fois en plissant tout son visage dans une grimace à la Hannah.
Paul se surprit à faire la même.
— Dites-moi si je me trompe, mais l'essentiel, dans cette histoire, c'est que la victime soit toujours en vie. Que vous ayez tiré ou pas sur l'homme chargé de le tuer, c'est un détail, non ?
Paul voulait être sûr d'avoir bien compris leur protocole, au cas où il déciderait d'écrire un livre sur le sujet.
Arthur but une gorgée de son café crème et hocha la tête.
— En théorie, oui, vous avez raison, mais...
Paul tendit sa paume vers lui comme s'il cherchait à repousser cette réponse dans sa bouche.
— Minute, minute. Il n'est pas question de théorie, ici. Je vous ai engagé pour faire le garde du corps, point barre. Par ailleurs, je ne crois pas avoir parlé d'un job à mi-temps...
— Vous voulez dire...
— Exactement.
Arthur hocha la tête.

— Je vois.

Arthur répéta :

— Je vois, oui. Encore que, théoriquement...

Paul frappa du poing sur la table, faisant bondir Arthur ainsi que les personnes assises aux tables voisines. Il leur adressa une grimace en guise de sourire, marmonna des excuses. Puis il se tourna à nouveau vers Arthur.

— D'accord, on va faire un compromis. Si Ned Isaly se fait descendre avant la fin de la semaine, vous me rendez ce qu'il y a dans l'enveloppe. Ça vous paraît équitable ?

Il présumait qu'Arthur allait accepter, puisque c'était lui qui avait mis en avant la question de l'éthique.

Ce ne fut pas le cas. Après une longue pause, l'autre répondit :

— Le problème, c'est qu'il pourrait être victime d'un accident, et dans ce cas cette nouvelle... clause n'aurait pas à s'appliquer, n'est-ce pas ?

Il prit une bouchée de crêpe à la fraise, mâcha d'un air songeur.

Paul le dévisagea longuement, puis se pencha au-dessus de la table, résistant à l'envie de l'attraper par le col.

— Si l'accident — comme le fait de se retrouver sous les roues d'une voiture — était « arrangé », dit-il avec un clin d'œil appuyé, je vous en tiendrais pour personnellement responsable...

Arthur, grimaçant, tenta de contrer :

— Mais il y a toujours la possibilité qu'il s'agisse d'un vrai accident, comme de tomber sur les rails du métro...

Paul émit un rire un poil hystérique.

— Arthur, depuis quand ce genre de chose est-il accidentel ? Les gens se font pousser, voilà la vérité.

Arthur lança un regard interdit dans la salle.

— OK, alors vous voulez qu'on décide des types d'accidents inclus dans le contrat ? Par exemple, si c'est le métro, c'est qu'on l'a poussé ?

Paul cligna des yeux.

— Je ne suis pas une compagnie d'assurances !

Il se prit la tête dans les mains et la secoua.
— Mais de quoi on parle exactement ?
Il avait oublié.
— Quoi ?
— De quoi on parle, là ?
Arthur chuchota :
— De mes honoraires. Coupons plutôt la poire en deux : disons que vous récupérez vingt-cinq mille s'il lui arrive quoi que ce soit.
Paul le regarda d'un air absent.
Arthur secoua la tête.
— Je me demande comment vous arrivez à écrire des bouquins. Vous n'êtes même pas capable de vous concentrer sur un sujet plus de dix minutes. Là, vous avez l'air aussi vide qu'une assiette.
« Aussi vide qu'une assiette. » Paul trouva l'expression plutôt intéressante. Il la nota mentalement.

36

Le café près de l'entrée du building de l'agence Durban était pratiquement vide, ce qui n'était pas banal à Manhattan, où rien n'était jamais désert sauf en cas d'alerte à la bombe ou de week-end du Memorial Day.

Jimmy était assis à la même table que lors de leur précédent rendez-vous, avec la même serveuse armée de la même cafetière. Elle déposa une grosse tasse blanche devant lui, la lui remplit et s'éloigna.

— C'est comme si je n'étais jamais parti d'ici, fit Paul en s'asseyant.

— Estimez-vous heureux de n'être jamais parti pour le nord de l'Etat.

— Alors, comment ça s'est passé ?

— Ah ! Bonne question...

— Si je peux me permettre, vous avez une sale gueule.

Paul sourit pour lui signifier qu'il ne devait pas lui tenir rigueur de cette appréciation.

— Vous êtes aussi mal rasé que John Grisham, vous avez des cernes violets sous les yeux et votre être tout entier semble incontrôlable. Fébrile.

— Vous êtes déjà allé dans une de ces colonies d'écrivains ?

— Non, mais j'ai des amis qui ne jurent que par elles. Ils affirment que Yaddo, c'est mieux que Paris. Mieux que Rome, même.

La main de Jimmy rampa jusque sur l'avant-bras de Paul et l'agrippa.

— Que viennent foutre Paris et Rome là-dedans ?
Paul haussa les épaules.
— Je n'en sais rien. C'est ce qu'ils ont dit.
— D'accord.
Jimmy rapprocha sa cuillère, sa serviette et son verre d'eau, comme pour rassembler ses idées.
— On m'a donné cette... cabane... une chambre, une salle de bains, une cafetière et un petit frigo. Très sympa. Pas de téléphone, Dieu merci. Pas de télévision non plus. C'est dans la forêt, en plein milieu d'une nature magnifique...
— C'est un peu comme ça que je me l'imaginais.
— Pendant une heure, je suis simplement resté allongé sur le lit à écouter le silence. Pas un bruit. C'était quand, la dernière fois que vous avez écouté le silence ?
Paul haussa les épaules.
— La dernière fois que j'ai parlé à mon agent ?
Jimmy lui lança un regard noir.
— C'était juste une question, bordel. Cessez de m'interrompre. Puis j'ai sorti mon cahier, celui dans lequel j'écris mes poèmes, vous savez...
Paul se contenta d'émettre un grognement, au cas où.
— C'était un vendredi, après le dîner...
— Qu'est-ce qu'ils vous donnaient à manger ?
Jimmy plissa des yeux exaspérés.
— J'en sais foutre rien ! Je viens de dire que j'étais arrivé *après* le dîner, non ?
Paul ravala la remarque qui lui montait aux lèvres.
— Donc, j'étais là, réfléchissant à un poème sur lequel j'étais en train de travailler...
— Excusez-moi de vous interrompre, mais vous comptez me faire un résumé ou me raconter tout dans le détail ? Parce que, dans le second cas, je pourrais aller me chercher un morceau de tarte...
— Attendez un peu. J'étais donc là, allongé, regardant la nuit engloutir les arbres, réfléchissant à mon poème, quand, soudain,

on a tambouriné à ma porte, faisant un tel vacarme que j'ai failli tomber du lit.

Là, Jimmy leva un poing, martelant l'air.

— J'ouvre la porte et je vois trois types complètement saouls, ou défoncés, fumant des cigares, l'un d'eux tenant une bouteille de rhum Montecristo...

— Ça, c'est du bon. C'est un vieux rhum guatémaltèque, très parfumé. Parfait avec un cigare.

Jimmy cligna des yeux.

— J'ai comme l'impression que vous ne suivez pas très bien...

— Mais si, continuez.

— Ils se présentent. Deux d'entre eux sont irlandais et ils sont tous poètes. Ils déblatèrent sur le fait que l'IRA a signé l'arrêt de mort de la propriété en Irlande du Nord, ce genre de conneries. Les deux se prennent pour Dylan Thomas...

— Ha ! Il faut se mettre à deux au moins pour en faire un comme lui...

— Ils sont toujours là, dehors, la forêt étant apparemment leur Harry's Bar permanent. L'un d'eux se met à lire une sorte de long poème alambiqué en prose pendant que les deux autres me soufflent leur fumée de cigare au visage et me tendent la bouteille de Montecristo... Je leur réponds : « Non merci, j'essaie d'écrire. » Et l'un deux me dit : « Ecrire, écrire ? Mais tu peux faire ça n'importe où, mon vieux. Pourquoi gâcher un super week-end en pleine nature pour ça ? »

Paul se mit à rire.

— Elle est bonne, celle-là, vraiment bonne !

Il leva un doigt en direction de la serveuse. Quand elle approcha, il lui demanda quel genre de tartes ils avaient.

— Oh.

Elle se concentra intensément.

— Voyons voir, on a myrtille, fraise, pomme, citron meringué...

Voyant Jimmy se prendre la tête entre les mains, Paul décida de lui en commander une aussi.

— Deux tartes aux pommes. Merci. Et encore un peu de café. Merci.
— Il devait y avoir une dizaine d'autres petites cabanes. En me conduisant à la mienne, la directrice, ou je ne sais pas ce qu'elle était, me les a montrées du doigt, cachées entre les arbres. C'était idyllique, vraiment. Ou plutôt ça aurait dû l'être. La mienne, pour une raison quelconque, est devenue le dernier endroit où l'on cause. Et puis où ces écrivains allaient-ils se procurer leur bibine ? L'alcool était censé être interdit dans la colonie, sauf dans la salle commune, où ils servent des cocktails avant le dîner...

Jimmy reprit son souffle comme s'il venait de remonter à la surface, puis reprit :
— Finalement, les trois types s'en vont et je peux enfin me coucher. Le samedi matin, je décide de ne pas aller dans la salle commune prendre le petit déjeuner et de me concentrer sur mon travail. J'écris sur un morceau de papier *Ne pas déranger ! SVP !* et je le scotche sur la porte.

Les tartes aux pommes arrivèrent, accompagnées de nouveaux cafés. Jimmy poussa la sienne sur le côté et, le regard brûlant, continua son récit :
— J'arrive presque à boucler les quatre vers sur lesquels je planche depuis un certain temps... C'est que ce poème est très difficile en raison de sa forme. C'est en rimes décomposées... vous connaissez.

La bouche pleine, Paul répondit :
— Bien sûr.

Il n'avait aucune idée de ce que c'était et ne tenait pas à le savoir.
— J'aurais dû la commander « à la mode ». Vous ne voulez pas une boule de glace sur votre tarte ?

Jimmy poursuivit, imperturbable, comme si Paul n'était qu'un dictaphone lui permettant de consigner son expérience.
— Vers l'heure du déjeuner, j'entends qu'on frappe contre ma vitre, du bout des ongles. J'ouvre, pensant qu'on m'apporte mon repas. Je meurs de faim parce que je n'ai pas dîné la

veille, pas pris de petit déjeuner... J'ouvre donc la porte et voilà que cette fille... enfin, une femme plutôt, dans la trentaine, essayant d'avoir l'air d'une gamine de treize ans, vous savez, avec une robe de gitane, un fichu à pois, des créoles en or...

— Vous avez vraiment le sens du détail. Vous devriez essayer la fiction... Oh, pardon.

Paul baissa précipitamment la tête vers sa tarte quand Jimmy fit mine de le frapper.

— Elle entre dans ma cabane comme chez elle, se laisse tomber sur mon lit et dit à peu près ceci : « Purée, quelle nuit ! Chaque fois, je me dis que je ne dois pas boire les martinis d'Eddie. Ils tueraient un cheval. Salut, je m'appelle Marie... » « Et je suis alcoolique », que je lui rétorque.

Paul rit, crachant des miettes de pâte sablée.

— Elle en est restée baba. Puis elle se met à gazouiller : « Oh, vous aussi vous êtes dans le programme ? » Là, je me suis un peu énervé : « Comment ça, "moi aussi" ? Parce que vous, vous êtes en cure de désintoxication ? Moi, en tout cas, je ne suis dans aucun foutu programme. Qu'est-ce que vous me voulez ? » Et elle : « Oh là là ! On est de mauvais poil ce matin ? » A l'entendre, on aurait dit qu'on avait passé la nuit ensemble à se pinter ou à baiser. « Je suis venu écrire, voilà ce que je suis venu faire », je lui dis. « Oh, moi aussi, moi aussi. Mais faut bien souffler un peu de temps en temps... » Et moi : « Je croyais que cet endroit était prévu pour ça, pour le calme et le repos. Il n'y a rien d'autre à faire. » Elle pousse un « Mmm », s'en contrefichant visiblement. Puis elle demande : « Je peux vous taper un clope ? » Je lui lance mon paquet, elle en allume une et commence à me raconter sa vie pourrie, la raison pour laquelle elle est ici, madame écrit ses mémoires, et comment, enfant, elle a été violée par son père, son frère, son oncle, son cousin... enfin vous voyez le genre, les mémoires typiques. Vous voyez d'ici le bouquin palpitant que ça va faire... « Si vous parvenez à l'écrire un jour », je lui dis. « Oh, mais je suis déjà dessus. Mon autodiscipline est légendaire. » Légendaire ! Pas moins !

Même Jimmy oublia un instant sa colère pour en rire.
— Puis elle reprend : « Alors, je suppose que ça ne vous dirait rien de baiser ? Hein ? »
Paul repartit d'un autre éclat de rire.
— « Vous supposez bien, je réponds. En réalité, j'aimerais bien que vous partiez. Maintenant ! » Elle me fait : « Bon, bon, d'accord ! » Elle me tend mon paquet de Winston et je lui dis qu'elle peut le garder. Du coup, il est déjà deux ou trois heures de l'après-midi et je meurs de faim. Je regarde au-dehors mais je ne vois pas de plateau-repas. Je me dis qu'en lisant mon papier « Ne pas déranger ! SVP ! » ils m'auront pris au pied de la lettre. D'ailleurs, ce n'est pas Hemingway qui a dit qu'on ne pouvait écrire convenablement que le ventre vide ?

Paul l'ignorait et n'avait aucune intention d'expérimenter le bien-fondé de cette assertion.
— Vous ne voulez pas de votre tarte ?

L'esprit toujours dans sa cabane au milieu des bois, Jimmy poussa son assiette intacte vers lui.
— Merci, dit Paul. Et ensuite ?
— Ensuite j'arrive enfin à terminer ma strophe. Les rimes décomposées, vous savez… ?
— Oui, absolument. Continuez.
— Sept ou huit écrivains, ou se prenant pour tels, y compris Marie et les crétins d'Irlandais, sans leur bouteille de Montecristo parce qu'ils savent qu'on va leur servir des apéritifs dans la salle commune, déboulent et me traînent hors de ma cabane pour aller dîner. Je n'avais pas le choix parce qu'il fallait que j'avale quelque chose même si la perspective de me retrouver avec cette bande de cinglés dans les bois ne m'enchantait guère. Nous voilà donc partis en troupeau vers la salle commune, où j'ai l'agréable surprise — pendant les cinq premières minutes — de découvrir une petite vingtaine d'autres personnes raisonnablement calmes et non avinées. Alors que je me tiens devant la table des boissons, je tombe sur un type très grand avec une allure de poète caricaturale — longue écharpe, cheveux noirs, le regard abruti, comme s'il était trop épuisé pour écouter qui que ce soit d'autre que lui.

Je lui demande sur quoi il travaille. Il s'avère qu'il n'est pas poète mais sculpteur. Je reste coi, surtout que j'y connais que dalle en sculpture. Puis je lui dis : « Ça m'étonne que cet endroit ait des... euh... des matériaux à sculpter... » Brillant, non ? Il me répond : « Il n'y en a pas. Chacun doit apporter son matos, non ? » Là-dessus, il me tourne le dos. J'ai ensuite tenté d'engager la conversation avec une femme toute en cheveux, elle en avait tant qu'on aurait dit qu'elle portait plusieurs perruques superposées. Ça pointait dans tous les sens sur son crâne comme des ailes. Après un échange de banalités, auquel j'étais pratiquement le seul à contribuer, j'ai décidé que je préférais encore les buveurs de rhum qui citaient du Dylan aux autres, qui étaient tous d'une prétention ou d'un ennui insupportables, ou les deux à la fois. Cette nuit-là, il y a eu une autre beuverie, à laquelle j'ai succombé et, le dimanche matin, je me suis tiré. J'ai repris la route de New York et je me suis arrêté en chemin dans un motel miteux pour dormir un peu.

Paul, occupé à finir la tarte aux pommes de Jimmy, se demanda d'où venait ce soudain silence. L'air autour de lui semblait avoir grésillé tout au long du déferlement de paroles de Jimmy... Ah, c'était ça ! Il venait de s'arrêter ! Paul, ayant perdu l'habitude du son de sa propre voix, demanda :

— J'imagine donc que six mois à Yaddo, ce n'est pas pour vous...

— Vous pouvez le dire !

Jimmy avala une gorgée de café froid, puis fit signe à la serveuse.

— D'un autre côté, vous devez apprécier davantage la vie de famille, maintenant.

Paul était déçu.

— Vous voulez rire ? Pas du tout. Je la supporte de moins en moins. Tout ça, c'est du pareil au même. Ce que j'ai surtout compris, c'est à quel point j'aime être seul. Je ne me suis jamais senti aussi léger que pendant ces quelques heures, juste après mon arrivée. L'intimité est sans doute le plus grand cadeau qu'on puisse s'offrir.

Il indiqua du menton quelque chose à ses pieds.
— J'ai là ma valise et ma machine à écrire. J'ai quitté la maison. J'ai dit à Lily — c'est ma femme — que je voulais qu'on se sépare un moment, pour voir. Elle a fait un de ces scandales, ce qui, d'ailleurs, est une des raisons pour lesquelles je voulais me séparer d'elle. Vous savez ce que je vais faire ? M'installer dans un hôtel, le temps de me trouver un appartement. Tout ce dont j'ai besoin, c'est d'un studio. Je trouverai bien quelque chose dans les quartiers sud, ou à TriBeCa. Mon fils, Mike, a quinze ans. Comme il adore Manhattan, je n'ai pas trop l'impression de l'abandonner. Il pourra toujours venir faire la gueule chez moi au lieu de la faire à la maison. Le seul danger, c'est qu'il ait envie d'emménager avec moi. Quoi qu'il en soit, il croit pouvoir me culpabiliser jusqu'à la fin de mes jours. Le fait d'avoir quitté sa mère et le domicile conjugal lui a donné plus de prétextes pour me haïr qu'il ne pouvait espérer en avoir si j'étais resté. Idem pour Lily. Imaginez un peu tous les déjeuners et les cocktails où elle va pouvoir m'éreinter...

Il fit un grand sourire.

— Finalement, tout le monde y gagne. Je vais annoncer à Mort que je ne veux plus travailler que trois jours et demi par semaine, pas plus, pour pouvoir être votre agent et celui de quelques autres auteurs que je respecte. Si ça ne lui plaît pas, il n'aura qu'à aller se faire voir. Je claquerai la porte et ouvrirai ma propre agence, avec vous comme client-vedette. J'espère que vous serez d'accord mais, même si vous refusez, je pourrai toujours m'en sortir avec une poignée d'auteurs qui, je pense, me suivront sans problème...

Paul n'arrêtait pas de secouer la tête.

— Oh là là ! Oh là là !

— Alors, vous avez vu ?

Paul fronça les sourcils.

— Vu quoi ?

— Jusqu'où je peux aller ?

Paul sourit.

— En tout cas, vous avez l'air décidé.

37

Paul Giverney s'assit dans le bureau de Clive sans même ôter son manteau.

— Alors ? demanda-t-il.

Clive se surprit lui-même en répondant :

— Ecoutez, j'ai passé un week-end extrêmement éprouvant. Vous n'avez qu'à vous en prendre à Bobby...

— Je préférerais encore avoir affaire à un navet. Bobby ne connaît que des week-ends éprouvants. Il ne vit que pour ça.

Clive fronça les sourcils. Apparemment, Paul Giverney était plus au courant du mode opératoire de Mackenzie-Haack qu'il ne l'aurait cru de la part d'un auteur qui n'était même pas encore de la maison. Mais, naturellement, l'histoire d'amour entre Bobby, le Glenlivet et les vins de Puligny-Montrachet n'était un secret pour personne dans le milieu de l'édition.

Giverney attendait donc une réponse. Clive pouvait difficilement lui parler des filatures en série à Pittsburgh, si bien qu'ils restèrent assis quelques secondes dans un silence pesant.

Clive le brisa, il n'avait jamais maîtrisé l'art du silence.

— Paul...

Il marqua une pause. S'appelaient-ils déjà par leurs prénoms ?

— Clive ?

Apparemment, oui, même s'il doutait qu'ils fussent sur la même longueur d'onde.

— Combien de temps il vous faut pour annuler un foutu contrat, Clive ?

Paul mima le geste de déchirer une feuille de papier et jeta les morceaux imaginaires par-dessus son épaule. Puis il adopta une pose belliqueuse, croisant les bras sur sa poitrine. Il plaça la semelle de son soulier contre le bord du bureau. Ça, il y allait fort !

Soulagé de constater qu'il pouvait quand même parler, Clive déclara :

— Ce n'est pas si simple. Vous savez que son directeur littéraire est Tom Kidd. On ne peut pas se permettre de le perdre, pas seulement lui, mais également tous les auteurs qu'il chapeaute. Vous savez qu'ils le suivront tous jusqu'au bout du monde, ce qui signifie dans une autre maison. Je vous ai déjà expliqué tout ça. Dites-moi plutôt...

Il prit son ton le plus conciliant :

— Pourquoi vous en voulez autant à Ned Isaly ?

— Je vous ai déjà répondu, vous n'avez pas besoin de le savoir. Quant à Tom Kidd, c'est un faux problème. C'est un directeur « littéraire ». Ils ne sont plus si nombreux. Remplacez-le donc par un jeune loup aux dents longues, quelqu'un capable d'attirer les auteurs commerciaux comme moi...

— Nous ne voulons pas à ce point-là des auteurs commerciaux. Mackenzie-Haack s'est fait un nom dans la littérature. Nous avons dans notre écurie plus de lauréats des National Book Award, PEN/Faulkner et Critics' Circle que n'importe quelle autre maison...

Paul Giverney parut blessé.

— Calmos, Clive. Votre réputation repose avant tout sur le talent étrange de Bobby Mackenzie pour transformer de la vase en or massif rien qu'avec sa tchatche.

— C'est très exagéré...

— La vérité l'est aussi. Prenez par exemple Rita Aristedes. Cheveux noirs, yeux olive, teint de lait, grecque. Les Grecs sont à la mode. Avant eux, c'étaient les auteurs latinos, guatémaltèques, portugais, etc. La Rita déverse ses immondices depuis des années, et son petit dernier est peut-être plus nul que les précédents...

Clive fronça les sourcils.

— Comment vous savez...

— Je sais tout, Clive. Vous oubliez le nombre de fois où on m'a demandé de déverser du vomi de chat pour faire bon genre sur une quatrième de couverture. L'agent de Rita m'envoie systématiquement ses nanars pour que je leur ponde un texte de couv'. Ce type serait infoutu de vendre une canne à un aveugle. Alors comment se fait-il que cette plumitive se retrouve chez Mackenzie-Haack ? Mais pardi, parce que monsieur a prédit que la Grèce serait in ! Or la Grèce n'est plus in depuis Lawrence Durrell.

— Ça ne se passait pas en Grèce pourtant... *Le Quatuor d'Alexandrie* ? Ce n'était pas en Egypte ?

Paul Giverney le faisait douter de tout.

— Il ne fait aucun doute que Bobby est un génie, l'homme qui a lu tout ce qui s'est écrit depuis l'aube de l'humanité, et un roublard de première. Les seuls auteurs que ce salaud respecte sont morts. Shakespeare, Aristophane, Joseph Conrad...

Paul cracha encore quelques noms qui avaient été inclus dans une collection de classiques qu'il venait de recevoir.

— C'est pour ça que vous voulez...

— Non, ce n'est pas pour ça. Je n'ai rien à faire d'un putain de génie.

Le sourire de Clive était figé, à peine un soupçon de lune.

— Mais vous tenez quand même à avoir un directeur littéraire qui...

— Non, pas du tout. Je n'aurais jamais dû prendre ce biais.

Clive jouait avec son coupe-papier, refoulant l'envie de le plonger dans le cœur de Giverney, ou du moins de l'en menacer pour l'amener à cracher le morceau. Puis il l'entendit soudain dire :

— C'est bon. Préparez le contrat et je le signerai. Vous pouvez prévenir Mort.

Clive en laissa tomber son coupe-papier, abasourdi.

— Quoi ? Mais vous venez de...
— Oh, ne discutez pas, Clive. Faites-le. Mes raisons ne regardent que moi. Ne cherchez pas à comprendre.
— D'accord, d'accord. Simplement, je suis complètement...
— Ravi.
Paul se leva et prit congé. Mais, une fois sur le pas de la porte, il sourit et demanda :
— Bobby a déjà réussi à dîner ne serait-ce qu'une fois au Vieil Hôtel ?
— Non.
Clive se tenait debout derrière son bureau, un sourire de Joconde sur le visage. Il se souvenait de la fureur de Bobby lorsqu'il échouait à obtenir une réservation. Il avait bien essayé une dizaine de fois, donnant des noms et des adresses différentes. En vain. La dixième fois, il s'était rendu directement là-bas avec un petit groupe de gens pleins d'espoir, pour en voir quelques-uns admis, d'autres refoulés, dont lui et une femme en manteau de zibeline tombant jusqu'au sol. (Ils étaient rouges de colère, outrés, jurant qu'ils en appelleraient au maire... qui, disait-on, n'avait jamais pu entrer non plus. Bon, personne n'en avait la preuve.)
Paul Giverney déclara :
— Moi non plus.
— Moi si.
Clive s'efforça de ne pas avoir l'air trop suffisant.
— Je pourrais vous faire admettre.
C'était hasardeux. Il pouvait se compromettre si on découvrait que son invité avait par le passé tenté à plusieurs reprises d'entrer sans succès par ses propres moyens. Il avait déjà pris ce risque avec Mort Durban. Mais il ne le prendrait certainement pas pour Bobby.
— Merci, mais c'est un de ces trucs qu'il faut réussir tout seul, ou alors ça ne compte pas.
Clive fut légèrement décontenancé par cette humilité soudaine. Les gens essayaient toujours de contourner les règles

du Vieil Hôtel, ce qui était d'autant plus difficile que personne ne les connaissait.

Tous deux restèrent silencieux un moment, à méditer sur cette impossibilité majeure. Quelles étaient ces règles ? C'était sans doute la première fois qu'ils partageaient une longueur d'onde. Ce n'était ni la fortune ni la position sociale. Ce n'était pas la lignée. La politique ? Non. On y trouvait parfois un homme politique important, parfois un politicien véreux, parfois les deux. La grande question, durant la mauvaise passe de Clinton, n'était pas « Le gros menteur doit-il quitter la présidence ? » mais « Le gros menteur a-t-il déjà été admis au Vieil Hôtel ? »... La rumeur disait que non.

— Et si c'était une application de la théorie du chaos ? suggéra Paul.

Avant toute cette histoire, Clive n'avait jamais été très porté sur l'introspection. Si la surface lui paraissait bonne, il s'élançait dessus avec ses patins. Mais là il prit la peine de se poser la question : « Le Vieil Hôtel est-il une application de la théorie du chaos ? »

— Comme c'est étrange...

— Oui, vraiment étrange, convint Paul Giverney.

L'instant suivant, il avait disparu.

38

— Il tient vraiment à ce que ce soit vous qui révisiez ses textes.

Tom Kidd aimait bien Jimmy McKinney, mais pas au point de devenir le directeur littéraire de Paul Giverney.

— Allons, Jimmy ! Pourquoi ne pas me demander de m'occuper de Dwight Staines ou de Rita Aristedes, pendant que vous y êtes ?

La seule personne que Bobby avait pu trouver pour Rita était Peter Genero, le champion des causes perdues. Ce dernier n'avait pas accepté pour des raisons humanitaires mais parce qu'il était persuadé de pouvoir *tout* faire, y compris corriger les manuscrits de Rita.

— Oh, allez, Tom. Vous savez bien que ce n'est pas comparable…

— Mais si, mais si. Tous les trois sont au sommet des ventes. Vous croyez que Bobby garderait Rita si ses bouquins ne se vendaient pas par trillions ?

Jimmy acquiesça :

— Soit, je vous l'accorde. Mais reconnaissez que Paul Giverney est un bien meilleur écrivain.

Tom émit un petit rire.

— Ce n'est pas difficile.

— Vous avez lu son dernier livre ?

— J'ai la tête de quelqu'un qui lirait son dernier livre ?

Jimmy se mit à rire.

— Non.

— Au fait, comment se fait-il que Mort vous ait cédé Giverney ?

Jimmy ne savait pas trop quelle part de ce qui s'était passé entre Paul et lui devait être ébruitée. Il regarda autour de lui les livres empilés un peu partout, les étagères qui recouvraient deux murs du sol au plafond ne suffisant pas. Il y en avait par terre, sur le bureau, sur le rebord de la fenêtre. Il songea à son propre bureau bien ordonné, grâce à Lily. Propre, rangé. Comprimé. (« Ne crois pas, parce que je me demande où tu as fui... »)

— Qu'est-ce qui vous fait sourire comme ça ? demanda Tom. Vous êtes la seule personne que je connaisse qui parvienne vraiment à « esquisser » un sourire.

Jimmy en esquissa un autre.

— Je pensais à la poésie. Pas à la mienne, à celle d'Edwin Arlington Robinson. Ah, si c'était de moi...

Il poussa un soupir.

Tom écarquilla les yeux.

— J'ignorais que vous étiez poète. Vous avez déjà été publié ? Non pas qu'être publié donne la mesure d'une œuvre...

Jimmy se rapprocha du bureau et saisit ce qui ressemblait à un fossile. Il en examina les crêtes tout en répondant :

— Mais si, Tom, c'est une mesure. Emily Dickinson le pensait, même si elle n'a cessé d'affirmer le contraire, de refuser que ses poèmes soient publiés, du moins de son vivant. Quand mon recueil a paru, c'était comme si j'avais été libéré de ma cellule d'isolement. Enfin je pouvais me mêler aux autres détenus.

— Les « autres détenus » étant nous, je suppose ?

Jimmy acquiesça.

— Je pouvais communiquer.

Sans quitter des yeux le fossile dans le creux de sa main, il se rassit.

— C'est de l'écorce fossilisée, au cas où vous vous le demanderiez.
— Ça vient d'où ?
— Aucune idée. J'aime bien le tripoter. C'est pourquoi la surface est si lisse.

Jimmy songea au bois derrière sa maison. (« Les bois étaient dorés, alors. Il y avait une route… ») Il aimait la suspension de ces cinq mots, la « route » se balançant au bout du vers comme si elle continuait à l'infini. C'était ainsi qu'il s'était senti, que Lily s'était sentie, il en était sûr, il y avait longtemps.

— Je me donne encore un an et puis j'arrête.
— D'écrire des poèmes ?
— Non, de faire l'agent.
— Allez, Jimmy ! Ne me dites pas ça ! Vous êtes le seul agent par ici qui ait la moindre idée de comment faire ce métier. Vous êtes le seul capable de voir le crâne sous la peau.
— « Webster était profondément obsédé par la mort… et voyait le crâne sous la peau »…
— Eliot, T. S., dit Tom. Je connais mes citations, à défaut de connaître mes poètes. Quand est-ce que je pourrai vous lire ?
— Quand vous voudrez. Je vous apporterai un exemplaire à ma prochaine visite.
— Parfait.

Tom s'enfonça dans son fauteuil et fixa le plafond comme s'il cherchait des fissures dans le plâtre.

— Vous savez, dans un moment de faiblesse, je vous dirais peut-être de changer de métier. Pour ma part, je suis heureux parce que je fais ce que je veux.

Il lui lança un regard sincère et ajouta :
— C'est que, voyez-vous, on me considère comme une denrée plutôt précieuse par ici.

Il en paraissait surpris, comme s'il venait à l'instant de s'en rendre compte.

— Tout le monde sait ça, Tom.
— Quand on vous estime précieux, les gens — par « les gens », comprenez « Bobby » — vous fichent la paix. Parce que, s'il me

cherchait des noises, je pourrais aller ailleurs. Et probablement entraîner un ou deux auteurs avec moi.

— Ils vous suivraient tous, Tom. Certains des meilleurs écrivains de New York. Bobby deviendrait fou.

Jimmy se leva.

— Je ferais bien de partir.

— D'accord, d'accord, c'est d'accord, dit Tom sur un ton las. On aurait dit qu'il venait d'avaler de la lessive.

— J'irai chercher le bouquin de Giverney, mais je n'en lirai qu'un petit bout. Il ne m'en faudra probablement pas plus, de toute façon.

— Vous êtes un chic type, Tom.

— Non, c'est juste que j'aurais l'impression de vous insulter si je ne faisais pas au moins l'effort d'essayer.

Jimmy sourit.

— En effet.

Sur le pas de la porte, il se retourna.

— Dites-moi, Tom, est-ce que Bobby est en train d'essayer de baiser Ned Isaly ?

Tom se leva, fronçant les sourcils.

— Qu'est-ce qui vous fait dire ça ?

— P...

Il s'interrompit de justesse, ne voulant pas le nommer.

— Quelqu'un m'a conseillé de veiller sur les intérêts de Ned. C'est tout, pas d'explication.

— Qu'est-ce qu'on a voulu dire par là, à votre avis ?

Jimmy haussa les épaules.

— Je n'en sais rien. Ned doit bientôt remettre un manuscrit, non ?

Tom souleva quelques papiers dans le désordre de son bureau.

— Je dois avoir ça écrit quelque part... La semaine prochaine, je crois.

— Bobby a-t-il jamais évoqué la clause de non-respect du délai ?

— Il n'a pas intérêt à commencer maintenant.

— Vous connaissez Bobby suffisamment pour savoir qu'il peut faire tout ce qui lui chante. Parfois, je me demande s'il y a une motivation derrière ses décisions. Ou s'il fait simplement les choses parce qu'il en a les moyens.

Il le salua d'un signe de tête.

— Au revoir, Tom. Merci de m'avoir recommandé comme agent.

Tom haussa les épaules.

— A qui d'autre je pourrais faire confiance ?

39

Ned avait passé toute la matinée et une bonne partie de l'après-midi au lit. Il ne comprenait pas ce qui l'avait fatigué autant. Il avait l'impression d'être observé. Il se sentait traqué. De la paranoïa, voilà ce que c'était.

Cela avait commencé à Pittsburgh, mais il avait été lui-même tellement occupé à tout observer qu'il n'y avait pas prêté attention. C'était comme de négliger les signes avant-coureurs d'une grippe jusqu'à ce qu'elle vous terrasse. Il se redressa, avala deux comprimés, se laissa retomber sur les oreillers.

Des fantômes. Cela expliquerait cette sensation, l'air lourd autour de lui.

Il se replongea en arrière, visualisant les lieux qu'il avait visités : Schenley Park, où il avait regardé des gamins jouer au kickball. Les différents glaciers Isaly. Shadyside. Le stade de l'autre côté du fleuve. Mais son problème venait de ce que la plupart des scènes qu'il voyait ne se déroulaient que dans sa tête. Il était si peu observateur que c'en était navrant. C'était à se demander comment il pouvait être écrivain. Le Jardin des Plantes et le Luxembourg ressemblaient-ils en quoi que ce soit à la description qu'il en avait faite ? Cela le ramena à Nathalie et à cette très étrange sensation qu'elle était partie. Il n'aurait jamais dû aller à Pittsburgh. C'était comme s'il l'avait abandonnée. Il aurait dû rester ici et tenter de remédier à la situation pitoyable dans laquelle il l'avait mise.

On frappa à la porte, le faisant sursauter, d'autant que c'était un son qu'il n'avait pas l'habitude d'entendre. Peut-être un colis, UPS ou FedEx. Tout en s'extirpant du lit, il imagina un homme dont le seul contact avec le monde extérieur serait un service de coursiers. Réfléchissant à cette situation, il se tint au milieu de la chambre, oubliant d'aller ouvrir. On frappa encore, plus fort, le rappelant à la réalité.

C'était Saul.

Ned était stupéfait. Ils étaient amis depuis des lustres, mais Saul ne venait pratiquement jamais chez lui.

— Saul !

— Ned. Tu peux me rendre un service ?

— Bien sûr. Entre. Qu'est-ce qui se passe ? Tu as une mine affreuse. C'est la première fois que je te vois avec une tête pareille. C'est quoi, ça ?

Saul lui tendait un paquet enveloppé dans du papier brun et attaché avec de la ficelle. Il faisait bien une dizaine de centimètres d'épaisseur.

— Un manuscrit. Celui sur lequel j'ai travaillé tout ce temps.

Ned écarquilla les yeux, soudain inquiet, tandis que Saul poursuivait :

— A Pittsburgh, je me suis brusquement rendu compte que la raison pour laquelle je n'arrivais pas à écrire la fin, c'était que je l'avais déjà écrite.

Ned soupesa le manuscrit.

— Je serais plus que ravi de le lire, Saul.

A vrai dire, il en mourait d'envie. Saul prit un air contrit.

— En fait... je me demandais si Tom Kidd... Tu crois qu'il accepterait ? Puisque je n'ai pas d'éditeur...

— Tu rigoles ? Bien sûr.

Il se mit à rire.

— Tu penses... Un nouveau roman de Saul Prouil ! Je peux te garantir qu'il le lira. Je peux le lui apporter tout de suite.

Ned n'avait encore jamais vu Saul dans tous ses états. Il était l'incarnation même du flegme. Il était déçu qu'il ne lui donne pas son manuscrit à lire, mais lui-même aurait fait la même chose. Quoique. Il aurait probablement estimé que son manuscrit serait lu avec une plus grande acuité par Saul que par n'importe quel directeur littéraire. Sauf, naturellement, par Tom Kidd.

— Je m'habille et j'y vais.

Saul lança derrière lui :

— Tu es malade ? Tu étais encore au lit...

— J'étais juste fatigué. Ce voyage m'a complètement vidé.

Cinq minutes plus tard, il ressortait de sa chambre, pieds nus, passant un sweat-shirt.

— Je ne sais pas ce que j'ai. Tu n'as jamais l'impression d'être observé ?

Saul lui sourit.

— Observé ? Non. Tu ne nous ferais pas une petite crise de parano ?

Ned enfila ses chaussures.

— Oui, sans doute. Qui voudrait m'observer ? Bon, on y va ?

Il poussa Saul vers la porte et referma derrière eux.

40

Candy et Karl se tenaient devant la vitrine d'une agence de voyages de Chelsea, contemplant un groupe de flamants rose pétant qui vantaient des séjours de deux semaines à South Beach et Key West. Les oiseaux en carton cohabitaient avec un fouillis d'affichettes et d'accessoires censés représenter des vacances à la mer : un seau en plastique rempli de sable, un bikini, un cocktail exotique avec une touillette en forme de femme nue.

Ils mâchaient tous deux un chewing-gum, l'air pensif. Ils ne pensaient pas à Key West mais à Ned Isaly.

Les yeux rivés sur le bikini, Candy demanda :

— Alors maintenant, qu'est-ce qu'on fait ? La seule fois qu'il nous est arrivé un truc de ce genre, c'était avec le petit gamin. Tu te souviens de ce mouflet ?

— Si je m'en souviens ? Comment l'oublier ? Six ans, mignon tout plein.

— Héritier présomptueux — ou présomptif ? — de vingt millions de dollars.

— Bon, mais là, c'était pas compliqué. On a tout simplement rendu son fric à ce connard.

— Avant de lui mettre la tête au carré, lui rappela Candy.

Karl ricana.

— Ce débile a filé sans demander son reste. Il a même pas râlé.

— Il aurait eu du mal, avec un Walther contre la tempe...
Cette fois, ils ricanèrent tous les deux.
— Je vais te dire une chose, s'il s'agissait de ce tordu de Mackenzie, je te le refroidirais au beau milieu du Lincoln Center sans sourciller. Parfaitement.
Ils restèrent silencieux une bonne minute, fixant la vitrine, Candy inclinant la tête presque jusque sur son épaule pour regarder la photo de deux femmes jouant avec un énorme ballon de plage.
— Dis, si on entrait ? proposa Karl.
— Tu veux qu'on aille à Key West ? Tu plaisantes ? C'est là que vivent tous les pédés !
— Pas tous, il y en a beaucoup à Provincetown. Enfin, ceux qui ne sont pas à Chelsea.
Karl avait prononcé cette dernière phrase du coin des lèvres pour ne pas être entendu de l'employé de l'agence, dont la chevelure blond vénitien était penchée sur une pile de brochures.
Karl attira son attention puis lui posa sa question.
Candy se mit à rire.
— Tu penses vraiment ce que je pense que tu es en train de penser ?
— Ça ne m'étonnerait pas, répondit Karl en riant à son tour.

L'agent poussa un soupir très semblable à celui du gars qui vient de finir un bon repas ou une bonne partie de jambes en l'air.
— Bon, messieurs, je crois bien que tout est là.
Il déposa devant eux un billet, un itinéraire et quelques brochures. Plus une revue sur papier glacé vantant les mérites d'une croisière.
— Au cas où vous vous décideriez plus tard...
Candy empocha le billet, Karl, les brochures. Ils le remercièrent et sortirent.
Un nouveau chewing-gum en bouche, ils restèrent un instant immobiles sur le trottoir tandis que des femmes aux allures de

gitanes et des ados avec des anneaux dans le nez et perchés sur des skateboards tourbillonnaient autour d'eux.
— Je me boirais bien une bière, C., pas toi ?
— Swill's ?
— Ouais, pourquoi pas ?

Ils se voyaient désormais comme des habitués, et considéraient la table au milieu de la salle comme étant la leur. Au point de se sentir offensés si d'autres s'y installaient. Candy s'imagina sortant son fusil à canon scié et descendant les intrus, comme cela se faisait tous les jours, affirma-t-il à Karl, au temps de la Prohibition.
Comme d'habitude, Swill's était plongé dans une pénombre crépusculaire. On avait l'impression de voir au travers du filtre gris du temps, ce qui, au fond, était plutôt reposant. C'était presque comme de regarder un de ces vieux films en noir et blanc.
Candy alla chercher leurs bières au bar et salua au passage Ned, occupé à bavarder avec l'autre tantouze de poète. Il revint à leur table, où Karl relança la discussion sur les films en noir et blanc :
— Un de ces jours, un crétin de producteur va vouloir faire un remake de *Casablanca* en couleurs...
Il prit sa bière d'un air las.
— Bande de trous du cul. *Casablanca* ne peut être *que* en noir et blanc.
Il alluma un cigare et le téta tout en regardant le bout rougeoyer.
— Le problème, c'est que tout le monde veut quelque chose en en faisant le minimum. N'importe qui peut refaire un film qui a déjà été fait. Où est la créativité, là-dedans ?
— Y a que les réalisateurs étrangers qui font preuve d'imagination. Ça, et les cinéastes indépendants.
Candy avait déjà entendu cette opinion plus d'une fois chez Swill's.

— Et puis les Fellini, les Kurosawa...
— Il est mort.
— J'ai dit le contraire ? Il y a les David Lynch, les John Sayles...
— Tu as raison, à cent pour cent. Pense un peu au type qui a filmé un remake de *Psychose*. Tout ce qu'il a fait, c'est exploiter la nostalgie des gens.

Candy réfléchit un petit moment, puis répliqua :
— Oui, mais attends un instant, K. Tu ne peux pas ressentir de la nostalgie pour *Psychose*. Tu n'as jamais mis les pieds dans le motel de la famille Bates.
— Je sais, mais quand je regardais ce film, c'était comme si j'y étais.

Candy ne fut pas convaincu :
— Voyons, K. Tu ne peux pas avoir de la nostalgie pour un endroit où tu n'es jamais allé.

Ned se tenait toujours au bar, bavardant à présent avec le barman et propriétaire, Jimmy Longjeans. Karl pointa un doigt vers lui et dit :
— Amenons-le ici.

Ils s'approchèrent du bar et, le prenant chacun par un coude, le conduisirent vers leur table.
— Je serais venu de moi-même, pas la peine de me traîner, se défendit Ned. Qu'est-ce qui vous arrive ?
— On n'est pas d'accord sur un truc, expliqua Karl.
— Quel truc ?
— Je dis qu'on peut ressentir de la nostalgie pour un lieu ou une époque qu'on n'a pas connus personnellement.

Ned était toujours debout, buvant sa bière à la bouteille.
— Eh bien, oui, c'est tout à fait possible. En tout cas, je le pense aussi.

Qu'est-ce qu'ils étaient allés faire à Pittsburgh, ces deux-là ? se demandait Ned. Il y avait quelque chose de merveilleusement désuet chez eux, comme des pièces de cinquante cents à l'effigie de Kennedy.

Karl poussa vers lui une chaise du bout du pied.

— Assis.

Puis, se rendant compte que son geste et son ton pouvaient paraître autoritaires, il ajouta :

— S'il vous plaît.

Ned s'assit.

— Qu'est-ce que vous disiez donc ? demanda Candy.

— A propos de la nostalgie ? Qu'elle n'était pas nécessairement liée à un lieu ou une époque spécifiques.

Ils le dévisagèrent en plissant les yeux, comme si rétrécir leur champ de vision allait stimuler leurs facultés.

— Je ne pige pas, dit Candy.

Il se tourna vers Karl.

— Et toi ?

Karl ne répondit pas. Ned s'expliqua :

— Il arrive qu'on attache un sentiment à un lieu sans aucun rapport avec son vécu. Peut-être qu'on en a oublié la vraie source, parce que celle-ci est trop douloureuse.

Ils inclinèrent la tête comme deux grands oiseaux, écoutant attentivement.

— C'est le thème du roman que je suis en train d'écrire.

C'était donc ça ? Ned en fut le premier surpris. Ce fut comme un électrochoc. Il songea à Nathalie et se dit qu'elle avait été cruellement utilisée non seulement par Patric mais aussi par lui-même. Il la revit dans le Jardin des Plantes, attendant son amant qui ne viendrait pas. Il avait quitté Paris pour sa maison de campagne dans l'Hérault. Pourquoi l'attendait-elle puisqu'elle savait qu'il ne viendrait pas ? C'était espérer en dépit de tout. Une étrange manière de représenter le désespoir.

Il marchera vers moi, pensait-elle, apparaissant au coin de la rue Linné, portant des roses. Il ne sera pas parti, finalement. Il aura envoyé sa femme et ses enfants sans lui à Beaulieu-sur-Mer.

Ils allaient pouvoir passer deux semaines tous les deux, deux semaines ininterrompues. Ils traîneraient aux terrasses du boulevard Saint-Germain, aux Deux-Magots, ou dans la rue de la Paix, dans ce café bondé d'Américains qui en avaient entendu parler dans cette fameuse vieille chanson...

Nathalie imaginait Patric avec cette même intensité féroce avec laquelle lui, Ned, imaginait Nathalie.

Elle fixait l'allée avec une telle concentration que Patric allait peut-être finir par se matérialiser, avec son bouquet...

Il n'entendit qu'à moitié la question qu'on lui posait et releva la tête.

— Pardon, vous disiez...

Le plus grand des deux lui demanda :

— Il a un titre, votre bouquin ?

— *Séparation*. Au fait, qu'est-ce que vous faisiez tous les deux à Pittsburgh ?

— Oh... euh... On avait à faire à Pittsburgh. Des trucs à régler, vous savez.

— Sans blague ?

— Une coïncidence. D'ailleurs, on allait justement chez Mackenzic Haack. Il faut qu'on voie Mackenzie avant qu'il quitte la ville. On est aussi en compte avec lui.

— Ouais, confirma Candy avec un grand sourire. Avant qu'il quitte la ville.

41

Candy et Karl traversèrent l'immense hall du building Mackenzie-Haack. On aurait dit une sépulture de marbre avec ses dalles noires qui réfléchissaient le plafond et ses immenses colonnes doriques blanches de chaque côté. Le sol semblait aussi glissant et glacé qu'une patinoire.

Ils s'arrêtèrent devant une structure en marbre noir en forme de demi-lune avec une petite plaque en cuivre indiquant *ACCUEIL*. Derrière se trouvait un gardien. Debout à côté de lui, un autre. Ils avaient tous les deux l'air de s'ennuyer ferme. Sur le mur derrière eux étaient peintes les immenses initiales entrelacées *M-H*.

— Bobby Mackenzie, demanda Candy en faisant glisser son chewing-gum d'un côté de sa bouche à l'autre.

Il avait mis son feutre noir. Karl également. Ils avaient aussi chaussé leurs Ray-Ban en miroir.

Le premier gardien les regarda lentement de haut au bas, n'appréciant guère ce qu'il voyait.

— Noms ?

— M. Black et M. White.

Le second gardien interrompit son bâillement, plissa les yeux et ajusta le holster accroché à son ceinturon.

Le premier parcourut un grand registre de noms, de dates et d'heures, et eut du mal à cacher sa satisfaction quand il ne trouva aucune trace d'un M. Black et d'un M. White.

— Vous avez rendez-vous ? Parce que vous n'êtes pas inscrits là-dedans.

Karl tendit une main au-dessus du marbre du comptoir, décrocha le téléphone et le lui tendit.

— Appelez-le et dites-lui que nous sommes des amis de M. Zito. Danny Zito.

Le gardien paraissait de plus en plus contrarié et, à présent, inquiet. Il composa un numéro, parla dans le combiné, attendit quelques secondes. Il raccrocha et écrivit *Black* et *White* sur deux badges. Il les leur tendit.

— Vous devez les garder sur vous en permanence tant que vous êtes dans le building.

Ils fixèrent les badges au revers de leur veston et on leur indiqua un ascenseur qui les transporterait tout droit au vingtième étage. Sans escale. Dès qu'ils furent à l'intérieur, ils arrachèrent les badges. Candy et Karl n'aimaient pas se balader en portant des plaques d'identité.

En sortant de l'ascenseur, ils passèrent devant un autre bureau de réception puis s'engagèrent dans un couloir, des agrandissements de jaquettes de livres tapissant les murs de part et d'autre.

— Ces types sont vraiment branchés bouquins, commenta Candy.

Bobby Mackenzie était assis, les pieds sur son bureau. Il semblait être en train de corriger quelques pages. Clive se tenait devant la baie vitrée avec la vue panoramique sur Manhattan. Bobby ne se leva pas et ne les invita pas à s'asseoir dans les deux grands fauteuils en cuir.

Clive le fit à sa place.

— Clive, mon vieux !

Candy lui tapa dans la main.

Clive en ressentit un certain plaisir.

Bobby n'avait pas l'air content. Après tout, il n'avait pas demandé cette rencontre et ne voulait pas les voir dans son bureau.

— Qu'est-ce que vous faites ici ? Nous n'étions pas supposés nous revoir tant que votre boulot ne serait pas fini. Pour autant que je sache, ce n'est toujours pas le cas. Ce matin, j'ai vu Ned Isaly entrer dans le bureau de Tom Kidd. Il avait l'air en pleine forme...

— Ne faites pas votre grincheux, Bobby. Ici, on est entre nous, ce n'est pas comme chez Michael's. Sympa, le bureau, au fait.

Karl sortit une enveloppe de sa poche.

— En ce qui nous concerne, le boulot est terminé.

Il était assis suffisamment près du bureau pour pouvoir la glisser sur l'acajou poli.

— C'est l'avance. Tout y est, moins les frais. Le Hilton de Pittsburgh, ce genre de choses...

Bobby regarda l'enveloppe comme si elle contenait un nid de vipères qui menaçaient de lui sauter au visage.

— Quoi, vous n'êtes pas à la hauteur ? C'est ce que vous êtes en train de me dire ?

Il tenta un sourire méprisant, ce qui n'était pas facile dans cette compagnie. Il se tourna vers Clive, comme s'il lui proposait de reprendre la mission.

— Clive ?

Clive haussa les épaules. Il avait du mal à cacher sa satisfaction.

— Mais ce n'est pas tout, Bobby, reprit Karl. On a quelques petites choses encore à voir avec vous. Des trucs qu'on veut que vous fassiez.

Bobby les dévisagea, stupéfait.

— Des trucs que vous voulez que *je* fasse ?

Il éclata brusquement de rire et se tourna à nouveau vers Clive.

Encore ce petit haussement d'épaules. Il avait l'air de plus en plus ravi.

— Des trucs que vous voulez que *je* fasse ! répéta Bobby. Ça m'étonnerait. Et si vous dégagiez de mon bureau, à présent ? Allez vous faire foutre.

Il agita les doigts en direction de la porte.

Le regard de Clive alla de Bobby à Karl puis à Candy. Cette fois, il était légèrement nerveux. Bobby était-il donc inconscient à ce point ? Croyait-il vraiment pouvoir tout contrôler ? Y compris ces deux-là ? Il n'avait donc pas lu le livre de Danny Zito, bon sang ?

Candy et Karl échangèrent un regard, semblant s'interroger : cette expression, « Allez vous faire foutre »... elle leur était vraiment adressée ?

— Ouais, c'est bien ce que j'ai entendu, K. C'est à nous que vous parliez, Bobby ?

Clive crut entendre Robert De Niro dans *Taxi Driver*. Karl lui ressemblait, en fait. Il ne l'avait encore jamais remarqué.

Bobby releva les yeux de la page qu'il était en train d'annoter, fit semblant de s'étonner qu'ils soient toujours là. Puis :

— Foutez-moi le camp.

Clive gigota nerveusement, mais il jubilait intérieurement. Karl regarda Candy en feignant la surprise.

— « Foutez-moi le camp »... Ça, c'est au cas où on aurait pas compris son « Allez vous faire foutre ».

Il se tourna à nouveau vers Bobby avec un air conciliant.

— Allons, allons, Bobby. Tout ce qu'on veut, c'est nous assurer que le roman de Ned Isaly, son petit dernier, parvienne dans la liste des best-sellers du *TBR*.

Le temps passé chez Swill's n'avait pas été perdu.

— Non, non, écoutez-moi bien...

Il leva les mains pour refouler tout ce qui aurait pu sortir de la bouche grande ouverte de Bobby.

— Il n'a pas besoin d'être tout de suite dans les dix meilleures ventes. On va pas lui ouvrir le chemin à la mitraillette...

Clive apprécia la métaphore.

— Non, il peut rester sur la liste « élargie » pendant une ou deux semaines, poursuivit Karl. Après tout, le travail de Ned n'a pas grand-chose à voir avec du Dwight Staines — Dieu merci ! C'est un littéraire, lui, et c'est déjà dur d'être admis sur cette liste. Mais on tient à ce qu'il y entre et qu'il y reste, disons, cinq ou six semaines. Au moins. Sept, ça serait encore mieux. Et, tant qu'on y est, il devrait peut-être même se hisser dans les cinq meilleurs.

Candy secoua la tête.

— Les dix meilleurs, Bobby, ça ira. On ne demande pas des miracles. Si Ned n'a jamais figuré sur cette liste, les dix meilleurs, c'est déjà une sacrée victoire, non ?

Karl se renfrogna.

— Un auteur comme lui devrait être dans les cinq meilleurs. Il le mérite.

— Vous êtes tous les deux complètement frappés, dit Bobby.

Il tendit la main vers le téléphone.

Synchrones comme les Rockettes dans une chorégraphie de Bob Fosse, plus fluides que Twyla Tharp, ils glissèrent leurs mains sous leurs vestons Armani (déstructurés précisément pour créer cet effet nonchalant) et, dans un même mouvement liquide, sortirent leurs revolvers.

Ils firent pivoter le cran d'arrêt d'avant en arrière. Dans la pièce figée, le bruit parut aussi assourdissant que les chutes du Niagara.

Clive fut parcouru d'une décharge électrique. Cette montée d'adrénaline mettait tous ses sens sur alerte rouge. Ce n'était pas déplaisant. Combien de fois avait-il connu une telle sensation ? Mais étaient-ce bien là les mêmes braves garçons qui avaient entonné *Waltzing Matilda* à Pittsburgh ? Même les tueurs avaient leur moment d'humanité.

Karl reprit :

— La liste, c'est le premier point, pigé ?

Bobby recula au fond de son siège.

— Vous êtes...

Il voulait dire « fous », mais la gueule noire des canons pointés sur sa poitrine l'incita à n'en rien faire.

— ... en train de plaisanter. Je ne contrôle pas la liste du *TBR*. Personne ne la contrôle. C'est le public qui décide, les lecteurs, ceux qui achètent les livres...

Candy et Karl éclatèrent de rire.

— Bobby, le public ne contrôle rien du tout. Il est contrôlé par celui qui souffle le vent le plus fort sur son chemin. Et puis, Bobby, il y a une chose que notre secteur d'activité nous a appris : rien, je dis bien *rien*, n'est impossible quand on le veut suffisamment. Vous seriez surpris.

Karl leva légèrement son arme.

Bobby émit un bruit, de dédain, sembla-t-il, qui fit bondir Candy de son fauteuil.

— Putain, K., ce type ne s'y connaît pas plus en marketing que ma cousine Berthe. Laisse-moi le buter.

Les yeux de Bobby s'écarquillèrent avant que Karl fasse signe à Candy de se rasseoir.

— C'est bon, C. Bobby ici présent finira par entendre raison.

— Raison ? dit Bobby d'une voix étranglée. Vous entrez ici avec des armes et vous parlez de raison ?

— Ayez l'amabilité de nous rappeler qui nous a conduits dans cette passe, fit Candy.

— Impasse, corrigea Karl.

— Impasse. Vous sembliez alors nous trouver parfaitement raisonnables. Si je comprends bien, raisonnable, ça veut dire pour vous « Fais ce que j'ai décidé, pigeon, et ferme la porte en sortant ».

Bobby ouvrit la bouche.

— Arrêtez de nous interrompre, bon sang, ou ça va nous prendre la journée. Clive, dit Karl avec un petit geste de la tête vers la porte, va voir ce que fait la fille à côté et dis-lui d'aller le faire ailleurs.

Clive sentit son amour-propre remonter de plusieurs crans. Ils le considéraient comme l'un des leurs, le traitaient en allié. Il entrouvrit la porte, passa la tête dans l'entrebâillement et dit à Amy de descendre au café au pied du building et de rapporter tout ce que les gens du bureau voudraient. Elle ferait mieux d'emmener quelqu'un avec elle pour ne pas avoir à effectuer plusieurs voyages. Il referma la porte, leva le pouce en direction de Candy et de Karl pour leur indiquer que la situation était sous contrôle, et reprit son poste près de la fenêtre.

— Alors, Bobby, on est donc d'accord sur cette liste du *TBR* ?
— Mais, bordel, je vous l'ai déjà dit, je ne peux pas...

Karl ferma les yeux, peiné.

— Tu n'as donc rien écouté, trouduc ? Disons que j'entre dans une librairie, cherchant un truc à lire. A ton avis, qu'est-ce que je vais choisir ? Un bouquin caché tout au fond ou celui qui me saute à la figure partout où je regarde ? Un livre qui est partout. Reviens sur terre. Dans ce monde, si tu veux quelque chose, tu l'achètes, comme tu le sais sûrement déjà.

Du bout du revolver, il indiqua l'enveloppe, toujours au même endroit sur le bureau.

Bobby s'enfonça dans son fauteuil, croisa les mains derrière sa tête et reposa ses pieds sur la table.

Apparemment, il n'avait pas encore compris que ce n'était plus lui qui tirait toutes les ficelles, que ce n'était pas le moment de faire son petit chef, car il déclara pompeusement :

— On ne contrôle pas les intermédiaires.

Candy se releva d'un bond.

— Cette fois, son compte est bon, à cet enfoiré !

Bobby blêmit et reprit rapidement sa position de victime, les bras baissés et les pieds au sol.

Karl fit un signe à Candy, qui se rassit à contrecœur.

— Le truc, tu vois, c'est qu'on sait que tu nous racontes des bobards. Soit tu mens, soit tu es idiot, or on ne croit pas que tu sois si sot que ça.

Clive vit Bobby esquisser un sourire. Son ego était si démesuré qu'il acceptait même les compliments venus d'un type qui le menaçait d'une arme.

Karl poursuivit :

— Comme j'essayais de te l'expliquer plus tôt, mais apparemment tu étais distrait, tu contrôles ce que tu paies pour contrôler. Dis aux libraires que tu es prêt à cracher un million pour promouvoir ce livre et ils en achèteront plus. Du coup, ils en vendront plus. Tu achètes de l'espace en vitrine, tu exiges des libraires qu'ils en foutent partout. Tu le fais déjà pour les auteurs de best-sellers, ça n'a rien de nouveau. Tu paies les grandes chaînes pour ça. C'est ce qu'on pourrait appeler de la collaboration forcée. Dans le cas de Ned Isaly, il suffit de payer un peu plus. Peut-être un million et demi, voire deux. Je vais donc le redire une dernière fois pour que ce soit bien clair : tu peux *tout* acheter. Résultat, on veut voir le roman de Ned Isaly sur la liste du *TBR* l'année prochaine...

Il leva légèrement le canon de son flingue vers le front de Bobby.

— ... ou on revient.

— Ouais, dit Candy avec un sourire sadique, ses pupilles luisant comme des paillettes. On reviendra.

— Il y a autre chose à mettre dans ta petite tête. Crois-moi sur parole : tu n'as pas intérêt à ce que Ned Isaly ait un accident. Prie pour qu'il fasse attention en traversant la rue, qu'il éteigne bien le gaz chez lui, qu'il ne se fasse pas agresser dans la rue...

— Vous ne pouvez pas me tenir pour responsable de ce genre d'incidents ! Une personne sur deux à New York se fait attaquer...

— C'est vrai ? Alors croise les doigts pour qu'il appartienne aux cinquante pour cent restants.

Ce fut au tour de Candy d'intervenir :

— A présent, Paul Giverney. On en est où avec lui ?

— Ouais, Paul Giverney, l'auteur que vous essayez d'attirer chez vous. On veut savoir si c'est lui qui a eu l'idée de nous engager. C'est lui qui a pensé au meurtre ?

Personne ne répondit, laissant le mot « meurtre » se balancer doucement dans l'air au bout d'une corde.

— Oui, dit enfin Bobby.

Son regard se promena dans la pièce, puis s'arrêta sur Clive. Il reprit :

— Oui, c'était l'idée de Giverney. Et de Clive.

— Qu... ?

— C'est à toi que Giverney a parlé, pas à moi.

Il avait jeté cette phrase par-dessus son épaule, tournant le dos à Clive.

— Alors comme ça, c'était l'idée de Clive...

— Oui.
— Ce qui veut dire non, conclut Candy.

Bobby se leva dans un élan de bravade, mais les deux revolvers aussitôt braqués sur lui l'obligèrent à se rasseoir dans le même mouvement.

— On connaît ce bon vieux Clive ici présent, dit Karl. Dans notre métier, on apprend vite à déchiffrer les tempéraments. Clive n'aurait jamais pondu un plan pareil.
— Mais toi, si, sale petit étron, ajouta Candy.
— Et Giverney a signé le contrat ?
— Non.
— Oui.

Bobby et Clive avaient parlé ensemble.
Bobby dévisagea Clive, incrédule.

— Quoi ? Quand, nom de Dieu ? Et vous ne m'avez rien dit ?
— J'étais justement venu pour vous en informer. On a été... distraits.
— Comme ça tu peux mourir heureux, Bobby, dit Candy avec un grand sourire. Bon, c'est juste une façon de parler.
— Une dernière chose, fit Karl.

Il sortit une autre enveloppe de sa poche et la jeta sur le bureau.

— Qu'est-ce que c'est ? demanda Bobby.
— Un billet d'avion.
— C'est quoi, encore, cette histoire ?
— Pour l'Australie. Tu n'as pas toujours eu envie de connaître l'Australie ? Melbourne ? L'Outback ? L'Opéra de Sydney ? Les kangourous ? Eh ben, c'est ton jour de chance.
— Je ne peux...
— Bobby, tu nous chantes toujours le même air. Bien sûr que tu peux. Pendant quelque temps, six mois peut-être. Tu pourras revenir à temps pour t'occuper de la promotion du roman de Ned. Pour convaincre ton équipe que tous les coups sont permis. En attendant, tu confieras les rênes à ce bon vieux Clive.

Bobby lança un regard assassin à Clive.
— Ecoute, dit Candy, ça aurait pu être bien pire.
Le regard noir quitta Clive pour se poser sur Karl.
— Ah oui ? Et comment ?
— On aurait pu écrire un bouquin.
Candy, Karl et Clive éclatèrent de rire.

42

Sally était assise derrière son bureau, lisant le livre sur Pittsburgh qu'elle en avait rapporté. Le but de cette acquisition était de pouvoir discuter de sa ville avec Ned. L'album en question était abondamment illustré de vieilles photos de presse.

Etait-ce l'histoire de la ville qui le passionnait autant ? Il ignorait les défaites et les victoires du club des Pirates au fil des ans, les noms des entraîneurs qui s'étaient succédé au club, la capacité d'accueil de Forbes Field. Ce qu'il recherchait, c'était la description des spectateurs quand Roberto Clemente avait propulsé la balle hors du stade, l'aspect des nuages quand ils s'amassaient dans la grisaille de...

« Ce n'est peut-être pas l'histoire qui m'attire. » Il l'avait dit il y avait longtemps, se chamaillant avec Jamie. « En tout cas, pas la vraie. »

Tom Kidd apparut sur le seuil de son bureau. Il était barricadé derrière ses piles de livres depuis près de vingt-quatre heures. Elle était prête à parier qu'il n'était pas rentré chez lui et n'avait rien avalé depuis cette tranche du moka qu'Amy avait distribué à la ronde. Un cadeau de Bobby. Tom lisait le manuscrit de Saul depuis un jour, une nuit et une partie d'un autre jour.

Il avait les yeux exorbités.

— Tom ?

Il tourna un regard absent dans sa direction, ne sembla pas la voir.

Il disparut à nouveau dans son bureau.

Quand elle releva les yeux vers la grande salle, pas tout à fait aussi animée que la salle de rédaction d'un quotidien mais pas loin, elle vit Clive entrer et se mettre à errer parmi les box comme un clochard en quête de pièces. Il avait l'air... ivre. Plusieurs personnes l'interpellèrent, se levant pour le chercher du regard par-dessus les cloisons de leur box, lui lançant des félicitations, à moins que ce ne soient des invectives.

Sally espérait qu'il passerait sans la voir car elle avait déjà trop de choses en tête pour s'occuper de lui.

Naturellement, il n'en fit rien. Il s'arrêta devant son bureau, alluma un cigare (un des cubains de Bobby) et se laissa tomber sur une chaise en bois.

— Sally...

— Que se passe-t-il ? Paul Giverney a fini par signer ?

Ce que tout le monde attendait de savoir.

— Ouais.

— C'est formidable, Clive ! Je suis ravie pour vous.

Elle était elle-même surprise de sa sincérité. Mais il avait l'air si heureux qu'il était difficile de ressentir l'antipathie qu'il lui inspirait habituellement. Puis elle se fit soudain la remarque qu'il avait beaucoup changé ces dernières semaines. Notamment depuis Pittsburgh. Quelle étrange expérience cela avait été !

Les joues creuses, tétant son cigare, il le fit tourner dans sa bouche, le retira, expira, puis dit :

— Mais y a pas que ça, Sal.

« Y a pas » ? « Sal » ?

— Bobby prend des vacances. Six mois, peut-être plus. Je le remplace.

Que se passait-il donc ?

— Clive...

— J'en connais un qui va avoir quelques sueurs froides...

Tom avait dû sentir qu'il se passait quelque chose car il se tenait à nouveau sur le pas de sa porte. Mais il avait dit ça d'une manière bon enfant, en plaisantant.

Sally fut à nouveau surprise par sa propre réaction. C'était comme si un lourd fardeau venait de lui être enlevé. Si Bobby partait, si le contrat était signé, il n'avait plus de raison de vouloir se débarrasser de Ned.

Clive partit et Tom rentra dans son antre, laissant Sally s'interroger sur Paul Giverney. Quel genre d'homme était-il ? Vraiment. D'après ce qu'elle en avait entendu, il était autoritaire, arrogant, capricieux, exigeant des avances de plusieurs millions. Pourtant, il lui avait paru plutôt sympathique, la fois où elle l'avait rencontré.

Tom sortit encore de son bureau, cette fois avec le manuscrit de Saul dans les mains.

— Je vais aller dormir pendant quelques siècles. Faites-moi un double de ça et ne vous éloignez pas de la photocopieuse avant que ce soit terminé. Personne ne doit savoir ce que c'est. Mais, avant, appelez-moi Jimmy McKinney au téléphone.

Naturellement, le bruit se répandit comme une traînée de poudre. Le raffut provoqué par le nouveau livre de Saul n'eut d'égal que celui produit par le roman de Paul Giverney. Attraper l'un ou l'autre dans ses filets était déjà un scoop, les avoir tous les deux tenait du miracle. La grande parade pouvait commencer sur la Cinquième Avenue, avec serpentins, confettis et le reste. Toutes les autres maisons d'édition pouvaient ranger leurs bouquins. La guerre était gagnée.

Bien que Mackenzie-Haack n'ait pas encore signé de contrat avec Saul, ce n'était qu'une question de jours. Il n'avait ni éditeur ni agent. Ce qui était sans doute la raison pour laquelle Tom voulait parler à Jim McKinney, avant de le recommander.

Avoir Ned et Saul sous le même toit, sous la direction de Tom Kidd, rendait Sally plus heureuse qu'elle ne l'avait été de toute l'année qui venait de s'écouler. Elle se replongea dans le livre sur Pittsburgh, souriant à chaque ligne, ses yeux glissant sur le texte, le touchant à peine.

C'est pourquoi elle faillit ne pas voir la photo d'un glacier Isaly, prise dans les années quarante, avec plusieurs employés devant la devanture, souriant, plissant les yeux au soleil et tenant la célèbre cuillère à glace en forme de cône, comme celle que Ned conservait chez lui sur une étagère, près d'une photo de lui-même et de trois autres employés, devant la boutique où ils travaillaient.

Ce ne fut pas la légende mais un détail de la photo qui lui coupa le souffle.

Oh non. Ce n'est pas possible !

La légende disait : *Devant l'une des échoppes du célèbre glacier de Pittsburgh.*

L'une des personnes dans la rangée, un adolescent au sourire forcé, tenait une pancarte avec le nom *Isaly* suivi d'une phrase.

« Isaly » n'était pas un nom de famille. Du moins, ce n'était apparemment pas le patronyme des propriétaires de ce royaume de la crème glacée. Ici, il était question d'un acronyme : I.S.A.L.Y.

I Shall Always Love You. « Je t'aimerai toujours. »

Ned n'était pas une glace Isaly. Sally prit sa tête entre ses mains. C'était plus fort qu'elle. Elle s'effondra en larmes.

Je t'aimerai toujours

43

Il se tenait près de sa fenêtre, celle qui donnait sur le jardin du Luxembourg (c'est ainsi que Ned se plaisait à imaginer le petit square), où Nathalie était toujours assise, sur le banc vert où il l'avait laissée. Non, elle tenait une lettre, ce qui signifiait qu'elle avait dû repasser par son appartement sur l'île Saint-Louis.
Quand ?
Ned attendit. Il réfléchissait. Il connaissait l'expéditeur de la lettre. Devait-elle se contenter de la tenir ? Ou devait-elle la lire ?

« Ma très chère Nathalie, nous savions tous les deux que ça ne pouvait durer éternellement... »
Elle avait envie de déchirer ce bout de papier en mille morceaux. C'était le « nous savions tous les deux » qui la mettait hors d'elle, la remplissant d'une fureur qui oblitérait le chagrin tel le nuage qui venait de masquer le soleil. « Nous savions tous les deux... » Patric n'avait encore jamais montré une telle lâcheté ; mais, se demanda-t-elle, lui avait-elle jamais demandé de lui faire une démonstration d'héroïsme ? Ou même de courage ? Avait-elle jamais rien exigé de lui ni même cherché à le forcer à choisir ? Non, parce qu'elle avait toujours su quelle serait sa décision. Si bien que c'était peut-être elle, la lâche.
« Nous savions tous les deux... » Oui, mais avait-elle vraiment su ? Elle l'avait toujours craint, mais avait-elle vraiment pensé que la

fin viendrait ? A partir de ce constat, la lettre continuait dans la même veine pusillanime, expliquant son départ pour Roquebrune, lui disant que c'était l'occasion de se séparer d'elle. Il ne pouvait se résoudre à le faire en face...

Ned crut la voir se retourner sur son banc et lever les yeux vers sa fenêtre. Puis elle lança :

Pourquoi tu m'as fait ça ? Pourquoi cette histoire ne pouvait-elle pas avoir une fin plus heureuse ? Ou au moins proposer une issue plus optimiste ?

Parce qu'il n'avait pas su que ce serait la fin.

Je suis donc condamnée à rester assise ici à jamais ?

Non.

Quoi, alors ? Quoi ? Je ne peux pas me déplacer par moi-même. Ça a toujours été mon problème. Je dois rester ici parce que tu m'y as laissée, tenant cette lettre, et très probablement sanglotant jusqu'à la fin des temps parce que tu manques de cran. Tu trouves que ça ferait trop sentimental...

Non, ce n'est pas ça. Nathalie et Patric ne sont pas faits l'un pour l'autre...

Ne parle pas de moi comme si je n'étais pas là, salaud !

Soit : Patric et toi n'êtes pas faits l'un pour l'autre. Vous n'auriez jamais pu vous construire une vie ensemble.

A cause de sa femme et de ses enfants ? Tu veux dire qu'il n'aurait jamais cessé de penser à eux ? Quel cliché !

Non, ce n'est pas la raison. C'est parce que vous ne vous aimez pas vraiment.

Comment ? Comment ? Et ces nuits dans mon appartement, ces longs week-ends en Provence ?...

Tu parles de passion. C'est une étrange manière de décrire l'amour, quand on y réfléchit. L'amour, c'est plus que de se laisser vivre au jour le jour. Ecoute, tu n'as pas à assumer seule la responsabilité de cet échec. Ça ne dépend pas que de toi. Il y a aussi Patric. Il s'est montré bien plus égoïste que toi.

Et il n'est pas là pour se défendre, n'est-ce pas ?

Il n'en a pas besoin, tu le fais pour lui.
Elle allait dire quelque chose, mais se ravisa. Elle tenta de se lever du banc, sans succès.

Ned, écoute. Tu m'as amenée jusqu'ici ; tu m'as surveillée pendant plus de quatre cents pages ; on a erré — sans qu'il se passe grand-chose, d'ailleurs, si je puis me permettre...

Tu n'as pas besoin d'être aussi acerbe, si ?

... au Jardin des Plantes ou au Luxembourg. Qu'est-ce que j'ai pu y passer comme temps ! Et tous ces cafés de la rive gauche (la côte d'or, tu l'appelais), la rue de Rivoli, le boulevard Haussmann ; on s'est tant promenés sur l'île de la Cité, autour de Notre-Dame...

C'est inévitable, dans un roman qui se passe à Paris, tu en conviendras.

... le boulevard Saint-Germain, le Flore et les Deux-Magots, les repaires de Hemingway (dont on fait bien trop de cas dans les romans, tu ne trouves pas ?).

Et tout ça pour me laisser échouée ici sur ce banc du Luxembourg, sous la pluie, en plus (parce qu'il commence à pleuvoir), cette lettre à la main, Patric parti, sans qu'il me reste rien de cette liaison de quatre ans, car c'est le temps que tu as mis pour me conduire à ce néant. Quatre années gaspillées...

Je ne crois pas...

Tu pourrais au moins me laisser trouver un revolver et me rendre à Roquebrune pour le tuer. Pour toi, c'est une broutille. Ça ne te coûterait rien et ça me permettrait de me venger, sans parler du fait que cela constituerait une fin bien plus sensationnelle qui ferait vendre beaucoup plus d'exemplaires de ce roman que ce que tu as prévu, à savoir rien.

Une fin pareille pourrait revenir me hanter.

Il s'agit toujours de toi, hein ? Toi ! Tu ne penses jamais qu'à toi ! Voilà pourquoi je me retrouve avec ce truc (elle agita la lettre) alors que Patric s'en tire indemne, la voilà ta fin !

Mais il ne s'en tire pas si bien. Il souffre vraiment.

Ah, vraiment ? Alors comment se fait-il que je n'en trouve aucune trace là-dedans ?

Ned pouvait presque l'entendre feuilleter les pages manuscrites qu'il venait de rédiger. Il se défendit :

Ce n'est pas écrit. On sait qu'il souffre parce qu'on sait quel genre d'homme il est...

Non, c'était un mensonge. Patric ne souffrait pas beaucoup, l'ordure. Mais Ned pouvait difficilement le dire à Nathalie.

Tu sais à quel point cela a été difficile pour lui. Tu sais qu'il était déchiré. Tu sais qu'il t'aime. Tu sais tout...

Encore des mensonges. Patric n'avait jamais été déchiré. Sa jalousie — car il avait vraiment été jaloux — n'était pas une preuve d'amour mais d'ego. Il ne supportait pas l'idée d'un autre homme avec Nathalie, même si, la plupart du temps, il n'était pas avec elle. Mais Ned ne pouvait pas lui dire ça non plus. A la place :

Tu sais qu'il va souffrir.

Il y eut un long silence.

Il faut que j'y réfléchisse, dit-elle avant de se détourner.
Les ombres se muaient en nuit. Elle tenta d'imaginer son avenir. Il était rempli de feuillets vierges. Ils s'envolèrent comme les pages d'un calendrier dans un film, datées mais vides.
Nathalie ignorait ce qu'elle faisait là, ni où elle irait ensuite. Elle ne savait même pas qui elle était. Il n'y avait rien pour la retenir, ni dans les jardins ni sur le papier.

Ned reboucha son stylo, relut ces quelques lignes. S'il y avait eu encore quelque chose à dire, il l'avait dit. Il n'y avait rien à ajouter. Il plaça ces feuillets sur les autres et les contempla un long moment. Puis il glissa un élastique autour du manuscrit. Il resta encore quelques minutes à le regarder, se demandant pourquoi il l'avait terminé de cette façon.

Il ne ressentait pas cette exaltation qu'il avait connue après son précédent roman, ou chaque fois qu'il avait fini un texte. Il n'était pas très fier de lui.

Il avait voulu voir jusqu'où elle irait, si bien qu'il l'avait libérée de ses liens. Elle n'avait pas déployé ses ailes, elle n'avait pas repris sa liberté, alors qu'il n'y avait rien pour la retenir, ni dans les jardins ni sur le papier.

44

Ils dînaient au Vieil Hôtel pour fêter le fait que Ned et Saul avaient tous les deux achevé leur roman. Sally répétait que c'était là un motif de réjouissance. Saul ajouta :
— Ou d'angoisse.
— Saul, Saul, Saul, ne sois pas ridicule.
— Sally, Sally, Sally, tu n'as pas lu mon manuscrit.
— Tu m'as l'air aussi optimiste que ma dernière idylle, dit Jamie.
Elle piqua le bras de Sally avec la petite fourchette à trois dents qu'on lui avait donnée avec ses palourdes et qu'elle avait refusé de rendre quand le serveur était venu débarrasser leurs assiettes.
Elle voulait naturellement parler de son dernier roman sentimental paru chez Mardi Gras Publications, mais Sally trouva la formule charmante.
— « Ma dernière idylle »...
N'était-ce pas le titre d'une vieille chanson populaire ? Puis elle se mit à penser aux romans de Jamie et ressentit l'angoisse dont Saul avait parlé en plaisantant. Elle trouvait décourageant d'être la seule à table à ne pas être en train de travailler sur un roman, d'en finir un, encore moins d'être sur le point d'en publier un.
— Tu ne viens pas de terminer un autre livre ? demanda-t-elle à Jamie.

— Non. Si seulement ! C'est un de ces romans à énigme. Mais je n'arrive pas à la résoudre.

Sally fronça les sourcils.

— Tu ne connais pas la solution avant de commencer à écrire ?

— Tu veux dire, si je sais comment ça va finir ? Non, Dieu merci. C'est déjà assez barbant comme ça. J'ai au moins l'avantage d'ignorer ce qui va se passer, si bien que je peux encore me surprendre.

— Mais... en quoi c'est un avantage ? J'aurais pensé que ça te mettrait au supplice. Et que fais-tu de tous les détails inexpliqués ?

Pour une raison étrange, le fait que Jamie ne sache pas inquiétait Sally.

Jamie haussa les épaules.

— La vie est pleine de détails inexpliqués. Chaque journée semble avoir été passée dans une déchiqueteuse. Ne pas savoir ce qui va se passer est un avantage parce que tu n'as pas besoin de tout cogiter à l'avance et de dresser des arbres généalogiques pour tous tes personnages, tu sais... qui vient d'où et quand ; et puis inutile de te prendre la tête avec des descriptions psychologiques...

— Mais, Jamie, il faut bien le faire, à un moment ou un autre !

— Oui, mais tu peux toujours le repousser à plus tard. Tu as l'air choquée, dit-elle en riant. Tu sais, tu devrais écrire un livre et voir où ça te mène. Il suffit d'écrire et d'écrire encore, sans trop réfléchir. La moitié des écrivains de Manhattan sont bloqués parce qu'ils ne respectent pas cette simple règle.

— Quelle règle ? A t'entendre, il n'y a aucune règle...

— Sauf si tu conçois l'écriture dans une perspective à la Henry James.

Sally la dévisagea, profondément perplexe.

Ned émergea de sa stupeur induite par Nathalie et renforcée par deux bourbons, deux bouteilles de vin, sans parler des palourdes grillées, du canard et, à présent, de ces figues sautées au Grand Marnier. Il demanda :

— Pourquoi Henry James ? C'est quoi, la perspective jamesienne ?

— Tu ne crois pas qu'il planifiait toute l'intrigue et la masse de détails de ses romans avant de se mettre à écrire ? rétorqua Jamie. Tous ces paragraphes parfaitement construits, toutes ces phrases aussi tendues que des cordes de piano ? Il suffit d'en pincer une pour qu'elle résonne, non ?

— Oui, mais ça ne veut pas dire que sa trame était déjà toute dessinée avant de commencer.

Il mordit dans une figue dégoulinante de crème fouettée et songea au réconfort que procurait la nourriture, ce qui expliquait sûrement pourquoi tous ces livres de régime échouaient.

Jamie reprit :

— En tout cas, Sally, tu es entourée d'écrivains depuis si longtemps, tu ne peux pas sérieusement croire qu'il y a quelque processus mystérieux dans l'écriture d'un roman. Tu ne penses pas plutôt qu'il y a un truc, une astuce que Ned ou Saul pourraient te confier et grâce à laquelle tu pourrais te mettre toi aussi à écrire ?

Le visage de Sally s'empourpra. Elle devait reconnaître que c'était exactement ce qu'elle avait pensé. Du coup, elle grogna :

— Du talent. Ce qu'il faut, c'est avoir du talent.

— Qu'est-ce que c'est que ça ? Tu prends ton bloc-notes, ton stylo et tu te lances. Oh là là, ce dessert !

Sally sentait l'angoisse monter.

— Voyons, Jamie. Il faut avoir au moins une vague idée.

Jamie mâcha sa figue au Grand Marnier en regardant fixement Sally, déglutit, puis répondit :

— Sur quoi ? De ma vie, je n'ai jamais commencé un livre en partant d'une idée. Si tu veux écrire un polar, commence par un cadavre gisant au pied d'une grille. Si ça se passe en Angleterre, place-le au pied d'un vieux mur en pierres sèches.

— A t'entendre, ça paraît si facile !

— Je n'ai jamais dit que c'était facile, bordel ! Essaie de décrire un corps jeté au pied d'un vieux mur en pierres sèches, tu m'en diras des nouvelles ! Mon petit dernier commence avec un macchabée démembré au fond d'une barque. Sauf que j'ai peur de l'avoir emprunté à P. D. James. Ce serait vraiment la tuile si c'était le cas.

Saul se tourna vers Ned, qui avait replongé dans son état méditatif.

— Tu en es où, toi ?
— Moi ? Nulle part.
— Ned ne supporte pas de finir un livre, contrairement à toi, dit Jamie.

Elle agita vers lui sa petite fourche. Saul lui lança à peine un regard puis baissa les yeux vers le bar. Sa chaise était la plus proche de la balustrade en fer forgé noir.

— Ça alors ! Devinez qui est là ?
— Qui ?
— Qui ?
— Les deux déménageurs. Ils étaient là aussi, l'autre soir. Ils dînent peut-être ici tous les jours, qui sait ? Leur entreprise de déménagement doit bien marcher...

Ned se leva pour pouvoir regarder.

— C'est drôle comme on passe toute sa vie sans voir une personne, puis, tout à coup, elle est partout. Qu'est-ce qu'ils pouvaient bien fabriquer à Pittsburgh ? Il y a l'autre type, aussi. Comment s'appelle-t-il ? Alfred ?

— Arthur, corrigea Saul. Oui, c'est bien lui. C'est un ami à eux, non ?

Cette fois, Sally et Jamie s'étaient levées elles aussi, se penchant au-dessus de la balustrade.

Jamie fronça les sourcils.

— Je les connais ?
— Tu n'étais pas à Pittsburgh, sinon tu les connaîtrais.
— Dieu soit loué, cela m'a été épargné.
— Tu les as vus chez Swill's. Ces dernières semaines, ils y étaient toujours fourrés.

Ce fut au tour de Candy et de Karl de lever la tête vers la mezzanine, bientôt imités par Arthur. Ils leur adressèrent un salut de la main.

— Ah oui ! dit Jamie. Les deux hommes de main.
Trois paires d'yeux ronds se tournèrent vers elle.
— Vous savez bien, des tueurs à gages.
Ils éclatèrent de rire.
— Au Vieil Hôtel ? railla Saul. Des tueurs ? Je ne voudrais pas dire, mais je ne pense pas que cela rentre dans les critères de ce cher Duff, tu ne crois pas ?
Ned se rassit et finit son dessert.
— Je vous en ai parlé hier, non ? De cette impression d'être observé. Durant tout le temps où j'étais à Shadyside, ou encore dans Schenley Park. Puis il y a eu tout un cirque dans la rue, avec des flingues, une Porsche rouge…
Sally et Saul replongèrent le nez dans leurs figues.
— Quel cirque ? demanda Jamie. Attends ! Tu parles de cette histoire dont ils ont parlé à la télévision ? Le bébé kidnappé ? Tu veux dire que tu y étais ?
Saul lança sa serviette sur la table, agacé.
— Aucun bébé n'a disparu, voyons !
Il souffla un nuage de fumée de cigare, un voile couvrant ses yeux.
— Comment tu le sais, tu y étais aussi ?
— Non. J'étais au Hilton, à faire une sieste dans ma chambre.
— Alors qu'est-ce que tu en sais ? Ils pensent que le bébé a été enlevé par quelqu'un dans une Ferrari rouge.
— Une Porsche, rectifia Saul.
Elle lui lança un regard oblique et il ajouta :
— Enfin, c'est ce qu'ont dit ces idiots du journal télévisé.
Jamie se tourna vers Ned.
— Alors, tu as tout vu ?
— Pas vraiment. Le temps que je me retourne et me demande ce qu'il se passait, tout était déjà terminé.
— Mais tu as quand même été considéré comme un témoin de choix. Mon petit dernier est plein de procédures policières…
— Ils m'ont interrogé ; du moins un flic m'a posé quelques questions. Mais je n'avais pas grand-chose à lui raconter, mis à part que j'avais vu la Porsche rouge s'enfuir.

— Tu n'as pas relevé sa plaque d'immatriculation ?
Ned commençait à s'énerver.
— Bien sûr que non ! Pour quoi faire ? Comment voulais-tu que je sache que la voiture avait une importance ?
— D'ailleurs, comment pouvons-nous savoir qu'elle a vraiment joué le moindre rôle dans cette affaire ? renchérit Saul.
— Mais parce qu'ils disent que le bébé a probablement été confié au conducteur de la Porsche !
Saul laissa tomber sa petite cuillère dans la soucoupe.
— Non mais tu te rends compte de la débilité de cette assertion, Jamie ?
Jamie le regarda de biais.
— Ce n'est pas moi qui...
— C'est complètement, mais alors complètement idiot. Que le bébé ait été arraché à son landau, à la rigueur, mais de là à le transférer dans la Porsche, c'est vraiment trop tiré par les cheveux.
— Mais alors, qu'est-il arrivé au bébé ? Et sa mère ? Où était-elle ?
Jamie se tourna vers Ned.
Qui haussa les épaules.
— Disparue. Volatilisée.
— Au journal de vingt-deux heures, ils ont interviewé un expert en troubles du comportement qui disait que la disparition de la mère était plus choquante que le kidnapping du bébé ; que c'était un exemple de plus...
— Mais qui a dit qu'il y a eu un putain de kidnapping ? dit Saul.
— ... de cette vie qu'on nous fait mener, où les êtres humains ne sont plus que des biens de consommation. Mais attends une minute ! Si la mère a disparu et le bébé aussi, pourquoi n'ont-ils pas disparu ensemble ?
— Et pourquoi disparaîtrait-elle en abandonnant le landau derrière elle ? demanda Sally.
— Il ne servait plus à rien, ça n'aurait fait que l'encombrer... Ou alors, il avait contenu autre chose qu'un bébé...

— Quoi, par exemple ?

— Mon petit dernier se déroule en grande partie dans la salle d'audience d'un tribunal, intervint Jamie. Saul n'a peut-être pas tort : si ça se trouve, il n'y a jamais eu de bébé, mais de la coke et de l'héroïne cachées sous la couverture.

— Rappelle-moi de ne pas le lire, ton petit dernier.

Saul laissa tomber sa tête entre ses mains, se massa les yeux, puis croisa les doigts devant sa bouche.

— Cette conversation n'a aucun sens.

Il bascula sa chaise en arrière, fit signe au serveur qui se trouvait quelques tables plus loin d'apporter l'addition. Celui-ci approcha avec un étui bleu nuit qu'il tendit à Saul. Désiraient-ils autre chose ? Rien.

Jamie arracha l'étui bleu des mains de Saul, déclarant que, puisque c'était en partie lui qu'on fêtait, il ne pouvait pas payer pour ce dîner.

— Merci. Tout le monde a fini ? demanda Saul sur un ton qui laissait entendre qu'ils avaient intérêt à ce que ce soit le cas, surtout Jamie. Alors, on file chez Swill's.

Ils se levèrent et descendirent lentement le grand escalier, au pied duquel se tenaient Candy, Karl et Arthur. Ils se saluèrent de nouveau, cette rencontre fortuite paraissant rendre Candy et Karl particulièrement expansifs.

— On a l'impression que vous êtes partout ! leur dit Saul. A tel point que cela ne semble plus avoir rien de fortuit, vous ne trouvez pas ?

Candy éclata de rire.

— C'est justement ce que Larry était en train de me dire à votre sujet. Pour un peu, on croirait que vous nous espionnez !

Les trois rirent de plus belle, puis Arthur demanda :

— Qui c'est, Larry ?

Karl le fit taire en lui écrasant le pied sous sa semelle puis le présenta à Jamie, avant de rafraîchir la mémoire des autres :

— Vous connaissez déjà Art...

— Arthur, corrigea ce dernier en lui lançant un regard mauvais.

— Désolé, Arthur. Vous l'avez rencontré à Pittsburgh, vous vous souvenez ?
— J'ai l'impression de l'avoir connu toute ma vie, dit Ned.
Les quatre amis — ou étaient-ils sept ? — quittèrent le Vieil Hôtel et prirent la direction de Swill's.

45

Cinq minutes après leur arrivée, Johnnie Ray chantait à tue-tête *Please, Mr Sun*. Or, comme Jamie était allée droit au juke-box en entrant, cela signifiait que *Please, Mr. Sun* serait bientôt suivi de *Cry*, puis, peut-être, d'une vieille chanson de Bobby Darin, un slow du genre *What a Difference a Day Makes*.

— Ton pote Johnnie est le seul chanteur que je connaisse capable d'étaler un mot comme *Please* sur quatre syllabes, dit Saul. Non ? Ecoute-le donc !

De fait :

« *Peul-eul-eul-iiiiiiise, Mi-is-ter Sun...* »

— Oh, tu exagères toujours, le défendit Jamie.

— Pas du tout. Même Elvis n'étirait pas autant ses syllabes, et Dieu sait qu'il en rajoutait ! Avec Ray, c'est une sorte de bégaiement rythmé.

Ils se tenaient au bar, attendant poliment qu'un groupe d'étrangers leur restitue leur table près de la fenêtre. Ou plutôt Saul et Jamie patientaient poliment ; Candy et Karl, prêts à les faire dégager, discutaient de la meilleure manière de procéder.

— Allez, laissez-les tranquilles, dit Saul.

— Vous plaisantez ? Ils ont pris notre table !

Swill's était plus bondé que d'habitude, comme si tout le sud de Manhattan était venu célébrer ce qui serait l'événement littéraire de l'année.

Sally se retourna brusquement.

— Où est Ned ?
Elle était anxieuse. Elle l'avait été toute la soirée, d'une part parce qu'elle l'était toujours dès qu'il s'agissait de Ned, mais aussi à cause de cet acronyme, I.S.A.L.Y. Elle ne savait pas si elle devait le lui dire ou pas. Elle ne le confierait certainement à personne d'autre. Au bout du compte, cela finirait peut-être par être son secret à elle toute seule. Cette idée la déprimait.
« ... and ta-a-a-a-ke her under your bran-an-an-anches, Mi-is-ter Tre-ee-ee... »
Ned se tenait devant la fenêtre derrière leur table, non pas pour intimider ses quatre occupants mais pour regarder au-dehors. Il fixait ce que n'importe quel autre observateur aurait pris pour de la nuit et de la pluie. Ned les distinguait lui aussi, mais il lui semblait également voir au travers, au-delà de la rue, de l'océan, jusque dans un jardin public où un seul réverbère projetait un halo de lumière sur un fragment de sol : le banc, l'allée, l'arbre.
Il craignait de ne trouver personne sur ce banc, dans ce jardin, le Jardin des Plantes, le Luxembourg. Il avait peur de ne plus jamais revoir Nathalie, ce qui l'avait déprimé toute la soirée. Mais voici qu'il commençait à apercevoir une silhouette brune, dans un imper noir, son visage aussi blanc que la lettre dans sa main. Elle attendait quelque chose de lui, qu'il agisse. Puis il se souvint qu'elle s'était lamentée de ne pouvoir partir d'elle-même.
Quand Ned déposa sa bière sur la table (« leur » table), ses quatre occupants levèrent vers lui des yeux surpris. Il ne prononça pas un mot. Il referma son anorak et se faufila vers la porte à travers la foule. La voix inquiète de Sally le suivit, lui demandant où il allait. Johnnie Ray enchaîna avec son *Cry*, sur un ton encore plus anxieux :
« Whe-en you-r-r-r swee-ee-eet heart sends a le-e-e-tter of goo-ood-by-y-ye... »
Il se tint sur le trottoir face à la rue sombre et trempée, regardant vers le square. Allait-elle encore lui faire des reproches ? Exiger qu'il revoie son texte ? Lui dire que cette scène-ci ou

cette scène-là avec Patric était totalement ratée, un tissu de mensonges ? Qu'il ne méritait pas une héroïne comme elle ?

Au lieu de tout cela, elle bougea. Elle se leva de son banc (sans l'aide de Ned), fourra la lettre dans sa poche noire, s'éloigna dans l'allée. Au bout de quelques pas, elle se retourna, lui fit un petit signe d'adieu avec un sourire.

— Nathalie !

Il s'élança sur la chaussée, trop distrait pour voir la voiture qui venait de tourner dans la rue et arrivait droit sur lui.

Sally se mit à hurler.

Elle avait retenu ce cri toute la journée. Les gens derrière elle, Saul, Karl, Candy et la plupart des clients de Swill's, se précipitèrent dans la rue. Quelqu'un vociféra :

— Appelez une ambulance !

Une dizaine de mains avaient déjà fait apparaître des téléphones portables et composaient des numéros. Les premiers arrivés sur le trottoir avaient tenté, vainement, de lire la plaque d'immatriculation de la voiture qui, bien qu'elle n'ait pas roulé très vite au moment de l'impact, était repartie en trombe, disparaissant à un carrefour, trois pâtés de maisons plus loin.

Saul et Sally se penchèrent sur Ned. Sally pleurait.

Ned cligna des yeux, ouvrit la bouche, commença à dire quelque chose, mais Saul l'interrompit :

— N'essaie pas de parler.

Ned ne l'écouta pas, articulant lentement, à bout de souffle :

— Ce connard... ce bon à rien de Patric... ce fils de pute, ce jaloux... qu'est-ce qui m'a pris de... ?

Puis sa tête roula sur le côté et sa joue s'aplatit contre la chaussée.

— Oh merde ! gémit Saul.

— Il est pas mort, dit Candy. Il est juste dans les choux. Croyez-moi, on s'y connaît un peu.

— Où elle est, cette putain d'ambulance ? grogna Karl. Pourquoi on arrive jamais à avoir une ambulance dans cette ville de merde !

Sa question semblait s'adresser à la nuit en général. A cet instant, l'ambulance apparut, tournant au même endroit que la voiture du chauffard quelques minutes plus tôt.

Une fois Ned embarqué, accompagné de Sally, et l'ambulance repartie toutes sirènes hurlantes, la foule se dispersa avec moult hochements de tête et murmures contrits.

— J'en crois pas mes yeux, K., dit Candy.

— Moi non plus. Je me demande bien... ça ressemble à qui, ça ?

— A qui ça ressemble ? Je vais te le dire, à ce salaud de Mackenzie, voilà à qui !

— Ouais, mais...

Arthur passa un doigt sous son col comme s'il était trop serré.

— C'est qui, ce... ce Patrick ?

46

Quand, ouvrant la porte de son appartement, Paul vit les deux hommes, il fut d'abord soulagé que Molly soit sortie voir ce film étranger avec ses amis. Et que Hannah soit en train de dormir dans son lit, tout au bout du couloir.

— Paul Giverney ? demanda le plus petit des deux.
— Oui, mais comment êtes-vous montés jusqu'ici ? Clarence est censé annoncer les visiteurs.
— Clarence ? Ah, vous voulez parler du type derrière le bureau de la réception ? C'est que... on n'est pas vraiment passés par là.
— Non, dit Karl. Le fait d'être annoncé gâche un peu l'effet de surprise.

Il lui adressa un grand sourire.

— Oh, je n'en suis pas si sûr, dit Paul. Je pense que votre revolver est tout aussi efficace.

Candy et Karl échangèrent un regard et, ayant compris, se mirent à rire.

— Lui c'est Candy, moi c'est Karl, monsieur Giverney. Nous avons une relation commune.

Arthur. Qui d'autre ? Paul avait été moins prudent que Mordred. De toute manière, ces deux malfrats l'auraient aisément retrouvé.

— Oui, eh bien... euh... Je n'ai jamais été très doué pour papoter dans un couloir avec une arme à feu braquée sur mon visage. Vous voyez ce que je veux dire ?

Il parvint à esquisser un petit sourire pincé. Il était mort de peur.

— Ah. D'accord, dit Candy.

Comme à regret, comme si la récréation était terminée, il rangea son arme sous sa ceinture.

Paul nota ce détail, pour son prochain entretien avec Sammy Giancarlo. S'il avait jamais lieu.

Candy reprit, avec le sourire :

— On veut juste avoir une petite conversation avec vous, monsieur Giverney. En fait, on a quelques questions à vous poser. On peut entrer, à votre avis ?

— Je vous en prie.

Paul esquissa une petite révérence et étendit le bras.

— Mon bureau est juste là, à côté.

Ils l'y suivirent. La pièce était petite mais comportait deux sièges en plus du fauteuil pivotant de Paul, un club en cuir et un autre, en bois sculpté, qui avait un air vaguement oriental. Ils s'assirent et, dans un premier temps, s'étudièrent en silence.

Puis Candy déclara :

— Avant qu'on discute, je tenais à vous dire que j'ai trouvé votre bouquin sensass.

Au cas où Paul aurait oublié de quel livre il s'agissait, il ajouta :

— *Attention, danger.*

Paul fut si surpris qu'il fit un bond de côté, comme si on venait de tirer un coup de feu près de sa tête.

— Je... euh... je suis ravi qu'il vous ait plu.

— Vous accepteriez de me le dédicacer ?

Il lui tendit l'exemplaire qu'il avait apporté avec lui.

Paul fut pris d'une envie de rire mais ne savait pas trop s'il pouvait se le permettre.

— Si vous me disiez d'abord ce qui vous amène ?

Il valait toujours mieux avoir un élément pour négocier, même si ce n'était qu'une signature.

Candy glissa le livre entre sa cuisse et l'accoudoir. Il avait pris le fauteuil club, Karl celui à l'air oriental, dont il était en

train d'inspecter les finitions comme s'il se préparait à faire une offre pour lui.
— Ça, c'est un putain de siège, monsieur G. !
« Monsieur G. » ? Etait-ce le sobriquet sous lequel il serait connu désormais ? Quand il serait mort ? Il répondit :
— Fin de la dynastie Fung. Un beau spécimen.
Karl fronça les sourcils et lui lança un regard suspicieux, comme si Paul essayait de lui vendre du talc pour bébé en le faisant passer pour de la cocaïne.
— Je n'ai jamais entendu parler de cette période...
Je m'en doute, crétin, je viens de l'inventer.
— Karl lit beaucoup. Et il aime les antiquités. Vous devriez voir chez lui...
— C'est ce qu'on m'a dit en me le vendant, dit Paul. Je ne suis pas expert en arts décoratifs chinois. Ni en époques.
— J'espère simplement que vous ne vous êtes pas fait rouler.
— Moi aussi, répliqua Paul, de plus en plus irrité. Bon, maintenant, vous allez me dire ce que vous faites ici ?
— Ah oui, dit Candy. Ça.
— Ça ?
— On voulait vous parler de Ned Isaly. Ned a eu un accident. Il est à l'hôpital...
— Je suis au courant, l'interrompit Paul. Nous avons le même agent, lequel m'a appelé immédiatement. C'est terrible, mais ses jours ne sont apparemment pas en danger.
Contrairement aux miens, semble-t-il.
— Pourquoi il a eu cet accident ?
— Pourquoi ? Je suis censé le savoir ?
— On a pensé que vous saviez peut-être quelque chose, dit Karl. La voiture qui l'a renversé a filé.
Paul sentit soudain une décharge d'adrénaline fuser dans ses veines.
— Je le sais, ça, mais quel rapport avec moi ?
— Peut-être plus que vous ne le pensez, Paul. Vous voyez, c'est que Ned venait d'échapper à un guet-apens à Pittsburgh, organisé par un ou plusieurs agresseurs non identifiés...

Paul secoua la tête, dégageant l'air devant lui de ses mains.
— Non, non, non, non. Attendez. Cet Arthur Mordred est un de vos amis, non ?
— Oui, mais quel rapport ?
— Quoi, il ne vous l'a pas dit ?
— Nous a dit quoi ?
— Que je l'avais engagé pour veiller sur Ned Isaly. Comme garde du corps, pas comme assassin !
Candy regarda Karl, qui regarda Candy, ni l'un ni l'autre n'en croyant ses oreilles.
— Non, il ne nous a rien dit, répondit enfin Candy. Vous croyez qu'on passe notre temps à discuter business ?
Karl renchérit :
— Vous croyez qu'on se croise dans la rue, qu'on se tape dans la main et qu'on lance : « Salut, vieux ! Je viens juste d'être engagé pour refroidir Ned Isaly. Et toi, qu'est-ce que tu fais de beau aujourd'hui ? » Notre travail est strictement confidentiel, merde, on n'est pas là pour comparer la taille de nos queues, bordel !
— OK, OK, pas la peine de vous énerver, dit Paul. Toujours est-il que j'ai recruté Arthur pour m'assurer qu'il n'arriverait rien à Ned. C'est la vérité. Vous n'avez qu'à le lui demander. Si vous voulez, organisons une rencontre avec lui, vous verrez qu'il le confirmera.
Ils le dévisagèrent tous les deux en silence.
Puis Karl déclara :
— Le problème, c'est qu'on aime pas les coïncidences. Vous ne trouvez pas que cette voiture qui le renverse et déguerpit juste après le truc de Pittsburgh...
— Le truc de Pittsburgh ? Vous croyez que c'est moi qui ai contraint Ned Isaly à aller à Pittsburgh ?
— Non, non. Mais vous ne trouvez pas que ça fait une sacrée coïncidence qu'on ait été engagés pour descendre Ned, qu'on décide de ne pas le faire et que, juste après, il se fasse écraser ?
Paul se pencha en avant, faisant rouler son fauteuil vers eux comme pour accentuer l'impact de ses propos.

— Ecoutez-moi bien : primo, ça n'a jamais été mon idée d'engager deux...

Il ravala « voyous » au dernier instant.

— ... hommes pour tuer Ned. Je vous l'assure ! Vous avez été recrutés par ce cinglé de Bobby Mackenzie parce qu'il ne trouvait aucun autre moyen pour me faire signer un contrat...

Karl agita un doigt vers lui.

— Ouais, on se doutait qu'il y avait un peu de ça là-dedans. Mais ça reste de votre faute. C'est vous qui avez commencé. Qu'est-ce qu'il vous a fait, Ned Isaly ?

Paul allait répondre, mais Karl se sentait inspiré et tenta sa chance :

— Comme vous venez tous les deux de Pittsburgh, on s'était dit que vous étiez peut-être au bahut ensemble... Il vous a fait une crasse quand vous étiez gamins ? Un truc vraiment horrible ?

Il était clair qu'il voulait qu'un événement vraiment horrible ait eu lieu, non seulement pour éclaircir l'affaire mais pour l'horreur en soi. Paul soupira. Les hommes étaient décidément tous si sentimentaux ! Même ces deux types avec leurs armes glissées sous leur ceinture, même eux, ils optaient toujours pour l'explication la plus simple, la facilité, le mobile simplet, sans ambiguïté, sans jeux d'ombre ni de lumière, sans nuances. Il sourit.

— Je vois le genre : il m'aurait dénoncé pour quelque chose qu'il aurait fait ? Il m'aurait collé sur le dos un truc dont je n'étais pas coupable ? M'aurait fait virer de l'équipe de foot ? M'aurait piqué ma petite amie ? Baisé ma mère ?

Cette dernière hypothèse sembla leur plaire, car ils pincèrent les lèvres et plissèrent les yeux. Oui, cela aurait été un acte exigeant réparation. Paul était presque déçu de ne pas pouvoir leur offrir une issue facile, une raison claire et nette expliquant son geste. Le problème, c'était qu'il n'était plus très sûr lui-même de la raison de tout cela.

— Laissez-moi vous montrer quelque chose, dit-il.

Il fit rouler son fauteuil en arrière, ouvrit un tiroir de son bureau. Il avait conservé la feuille sur laquelle il avait dressé sa liste de maisons d'édition et d'auteurs. Il la tendit à Karl.

— Vous avez là des noms d'écrivains et de maisons d'édition. J'aurais pu signer avec n'importe laquelle d'entre elles...
Candy hocha la tête, plutôt fier d'en avoir appris autant sur le monde de l'édition.
— Forcément, puisque vous êtes publié à un million d'exemplaires facile.
Paul lui lança un regard surpris, puis haussa les épaules, reprenant :
— Je pense que les éditeurs de nos jours sont de gros sacs à merde — pas tous, bien sûr, il en reste un ou deux de bons, mais la plupart sont des rapaces, âpres au gain, immoraux et méchants. Surtout ces trois-là. J'étais donc curieux, non, plus que ça : je voulais voir jusqu'où ils iraient pour m'avoir dans leur écurie. Quel terme épouvantable, non ? Pour ce qui est des trois écrivains, ils sont tous très bons, avec une réelle intégrité qui leur permet de garder la tête au-dessus de ce cloaque qu'est le monde de l'édition. Donc, ces trois excellents auteurs...
— Mais c'est Ned le meilleur ! intervint Karl, voulant voir leur poulain gagner.
— Oui, c'est vrai. Mais la question était : si leur carrière recevait un terrible coup, si leur contrat était rompu, du fait par exemple d'une rumeur selon laquelle c'était leur femme qui écrivait leurs livres à leur place, lequel des trois ne céderait pas à la panique ? Lequel n'engagerait pas une escouade d'avocats pour attaquer en justice ? Bref, lequel s'en ficherait éperdument ? C'est une qualité qu'à mon avis nous avions tous à nos débuts, mais qui est partie à vau-l'eau dès notre premier bouquin publié...
Paul se balança sur son fauteuil d'avant en arrière, fixant par la petite fenêtre une branche maigrelette.
— Après cette première publication qui nous rend tous ivres de joie, on oublie vite comment on est arrivé là. On ne parle plus que de publicité et de promotion, et on en veut toujours plus. Tout ce qui compte, c'est : quel à-valoir êtes-vous prêts à cracher ? Quoi ? Je reçois moins que Grisham ou King ? Allez

vous faire foutre. Je n'ai pas droit à une tournée de promotion ? Allez vous faire refoutre. Et cette critique pédante dans *Kirkus* ? Et celle de *Publishers Weekly* ? Critiques, critiques, critiques... On coupe les cheveux en quatre, dévoré par la jalousie parce que untel ou untel a bénéficié d'un papier plus élogieux ; on se dispute pour les droits cinématographiques, les droits de réédition, les droits étrangers, les droits électroniques, et patati et patata... Autrefois c'était écrire, notre passion, à présent nous sommes obsédés par le genre d'exposition dont nos livres bénéficieront dans les grandes librairies, par la liste du *TBR*...

Paul avait saisi un crayon et le faisait rouler sur son accoudoir, sans cesser de se balancer.

— Les auteurs ne cessent de se plaindre que des nullités apparaissent régulièrement sur la liste des best-sellers et y restent des semaines, des mois, bloquant l'apparition de *leur* livre. Mais vous savez ce qui me sidère le plus ? Ce n'est pas que de mauvais bouquins fassent un tabac mais, pensez-y, que seuls quinze livres atteignent cette liste chaque dimanche, sur des milliers publiés. Des dizaines de milliers. C'est l'arrogance extrême des écrivains, quels qu'ils soient, qui estiment que leur œuvre devrait y figurer.

Candy et Karl écoutaient avec intérêt, hochant régulièrement la tête, comme si Paul leur racontait leur propre histoire.

— Purée, quel milieu de requins ! dit Karl. C'est vraiment décevant de constater que cette mentalité s'est infiltrée jusque dans le monde du livre, n'est-ce pas ? On aurait pensé que, là au moins, ils seraient plus, comment dire, idéalistes.

Paul le regarda. Il était sans doute préférable de ne pas lui faire remarquer qu'ils s'étaient bien infiltrés, eux aussi, dans le monde du livre. Il se contenta de pousser un soupir.

Candy intervint :

— Si je comprends bien, vous vouliez découvrir jusqu'à quel point un éditeur pouvait être pourri.

Paul acquiesça :

— Oui, et si un auteur pouvait rester pur.

— Comme Ned Isaly. Un type qui serait comme celui que vous décriviez avant que l'édition ne déverse sur lui toute sa crasse. Peut-être que ça vous manque, la manière dont vous écriviez autrefois.

Candy inclina la tête sur le côté.

— Finalement, au lieu du salaud que vous avez l'air d'être, vous êtes peut-être à l'avant-garde d'un mouvement pour le changement. Vous comprenez ce que je veux dire ?

Paul se pencha en arrière dans son fauteuil, fixant le plafond afin que, si les larmes qui lui montaient aux yeux débordaient, elles puissent couler en arrière.

— Non, je ne suis à l'avant-garde de rien du tout. Je n'ai jamais rien fait de courageux dans ma vie. Mais retrouver ma passion d'écrire d'autrefois ? Oui, je comprends ce que vous voulez dire.

Il y eut un lourd silence quasi sépulcral, comme s'ils étaient rassemblés autour d'une tombe.

— Pour mettre une note plus gaie, reprit Candy, on a eu une petite conversation avec Bobby, ce matin. D'ailleurs, Karl et moi, on se demande s'il ne serait pas associé à cet accident de voiture...

Trouvant apparemment cette idée drôle, Karl et lui se mirent à rire.

Paul se pencha en avant, cachant difficilement sa curiosité.

— « Une petite conversation » ?...

— On voulait juste mettre quelques points au clair sur la manière dont le roman de Ned sera publié. Vous savez, les trucs dont vous parliez à l'instant. Histoire de garantir que son bouquin serait au top des ventes. En commençant dans les quinze best-sellers et en grimpant progressivement.

Paul se mit à rire.

— C'est ridicule ! Comment pourrait-il le garantir ?

Candy arqua les sourcils.

— Voyons, vous ne seriez pas un tantinet naïf, Paul ? J'aurais pensé que vous seriez le premier à savoir comment une maison d'édition peut garantir à peu près n'importe quoi, à condition d'y mettre le prix. On voulait juste s'assurer que Bobby ne lésinerait pas sur les moyens. Ouais, il fera le nécessaire pour que ce livre fasse un tabac.

Paul rit de plus belle.

— Et Bobby prend un congé de six mois. Il part en vacances en Australie.

— Ah ! De mieux en mieux !

Paul lança ses deux poings en l'air.

— On a des amis en Australie, expliqua Karl.

Candy hocha la tête.

— Des amis ? demanda Paul avec un sourire machiavélique.

— De bons potes. Du genre qui feront ce qu'on leur demandera. Vous savez, comme l'escorter à l'Opéra de Sydney, ou dans l'Outback. Ce qui leur paraîtra le plus adapté.

Paul riait toujours. Ces deux gars étaient un vrai tonique.

— Alors, qui va s'occuper de Mackenzie-Haack ?

— Ce bon vieux Clive. Il nous a surpris, tous les deux. Il a même tenu tête à Bobby Mackenzie, ce qui aurait pu sérieusement refroidir sa carrière, pas vrai ?

— Absolument.

Karl se leva et s'étira. Candy l'imita.

— Bon, faut qu'on y aille, dit Candy.

— Ouais. Tant que Ned est entre de bonnes mains, on n'a rien contre vous, Paul. Ça a été très instructif, cette petite conversation.

Se souvenant de son livre, Candy le sortit à nouveau et le lui tendit.

— Et maintenant, vous voulez bien me le dédicacer ?

— Avec plaisir.

Paul piocha un stylo dans une vieille tasse et signa la page de garde.

— Voilà ! dit-il en refermant le livre d'un coup sec.

Il les raccompagna à la porte et leur serra la main.

— Une conversation très intéressante, répéta Candy.

— Idem pour moi, insista Karl. Sauf que, Paul, faut que vous arrêtiez de foutre le bordel dans la vie des gens. Vous êtes un petit salaud de manipulateur, vous savez ?

Paul rougit. Il le savait.

Ils avaient avancé de quelques pas dans le couloir quand Karl se retourna.

— Au fait, Paul, vous ne connaîtriez pas quelqu'un dans l'entourage de Ned qui s'appellerait Patrick ?

Paul fit non de la tête.

— Bah, c'était juste comme ça.

Ils dirent à nouveau au revoir.

47

Dans le milieu de l'édition, les nouvelles voyagent vite. Surtout les mauvaises, qui sont généralement bonnes pour le secteur. La nuit, le jour, au crépuscule, à l'aube, peu importe, elles circulent.

Quand Bobby Mackenzie apprit, quelques heures après l'accident et plusieurs autres avant qu'on en sache plus sur son état de santé, que Ned Isaly avait été la victime d'un chauffard ayant pris la fuite, il ne fit ni une ni deux ! Il attrapa son billet pour l'Australie, commanda un taxi, griffonna un mot à sa femme (qu'il épingla sur son oreiller), dans lequel il lui expliquait qu'il partait débaucher un auteur en Australie et devait s'y rendre toutes affaires cessantes.

Au revoir.
Ne laisse personne entrer dans ma cave à vins.

48

Quelle étrange question ! Patrick ? Paul se tenait toujours sur le seuil, mordillant un petit durillon près de son pouce, songeur.

Il referma la porte, retourna dans son bureau et s'affala dans son fauteuil, plus honteux que jamais. Pauvre Ned Isaly ! Il ne pensait pas que l'accident soit autre chose qu'un délit de fuite, si courant à New York, mais quand même... il avait signé le contrat ; Candy et Karl n'y étaient pour rien, pas plus qu'Arthur. En outre, ils avaient été tous trois présents au moment des faits. Quant à Bobby Mackenzie, il n'était certainement pas impliqué. Non seulement il n'avait plus aucune raison de vouloir se débarrasser de Ned, mais il était sûrement trop terrorisé par les deux tueurs qu'il avait lui-même recrutés avec tant d'insouciance.

Quel connard !
Quel milieu !
— C'est quoi, un heaume ?

Il crut d'abord s'être lui-même posé la question, jusqu'à ce qu'il se retourne et aperçoive Hannah sur le seuil de son bureau, en chemise de nuit, serrant une de ses pages. Depuis combien de temps était-elle là ?

— Chérie, qu'est-ce que tu fais debout ? Pourquoi tu n'es pas dans ton lit ? Où...

Il s'interrompit, se rendant compte qu'il posait des questions sans attendre les réponses.

— Un heaume ? Tu veux dire comme un casque ? Ce qu'on met au-dessus d'une armure ?

— Je ne sais pas, c'est pour ça que je te demande. J'ai besoin d'une arme à mettre dans les jardins chantés pour le Dragonnier. Je crois qu'il a de graves ennuis.

— Dans ce cas, pourquoi pas une épée ? Mais il en a vraiment besoin ?

Les Jardins chantés avaient évolué (comme cela arrivait au manuscrit de n'importe quel roman : quand l'auteur était pris de l'angoisse sourde d'être nul, que l'intrigue ne fonctionnait pas, qu'il ne trouvait plus rien à dire) pour devenir le domaine quasi exclusif du Dragonnier, un personnage dont la principale prise sur la vie était sa faculté de s'entendre avec les dragons. Si bien qu'il n'était pas un tueur mais un dompteur de dragons, ou quelque chose de ce genre.

Paul ouvrit ses bras et Hannah traversa la pièce en courant pour venir s'asseoir sur ses genoux.

— Je me demande si tu ne rends pas ton intrigue trop mélodramatique par crainte que ces jardins ne soient pas assez excitants pour retenir l'attention du lecteur.

Le petit front se plissa.

— Mélo quoi ?

— Dramatique.

Tandis qu'elle tentait de canaliser son anxiété en enroulant et déroulant la feuille dans ses mains, il expliqua :

— C'est ce qu'on appelle des émotions exagérées.

Les petits sourcils sinueux lui firent passer un message : « Parce que tu t'imagines que c'est plus clair ? »

— Tu as peur que les gens n'aient pas envie de lire plus loin ton histoire de jardins...

— Non, non, ce n'est pas ça. Je pense juste qu'ils voudront en savoir plus sur le Dragonnier. Et puis je n'ai pas arrêté d'écrire sur les jardins chantés. C'était normal, puisque c'est là que vit le Dragonnier. Et les dragons. Tu comprends, ils ont toujours été là. Sauf que je ne l'avais dit à personne.

Son regard malicieux disait : « Je t'ai bien eu, hein ? »

Il devait reconnaître qu'elle maîtrisait l'art du rebondissement. Toutefois, en tant que lecteur, il se sentait un peu floué.

— Mais, regarde, tu as rédigé près de quatre-vingt-dix chapitres sans jamais parler des dragons. Tu ne trouves pas que c'est un peu de la triche ?

— Ils étaient cachés, tu comprends ? J'y suis pour rien, moi, s'ils étaient cachés. C'était au Dragonnier de le dire.

— Dire quoi ?

— Que les dragons se cachaient là.

— Mais, Hannah, c'est ton histoire, donc c'est *ta* responsabilité.

— On devrait peut-être l'envoyer à Bread Loaf, cet été...

La voix de Molly. Elle se tenait sur le seuil du bureau, appuyée contre le chambranle de la porte, un pied devant l'autre et les bras croisés sur sa poitrine.

— Oui, Bread Loaf pourrait l'aider. Elle y trouverait certainement de bons conseils, aurait l'occasion de faire lire ses textes à plein de gens, pourrait même se dégoter un agent...

Hannah sauta de ses genoux et courut se suspendre à la main de sa mère.

— Je ne t'ai pas entendue rentrer, Molly. J'essayais seulement d'aider Hannah avec son histoire.

Molly leva les yeux au ciel.

— Certains papas lisent des histoires à leurs petites filles, d'autres leur expliquent comment l'histoire aurait dû être écrite. « Mademoiselle Cendrillon, vous avez de trop grands pieds », ce genre de choses.

Hannah rit et disparut dans le couloir en courant.

— J'aime bien tes copains, dit Molly.

Paul sentit un frisson d'angoisse.

— Mes copains ? Quels copains ?

— Ceux qui étaient en bas. Dans le hall de l'immeuble. Ils m'ont dit qu'ils étaient ravis de faire ma connaissance et que je devrais dire à Paul — c'est-à-dire toi — de ne plus se mêler des affaires des autres. Ils ont dit que ce n'était pas sain de « foutre le bordel »...

Elle changea de position, s'appuyant sur l'autre montant du chambranle.

— J'ai beaucoup aimé l'emploi du mot « sain », on ne l'emploie plus très souvent, de nos jours. On a papoté un moment, à propos de ton livre. Qu'est-ce que tu as encore fabriqué ?

Paul plaqua les mains sur sa poitrine, offusqué.

— Qui, moi ? Mais rien ! Absolument rien !

— Bien sûr que si, je te connais.

Elle tourna les talons et s'éloigna dans le couloir. Quelques mètres plus loin, elle se retourna et lui souffla un baiser.

Ah, Molly !

Pourrait-il vraiment la quitter en trente secondes s'il sentait que ça chauffait au coin de la rue ? Il sourit.

Pas si sûr.

Une fois Molly partie, il regarda le téléphone sur son bureau. Il réfléchit un moment puis décrocha et composa un numéro. A l'autre bout du fil, une voix flottant sur une mer d'huile répondit :

— Ici le Vieil Hôtel, bonsoir.

— Je voudrais faire une réservation. Pour demain soir ?

— Combien de personnes, monsieur ?

— Deux, mon épouse et moi-même.

Il ignorait pourquoi il se sentait obligé de dire au personnel du restaurant qui était l'autre personne. Elle aurait pu être « ma petite amie », « ma maîtresse », « mon entraîneur ». Cela les regardait-il ? Peut-être bien.

— Si vous voulez bien attendre un instant, monsieur, je vais vérifier.

Paul ferma les yeux. C'était toujours à ce moment-là que le Vieil Hôtel répondait « Désolé ».

— Votre nom ?

— Giverney. Paul.

Non, c'était à *ce* moment. Il serra les paupières un peu plus fort, se préparant au rejet : « Désolé, monsieur Giverney,

mais nous sommes complet jusqu'à Noël, la Saint-Sylvestre, Pâques... »
— Oui, monsieur, vingt et une heures, cela vous irait ?
Que se passait-il ? Il secoua le combiné comme pour déloger cette réponse inattendue, ce mensonge patent.
— Euh... oui. Parfaitement. Vingt et une heures.
Il raccrocha lentement.
Pourquoi ? Pourquoi, tout à coup, se retrouvait-il sur la liste des heureux élus du Vieil Hôtel ?
— Molly ! Viens voir une minute ! Molly ?
Elle apparut dans sa vieille chemise de nuit.
— Qu'est-ce qu'il y a ?
— Tu ne vas pas en croire tes oreilles...
— Venant de toi, je m'attends à tout.
Il se demanda si ce n'était pas Molly, en fait, qu'ils avaient acceptée. Mais il avait déjà tenté des réservations à leurs deux noms auparavant, sans le moindre succès. Il lui annonça la nouvelle :
— On est reçus ! On dîne là-bas demain soir !
Molly le dévisagea d'un air patient, puis écarta nonchalamment la nouvelle d'un geste de la main avant de repartir vers la chambre.
— Ah, ce vieil endroit.
Il en resta la bouche ouverte. Puis lança derrière elle :
— Comment ça, ce vieil endroit ? Quoi ? Quoi ?
Il entendit sa voix au loin :
— Il n'y a que des fous là-bas. Bonne nuit !
Paul se rassit, fixant le couloir désert où elle s'était tenue. Puis il s'écria :
— C'est même pas vrai !
Il se demanda pourquoi il refusait de croire que le Vieil Hôtel n'accueillait que des fous. L'idée le dérangeait profondément. Il marmonna quelque chose qu'il ne comprit pas lui-même.
Il pivota et fixa son ordinateur, la maison hantée de son économiseur d'écran. Il possédait également une vieille Royal

portable sur laquelle il tapait parfois ses premiers jets parce qu'il aimait le cliquetis des touches et qu'elle lui donnait l'impression de travailler plus dur, plus comme un vrai écrivain. Quand il faisait une erreur, il la biffait d'un X. A la fin, la page semblait couverte de hachures.

Il avait un classeur sur roulettes dans lequel il conservait ses manuscrits et fragments de manuscrits. Il roula jusqu'à lui et en sortit la copie du roman qu'il avait écrit avant *Attention, danger*. Il s'intitulait *La Moitié d'une vie* et s'était vendu à plus de deux millions d'exemplaires. Queeg & Hyde lui avait restitué son manuscrit original, peu après la publication, ce qui était la pratique d'usage. Il voulait jeter un coup d'œil à la note qui l'avait accompagné. Là, voilà, elle était accrochée à la première page avec un trombone. Paul reconnut l'écriture, il l'avait vue tant de fois, de cette petite pimbêche trop zélée de DeeDee Sunup, qui avait écrit pompeusement :

Cher Paul,
Veuillez trouver ci-joint la matière brute de La Moitié d'une vie.

La première fois qu'il avait rencontré cette expression, il s'était étranglé de rire (Hannah avait dû lui taper dans le dos). Mais DeeDee Sunup (et d'autres comme elle) n'avait rien vu de drôle, d'ironique, ni même de cabalistique, dans ce terme. La matière brute était le nom que les éditeurs donnaient à ces manuscrits originaux, figés dans le temps, avant qu'ils ne soient striés de corrections bleues, rouges, révisés, re-révisés, tels des poussins déchiquetés à coups de bec. C'était le premier regard sur l'œuvre, le manuscrit dont ils avaient tenté de sucer la moelle, de vider le sang, de filtrer la vie, avant d'expédier le livre dans la lumière ou l'obscurité, peu importait.

Ce qu'on lui avait renvoyé, c'était *sa* matière brute. Le magma infâme, le limon, la boue qui précédait tous les placements, les chiffres de vente, les publicités, les critiques. Pourtant, l'original représentait les meilleurs efforts de l'écrivain, le travail qu'il avait voulu offrir au monde et sur lequel il demandait à être jugé.

Paul esquissa un sourire diabolique et glissa une feuille de papier dans le rouleau de sa vieille Royal. Il tapa :

LA MATIÈRE BRUTE
par Paul Giverney

Ce roman-ci promettait de s'écrire tout seul.

Achevé d'imprimer sur les presses de

BUSSIÈRE
GROUPE CPI

à Saint-Amand-Montrond (Cher)
en novembre 2005
pour les Presses de la Cité
12, avenue d'Italie
75013 Paris

*Composé par Nord Compo
à Villeneuve-d'Ascq*

N° d'édition : 7321. — N° d'impression : 054409/1.
Dépôt légal : décembre 2005.
Imprimé en France